中國語言文字研究輯刊

七 編

許錟輝 主編

第10冊

傳鈔古文《尚書》文字之研究（第八冊）

許舒絜 著

花木蘭文化出版社

國家圖書館出版品預行編目資料

傳鈔古文《尚書》文字之研究（第八冊）／許舒絜 著 — 初
版 — 新北市：花木蘭文化出版社，2014〔民 103〕
目 6+402 面；21×29.7 公分
（中國語言文字研究輯刊　七編；第 10 冊）
ISBN 978-986-322-850-9（精裝）
1.尚書　2.研究考訂
802.08　　　　　　　　　　　　　　　　　103013629

ISBN-978-986-322-850-9

9 789863 228509

中國語言文字研究輯刊
七　編　　第十冊　　　　　ISBN：978-986-322-850-9

傳鈔古文《尚書》文字之研究（第八冊）

作　　者　許舒絜
主　　編　許錟輝
總 編 輯　杜潔祥
副總編輯　楊嘉樂
編　　輯　許郁翎
出　　版　花木蘭文化出版社
社　　長　高小娟
聯絡地址　235 新北市中和區中安街七二號十三樓
　　　　　電話：02-2923-1455／傳眞：02-2923-1452
網　　址　http://www.huamulan.tw 信箱 hml 810518@gmail.com
印　　刷　普羅文化出版廣告事業
初　　版　2014 年 9 月
定　　價　七編 19 冊（精裝）新台幣 46,000 元

傳鈔古文《尚書》文字之研究（第八冊）

許舒絜 著

目

次

第一冊

凡 例

第一部份 緒 論 ……………………………………………………… 1

第一章 前 言 …………………………………………………… 3

　第一節 研究動機與研究目的 …………………………… 3

　　一、研究動機 …………………………………………… 3

　　二、研究目的 …………………………………………… 7

　第二節 研究材料與研究方法 …………………………… 9

　　一、研究材料 …………………………………………… 9

　　二、研究方法 ………………………………………… 26

　第三節 前人研究概述 ………………………………… 29

第二章 《尚書》流傳、字體變遷與傳鈔古文《尚

　　　　書》之序列 ………………………………………… 41

　第一節 《尚書》流傳及字體變遷概述 ……………… 41

　第二節 傳鈔古文《尚書》之序列 …………………… 44

第二部份 傳鈔古文《尚書》文字辨析 ……………… 53

凡 例 …………………………………………………………… 55

〈虞書〉 ……………………………………………………… 59

　　一、堯典 ……………………………………………… 59

第二冊

　　二、舜典 …………………………………………… 399

第三冊

　　三、大禹謨 ……………………………………………………………… 643

　　四、皋陶謨 ……………………………………………………………… 821

　　五、益稷 ………………………………………………………………… 865

第四冊

〈夏書〉 …………………………………………………………………… 951

　　六、禹貢 ………………………………………………………………… 951

　　七、甘誓 ……………………………………………………………… 1092

　　八、五子之歌 ………………………………………………………… 1111

　　九、胤征 ……………………………………………………………… 1174

第五冊

〈商書〉 ………………………………………………………………… 1209

　　十、湯誓 ……………………………………………………………… 1209

　　十一、仲虺之誥 ……………………………………………………… 1226

　　十二、湯誥 …………………………………………………………… 1276

　　十三、伊訓 …………………………………………………………… 1298

　　十四、太甲上 ………………………………………………………… 1321

　　十五、太甲中 ………………………………………………………… 1342

　　十六、太甲下 ………………………………………………………… 1357

　　十七、咸有一德 ……………………………………………………… 1368

　　十八、盤庚上 ………………………………………………………… 1388

　　十九、盤庚中 ………………………………………………………… 1443

　　二十、盤庚下 ………………………………………………………… 1467

　　二十一、說命上 ……………………………………………………… 1486

　　二十二、說命中 ……………………………………………………… 1504

　　二十三、說命下 ……………………………………………………… 1516

　　二十四、高宗肜日 …………………………………………………… 1532

　　二十五、西伯戡黎 …………………………………………………… 1541

　　二十六、微子 ………………………………………………………… 1550

第六冊

〈周書〉 ………………………………………………………………… 1573

　　二十七、泰誓上 ……………………………………………………… 1573

二十八、泰誓中 …………………………………… 1588

二十九、泰誓下 …………………………………… 1599

三十、牧誓 ………………………………………… 1609

三十一、武成 ……………………………………… 1632

三十二、洪範 ……………………………………… 1658

三十三、旅獒 ……………………………………… 1702

三十四、金縢 ……………………………………… 1717

三十五、大誥 ……………………………………… 1739

三十六、微子之命 ………………………………… 1762

三十七、康誥 ……………………………………… 1772

三十八、酒誥 ……………………………………… 1805

三十九、梓材 ……………………………………… 1827

四十、召誥 ………………………………………… 1836

四十一、洛誥 ……………………………………… 1859

四十二、多士 ……………………………………… 1887

第七冊

四十三、無逸 ……………………………………… 1907

四十四、君奭 ……………………………………… 1936

四十五、蔡仲之命 ………………………………… 1973

四十六、多方 ……………………………………… 1981

四十七、立政 ……………………………………… 2010

四十八、周官 ……………………………………… 2032

四十九、君陳 ……………………………………… 2048

五十、顧命 ………………………………………… 2057

五十一、康王之誥 ………………………………… 2097

五十二、畢命 ……………………………………… 2106

五十三、君牙 ……………………………………… 2122

五十四、冏命 ……………………………………… 2132

五十五、呂刑 ……………………………………… 2142

五十六、文侯之命 ………………………………… 2175

五十七、費誓 ……………………………………… 2184

五十八、秦誓 ……………………………………… 2198

第八冊

第三部份　綜　論 ………………………………………………… 2211

第一章　傳鈔古文《尚書》文字與今本《尚書》文字構形異同探析 …………………………………… 2213

第一節　出土文獻所引《尚書》文字與今本《尚書》文字構形異同之探析 ……………………… 2213

一、戰國楚簡所引《尚書》文字與今本《尚書》文字構形異同探析 ………………… 2213

二、魏石經《尚書》三體字形與今本《尚書》文字構形異同之探析 ………………… 2226

第二節　傳鈔著錄古《尚書》文字與今本《尚書》文字構形異同探析 …………………………… 2257

一、《說文》引古文《尚書》文字、魏石經《尚書》古文、《汗簡》、《古文四聲韻》、《訂正六書通》著錄古《尚書》文字、今本《尚書》文字構形異同之對照 ……………… 2257

二、《汗簡》、《古文四聲韻》、《訂正六書通》等傳鈔古《尚書》文字與今本《尚書》文字構形異同觀察 …………………………… 2292

三、《汗簡》、《古文四聲韻》、《訂正六書通》著錄古《尚書》文字與今本《尚書》構形相異之特點 ……………………………… 2316

四、《說文》引《尚書》文字與今本《尚書》文字構形異同之觀察 …………………… 2329

五、《說文》引古文《尚書》文字與今本《尚書》文字構形相異之特點 …………………… 2330

第三節　隸古定本《尚書》文字與今本《尚書》文字構形異同之探析 …………………………… 2332

一、隸古定本《尚書》文字與今本《尚書》文字構形異同之對照 ………………… 2332

二、隸古定本《尚書》文字與今本《尚書》構形異同觀察 …………………………… 2332

三、隸古定本《尚書》文字與今本《尚書》構形相異之特點 ………………………… 2357

第四節　小　結 ………………………………………………… 2374

第二章　傳鈔古文《尚書》隸古定本之文字形體類
　　　　別及其探源 ⋯⋯⋯⋯⋯⋯⋯⋯⋯⋯⋯⋯⋯ 2377
　第一節　隸古定《尚書》敦煌等古寫本文字形體探
　　　　　源 ⋯⋯⋯⋯⋯⋯⋯⋯⋯⋯⋯⋯⋯⋯⋯⋯ 2379
　　一、源自古文字形之隸定、隸古定或隸古訛變⋯ 2379
　　二、源自篆文字形之隸古定或隸變，與今日楷
　　　　書形體相異 ⋯⋯⋯⋯⋯⋯⋯⋯⋯⋯⋯⋯⋯ 2403
　　三、由隸書、隸變俗寫而來 ⋯⋯⋯⋯⋯⋯⋯⋯ 2408
　　四、字形爲俗別字 ⋯⋯⋯⋯⋯⋯⋯⋯⋯⋯⋯⋯ 2417
　第二節　隸古定《尚書》日本古寫本文字形體之探
　　　　　源 ⋯⋯⋯⋯⋯⋯⋯⋯⋯⋯⋯⋯⋯⋯⋯⋯ 2426
　　一、源自古文字形之隸定、隸古定或隸古訛變⋯ 2426
　　二、源自篆文字形之隸古定或隸變，與今日楷
　　　　書形體相異 ⋯⋯⋯⋯⋯⋯⋯⋯⋯⋯⋯⋯⋯ 2467
　　三、由隸書、隸變俗寫而來 ⋯⋯⋯⋯⋯⋯⋯⋯ 2474
　　四、字形爲俗別字 ⋯⋯⋯⋯⋯⋯⋯⋯⋯⋯⋯⋯ 2490
　第三節　隸古定《尚書》刻本文字形體之探源 ⋯⋯ 2523
　　一、源自古文字形之隸定、隸古定或隸古訛變⋯ 2523
　　二、源自篆文字形之隸古定或隸變，與今日楷
　　　　書形體相異 ⋯⋯⋯⋯⋯⋯⋯⋯⋯⋯⋯⋯⋯ 2587
　　三、由隸書書寫、隸變俗寫而來 ⋯⋯⋯⋯⋯⋯ 2601
　　四、字形爲俗別字 ⋯⋯⋯⋯⋯⋯⋯⋯⋯⋯⋯⋯ 2604
　第四節　小　結 ⋯⋯⋯⋯⋯⋯⋯⋯⋯⋯⋯⋯⋯⋯ 2607

第九冊

第三章　傳鈔古文《尚書》隸古定本文字之探析 ⋯⋯ 2613
　第一節　傳鈔古文《尚書》隸古定本之文字特點 ⋯ 2615
　　一、字體兼有楷字、隸古定字形、俗字，或有
　　　　古文形體摹寫 ⋯⋯⋯⋯⋯⋯⋯⋯⋯⋯⋯⋯ 2615
　　二、字形兼雜楷字、隸古定字、俗字、古文形
　　　　體筆畫或偏旁 ⋯⋯⋯⋯⋯⋯⋯⋯⋯⋯⋯⋯ 2617
　　三、字形多割裂、位移、訛亂、混淆 ⋯⋯⋯⋯ 2617
　　四、文字多因聲假借或只作義符或聲符 ⋯⋯⋯ 2618
　　五、文字多作同義字換讀 ⋯⋯⋯⋯⋯⋯⋯⋯⋯ 2620

第二節　傳鈔古文《尚書》隸古定本之特殊文字形
　　　　體探析 ……………………………………… 2620
　　一、隸古定《尚書》寫本特殊文字形體——俗
　　　　字形體 ……………………………………… 2621
　　二、《書古文訓》特殊文字形體——俗字形體 … 2625
　　三、隸古定《尚書》寫本特殊文字形體——隸
　　　　古定字形 …………………………………… 2626
　　四、《書古文訓》特殊文字形體——隸古定字 … 2636
第三節　傳鈔古文《尚書》隸古定本文字形體變化
　　　　類型 ………………………………………… 2642
　　一、隸古定《尚書》寫本文字形體變化類型 … 2642
　　二、《書古文訓》文字形體變化類型 ………… 2704
第四節　隸古定本《尚書》隸古定字形體變化類型 2712
　　一、隸古定《尚書》寫本隸古定字形體變化類
　　　　型 …………………………………………… 2712
　　二、隸古定刻本《書古文訓》隸古定字形體變
　　　　化類型 ……………………………………… 2726
　第五節　小　結 …………………………………… 2737
第四部份　結　論 …………………………………… 2741
第一章　本論文研究成果 …………………………… 2743
第二章　傳抄古文《尚書》文字研究之價值與展望 2751
參考書目 ……………………………………………… 2755
附錄一：尚書文字合編收錄諸本起訖目 …………… 2775
附錄二：漢石經《尚書》殘存文字表 ……………… 2793
　　　　魏石經《尚書》殘存文字表 ……………… 2798
　　　　國內所見尚書隸古定本古寫本影本各篇殘
　　　　存情況及字數表 ………………………… 2806

第十冊
附錄三：傳鈔古文《尚書》文字構形異同表 ……… 2815
檢字索引 ……………………………………………… 3243
後　記 ………………………………………………… 3263

第三部份　綜　論

第一章　傳鈔古文《尚書》文字與今本《尚書》文字構形異同探析

　　傳鈔古文《尚書》文字與今本《尚書》之間，在不同時空下使用的文字或者構形互異，本章就論文【第二部分傳鈔古文《尚書》文字辨析】各種傳鈔古文《尚書》文字、傳鈔著錄古《尚書》文字與今本文句、文字加以比對辨析結果，各節分別列出傳鈔古文《尚書》文字與今本《尚書》文字構形互異者，觀察其形體特點，並且進行形構異同加以分類探析。屬於篆體、隸體、楷體等不同文字階段書寫體勢之異，而未造成形構之改變者，本文不列入文字構形異同討論，如「日」字戰國楚簡作日郭店.緇衣 27，魏石經《尚書》古文作魏品式魏三體，漢石經《尚書》作曰隸釋等。

第一節　出土文獻所引《尚書》文字與今本《尚書》文字構形異同之探析

一、戰國楚簡所引《尚書》文字與今本《尚書》文字構形異同探析

　　（一）戰國楚簡所引《尚書》文字與今本《尚書》文字構形異同之對照

　　下表爲戰國楚簡所引《尚書》文字與今本《尚書》文字構形異同之對照，依《說文》字首次序排列，並且列出相應《說文》字形以爲參證，以及所引《尚

書》今本篇名或文句。構形相異者於字形旁標出該字隸定，如〈呂刑〉「苗民弗用靈」「靈」字《上博一・緇衣14》作 靁，《郭店・緇衣26》作 銍，其旁分別標注該字形隸定「靁」、「銍」。

【戰國楚簡所引《尚書》文字與今本《尚書》文字構形異同對照表】

今本尚書文字	上博1引尚書文字	郭店引尚書文字	說文字形參證	楚簡所引今本尚書篇名.文句	備　註
天		天 郭店.唐虞28			
帝		帝 郭店.緇衣37			
上		上 郭店緇衣37			
靈	靁 上博1緇衣14	銍 郭店緇衣26		呂刑苗民弗用靈	
苗	䫏 上博1緇衣14			呂刑苗民弗用靈	
小	小 上博1緇衣6	小 郭店緇衣9.10		君牙夏暑雨小民惟曰怨恣多祁寒小民亦惟曰怨恣	
君	君 上博1緇衣6	君 郭店緇衣9	古 君		
命	命 上博1緇衣18	命 郭店緇衣36		君奭其集大命于厥躬	
德	惪 上博1緇衣3	惪 郭店.緇衣5	惪古 惪		
迪	由 上博1緇衣15	迪 郭店緇衣29		呂刑播刑之迪	
言	言 上博1緇衣20	言 郭店緇衣40		君陳出入自爾師虞庶言同	
		音 郭店成之29		君奭襄我二人汝有合哉言郭店.成之聞之29 言作音	
誥	鼻 上博1緇衣15	鼻 郭店緇衣28	古 誥	康誥篇名 咸有一德篇名上博1 緇衣.郭店緇衣作尹誥	
尹	尹 上博1緇衣3	尹 郭店緇衣5	篆 尹		
爾	亦 上博1緇衣20	尒 郭店緇衣39		君陳出入自爾師虞.	
牙	牙 上博1緇衣6	牙 郭店緇衣9	古 牙		

兆	壞 上博1緇衣8	壞 郭店緇衣13		呂刑一人有慶兆民賴之.上博 1.郭店兆作萬	壞為萬之異體字
奭	 上博1緇衣18	 郭店緇衣36	篆	君奭篇名	
		 郭店.成之22 郭店.成之29			
集	 上博1緇衣19	 郭店緇衣37			
茲		 郭店.緇衣			
		丝 郭店成之39		康誥文王作罰刑茲無赦不率大戛	
制	折 上博1緇衣14	折 郭店緇衣26		呂刑制以刑	
罰	 上博1緇衣15	 郭店緇衣29	篆		
刑	型 上博1緇衣8 型 上博1緇衣14	堲 郭店緇衣13 堲 郭店緇衣26		呂刑篇名 呂刑播刑之迪	
其		 郭店緇衣37	箕古	君奭其集大命于厥躬	
	丌 上博1緇衣11	亓 郭店緇衣19		衍文──君陳.凡人未見聖若不克見.既見聖.不上多其字	
乃	 上博1緇衣15	 郭店緇衣29			
寧		文 郭店緇衣37		君奭在昔上帝割申勸寧王之德.郭店緇衣37寧作文	今本「寧」為「文」之誤
于	 上博1緇衣19	 郭店緇衣37			
虞	雩 上博1緇衣20	于 郭店緇衣39		君陳出入自爾師虞. 虞.上博1緇衣20作雩.郭店.緇衣39作于	
虐	瘧 上博1緇衣14	瘧 郭店緇衣27	虐古		
既	 上博1緇衣11	 郭店緇衣19			
之	 上博.緇衣14	 郭店.緇衣26			

師	上博 1 緇衣 20	郭店緇衣 39		君陳出入自爾師虞.	
出	上博 1 緇衣 20	郭店緇衣 39			
賴	訦 上博 1 緇衣 8	購 郭店緇衣 13		呂刑一人有慶兆民賴之	
祁	耆 上博 1 緇衣 6	旨 郭店緇衣 9.10		君牙多祁寒.上博 1 作：晉多耆寒.郭店作：晉多旨滄	
由	上博 1 緇衣 1	迪 郭店緇衣 19		君陳.亦不克由聖.	上博 1 緇衣 1 迪之異體字
晉	上博 1 緇衣 6	郭店緇衣 10		衍文──君牙多祁寒.上博 1 作：晉多耆寒.郭店作：晉多旨滄	
昔		郭店緇衣 37			
有	又 上博 1 緇衣 3	又 郭店緇衣 5			
明	上博 1 緇衣 15	郭店緇衣 29			
康	上博 1 緇衣 15	郭店緇衣 28 郭店緇衣 38		康誥篇名	
寒	上博 1 緇衣 6	滄 郭店緇衣 9			郭店緇衣 9 滄之異體字
呂		部 郭店緇衣 13		呂刑篇名	
躬	躬 上博緇衣 3	躬 郭店緇衣 5	躬或躬	咸有一德惟尹躬暨湯咸有一德	
	身 上博緇衣 19	身 郭店緇衣 37		君奭其集大命于厥躬.上博 1 緇衣 19.郭店緇衣 37 躬作身	
作		郭店.緇衣 26		呂刑惟作五虐之刑曰法	
	復 上博 1 緇衣 14	復 郭店.成之 38		上博 1 緇衣 14 呂刑惟作五虐之刑曰法郭店.成之 38 康誥文王作罰	
襄		郭店成之 29		君奭襄我二人汝有合哉言郭店.成之聞之 29 引作 （ ）我二人毋又合才音	
敬	上博 1 緇衣 15	郭店緇衣 29	篆 苟古		
庶	上博 1 緇衣 20	郭店緇衣 40			

厥	畢 上博 1 緇衣 18	氏 郭店.緇衣 37	畢篆	君奭其集大命于厥躬.上博 1 緇衣 19 厥作畢.郭店緇衣 37 厥作氏	
法	 上博 1 緇衣 14	 郭店.緇衣 26	古		
亦	 上博 1 緇衣 6	 郭店緇衣 10			
慶	 上博 1 緇衣 8	 郭店緇衣 13			
惟	隹 上博 1 緇衣 3	隹 郭店緇衣 10		咸有一德惟尹躬暨湯咸有一德	
		唯 郭店.成之 22		君奭惟冒丕單稱德	
怨	 上博緇衣 6	惰 郭店緇衣 10		君牙夏暑雨小民惟曰怨恣多祁寒小民亦惟曰怨恣	
汝		毋 郭店成之 29		君奭汝有合哉言郭店.成之 29 作毋又合才音	
湯	康 上博 1 緇衣 3	 郭店緇衣 5		咸有一德惟尹躬暨湯咸有一德上博 1 緇衣 3 湯作康	
冬	 上博 1 緇衣 6	 郭店緇衣 10			
雨	 上博 1 緇衣 6	 郭店緇衣 9			
不	弗 上博 1 緇衣 11	弗 郭店緇衣 19	篆	君陳凡人未見聖若不克見既見聖亦不克由聖	
		1 郭店.成之 22 2 郭店.成之 38		1 君奭 "惟冒丕單稱德" 郭店.成之聞之 22 丕作不 2 今本康誥文王作罰刑茲無赦不率大戛	
聖	耶 上博 1 緇衣 11			君陳亦不克由聖.	
	 上博 1 緇衣 10			君陳凡人未見聖	
		聖 郭店緇衣 19		君陳.凡人未見聖.若不克見.既見聖.亦不克由聖	
播	釆 上博 1 緇衣 15	翻 郭店緇衣 29	番古	呂刑播刑之迪	
弗	非 上博 1 緇衣 14	非 郭店緇衣 26	篆	呂刑苗民弗用靈	
戛		暊 郭店成之 38		康誥不率大戛.郭店成之 38 作「不還大暊」	今本戛為夏字之誤

我	上博 1 緇衣 11	郭店緇衣 19	古茨		
率		還 郭店成之 38		康誥不率大戛.郭店成之 38 作「不還大暊」	
勸		觀 郭店緇衣 37		今本君奭在昔上帝割申勸寧王之德.郭店.緇衣 37 勸作觀	
陳	縺 上博 1 緇衣 10	連 郭店緇衣 19		君陳篇名	
	連 上博 1 緇衣 20	連 郭店緇衣 39		君陳篇名	
申		紳 郭店緇衣 37		今本君奭在昔上帝割申勸寧王之德.	
五	上博 1 緇衣 14	郭店緇衣 27	篆		
合		郭店成之 29			
哉		郭店成之 29			
咸	上博 1 緇衣 3				
暨	及 上博 1 緇衣 3	及 郭店緇衣 5		咸有一德惟尹躬暨湯咸有一德.上博 1 緇衣 3.郭店緇衣 5 暨作及	
暑	俁 上博 1 緇衣 6	偺 郭店緇衣 9.10		君牙夏暑雨.上博 1 緇衣作日俁雨.郭店緇衣 9.10 作日偺雨	
冬	上博 1 緇衣 6	郭店緇衣 9.10		君牙冬祁寒上博 1 緇衣作晉多耆寒.郭店緇衣 9.10 作晉多旨滄	
民	上博 1 緇衣 6	郭店緇衣 9.10			
未	上博 1 緇衣 10	郭店緇衣 19		君陳凡人未見聖	
見	上博 1 緇衣 10	郭店緇衣 19		君陳凡人未見聖若不克見既見聖亦不克由聖	
若	女 上博 1 緇衣 11	如 郭店緇衣 19		君陳若不克見.上博 1 緇衣 11 若作女.郭店緇衣 19 作如	
克	上博 1 緇衣 11	郭店緇衣 19			
入	上博 1 緇衣 20	郭店緇衣 39		君陳出入自爾師虞	
割		戠 郭店緇衣 37		君奭在昔上帝割申勸寧王之德郭店緇衣 37 作昔才上帝紳觀文王惪	

在		才 郭店緇衣 37		君奭在昔上帝割申勸寧王之德郭店 緇衣 37 作昔才上帝紳觀文王悳	
用	甬 上博 1 緇衣 14	甬 郭店緇衣 26		呂刑苗民弗用靈	
冒		 郭店成之 22		君奭惟冒丕單稱德	
單		單 郭店成之 22		君奭惟冒丕單稱德	
稱		爯 郭店成之 22		君奭惟冒丕單稱德	
無		亡 郭店成之 39		康誥文王作罰刑茲無赦不率大戛	
赦		懇 郭店成之 38		康誥刑茲無赦.郭店成之 39 作型茲亡 懇	

（二）戰國楚簡所引《尚書》文字與今本《尚書》文字構形異同觀察

戰國楚簡所引《尚書》文字與今本《尚書》文字構形異同對照，就其中所見文字構形相異者，考察如下：

1、為楚文字特有形構

（1）增「土」：

如「刑」字作 上博 1 緇衣 8 上博 1 緇衣 14。

（2）增「又」：

如「作」字作 上博 1 緇衣 14 郭店.成之 38。

（3）「人」形綴加飾筆作 丷、丷：

如「躬」字作 上博緇衣 3 郭店緇衣 5 郭店緇衣 37。

（4）「入」字添 ∧：

戰國楚簡引〈君陳〉「出入自爾師虞」，「入」字作 上博 1 緇衣 20 郭店緇衣 39，《上博一》、《郭店簡》隸定皆作「內」，楚系文字「入」字常作添 ∧， 上博 1 緇衣 20 郭店緇衣 39 即「入」字。

（5）省「口」而作「＝」：

郭店〈緇衣〉36 引〈君奭〉句「命」字作 郭店緇衣 36，包山楚簡「命」字作： 包山 250 包山 2 包山 243 等形， 包山 2 下加「＝」為飾筆， 包山 243 形則飾筆仍在而省「口」，或作「＝」以示省口， 郭店緇衣 36 與此形相同。郭店〈緇衣〉29 引〈康誥〉「敬」字作 郭店緇衣 29，「敬」字金文亦或省口，如

中山王鼎 中山侯鉞，此形則省「口」而作「＝」示之。

2、為甲骨文、金文等古文字形之沿用

如「師」字作「帀」 郭店緇衣 39 上博 1 緇衣 20、「作」字作「乍」 郭店.緇衣 26、「爾」字作「尒」 上博 1 緇衣 20 郭店緇衣 39、「惟」字作「隹」 上博 1 緇衣 3 郭店緇衣 10、「厥」字作「氒」 上博 1 緇衣 18、「德」字作「悳」 上博 1 緇衣 3 郭店.緇衣 5、「稱」字作「爯」 郭店成之 22、「茲」字作「丝」 郭店成之 39、「有」字作「又」 上博 1 緇衣 3 郭店緇衣 5、「無」字作「亡」 郭店成之 39、「在」字作「才」 郭店緇衣 37、「其」字作 郭店緇衣 37 上博 1 緇衣 11 郭店緇衣 19 等等。

3、為源自甲金文書寫變異或訛變之戰國文字形體

（1）源自甲金文書寫變異

A. 筆畫書寫變異

如「帝」字作 郭店.緇衣 37，變自 楚帛書甲 6.33 形， 郭店.緇衣 37 其中間∨形旁一短橫，當由甲骨文「帝」字 粹 1128 形「木」之直筆上貫，其右側ノ筆變作短橫。 郭店.緇衣 37 形則橫筆與中間兩側豎筆相連而變。

如「尹」字作 上博 1 緇衣 3 郭店緇衣 5，直筆左移與「又」結合變化，由 作冊大鼎 尹尊變作 魯侯壺。「君」字作 上博 1 緇衣 6 郭店緇衣 9，所從「尹」字筆畫變異，源自 天君鼎 史頌鼎，與 哀成弔鼎 鄂君啓舟節 璽彙 0273 璽彙 0004 形同， 侯馬形則左右析離，此即《說文》古文作 之所由。

又如「罰」字作 上博 1 緇衣 15 郭店緇衣 29，甲骨文「网」字作： 甲 3112 乙 3947反 乙 5329 庫 653， 上博 1 緇衣 15 郭店緇衣 29 所從「网」作省形之「冈」，筆畫書寫析離變作 形。

上博 1〈緇衣〉簡 10.11 引〈君陳〉句作「聖」字作 上博 1 緇衣 11 上博 1 緇衣 10， 上博 1 緇衣 11 與魏三體石經〈無逸〉「聽」字古文作 魏三體同形，「聽」、「聖」古字形義同，此形源自甲金文「聽」字作 甲 3536 前 6.12.2 大保簋；甲金文或從二口作： 乙 3337 乙 3396 前 6.546， 上博 1 緇衣 10 當由從二口之形 前 6.546 變來。

B. 筆畫繁化：綴增點、短橫、直筆

如「帝」字 郭店.緇衣 37 下增一無義橫筆，與 信陽 1040 形近。「言」字作

上博1緇衣20，與🔲續甲1154同形，戰國古璽「信」字所從「言」或作🔲璽彙0650🔲
璽彙1954亦同，皆直筆增飾點作🔲，而點延長爲一短橫；「上」字作🔲郭店緇衣
37下增短橫飾筆，與🔲古幣301🔲璽彙0099🔲包山10等同形。

　　郭店〈成之聞之〉22引今本〈君奭〉「惟冒丕單稱德」句作「唯於不嘼丹
惪」，「丕」字作🔲郭店.成之22，爲「不」字直畫中綴加一點而成一短橫，與戰
國「不」字作：🔲不降矛🔲璽彙0266🔲陶彙3.649🔲楚帛書丙🔲包山26🔲包山38
皆同。

　　「庶」字作🔲上博1緇衣20，與🔲璽彙3198🔲包山258🔲九店56.47等類同，當
由甲金文作🔲周甲153🔲矢簋🔲🔲伯庶父簋其上增一短橫作🔲子仲匜🔲蔡侯鐘等
而變。

　　郭店〈緇衣〉引〈君奭〉句「昔」字作🔲郭店緇衣37，其下本從「日」此形
綴加一直筆作「田」，與🔲中山王鼎同形。

　　郭店〈緇衣〉引《尚書·君陳》「克」字作🔲郭店緇衣19，源自甲金文🔲甲1249🔲
大保簋🔲秦公鎛等形，🔲郭店緇衣19與甲金文同形，於其上口形內多一點。

　　C. 筆畫省減

　　如「言」字作🔲郭店緇衣40，與🔲侯馬67.14🔲侯馬67.21等同形，「言」字古作
🔲甲499🔲林1.4.1🔲伯矩鼎🔲鬲比盨，🔲郭店緇衣40乃省中間直畫。

　　「康」字作🔲上博1緇衣15🔲郭店緇衣38，《說文》篆體作🔲，源自🔲陳曼匜，
此形其中直筆未上貫而與🔲令瓜君壺形類同。

　　「咸」字作🔲上博1緇衣3，其內省減一短橫。

（2）源自甲金文訛變

　　如郭店〈緇衣〉引《尚書·呂刑》「慶」字作🔲郭店緇衣13，與🔲璽彙2557
同形，其中🔲形爲「心」之變，上博1〈緇衣〉作🔲上博1緇衣8則移心於下，與
🔲璽彙3071同形。金文「慶」字作🔲秦公簋🔲伯其父匕，從鹿從文，「文」或從
心作🔲君夫簋🔲史喜鼎，「鹿」與「文」合書作🔲五祀衛鼎🔲召伯簋🔲弔慶父鬲🔲景
伯盨🔲景伯盨🔲蔡侯鐘，變作🔲郭店緇衣13🔲上博1緇衣8形。

　　4、為與甲金文形構相異之戰國文字形體或其訛變

　　如「割」字作🔲郭店緇衣37，從害從戈，刀（刂）、戈義類相通，「戩」爲「割」
字義符更替之異體。

上博 1〈緇衣〉引《尚書‧君陳》「克」字作◇上博 1 緇衣 11，與◇中山王鼎◇璽彙 3507◇郭店.老乙 2◇上博 1 緇衣 11 等同形，其下從皮省，皮字金文作◇、◇皮父簋，◇上博 1 緇衣 11 與甲金文「克」字作◇甲 1249◇大保簋◇秦公鎛相異。

郭店楚簡〈成之聞之〉38.39 引「康弄（誥）曰：『不還大◇，文王◇（作）罰，型（刑）丝（茲）亡懇（◇）。』」即今本〈康誥〉「文王作罰，刑茲無赦，不率大戛」，何琳儀釋◇郭店成之 38 為「夏」〔註1〕，今本作「戛」為「夏」之訛。◇郭店成之 38 與包山楚簡「夏」字作◇包山 224◇包山 225 類同，源自「夏」字金文作◇仲夏父鬲◇邵伯簠、楚簡變作◇上博 1.詩 2◇郭店.緇衣◇帛丙 6.1，◇郭店成之 38◇包山 224 形則保留「日」形、省去「頁」下所加之止形，隸定作「暊」，為「夏」字之異體。

「合」字作◇郭店成之 29，其上「合」省一短橫，下則增「日」，與楚簡作◇包山 83◇包山 214◇包山 266◇望山◇信陽 2.24◇郭店.老子甲 26◇郭店.老子甲 34 等類同，戰國「合」字或其下增口作◇璽彙 3343◇長合鼎，偏旁「合」字或作◇形，如「弇」字中山王鼎作◇中山王鼎，「馨」字《說文》古文作◇，石鼓文作◇石鼓文，◇◇為戰國「合」字之異體〔註2〕。

5、為《說文》重文或其異體

如「法」字作◇上博 1 緇衣 14，與《說文》古文作◇類同，而其上多一飾點，與傳鈔古文作◇汗 1.8◇四 5.29 樊先生碑同形。

「牙」字作◇上博 1 緇衣 6◇郭店緇衣 9，與《說文》古文作◇同形，亦同於戰國文字作◇璽彙 2503◇陶彙 6.102。

「我」字作◇上博 1 緇衣 11◇郭店緇衣 19，與《說文》古文作◇同形。

「其」字作◇郭店緇衣 37，與《說文》「箕」字古文作◇，源自甲金文◇甲 751◇甲 2366◇母辛卣◇盂鼎等形。

「德」字作◇上博 1 緇衣 3◇郭店.緇衣 5 與《說文》心部「悳」字古文作◇同形，此字為「道德」之「德」，《說文》：「悳，外得於人內得於己也。從直心」。

〔註1〕 參見：何琳儀，〈郭店楚簡選釋〉，李學勤、謝桂華主編，《簡帛研究 2001》，廣西師範大學出版社，2001，頁 165。

〔註2〕 參見黃錫全，《汗簡注釋》，武漢：武漢大學出版社，1993，頁 212、李家浩，〈包山 226 號竹簡所記木器研究〉，《國學研究》第二卷，頁 544。

「冬」字作 ▢上博1緇衣6 ▢郭店緇衣10，與《說文》古文作▢，金文作▢陳章壺類同，乃此形偏旁易位之異體，移「日」於下。

「誥」字作 ▢上博1緇衣3 ▢上博1緇衣15，从言从収（▢），源自金文作▢何尊 ▢史詢簋 ▢王孫誥鐘，《說文》「誥」字古文作▢即此形之訛變，《汗簡》錄▢汗1.12王庶子碑與金文、楚簡同形，《箋正》謂今本《說文》古文▢當依此改正。

6、其偏旁為《說文》重文

如「敬」字作 ▢上博1緇衣15，與魏三體石經〈立政〉「敬」字古文作▢、楚帛書作▢楚帛書乙同形，《說文》「苟」字篆文作▢，从羊省、从包省、从口，古文「苟」字羊不省而作▢，▢魏三體 ▢上博1緇衣15 ▢郭店緇衣29即从攴从古文「苟」字▢，《說文》「敬」字下當補古文作▢。

又如「虐」字作▢郭店緇衣27，右从《說文》「虐」字古文▢，▢郭店緇衣27為「虐」增形符广之異體。

（三）戰國楚簡所引《尚書》文字與今本《尚書》文字構形相異之特點

戰國楚簡所引《尚書》文字與今本《尚書》文字構形相異之特點分析於下，其中筆畫變化部份以造成形構改變者為主，屬於筆畫書寫變異而未造成形構改變者，則不列入文字構形相異特點之分析。

1、筆畫繁化：綴加飾筆

如前文所述之「帝」字作▢郭店.緇衣37下綴加一無義橫筆，「言」字作▢上博1緇衣20中綴增一短橫，「上」字作▢郭店緇衣37下增短橫飾筆，「昔」字作▢郭店緇衣37，其下「日」形綴加一直筆作「田」。

又「人」形綴加飾筆作▢、▢，如「躬」（躳）字作▢上博1緇衣3 ▢郭店緇衣5 ▢郭店緇衣37所从偏旁「身」之「人」形。

2、筆畫減省

如前文所述之「言」字作▢郭店緇衣40省中間直畫；「康」字作▢上博1緇衣15 ▢郭店緇衣38，其中直筆減省未上貫；「咸」字作▢上博1緇衣3，其內省減一短橫。

3、筆畫變化而混同

如前文「入」字綴添飾筆ㅅ作▢上博1緇衣20 ▢郭店緇衣39，而與「內」字混同。

如「不」字作 郭店.成之 22 中綴加一短橫，與「丕」字混同，郭店〈成之聞之〉22 所引〈君奭〉句「不」字今本即作「丕」字（惟冒丕單稱德），郭店楚簡所見《尚書》此處當作「不」字。

4、偏旁增繁

（1）增加表義之偏旁

如「牙」字作 上博 1 緇衣 6 郭店緇衣 9，與《說文》古文作 同形，其下增象形之偏旁「齒」字。

如「呂」字郭店〈緇衣〉引〈呂刑〉篇名作 郭店緇衣 13，乃增偏旁「邑」。

如「作」字作 上博 1 緇衣 郭店.成之 38，甲金文以「乍」為「作」，此增表義之偏旁「又」。

（2）增加無義之偏旁

如「合」字作 郭店成之 29，其下綴增偏旁「曰」。

如「萬」字作 上博 1 緇衣 8 郭店緇衣 13，其下綴增偏旁「土」。

5、偏旁省減

（1）省略偏旁

如「德」字作 上博 1 緇衣 3 郭店.緇衣 5，金文或作 何尊 嬴霝德鼎，此形省「彳」作「悳」。

如「寒」字作 上博 1 緇衣 6，省略偏旁「宀」。

如「命」字作 郭店緇衣 36，「敬」字作 郭店緇衣 29，省「口」而作「＝」。

如「聖」字上博 1〈緇衣〉11 引〈君陳〉句作 上博 1 緇衣 11，乃「聖」字省略偏旁「壬」，即甲金文「聽」字作 甲 3536 前 6.12.2 大保簋，「聽」、「聖」古字形義同。

（2）義符省減

如「夏」字作 郭店成之 38，金文作 仲夏父鬲 邵伯簋、楚簡變作 上博 1.詩 2 郭店.緇衣 帛丙 6.1，此形省減義符「頁」下所加之「止」形。

6、偏旁改換

（1）聲符更替

如「怨」字郭店〈緇衣〉9、10 引〈君牙〉句作 郭店緇衣 10，此形當為《說文》「悁」字「忿也，从心肙聲，一曰憂也」，於緣切，「悁」「怨」音義俱

近，「冐」、「夗」聲符更替。

（2）義符更替

如「割」字作郭店緇衣 37，从害从戈，「刀（刂）」、「戈」義類相通，「戜」爲「割」字義符更替之異體。

如「冬」字作上博 1 緇衣 6郭店緇衣 10，與《說文》古文作，金文作陳章壺類同，乃此形移「日」於下。上博 1 緇衣 6郭店緇衣 10 从「日」，與「冬」字从「仌」爲義符更替之異體。

如「刑」字郭店〈緇衣〉引〈呂刑〉篇名作郭店緇衣 13郭店緇衣 26，爲「刀（刂）」、「土」義符更替，然上博 1〈緇衣〉「刑」字作上博 1 緇衣 8上博 1 緇衣 14，楚系文字多增無義之偏旁「土」，郭店緇衣 13郭店緇衣 26 實爲上博 1 緇衣 8上博 1 緇衣 14 之省略偏旁「刀（刂）」。

7、形構更易

如「誥」字作上博 1 緇衣 3上博 1 緇衣 15，从言从収（），唐蘭云：「从言从収是由於『誥』是由上告下，作誥的是奴隸主貴族，用雙手捧言，以示尊崇之義」，「誥」字本从言告聲之形聲字，上博 1 緇衣 3上博 1 緇衣 15 形則聲符「告」更替爲義符「収（）」，變作从言从収（）之會意字。

8、偏旁易位

如「明」字作上博 1 緇衣 15郭店緇衣 29，移「日」於「月」下，作上下形構，與驫羌鐘中山王鼎夋壺同形。

如「躬」字楚簡引〈咸有一德〉句作「躳」上博緇衣 3郭店緇衣 5，《說文》「躳」或體从「弓」，此形移「身」於下。

如「敬」字上博 1〈緇衣〉15 引〈康誥〉句作上博 1 緇衣 15，乃移偏旁「攴」於右下。

9、偏旁訛混

如「奭」字作郭店.成之 22郭店.成之 29，與魏石經作魏三體類同，或所从「大」綴加飾點作上博 1 緇衣 18，綴加飾點變作短橫作郭店緇衣 36，其形構當本作从「大」、「自」，綴加之短橫與「自」結合，訛作从「百」。

如「慶」字郭店〈緇衣〉引〈呂刑〉句作郭店緇衣 13，其中形爲「心」之訛變，與「白」混同。

二、魏石經《尙書》三體字形與今本《尙書》文字構形異同之探析

（一）魏石經《尚書》三體字形與今本《尚書》文字構形異同之對照

　　下表爲魏石經《尙書》三體字形與今本《尙書》文字構形異同之對照，依《說文》字首次序排列，列出魏石經古篆隸三體文字構形相異者，其篆隸二體形構無異者則省之，三體文字構形皆與今本《尙書》相異者，則列出古篆隸三體，並且列出今本《尙書》文句對照及《說文》字形，以做爲參證。

　　表格字首之今本《尙書》文字若爲《說文》字首之或體，該字首標記「”」，如：表格字首今本《尙書》文字「”集」，爲《說文》字首「雧」之或體「集」；若爲《說文》所未收字首，則標記「*」，如：表格字首今本《尙書》〈立政〉「藝人表臣」「藝」字說文無，字首作「*藝」。

【魏石經《尚書》三體字形與今本《尚書》文字構形對照表】

今本尚書文字	魏石經三體字形	今本尚書文句對照	說文字形參證
天	魏三體		
帝	魏品式.魏三體	魏品式禹拜曰都帝予何言. 魏三體君奭我亦不敢寧于上帝命.格于上帝	古帝
上	魏三體	君奭我亦不敢寧于上帝命.格于上帝	篆上
下	魏三體	君奭大弗克恭上下	
禮	魏三體	君奭故殷禮陟配天	古𥘆
祥	魏三體	君奭其終出于不祥于	
祗	魏三體	君奭祗若茲.存古篆	
神	魏三體		
皇	魏三體		
中	魏三體	無逸自殷王中宗.篆隸中作仲	籀𠁧 古𠁩
	魏三體	呂刑非德于民之中.存古篆	

蒼	![魏品式] 魏品式	益稷至於海隅蒼生.存古文	
若	魏三體		
小	魏三體	無逸君奭立政.篆隸作小	
公	魏三體	君奭周公若曰	
釋	魏三體	君奭天不（魏三體作弗）庸釋于文王受命.存古篆	澤
告	魏三體		
含	魏三體		
呼	魏三體		
君	魏三體		古
命	魏三體		
和	魏三體		
嗇	魏三體	無逸不嗇不敢含怒	
周	魏三體		篆
喪	魏三體		
越	魏三體	立政亦越成湯陟	
	魏三體	大誥西土人亦不靜越茲蠢	
前	魏三體	君奭嗣前人恭明德.存古篆	芳篆肯
歷	魏三體	君奭多歷年所.大誥嗣無疆大歷服	
適	魏三體	多士惟爾王家我適.	
迪	魏三體		
違	魏三體	無逸厥心違怨	韋古

迷	魏三體	無逸無若殷王受之迷亂	
遠	魏三體	君奭弗永遠念天威	古 遑
道	魏三體 迪	君奭我道惟寧王德延	
遑 （說文新附）	魏三體	無逸不遑暇食隸體殘.撰異：皇作遑俗字衛包所改	
德	魏品式.魏三體		惪古 悳
微	魏三體	立政夷微盧烝三毫阪尹.存古文	散篆 散
往	魏三體	君奭無能往來.存隸體	古 逞
後	魏三體		古 後
御	魏三體		
嗣	魏三體 文侯之命 魏三體君奭		古 嗣
商	魏三體		古 商 籀 商
言	魏品式		
訓	魏三體		
諶	魏三體篆隸	君奭天命不易天難諶	
信	魏三體	君奭天不可信	
誥	魏三體	多方今我曷敢多誥	
誕	魏三體		篆 誕
要	魏三體		古 要 篆 要
革	魏三體		古 革 篆 革
殺	魏三體		古 殺

字	魏石經	例句	說文
*藝〔註3〕 （說文無）	魏三體	立政藝人表臣	埶篆
*佑	魏三體	君奭天惟純佑命	說文無佑
及	魏三體		古
秉	魏三體	君奭王人罔不秉德	
事	魏三體		古
臣	魏三體		
故	魏三體	君奭故殷禮陟配天.故一人有事于四方.故古文作古.篆隸作故	
政	魏三體多方		
	魏三體呂刑	呂刑"庶民罔有令政在于天下	
敷	魏三體.魏二體		
變	魏三體		
敵	魏三體		
攸	魏三體	無逸乃非民攸訓.非天攸若	
收	魏三體	君奭收罔勗不及	
暋	魏三體立政	立政其在受德暋	
牧	魏三體	立政宅乃牧	
教	魏三體		篆
卜	魏三體	君奭若卜筮	古
用	魏三體	君奭.多方	古
	魏品式	魏品式皋陶謨五刑五用哉.用三體皆作庸	

〔註 3〕標注「*」表示該字爲《說文》所未見之字首。

庸	（魏三體）	君奭天不（魏三體作弗）庸釋于文王受命	
爾	魏三體		
奭	魏三體		篆奭
"集〔註4〕	魏三體		籥或集
難	魏三體		古難
"於	魏三體		烏古於
*嗚（說文無）	魏三體		烏古於
畢	魏三體		
惠	魏品式.魏三體.		古惠
茲	魏三體		絲篆茲
予	魏品式 / 魏三體	益稷禹拜曰都帝予何言	
受	魏三體	君奭我有周既受.立政其在受德暋	
	魏三體	大誥敷前人受命	
爲	魏三體	梓材惟其陳修爲厥疆畎	
敢	魏三體		古敢
死	魏三體		古死
胥	魏三體		篆胥
散	魏三體	君奭有若散宜生	

〔註4〕標注「"」表示該字首爲《說文》字首之或體：《尚書》「集」字爲《説文》「雧」之或體。

則	(魏三體)		(籀)
割	(魏三體)		
罰	(魏三體)		(篆)
刑	(魏三體)		
簡	(魏三體)	文侯之命簡恤爾都	柬
筮	(魏三體)	君奭若卜筮	筮篆
"其	(魏品式)	皋陶謨庶績其凝	箕古
	(魏三體)		箕籀
典	(魏品式·魏三體)	魏品式皋陶謨天敘有典 魏三體多方惟典神天	古
畀	(魏三體)		
差	(魏三體)		
巫	(魏三體)		
甘	(魏三體)		
曰	(魏品式·魏三體)		
曷	(魏三體)		篆
乃	(魏三體)		
寧	(魏三體)		
于	(魏三體)		
	(魏三體)	君奭其終出于不祥于	烏古
平	(魏三體)		古
虎	(魏三體)		

盧	魏三體	文侯之命盧弓一盧矢百.存古篆	旅古
益	魏品式皋陶謨		嗌籀
主	魏三體	多方天惟時求民主.誕作民主	
靜	魏三體	康誥今惟民不靜.存古文	彤
即	魏三體		
既	魏三體		
侯	魏三體		古 篆
弨	魏三體		
知	魏三體	康誥.君奭.知三體皆作智	智古
享	魏三體		亯 古籀
來	魏三體	君奭無能往來.存古隸	
愛	魏三體	多方爾心未愛.篆體殘	志篆
夏	魏三體		古
乘	魏三體		古 篆
格	魏三體	君奭格于上帝、.矧曰其有能格.三體	佫
''盤	魏三體	君奭在武丁時則有若甘盤	槃籀盤
采	魏品式	益稷以五采彰施于五色.存篆體.隸體殘	介
之	魏三體		篆
出	魏三體		
南	魏三體		古
生	魏三體		

圖	 魏三體		
國	 魏三體	立政以長我王國	或或域
賢	 魏三體	君奭時則有若巫賢	臤
責	 魏三體	君奭誕無我責	束
邑	 魏三體	立政其在商邑	
邦	 魏三體		古
都	 魏品式.魏三體		
扈	 魏三體	君奭則有若伊陟臣扈	古
時	 魏品式.魏三體		古
晨	 魏三體		篆
昔	 魏三體		古
暨	 魏品式	益稷暨益奏庶鮮食	
朝	 魏三體	無逸自朝至于日中昃	
*遊 （說文無）	 魏三體		游古
有	 魏品式.魏三體		
明	 魏品式	皋陶謨夙夜浚明有家	篆
	 魏三體	君奭罔不秉德明恤.存古隸	古
夜	 魏品式隸		篆
多	 魏三體		古
栗	 魏品式		古
克	 魏三體		古　篆

年	魏三體	君奭多歷年所	篆
稱	魏三體	君奭惟茲惟德稱	
米	魏品式	益稷藻火粉米.存古文	
家	魏三體	多士其有聽念于先王勤家.存古文	古
宅	魏三體		古
安	魏兩體		
寶	魏三體	大誥寧王遺我大寶龜.存古文	
宜	魏三體	君奭有若散宜生	古
寬	魏品式	皋陶謨寬而栗.存古篆	篆
宗	魏三體		
空	魏三體	立政司徒司馬司空	
兩	魏三體		篆
罔	魏三體		网古
	魏三體	呂刑民之亂罔不中.罔作亡	
罪	魏三體		
常	魏三體	立政乃克立茲常事.司牧人其惟克用常人	
戲	魏品式		
保	魏三體	君奭時則有若保衡.保乂有殷	
	魏三體	君奭告汝朕允保奭	
俊	魏三體	立政灼見三有俊心.存隸體.篆殘	
伯	魏三體	立政大都小伯	白

伊	魏三體		古
作	魏三體		
弔	魏三體	君奭弗弔	
監	魏三體		篆
殷	魏三體		
表	魏三體	立政藝人表臣	表
裕	魏三體	康誥若德裕.存隸體.君奭告君乃猷裕.存古篆	篆
壽	魏三體	君奭天壽平格.存古文	
孝	魏三體		
屏	魏三體	君奭小臣屏侯甸.屏古文作并.篆隸作屏	
服	魏三體	無逸文王卑服	葡篆
允	魏三體	無逸朕之愆允若時不啻不敢含怒.君奭予不允惟若茲誥	兄
顧	魏三體		篆
修	魏三體		
	魏三體（隸）	梓材惟其陳修為厥疆畎.存隸體	
文	魏三體		
司	魏三體		
敬	魏三體	立政以敬事上帝	篆
山	魏三體		
庶	魏品式 魏三體	魏品式皋陶謨庶績其凝 魏三體無逸以庶邦惟正之供	

厥	魏三體		
肆	魏三體		古
易	魏三體		
馬	魏三體		古 籀
法	魏三體		篆
麗	魏三體	多方愼厥麗乃勸	
逸	魏三體	無逸于逸于遊于田.多方	
戾	魏三體	多士予亦念天即于殷大戾	
獲	魏三體	微子乃罔恆獲.隸體殘	篆
狂	魏三體	多方惟聖罔念作狂惟狂克念	古
能	魏三體		
大	魏二體 魏三體		
夷	魏三體	立政夷微盧烝三毫阪尹	
亦	魏三體		
夭	魏三體		篆
奔	魏三體	君奭矧咸奔走	篆
替	魏三體	大誥不敢替上帝命	晉篆
愼	魏三體	多方	古
念	魏三體		篆
愿	魏品式	皋陶謨愿而恭	

恭	魏三體		
惟	魏三體		
	魏三體大誥		
	魏三體康誥	康誥今惟民不靜.存古文	
恤	魏三體	君奭罔不秉德明恤	
忽	魏品式	魏品式益稷在治忽.存隸體	習篆回
愆	魏三體	無逸厥愆.存隸體	籀𠍴
怨	魏三體	無逸厥心違怨	古𢙺
怒	魏三體	魏三體無逸不啻不敢含怒	怒古𢘄
洮	魏三體	顧命王乃洮頮水	
汝	魏品式 魏三體	魏品式益稷俞師汝昌言.存古文.汝無面從.存古隸 康誥鳴呼封汝念災	
治	魏二體	禹貢壺口治梁及岐	
澤	魏三體		𦥯
淫	魏三體		篆淫
泆	魏三體	多士誕淫厥泆	
湯	魏三體		
"頮	魏三體	顧命王乃洮頮水存古篆	沬古𣹟段頮
太	魏三體	君奭在太戊	泰古夳
滅	魏三體	君奭有殷嗣天滅威	
非	魏三體		篆非

不	魏三體 / 魏三體	魏三體多士惟天不畀.君奭我有周既受我不敢知曰.天不庸釋于文王受命	篆
否	魏三體	魏三體無逸"否則厥口詛祝"	
至	魏三體		古
西	魏三體		古
閔	魏三體	文侯之命嗚呼閔予小子嗣	古
聽	魏三體	無逸此厥不聽人乃訓之.多方罔可念聽	
聞	魏三體	君奭我聞在昔成湯既受命	
拜	魏品式		古 籀 篆
撫	魏品式	魏品式皋陶謨撫於五辰.存古隸	
姓	魏三體	立政奄甸萬姓	
	魏三體	君奭則商實百姓.存古文殘	
威	魏三體	君奭弗永遠念天威.有殷嗣天滅威存古文.秉德迪知天威.三體作畏誕將天威.隸體	畏古
民	魏品式. / 魏三體	魏品式益稷予欲左右有民	古 段
乂	魏三體	君奭乂王家.用乂厥辟.乂篆隸作乂	
弗	魏三體	君奭弗弔.弗三體作不	
	魏三體		
哉	魏三體		
我	魏三體		古
無	魏三體		
	魏品式	魏品式益稷汝無面從退有後言.存隸體	

弼	魏品式		古
孫	魏三體		
純	魏三體君奭　　魏三體文侯之命		
納	魏品式	魏品式益稷工以納言.納三體作內	
終	魏三體	君奭其終出于不祥	古
徽	魏三體	無逸徽柔懿恭	
綏	魏三體	大誥克綏受茲命	
彝	魏三體		篆
綽	魏三體	無逸不寬綽厥心.綽三體作紹	紹古
率	魏三體	君奭率惟茲有陳	衛
蠢	魏三體	大誥西土人亦不靜越茲蠢.存隸	古
蟲	魏品式	益稷華蟲作會.存古文	
基	魏三體	君奭厥基永孚于休.基古文作丌.篆隸二體作基	
堪	魏三體	多方罔堪顧之	
封	魏三體	康誥王曰嗚呼封汝念哉	籀
甸	魏三體	君奭小臣屏侯甸.立政奄甸萬姓.古文作佃.篆隸作甸	
"疆	魏三體	君奭我受命無疆惟休.存隸體	畺或疆
功	魏三體	無逸即康功田功.功古文作工.篆隸二體作功	工古
勸	魏三體	多方愼厥麗乃勸.	篆
勤	魏三體　　魏三體（古）	多士其有聽念于先王勤家.勤古文作懂.篆隸作勤　　大誥爾知寧王若勤哉	篆

協	魏三體	立政用協于厥邑其在四方.存古篆	
金	魏三體		古金
劉	魏三體		
所	魏三體		篆所
陟	魏三體	君奭時則有若伊陟臣扈.故殷禮陟配天	古陟
*墜 （說文無）	魏三體	君奭乃其墜命	
陳	魏三體	君奭率惟茲有陳	
四	魏三體	君奭故一人有事于四方	籀三
綴	魏三體	魏三體立政虎賁綴衣趣馬小尹	篆綴
五	魏品式.魏三體		古X
萬	魏三體	立政奄甸萬姓	
禹	魏品式		古禹
甲	魏三體	無逸及祖甲及我周文王.君奭在太甲時則有若保衡	古甲
亂	魏三體	無逸	辭古亂
尤	魏三體	君奭越我民罔尤違.存篆體作郵	
丁	魏三體		
戊	魏三體	君奭在太戊	
成	魏三體		古成
辜	魏三體	多方開釋無辜亦克用勸	古辜
辭	魏三體	多士罔非有辭于罰.存古文	
子	魏三體		

辰	魏品式		古
以	魏三體		
酒	魏三體	無逸酗于酒德哉	
配	魏三體	君奭故殷禮陟配天	
酗	魏三體	無逸酗于酒德哉	*說文有酗無酗
在	魏三體		
辟	魏三體	君奭用乂厥辟.多方今至于爾辟	

（二）魏石經《尚書》三體字形與今本《尚書》文字構形異同觀察

魏石經《尚書》三體字形與今本《尚書》文字構形異同現象，觀察如下：

1、為甲骨文、金文等古文字形之沿用

如魏石經《尚書》古文「禮」字作「豊」豊魏三體、「伯」字作「白」魏三體、「作」字作「乍」魏三體、「爾」字作「尔」魏三體、「惟」字作「隹」魏三體、「德」字作「悳」魏三體、「稱」字作「爯」魏三體、「茲」字作「丝」魏三體、「有」字作「又」魏品式.魏三體、「無」字作「亡」魏三體、「在」字作「才」魏三體、「哉」字作「才」魏三體、「納」字作「內」魏三體、「否」字作「不」魏三體、「敷」字作「尃」魏三體魏二體、「前」字作「歬」魏三體、「汝」字作「女」魏品式魏三體等等。

2、源自甲金文或其書寫變異、訛變

如魏三體石經「祗」字古文作魏三體，乃源自金文作郘侯簋　蔡侯鐘中山王壺等形；「來」字古文作魏三體，源自金文作來觶　何尊　單伯鐘交鼎　散盤等形，亦與楚簡郭店.成之36同形。

如魏三體石經〈君奭〉「率」字古文作魏三體，與永盂　庚壺　上官鼎郭店.尊德28等同形。

魏三體石經〈君奭〉「年」字古文作，从禾从土，「土」為「壬」之訛。「年」字古作从禾从人：缶鼎　庚嬴卣　弔上匜，「人」下加一點變作「千」：

✦郜公鼎✦齊癸姜簋✦中山王鼎；又下加一橫變作從「壬」：✦番君鬲✦王孫鐘✦郑公華鐘✦夆弔匜✦洹子孟姜壺✦齊侯盤，✦魏三體訛變自此形，移「壬」之下半至右，變作從土。

如魏品式石經〈咎繇謨〉「庶」字古文作✦，當源自✦伯庶父盨✦子仲匜等，其下由✦矢簋✦毛公鼎等所從「火」漸訛作似「土」形，✦魏品式則繁化從二火而訛變，《汗簡》錄石經作✦汗 4.51 即從二火。

如魏三體石經〈君奭〉「寧」字古文作✦魏三體，其下似「衣」下半形之「✦」乃由「皿」、「丂」合書訛變而成，「寧」字由✦孟爵✦寧簋變作✦自、✦中山王鼎，再變作✦魏三體。

如魏石經《尚書》「散」字古文作✦魏三體，左上為二朩之訛變，如✦散姬鼎所從二朩已見相連，左下當為「月」（肉）之訛變，而與「昔」字作✦魏三體.君奭、古作✦何尊✦卯簋✦克鼎✦蚉壺訛混。《說文》肉部篆文作✦「雜肉也，從肉林攵聲」，源自✦散伯車父鼎✦散車父簋，或增肉旁作：✦散伯簋✦散伯卣✦五祀衛鼎✦散盤✦陳禦寇戈。

魏三體石經《尚書》「誥」字作✦魏三體，源自金文作✦何尊✦史話簋✦王孫誥鐘形之訛變，楚簡引《尚書》「誥」字作✦上博 1 緇衣 3✦上博 1 緇衣 15 此形從言從収（✦），✦魏三體則「収（✦）」訛變作「兀」。

如魏三體石經「金」字古文作✦魏三體，與《說文》古文作✦類同，源自金文作✦毛公鼎✦史頌簋✦趙孟壺✦曾大保盆✦陳貼簋✦沈兒鐘等形。

如魏三體石經「君」字作✦魏三體，源自✦天君鼎✦史頌鼎，變作✦哀成弔鼎✦鄂君啓舟節✦璽彙 0273✦璽彙 0004 形同，✦侯馬形則左右析離，此即《說文》古文作✦之所由。

3、為與甲金文形構相異之戰國文字形體或其訛變

如魏三體石經〈梓材〉「為」字古文✦，與戰國作✦東周左師壺✦中山王兆域圖✦陳喜壺✦包山 5 等同形，源自西周金文作✦弘尊✦姑氏簋✦雍伯鼎✦召伯簋✦歸父盤，其下形以「＝」省略之。

如魏品式石經「蟲」字古文作✦魏品式，「虫」字戰國作✦魚鼎匕✦璽彙 0729✦璽彙 1099 等形，✦魏品式與楚簡作✦郭店老子甲 21✦包山 191 同形。

如魏三體石經「夏」字古文✦魏三體，源自金文作✦伯夏父鼎✦伯夏父鬲✦

仲夏父鬲 ⬚ 邵伯𣪘 ⬚ 邵伯𣪘，戰國「夏」字則「頁」人形下之止、女等漸向「日」下位移，變作 ⬚ ⬚ 鄂君啓舟節 ⬚ 曾侯乙 131 ⬚ 帛丙 6.1 ⬚ 天星觀.卜 ⬚ 夏官鼎 ⬚ 璽彙 3988，⬚ 魏三體形乃由此省去「頁」而只餘移至日下之止形作爲人形表示。

如魏三體石經「若」字古文作 ⬚，乃金文作 ⬚ 毛公鼎 ⬚ 泉伯𣪘 ⬚ 揚𣪘 ⬚ 申鼎、⬚ 詛楚文、戰國時變作 ⬚ 中山王鼎 ⬚ 中山王墓兆域圖 ⬚ 信陽楚簡 1.55 ⬚ 郭店.尊德義 23 之訛變。⬚ 上半部是雙手及長髮 ⬚ 之訛變，下半部是人形之訛變，由人形 ⬚、跪跽狀 ⬚ 變爲女字形，或爲人形 ⬚ 與 ⬚ 結合、或因增口而與口結合，而與跪跽狀消失的「女」字（⬚）相似，二點劃爲飾筆，由楚簡只加右側演變爲加兩側飾筆，使字形對稱。

如魏三體石經「畢」字古文作 ⬚ 魏三體，乃金文作 ⬚ 段𣪘 ⬚ 佣仲鼎 ⬚ 召卣，戰國時增 ⬚ 作 ⬚ 邵鐘 ⬚ 郏公華鐘，⬚ 魏三體由此訛變。

如魏三體石經〈君奭〉「聞」字古文作 ⬚，「聞」字甲骨文作 ⬚ 前 7.31.2 ⬚ 前 7.7.3，右上突出耳形以表聽聞，金文變作：⬚ 盂鼎 ⬚ 利𣪘 ⬚ 郘王子鐘 ⬚ 王孫誥鐘等，戰國或作 ⬚ 璽彙 1073 ⬚ 陳侯因資敦形爲省去「耳」形，⬚ 魏三體則爲省去左下 ⬚、⬚、⬚、⬚ 等人形而作 ⬚、⬚、⬚、⬚ 形之變〔註5〕，與郭店楚簡作 ⬚ 郭店.五行 15 ⬚ 郭店.五行 50 同形。

如魏石經《尚書》「巫」字古文作 ⬚ 魏三體，其下增「口」，侯馬盟書「巫」字或作 ⬚，「覡」字作 ⬚，其偏旁「巫」與此形同，郭店楚簡「筮」字作 ⬚ 郭店.緇衣 46，所從「巫」字下亦增「口」。

如魏三體石經〈無逸〉「變」字古文作 ⬚ 魏三體，源自 ⬚ 侯馬 1.36 ⬚ 侯馬 1.30，所從之「兒」不省，形如 ⬚ 天星觀.策 ⬚ 望山 2.策下方所從，而其下訛變作「火」，可隸定爲「敽」〔註6〕。

4、為《說文》重文或其異體，或且為戰國文字或其訛變

下表爲魏石經《尚書》三體字形與今本《尚書》文字構形相異者，和《說文》古籀或體等重文之構形比較表，並且列出土資料文字作爲參證，其字體形

〔註5〕參見：許師學仁，「聞字形變表」，《古文四聲韻古文研究》，台北：文史哲出版社，1999，頁 42。

〔註6〕詳見：李家浩〈釋𠭖〉，《古文字研究》第一輯，北京：中華，1979.8，頁 391～395。

構比較之詳細說明參見論文【第二部分　傳鈔古文《尚書》文字辨析】。

今本尚書文字	魏石經字形	說文字形參證	出土資料文字參證	二者比較
帝	魏品式	古		同形
	魏三體		信陽 1040	筆畫變化
中	魏三體	籀	甲 398　中盉　中山王鼎	筆畫變化
遠	魏三體	古	克鼎　郭店.成之 37	異構　偏旁皆訛變
德	魏品式.魏三體	憙古	侯馬 3.7　中山王鼎	說文訛變
後	魏三體	古	沇兒鐘　包山 2	同形
嗣	魏三體	古	令瓜君壺　曾侯乙鐘	石經訛變
商	魏三體	古	蔡侯盤	筆畫變化
革	魏三體	古	鄂君啓車節　康鼎	同形
殺	魏三體	古	殺侯馬　楚帛書丙　江陵 370.1　包山 135	皆訛變
及	魏三體	古		筆畫變化
事	魏三體	古	師旂鼎　哀成弔鼎	同形
卜	魏三體	古		同形
用	魏三體	古		同形
難	魏三體	古	包山 236	皆訛變
"於	魏三體	烏古	毛公鼎　禹鼎　輪鎛　中山王鼎	同形皆訛變
*嗚	魏三體	烏古	（同上）	同形皆訛變
惠	魏品式.魏三體.	古	衛盉　郭店.緇衣 41	石經省形
敢	魏三體	古	陶彙 8.1351　包山 15	筆畫變化

死	魏三體	古	斧望山.卜　郭店.忠信 3	同形
則	魏三體	籀	何尊　鄂君啓舟節　楚帛書乙　郭店語叢 1.34	石經訛變
"其	魏品式	箕古	甲 2366　盂鼎	同形
	魏三體	箕籀	弔向父簋　中山王鼎	筆畫變化
典	魏品式.魏三體	古	陳侯因脊錞　包山 3　包山 16	皆訛變
平	魏三體	古	亻平鐘　平阿右戈	同形
盧	魏三體古篆	旅古		筆畫變化
益	魏品式皋陶謨	嗌籀	侯馬　璽彙 1551	說文訛變
侯	魏三體	古	甲 183　鄂侯簋	同形
知	魏三體	智古	璽彙 3497	筆畫變化
享	魏三體	享（古籀）	伯盂　虢弔鐘	筆畫變化
夏	魏三體	古	上博 1.詩 2　璽彙 3643　璽彙 15	異構說文訛變
乘	魏三體	古	夏公匜　公乘壺　鄂君啓車節	同形
南	魏三體	古	盂鼎　啓卣	同形皆訛變
國	魏三體	或或 域		異構
扈	魏三體	古		筆畫變化
時	魏品式.魏三體	古	中山王壺	同形
昔	魏三體	古	何尊　盤壺	同形
*遊	魏三體	游古	蔡侯盤　鄂君啓舟節	說文訛變
明	魏品式魏三體	古	羕鐘　中山王鼎	同形
多	魏三體	古	麥鼎　郭店.老子甲 14	筆畫變化

栗	魏品式	古		說文訛變
克	魏三體	古	中山王鼎 郭店.老乙 2 陶彙 3.124	筆畫變化 皆訛變
家	魏三體	古	令鼎 命瓜君壺	說文訛變
宅	魏三體	古	郭店.成之 34 郭店.老乙 8	異構
宜	魏三體	古	宜陽右倉簋 夆壺	筆畫變化
"罔	魏三體	网 或 罔 古		同形
伊	魏三體	古		筆畫變化
肆	魏三體	絲 古	天亡簋 芮簋	同形
馬	魏三體	古 籀	吳方彝 夆壺	皆訛變
狂	魏三體	古	包山 22	石經訛變
慎	魏三體	古	邾公華鐘 郭店.語叢 1.46	同形
愆	魏三體.隸	籀	侯馬	同形
怨	魏三體	古		同形
怒	魏三體	恕 古	夆壺 郭店.性自 2	說文誤置
"頮	魏三體	沫 古 段	嚳伯作眉盤 齊侯敦 陳逆簋	同形
至	魏三體	古	邾公牼鐘 中山王鼎	同形
西	魏三體	古	幾父壺 國差罎	同形
閔	魏三體	古		筆畫變化 皆訛變
拜	魏品式	古	善夫山鼎 包山 272	說文訛變
威	魏三體	畏 古	孟鼎 郭店.五行 36 郭店.成之 5	說文訛變
民	魏品式.魏三體	古 段	盂鼎 洹子孟姜壺 沇兒鐘 夆壺	筆畫變化

我	魏三體	古 我鼎	命瓜君壺	筆畫變化
弼	魏品式	古		石經訛變
綽	魏三體	紹古		筆畫變化
蠢	魏三體.隸	古		筆畫變化
封	魏三體	籀	封孫宅盤　璽彙 0839	同形
金	魏三體	古	趙孟壺　陳肪簋	筆畫變化
陟	魏三體	古	陶彙 3.1291　陶彙 3.1293	異構
四	魏三體	籀三	保卣　毛公鼎	同形
五	魏品式.魏三體	古	陶彙 3.662　古幣 22	同形
禹	魏品式	古	禹鼎　璽彙 5124	筆畫變化
甲	魏三體	古	甲 632　隨縣 130　包山 143	說文訛變
亂	魏三體	戀古	毛公鼎　楚帛書乙	說文誤置
成	魏三體	古	沈兒鐘　中山王鼎	同形
辜	魏三體	古	盉壺	同形
辰	魏品式	古	後 1.13.4　甲 424　甲 2274	筆畫變化

（1）與《說文》古籀或體等重文同形、類同或其訛變

如魏品式石經《尚書》「帝」字古文作帝魏品式，與《說文》古文作帝同形，又如「及」字古文作魏三體，《說文》古文作；「事」字古文作魏三體，《說文》古文作；「卜」字古文作魏三體，《說文》古文作；「用」字古文作魏三體，《說文》古文作；「愬」字今存隸體作魏三體，《說文》籀文作等等。

（2）與《說文》古籀或體等重文同形、類同，且爲戰國文字字形或其訛變

如魏三體石經《尚書》「帝」字古文作帝魏三體，與《說文》古文作帝類同，

而其中直筆多一短橫飾筆，與 ![字] 楚帛書甲 **6.33** ![字] 信陽 **1040** 等相類。

　　如魏三體石經〈呂刑〉「死」字古文作 ![字]，三體石經偏旁「死」作 ![字]（![字] 薨.魏三體僖公），與《說文》古文作 ![字] 相合，由戰國作 ![字] 望山.卜 ![字] 郭店.忠信 **3** ![字] 中山王兆域圖而來，皆由 ![字] 甲 **1169** ![字] 乙 **105** ![字] 盂鼎 ![字] 毛公鼎 ![字] 哀成弔鼎 ![字] 中山王鼎 ![字] 望山.卜 ![字] 包山 **249** ![字] 郭店.窮達 **9** ![字] 龍崗木牘而變。

　　如魏品式石經、三體石經「典」字古文分別作 ![字] 魏品式 ![字] 魏三體，皆與《說文》古文作 ![字] 類同，从竹从典，源自戰國作 ![字] 陳侯因資錞 ![字] 包山 **3** ![字] 包山 **11** ![字] 包山 **16** ![字] 包山 **7** ![字] 望山 **2** 策等形訛變〔註7〕，其上本爲綴增飾點、飾筆變而與「竹」混同，變作从竹从典。

　　如魏三體石經〈君奭〉「難」字古文作 ![字]，與《說文》「鸛」（難）字古文 ![字] 類同，源於戰國 ![字] 包山 **236** ![字] 郭店.老子甲 **14** 等形。

　　如魏三體石經「敢」字古文作 ![字]，《說文》古文作 ![字]，源自金文作 ![字] 農卣 ![字] 泉伯簋 ![字] 頌鼎 ![字] 井侯簋 ![字] 毛公鼎 ![字] 齊陳曼匜，戰國从「又」變作从「攴」：![字] 螽壺 ![字] 陶彙 **8.1351** ![字] 郭店.六德 **17** ![字] 包山 **15**。

　　（3）爲戰國文字字形，而《說文》古、籀、或體等重文爲訛變之形

　　如魏品式石經「拜」字古文作 ![字] 魏品式，源於金文本作从手从 ![字]：![字] 井侯簋 ![字] 沈子它簋 ![字] 靜簋 ![字] 柞鐘 ![字] 幾父壺，又手、![字] 形訛變相似，變作 ![字] 師西簋 ![字] 善夫山鼎，![字] 魏品式石經形乃从二 ![字] 說文古文手，戰國楚簡作 ![字] 包山 **272** ![字] 包山 **276** ![字] 郭店.性自 **21** 與此同，《說文》古文作 ![字]，爲此形之訛變。

　　魏品式石經「栗」字古文作 ![字] 魏品式，源自甲骨文作 ![字] 前 **2.19.3** ![字] 林 **1.28.12**，上从三卤，變作 ![字] 石鼓文 ![字] 包山竹簽 ![字] 璽彙 **0233**，《說文》「栗」字古文作 ![字]，上从西（![字]），乃 ![字] 誤作爲 ![字] 說文古文西，再變爲 ![字] 說文篆文西，且《說文》同部「粟」字古文作 ![字]，蓋不誤也。

　　（4）爲戰國文字字形之訛變，《說文》古、籀、或體等重文不誤

　　如魏三體石經「則」字古文作 ![字] 魏三體，乃金文作「勛」![字] 何尊 ![字] 格伯簋 ![字] 召伯簋 ![字] 兮甲盤 ![字] 鄂君啓舟節 ![字] 中山王壺 ![字] 中山王壺，戰國文字或省變作 ![字] 曾侯乙

〔註 7〕參見：黃錫全，《汗簡注釋》，武漢：武漢大學出版社，1993，頁 188、胡小石，《胡小石論文集三編》，上海：上海古籍，1995，頁 441、徐在國，《隸定古文疏證》，合肥：安徽大學出版社，2002，頁 104。

鐘 🔔 曾侯乙鐘 ⿱ 楚帛書乙 ⿰ 郭店語叢 **1.34** ⿱ 老子丙 **6** 等形，⿰ 魏三體即源自此，其左形爲「鼎」之省訛，右形爲「刀」。

（5）爲戰國文字字形，與《說文》重文爲一字之異構

如魏三體石經「夏」字古文 ⿱魏三體，乃戰國作 ⿰帛丙 **6.1** ⿱天星觀卜 ⿱夏官鼎 ⿰璽彙 **3988** 省去「頁」而只餘移至「日」下之止形作爲人形表示，《說文》古文作 ⿱，當是此形省「日」而偏旁「頁」訛變之形與「止」合書，或謂爲 ⿱璽彙 **15** 之訛變。

如魏三體石經「陟」字作 ⿰魏三體，其右從《說文》古文 ⿰之右形，左形與金文偏旁「阜」字如 ⿰沈子簋 ⿰班簋所從同形，⿰魏三體當爲 ⿰說文古文陟義符更替之異體。

如魏三體石經「遠」字作 ⿱魏三體，《說文》古文從辵作 ⿱，此形源於金文作 ⿱訣簋 ⿱克鼎 ⿱番生簋，從辵、從彳可通，戰國楚簡作：⿱郭店.成之 **37** ⿱包山 **207** 等形，其右 ⿱形即「袁」字訛變〔註8〕。

如魏品式石經、三體石經「惠」字古文作：⿱魏品式 ⿱魏三體，《說文》古文作 ⿱，「惠」字上所從「叀」字古作 ⿱何尊 ⿱無叀鼎，或省作 ⿱諫簋 ⿱虢弔鐘 ⿱克鼎，石經 ⿱魏品式 ⿱魏三體形源自 ⿱衛盉 ⿱邾大宰簋 ⿱中山王壺等形，與戰國作 ⿱鐂鎛 ⿱王孫乂鐘 ⿱郭店.緇衣 **41** 類同。

5、其偏旁爲《說文》重文

如魏三體石經「祥」字古文作 ⿰魏三體、「神」字古文作 ⿰，偏旁「示」字與《說文》古文作 ⿰同形。

如魏品式石經「蒼」字古文作 ⿱魏品式，從《說文》「倉」字奇字 ⿱。

如魏三體石經「敬」字作 ⿰魏三體，《說文》「苟」字篆文作 ⿱，從羊省、從包省、從口，古文「苟」字羊不省而作 ⿱，⿰魏三體從攴從古文「苟」字 ⿱。

6、爲《說文》他字之重文異體

如魏三體石經〈無逸〉「不啻不敢含怒」「怒」字古文作 ⿱魏三體，與《說文》「恕」字古文作 ⿱同形，然「怒」字戰國文字作 ⿱盇壺，楚簡作 ⿱郭店.性自 **2** ⿱郭店.老子甲 **34** 形，從女從心，當爲「怒」字古文，《說文》誤入「恕」字下。

〔註 8〕說見：黃錫全，《汗簡注釋》，武漢：武漢大學出版社，1993，頁 106。

如魏三體石經「亂」字古文作 魏三體，與《說文》「絲」字古文作 同形，「亂」字西周金文作 毛公鼎，戰國楚文字作 楚帛書乙 九店 56.28 包山 192 郭店唐虞 28 郭店成之 32，皆與此形類同， 說文古文絲當是「亂」字古文，《說文》 受 部「亂」字訓治也，讀與「亂」同，段注云：「此與乙部『亂』字音義皆同」。

魏三體石經「夷」字古文作 魏三體，與《說文》「仁」字古文作 同形，此形甲骨文作： 前 2.19.1 (仁)，中山王鼎銘「亡不達 」 用作「仁」字，戰國楚簡作： 包山 180，金文「夷」字作 兮甲盤「南懷夷」 柳鼎， 兮甲盤與「尸」字作 尸作父己卣 盂鼎同形，「尸」、「夷」通用，黃錫全《汗簡注釋》謂「古尸、𡰥、夷字通」〔註9〕，「夷」字應有戰國古文作 形，故《汗簡箋正》云：「今《說文》夷下失此古文。」

7、其古篆二體與《說文》互易

魏三體石經〈多方〉「要」古文作 魏三體，與《說文》篆文作 同形，三體石經篆體作 魏三體，《說文》古文「要」作 ，三體石經古篆二體與《說文》古篆互易。 說文古文要 魏三體.篆形源自金文 是要簋 散盤，睡虎地秦簡作 雲夢是要簋 漢帛老子甲 147 孫子 53，故此形當為篆文， 魏三體.古 說文篆文要，三體石經為是。

8、為他字形近之誤作

如魏三體石經〈康誥〉「今惟民不靜未戾厥心」「靜」字古文作 魏三體，左形異於「青」字古文 說文古文 青.汗 2.25，而與《古文四聲韻》「丹」字 四 1.37 汗簡 王存乂切韻同形，源自金文「丹」字作 庚嬴卣，是 魏三體從丹從彡，與《說文》古文丹作 同形。然 說文古文丹應為「彤」，源自金文「彤」字作： 休盤 師湯父鼎 訇簋 虢季子白盤 弭伯簋，《說文》誤置「丹」下， 魏三體與此形畢同，此當即「彤」字，王國維謂魏三體石經古文「此誤以彤為彰」〔註10〕，並以「彰」為「靜」字。

（三）魏石經《尚書》三體字形與今本《尚書》文字構形相異之特點

1、筆畫繁化

〔註 9〕黃錫全，《汗簡注釋》，武漢：武漢大學出版社，1993，頁 303。

〔註10〕王國維《殘字考》，頁 24。

如魏三體石經〈君奭〉「公」字古文作⿰魏三體，與金文作⿰郳公華鐘⿰虢文公鼎同形，乃「口」內綴增一點。

如魏三體石經〈君奭〉「信」字古文作⿰魏三體，偏旁「人」字綴增一點。

如「辟」字古文作⿰⿰魏三體，「罪」字古文作⿰魏三體，偏旁「辛」字下綴增一畫；「保」字古文作⿰魏三體，偏旁「子」字下綴增一畫。

2、筆畫減省

如魏三體石經「祥」字古文作⿰魏三體、「神」字古文作⿰，偏旁「示」字與《說文》古文作⿰同形，乃其上省減一畫。

如魏三體石經「孫」字古文作⿰魏三體，「系」字筆畫省減。

如前文「爲」字⿰魏三體，由西周金文作⿰弘尊⿰召伯簋⿰歸父盤，其下形筆畫以「=」省略之。

3、筆畫變化而訛混

如前文「典」字⿰魏品式⿰魏三體，由⿰陳侯因資錞⿰包山 3⿰包山 11⿰包山 16 等形訛變，其上本爲綴增飾點、飾筆，訛變與「竹」混同，訛作從「竹」。

如前文「則」字⿰魏三體，由金文作「鼎」⿰何尊⿰召伯簋，省變作⿰楚帛書乙⿰郭店語叢 1.34⿰老子丙 6，⿰魏三體左形爲「鼎」之省訛，其下訛與「火」混同。

如魏三體石經〈君奭〉「寧」字古文作⿰魏三體，由⿰盂爵⿰寧簋變作⿰卣、⿰中山王鼎，再變作此形，其下「皿」、「丂」合書訛變似「衣」字下半「⿰」形，其上下形「⿰」與偏旁「衣」字混同。

如魏三體石經「虎」字古文作⿰魏三體，篆隸體分別作：⿰⿰，其下皆從「巾」形，與《說文》「虎」字篆文⿰下從「人」形不同，從「巾」之形當爲虎足形之訛變，西周金文「虎」字爲象形作⿰九年衛鼎⿰師虎簋⿰毛公鼎，戰國變作⿰包山木牘⿰包山 271，秦簡則作⿰睡虎地 29.25 形。魏三體石經「虎」字古文作⿰魏三體當是以隸變之形作爲古文。

4、偏旁增繁

（1）增加表義之偏旁

如魏三體石經「來」字古文作⿰魏三體，源自金文作⿰來觶⿰何尊⿰單伯

鐘[字形] 交鼎[字形] 散盤等形，亦與楚簡[字形] 郭店.成之 36 同形，乃增表義之偏旁「辵」。

如魏三體石經「畢」字古文作[字形]魏三體，乃金文作[字形] 段簋[字形] 佣仲鼎[字形] 召卣，戰國時增[字形]作[字形]邵鐘[字形]郑公華鐘。

如魏品式石經〈咎繇謨〉「庶」字古文作[字形]魏品式，源自[字形]矢簋[字形]毛公鼎等其下乃从「火」訛作「土」，[字形]魏品式則繁化从二火而訛變，《汗簡》錄石經作[字形]汗 4.51 即从二火。

如魏三體石經〈君奭〉「率」字古文作[字形]魏三體，其下从「止」，為辵部「達」字，或行部「衛」字下增「止」，王國維謂「衛」、「達」二字實一字，音義皆同，毛公鼎作[字形]，師寰簋作[字形]，十三年上官鼎作[字形]，[字形]魏三體與此同形〔註11〕，《說文》三分「率」捕鳥畢也，「達」先導也，「衛」將衛也，其古本一字，係由象形之[字形]甲 3777[字形]乙 4538[字形]盂鼎，演變作[字形]毛公鼎从「行」，再增表義之「止」變作[字形]師寰簋[字形]永盂[字形]庚壺[字形]上官鼎[字形]羌鐘[字形]中山王鼎[字形]郭店.尊德 28 等形。

如魏三體石經「乂」字古文作[字形]魏三體，《說文》辟部「[字形]，治也」「[字形]」是經典「乂」字，為「[字形]」字之訛，初以形近訛為「辟」，後人因「辟」讀與「[字形]」讀不同，故加「乂」以為聲〔註12〕，「乂」字作[字形]魏三體乃增加已訛為「辟」的表義偏旁。

（2）增加無義之偏旁

如前文「巫」字古文作[字形]魏三體，其下增「口」，為增加無義之偏旁。

如魏三體石經〈君奭〉「戊」字古文作[字形]魏三體，其內增「口」，源自象形之[字形]父戊盤變作[字形]且戊鼎[字形]弭伯簋，戰國變作[字形]陳獻釜[字形]陳章壺，楚簡「戊」字內作一點作[字形]包山 42[字形]包山 162[字形]郭店.六德 28，而變作增「口」。

如魏三體石經〈立政〉「空」字古文作[字形]魏三體，其聲符「工」字與《說文》古文作[字形]同形，乃綴增「彡」。

5、偏旁省減

（1）省略偏旁

〔註11〕說見：王國維，《殘字考》，頁 32。詳見本文第八章「率」字之辨析。

〔註12〕王國維〈釋[字形]〉謂彝器[字形]或作[字形]字為經典中「乂」、「艾」之本字，治也，相、養也，〈君奭〉「用乂厥辟」即毛公鼎之「□[字形]辜辟」。詳見本文第七章「乂」字之辨析。

如魏三體石經《尚書》「德」字古文作🖼魏品式.魏三體，金文「德」字或作🖼何尊 🖼 嬴霝德鼎，此形省「彳」作「悳」。

如魏三體石經「協」字古文作🖼，此形省「十」即「劦」字，《說文》力部「劦，同力也」。

如魏三體石經〈無逸〉「徽」字古文作🖼，省「彳」作「敫」。

（2）聲符省減

如魏三體石經〈多士〉「適」字古文作🖼魏三體，《說文》「適」字🖼從辵啻聲，此形乃聲符「啻」省作「帝」，「啻」本從「帝」聲，與戰國作🖼溫縣同形。

魏品式石經、三體石經《尚書》「時」字古文皆作🖼魏品式.魏三體，《說文》古文作🖼，此形乃「時」字聲符「寺」省作「之」，「寺」亦從「之」聲，與戰國作🖼中山王壺同形。

（3）義符省減

如魏三體石經「罔」字古文作🖼魏三體，即《說文》「网」字「🖼古文网，從亡聲」，「罔」爲「网」字形聲或體。🖼所從「宀」爲「网」之省形，🖼魏三體從宀，偏旁宀、宀往往相混。

6、偏旁改換

（1）聲符更替

魏三體石經〈無逸〉「變」字古文作🖼魏三體，從「攴」「兌」聲，其下形訛變作「火」，與「變」字爲聲符替換。

魏三體石經〈無逸〉「怒」字古文作🖼魏三體，從「女」，二字聲符更替，聲符「奴」古聲爲泥紐、「女」爲娘紐，古聲「娘」歸「泥」。

（2）義符更替

如魏三體石經《尚書》「越」字篆隸二體皆與今本同，作從「走」，古文從「辵」作🖼魏三體，偏旁「辵」、「走」義類相通

如「散」字篆體作🖼魏三體，與古文🖼魏三體左形相同，乃「𣎴」訛變與「昔」字混同，篆體從「殳」，古文從「攴」，偏旁「攴」、「殳」相通而改換。

如魏品式石經「蒼」字古文作🖼魏品式，其下形從《說文》「倉」字奇字🖼，

上從「屮」，偏旁「艸」、「屮」相通。

如魏三體石經〈君奭〉「恤」字古文作 ，從「卩」，「忄」「卩」義符更替。

如魏三體石經「嗣」字古文作 魏三體.文侯之命 魏三體君奭，與《說文》「嗣」字古文作 同形，、形為「司」之訛變，《說文》「嗣，從冊口，司聲」，古文從「子」作「孠」，義符「冊」、「口」更替作「子」。

如魏三體石經「後」字古文從「辵」作 魏三體，與《說文》古文作 同形，偏旁「辵」、「彳」義類相通；三體石經「遠」字古文作 魏三體，亦義符「辵」、「彳」更替。

如魏三體石經「國」字古文作 魏三體，義符「囗」、「土」更替；「辜」字古文從「死」作 魏三體，與《說文》古文作 同形，義符「辛」、「死」更替；「旬」字古文從「人」作 魏三體，偏旁「人」、「勹」義類相通，義符更替。

7、形構更易

（1）聲符以義符更替、形構為形聲會意之互異

如魏品式石經「弼」字古文作 ，即《說文》「弼」字古文 之訛變，《說文》「弼」從弜丙聲，魏品式 說文古文弼乃從弜從攴之會意字。

如前文魏三體石經「聞」字古文作 魏三體，由甲金文會意之 前 7.31.2 前 7.7.3 孟鼎 利簋 邾王子鐘 王孫誥鐘字形省變，今本作「聞」從耳門聲為形聲字。

如魏三體石經〈無逸〉「聽」字古文作 魏三體，即甲金文「聽」字作 甲 3536 前 6.12.2 大保簋 辛巳簋 中山王鼎形，為從耳口之會意字，今作「聽」則為形聲字，《說文》「聽」從耳惪，壬聲。

如魏三體石經「封」字古文作 魏三體，與《說文》籀文作 同形，源自 封孫宅盤 璽彙 0839 璽彙 2496 等形。《說文》「封」從之土從寸，為會意字，魏三體為從土丰聲之形聲字。

（2）聲符、義符皆更替

如魏三體石經〈多士〉「澤」字古文作 魏三體，其上為㚔形，其下當從「泉」與之合筆，即甲金文作：後 1.9.4 乙 4066 反 㝨鐘 虢弔鐘 師酉簋 旬簋之「㙯」字。「㙯」、「澤」字義符從「水」、從「泉」於義無二，「㙯」從㚔聲、「澤」

從罬聲，聲符「皂」、「罬」古韻同屬鐸部，二字通假〔註13〕。

如魏三體石經〈多士〉「洗」古文作 ，當爲从冰𣥠聲之訛變，爲「洗」之義符「水」「冰」、聲符「𣥠」「失」更替之異體。

如魏品式石經「撫」字古文作 魏品式，即《說文》攴部「𢼏」字：「𢼏，撫也，从攴亡聲，讀與『撫』同」，「𢼏」「撫」二字音義皆同，聲符「無」、「亡」古本相通，義符「攵」、「手」義類相同。

如魏三體石經〈文侯之命〉「閔」字古文作 魏三體，《說文》古文作 ，皆「惛」（惛）字之訛變，移「心」於下，所从 形，即古文「民」訛變，由 盉壺、魏三體石經古文 魏三體、說文古文民等形而變，所从 即「日」之訛變〔註14〕，石經 形即「心」之訛變；《說文》「閔」字古文當正作 汗5.66史書形，隸定作「悬」，即「惛」字〔註15〕。魏三體爲「惛」字从心昏（昬）聲與「閔」字从門文聲，聲符「昏」（昬）「文」古韻同爲諄部，「惛」「閔」聲符、義符皆更替。

如魏三體石經〈文侯之命〉「視」字古文作 魏三體，此形爲「眡」字，从目氏聲，其上 乃「目」字 目小且壬爵 說文古文目 汗2.16等形之訛變，《汗簡》錄石經「視」字作 汗2.16與此同形，金文「眡」字作 員鼎 中山王兆域圖等形，《說文》「視」字古文又作 ，「眡」「眂」爲一字，侯馬盟書作 又作 。魏三體（眡）从目氏聲與「視」字从見示聲，古韻「氏」在支部、「示」爲脂部，脂支合韻，「眡」「視」聲符、義符皆更替。

8、偏旁易位

如魏三體石經「滅」字古文作 魏三體，乃移水於下。

如魏三體石經〈君奭〉「告君乃猷裕」「裕」字古文作 ，〈康誥〉隸體作 ，《說文》衣部「裕」篆文作 ，戰國作 十六年戟，此形移「谷」於中，與金文「裕」字作 敢簋「遹殳入伐淲 參泉△（裕）敏陰陽」同形。

如魏三體石經「訓」字古文作 ，移「巛」於上，戰國「訓」字作 楚帛

〔註13〕參見周名煇，《新定説文古籀考》卷上，頁 16～17，上海開明書店，1948；黃錫全，《汗簡注釋》，武漢：武漢大學出版社，1993，頁391。

〔註14〕參見黃錫全，《汗簡注釋》，武漢：武漢大學出版社，1993，頁379。

〔註15〕詳見本文第十二章「閔」字之辨析。

書丙🔲包山193🔲包山210🔲璽彙3131形，或移「巛」於上从心作🔲「是又純悳遺一」中山王壺🔲璽彙3570🔲璽彙1326形。

如魏三體石經「怨」字古文作🔲，與《說文》古文作🔲同形，移「心」於右下。王國維曰：「🔲怨，與《說文》古文同。从🔲者，殆亦从夗之訛。〔註16〕」🔲形乃夕之訛，金文所从夕、从月或作傾覆之形如🔲，如🔲夕.中山王壺🔲夜.中山王鼎🔲明.沇兒鐘🔲明.明我壺🔲外.南疆鉦🔲外.中山王壺等形，上博簡〈緇衣〉6「怨」字作🔲上博緇衣6，當是假「夗」爲「怨」〔註17〕，即與🔲魏三體🔲說文古文所从🔲同形。

9、偏旁或字形訛混

如前文「年」字古文作🔲魏三體，从禾从土，「土」爲「壬」之訛，訛變自🔲王孫鐘🔲邾公華鐘🔲夆弔匜🔲洹子孟姜壺🔲齊侯盤形，移「壬」之下半至右，變作从土。

如前文「靜」字古文作🔲魏三體，其左偏旁「青」字古文當作🔲說文古文，此形誤作「丹」，與《說文》古文丹作🔲類同，🔲魏三體偏旁「青」古文與「丹」訛混，誤以「彤」爲「彰」。

如魏三體石經〈康誥〉「今惟民不靜未戾厥心」「靜」字古文作🔲魏三體，左形異於「青」字古文🔲說文古文🔲青.汗2.25，而與《古文四聲韻》「丹」字🔲四1.37汗簡🔲王存乂切韻同形，源自金文「丹」字作🔲庚嬴卣，是🔲魏三體从丹从彡，與《說文》古文丹作🔲同形。然🔲說文古文丹應爲「彤」，源自金文「彤」字作：🔲休盤🔲師湯父鼎🔲匒簋🔲虢季子白盤🔲弭伯簋，《說文》誤置「丹」下，🔲魏三體與此形畢同，此當即「彤」字，王國維謂魏三體石經古文「此誤以彤爲彰」〔註18〕，並以「彰」爲「靜」字。

如魏三體石經「遠」字古文作🔲魏三體，《說文》古文从辵作🔲，此形源於金文作🔲趞簋🔲克鼎🔲番生簋，从辵、从彳可通，戰國楚簡作：🔲郭店.成之37🔲

〔註16〕王國維，《殘字考》，頁28。

〔註17〕上博〈緇衣〉06引作「〈君牙〉員：日俁雨，少民隹曰🔲，晉冬耆寒，少民亦隹曰🔲。」🔲整理者隸定作「命」，當正爲「夗」字，此處假「夗」爲「怨」字。今本〈緇衣〉引作「〈君雅〉曰：夏日暑雨，小民惟曰怨，資冬祁寒，小民亦惟曰怨。」

〔註18〕王國維《殘字考》，頁24。

包山 207 等形，其右🔹形即「袁」字訛變〔註 19〕，與「陟」字作🔹魏三體、《說文》古文作🔹之右偏旁「步」訛混。

　　如魏三體石經「殷」字古文作🔹魏三體，應訛變自金文作🔹1 保卣 🔹 盂鼎 🔹2 虢弔作弔殷🔹3 仲殷父簋🔹4 仲殷父鼎🔹5 格伯簋等形，🔹如广之🔹形即金文「殷」字所從𠂤字訛成，𠂤字所從人形上半或斜筆拉長作🔹1🔹2🔹5、或其下變化作🔹3🔹4 等形，即🔹形之源，🔹之🔹形即「殳」。

　　如魏三體石經「狂」字古文作🔹魏三體，篆體作🔹，《說文》篆文作🔹，古文所從「火」當是「犬」之誤。

10、形體訛變

　　如前文「若」字魏三體石經古文作🔹魏三體，乃金文作 🔹 毛公鼎 🔹 彔伯簋🔹 揚簋🔹 申鼎、🔹 詛楚文、戰國時綴加飾筆變作🔹 中山王鼎🔹 中山王墓兆域圖🔹信陽楚簡 1.55🔹郭店.尊德義 23 之訛變。

第二節　傳鈔著錄古《尚書》文字與今本《尚書》文字構形異同探析

一、《說文》引古文《尚書》文字、魏石經《尚書》古文、《汗簡》、《古文四聲韻》、《訂正六書通》著錄古《尚書》文字、今本《尚書》文字構形異同之對照

　　下表爲《說文》引《尚書》文字與《汗簡》、《古文四聲韻》、《訂正六書通》等傳鈔著錄古《尚書》文字、今本《尚書》文字構形異同之對照，依《說文》字首次序排列。表中並列出魏石經《尚書》古文字形，以及《說文》字形作爲參證。表格字首之今本《尚書》文字若爲《說文》字首之或體該字首標記「”」，如：表格字首今本《尚書》文字「”征」，爲《說文》字首「延」之或體「征（🔹）」，「”退」爲《說文》字首「復」之或體「退（🔹）」；表格字首若爲《說文》所未收之字首，則標記「*」，如今本《尚書》〈顧命〉「敷重篾席」「篾」字說文無，字首作「*篾」。

　　《說文》引《尚書》文字列於今本《尚書》所見文字之列，而不列於原引

〔註 19〕 說見：黃錫全，《汗簡注釋》，武漢：武漢大學出版社，1993，頁 106。

《尚書》之字首下，如《汗簡》、《古文四聲韻》著錄古《尚書》「祡」字作禓汗 1.3、禓四 1.28，《說文》「祡」字下引「虞書曰至于岱宗祡」，今本《尚書‧舜典》作「柴」，禓汗 1.3、禓四 1.28、《說文》所引皆列於「柴」字下，於「說文字形參證」一欄列《說文》「祡」字古文字形禓。《說文》引《尚書》文字與今本《尚書》相同者不列入表中。

《汗簡》、《古文四聲韻》、《訂正六書通》等傳鈔著錄之字形所注之字與今本《尚書》文字不同者，其旁標出該本所注字，如「牽」字，《汗簡》著錄古《尚書》字形掔汗 5.66 注作「牽」字，又錄掔汗 5.66 注作「擘」字，然今本《尚書》無「擘」字，知掔汗 5.66 當爲《尚書》之「牽」字異體異文，本文標列此形於「牽」字下作掔擘汗 5.66；又如《古文四聲韻》著錄古《尚書》字形屰四 5.7 注作「屰」字，與《汗簡》古《尚書》「逆」字屰汗 6.82 同形，《尚書》無「屰」字，本文標列此形於「逆」字下作屰.四 5.7。

《說文》所引《尚書》文字與《汗簡》、《古文四聲韻》、《訂正六書通》等傳鈔著錄古《尚書》文字，爲今本《尚書》未見者，該字上標記「‧」亦列於「今本尚書文字」一欄，如《說文》「玠」字下引「周書曰稱奉介圭」，本表標列作「玠」；又如《古文四聲韻》著錄古《尚書》「鑫」字鑫四 4.19，今本《尚書》未見，疑爲「舜」字之假借字，亦列於「舜」字列中。然若傳鈔著錄古《尚書》文字之字形所注字雖爲今本《尚書》未見者，而可推論爲某字之假借、異體、同義字者，則列於該某字之下，不另列爲今本《尚書》未見字，如《汗簡》著錄古《尚書》「杝」字杝.汗 4.48，此形爲「也」當爲「施」字之假借字，又如《古文四聲韻》著錄古《尚書》「驚」字驚四 4.30，今本《尚書》「驚」字，《汗簡》錄古《尚書》「傲」字一形作傲汗 4.54 與前者同形，知此形「驚」字爲「傲」字假借，故列驚四 4.30 於「傲」字下。

《說文》引《尚書》文字列出該引文，並列《尚書》今本篇名及文句，魏石經《尚書》古文文字與今本相異者，亦列今本篇名及文句於後以供對照。

今本尚書文字	說文引古文尚書文字	說文引「書」之今本尚書文句	魏石經尚書古文	汗簡古尚書文字	古文四聲韻古尚書文字	訂正六書通古尚書文字	魏石經尚書文句	說文字形參證
一				弎 汗 1.3	弎 四 5.7			古 弎

今本尚書文字	說文引古文尚書文字	說文引「書」之今本尚書文句	魏石經尚書古文	汗簡古尚書文字	古文四聲韻古尚書文字	訂正六書通古尚書文字	魏石經尚書文句	說文字形參證
天			魏三體	汗1.3	四2.2			
帝			魏品式魏三體	汗1.3	四4.13	六255		古
下			魏三體		汗1.3			
禮			魏石經	汗1.3	四3.12		君奭故殷禮陟配天	古
神			魏三體	汗1.3	四1.31			
				汗1.3	四1.31			
祀				汗1.3	四3.7			或
禋				汗1.3	四4.23			
					四4.23			
社				汗6.73				古
三				汗1.3	四2.13			古
皇			魏三體	汗2.16	四2.17			
璿				汗1.4	四2.5			古
玠〔註20〕	周書曰稱奉介圭	段注：顧命曰大保承介圭.又曰賓稱奉圭兼幣.蓋許君誤偶合二爲一.今本尚書有介無玠字.						
玭	夏書玭从虫賓	禹貢淮夷蠙珠暨魚						
玕	禹貢雝州璆琳琅玕	禹貢厥貢惟球琳琅玕		汗1.4	四1.37			古
"靈					四2.22			靈或靈
					四2.22			
					四2.22			

〔註20〕　「玠」字爲今本《尚書》未見者，故該字上標記「‧」，今本尚書有介無玠字。

今本尚書文字	說文引古文尚書文字	說文引「書」之今本尚書文句	魏石經尚書古文	汗簡古尚書文字	古文四聲韻古尚書文字	訂正六書通古尚書文字	魏石經尚書文句	說文字形參證
中			魏三體	汗1.4				籀 古
				汗1.4	四1.11			
董				汗3.43	四3.3 配鈔本 四3.3			
舜 〔註21〕					四4.19			
荊				汗1.5	四2.19			古
荒			魏三體	汗5.62	四2.17			
蔡					四4.13			
若			魏三體	汗5.66	四5.23			
蒙				汗6.72	四1.10			
"藻	璪下虞書曰璪火粉米	益稷藻火粉米						藻或璪
悉				汗4.59	四5.7			古
牽				汗5.66				掔篆
				掔. 汗5.66				
牿	周書曰今惟牿牛馬	費誓今惟淫舍牿牛馬.大小徐本皆無淫舍						
齍	周書曰大保受同祭齍	顧命大保受同祭齍		汗1.6	四1.27 四4.13			
*噫				汗4.59	四1.20			
					四1.20			意籀

〔註21〕今本尚書無「舜」字.疑爲「舜」之假借字。

今本尚書文字	說文引古文尚書文字	說文引「書」之今本尚書文句	魏石經尚書古文	汗簡古尚書文字	古文四聲韻古尚書文字	訂正六書通古尚書文字	魏石經尚書文句	說文字形參證
哲				汗 6.82	四 5.14			古
君			魏三體	汗 1.6	四 1.34			古
					四 1.34			
命			魏三體	汗 2.26				
和			魏三體	汗 1.6	四 2.11			
嗜					四 4.5			
哎				汗 1.6	四 2.25			
*咤	㐌下周書曰王三宿三祭三㐌	顧命王三宿三祭三咤						說文有吒無咤
吁				汗 1.6	四 1.24			
吟（註22）				汗 1.6	四 2.26			
噱（註23）				汗 1.6				
新附嘲（註24）				汗 1.6	四 1.6			
嚴				汗 1.10	四 2.28			古
越	粵下周書曰粵三日丁亥	召誥越三日丁巳	魏三體				大誥西土人亦不靜越茲蠢	
歲				汗 5.68 / 汗 1.7	四 4.14	六 275		
"征				汗 1.8	四 2.21			延篆或

〔註22〕今本尚書無「吟」字，《箋正》：「注云尚書當是史書之誤」。

〔註23〕今本尚書無「噱」字，《箋正》：「注云尚書當是史書之誤」。

〔註24〕今本尚書無「嘲」字，《箋正》：「注云尚書當是史書之誤」。

今本尚書文字	說文引古文尚書文字	說文引「書」之今本尚書文句	魏石經尚書古文	汗簡古文尚書文字	古文四聲韻古尚書文字	訂正六書通古尚書文字	魏石經尚書文句	說文字形參證
"徂				汗1.8	四1.26	六40		迫籀 或祖
進				汗1.8	洒 四4.18			
逆				汗1.11 汗6.82	屰 四5.7			
遷				汗4.49 汗5.64	四2.4 四2.4			罌或 古
遜	唐書曰五品不愻	舜典五品不遜						
遲				汗1.8	四1.18			或
遯				汗1.8	四3.16 遯 四4.20			豚古
遂					四4.5	六275		古
				汗1.8				迹籀
近				汗1.7				古
遠			魏三體		四3.15 古老子 古尚書			古
逖				汗1.8	四5.15			古
道				汗1.10 汗1.10	四3.20 四3.20			

〔註25〕今本《尚書》有「遯」字，無「遁」字。

今本尚書文字	說文引古文尚書文字	說文引「書」之今本尚書文句	魏石經尚書古文	汗簡古尚書文字	古文四聲韻古尚書文字	訂正六書通古尚書文字	魏石經尚書文句	說文字形參證
德			魏品式.魏三體	汗4.59				悳古
往			魏三體	汗1.8	四3.24	六222		古
微〔註26〕			魏三體	微.汗1.14	四1.21			散篆
				微汗1.14	微四1.21			
"退				汗1.8	四4.17			復古
後			魏石經	汗1.8	四3.27 四4.38			古
得				汗1.14				古
蹌	牄下虞書曰鳥獸牄牄	益稷鳥獸蹌蹌						
冊				汗1.10	四5.18			古
				汗1.10				曶篆
嗣			魏三體	汗6.80	四4.7			古
囂				汗1.10	四1.32			古
				汗1.7	四1.32	六80		
商			魏三體	汗1.11	四2.14	六116		古籀
言			魏品式	汗1.12	四1.35	六98		
讎				汗4.59	四2.24	六145		

〔註26〕此形汗 1.14 爲「微」字，《汗簡》誤注「徴」字，汗 1.14四 1.21 爲「微」字，《汗簡》、《古文四聲韻》誤注「微」字。詳見論文【第二部分古本《尚書》文字與傳鈔古《尚書》文字辨析】「微」字條、「微」字條。

今本尚書文字	說文引古文尚書文字	說文引「書」之今本尚書文句	魏石經尚書古文	汗簡古文尚書文字	古文四聲韻古尚書文字	訂正六書通古尚書文字	魏石經尚書文句	說文字形參證
諸				汗 4.48	四 1.23			
訓			魏三體	汗 1.12	四 4.19			
誨				汗 1.6	四 4.17			
謀				汗 4.59	四 2.24	六 149		古
謨	虞書曰咎繇謨	皋陶謨		汗 1.6	四 1.25			古
詰			魏三體		四 4.29			古
誓				汗 1.7 汗 6.76	四.15 四.15			折籀
諴	周書曰不能諴于小民	召誥其丕能諴于小民						
諧	龤下虞書曰八音克龤.玉篇引同	舜典八音克諧						
謙				汗 1.6	四 2.27			
詠				汗 1.6				或
諺				汗 1.12	四 4.21			
謷 (註27)					四 4.30			
訕 (註28)					四 4.22	六 291		
譸	譸.幻下周書曰無或譸張為幻	無逸民無或胥譸張為幻		汗 1.6	四 2.24	六 145		

───────────

〔註27〕今本尚書無「謷」字，疑為「傲」之假借字。

〔註28〕今本尚書無「訕」字。

今本尚書文字	說文引古文尚書文字	說文引「書」之今本尚書文句	魏石經尚書古文	汗簡古尚書文字	古文四聲韻古尚書文字	訂正六書通古尚書文字	魏石經尚書文句	說文字形參證
詛				汗 1.3				
諞	戔下周書曰戔戔巧言	秦誓截截善諞言						
"詯	周書曰亦未敢誚公也	金縢王亦未敢誚公						譙古誚
誅				汗 5.68	四 1.24			
音						六 152		
韶	書曰簫韶九成鳳皇來儀	益稷簫韶九成鳳皇來儀						韜籀
業				汗 4.55 書經	四 5.29			大徐古　小徐古
戒				汗 5.68	四 4.16	六 271		篆
要			魏三體篆	汗 5.66	四 2.7			古
農				汗 1.5	四 1.12			古　小徐古
鞭				汗 1.14	四 2.5			古
尹				汗 1.13	四 3.14	六 194		古
度				宅 汗 4.51 亦度字	度 四 4.11. 亦宅字			宅古
毅				汗 4.59	四 4.9	六 249		
殺			魏三體	汗 1.15	四 5.12			古
殺				汗 3.41	四 5.12			古
皮				汗 2.21	四 1.15			古

今本尚書文字	說文引古文尚書文字	說文引「書」之今本尚書文句	魏石經尚書古文	汗簡古尚書文字	古文四聲韻古尚書文字	訂正六書通古尚書文字	魏石經尚書文句	說文字形參證
·龔 〔註29〕					【字形】 四 3.18			
啓				【字形】 汗 5.65	【字形】 四 3.12	【字形】 六 176		
						【字形】 六 176		
敷			【字形】 魏三體.魏二體	【字形】 汗 1.14	【字形】 四 1.25			
變			【字形】 魏三體	【字形】 汗 4.48	【字形】 四 4.24			
				【字形】 汗 4.48	【字形】 四 4.24			
斁	斁下商書曰彝倫攸斁	洪範彝倫攸斁		【字形】 汗 2.20	【字形】 四 4.11			斁
攸				【字形】 汗 1.9	【字形】 四 2.23			逌篆【字形】
敗				【字形】 汗 1.14				籀【字形】
	退下周書曰我興受其退	微子我興受其敗						退篆【字形】
啓	忐下周書曰在受德忐	立政其在受德啓	【字形】 魏三體立政					
	周書曰啓不畏死	康誥啓不畏死						
敦	周書以爲討	段注：今尚書周書中無討字.惟虞書咎繇謨云天討有罪.疑周當作虞						
畋	周書曰畋尓田	多方畋爾田	【字形】 魏石經					
牧	坶下周書 "武王與紂戰於坶野"	書序牧誓與受戰于牧野						
			【字形】 魏三體	【字形】 汗 6.73	【字形】 四 5.5			
庸			【字形】 魏三體.魏品式	【字形】 汗 2.16	【字形】 四 1.13			魏品式石經皋陶謨 "五刑五用哉" 三體皆作庸

〔註29〕今本《尚書》無龔單字。

今本尚書文字	說文引古文尚書文字	說文引「書」之今本尚書文句	魏石經尚書古文	汗簡古尚書文字	古文四聲韻古尚書文字	訂正六書通古尚書文字	魏石經尚書文句	說文字形參證
爽					四 3.24			篆
睦				汗 3.35	四 5.5			古
				〔註30〕汗 4.59	四 5.5 睦			
瞑	旬下讀若周書若藥不瞑眩	說命上若藥弗瞑眩						
奭			魏三體	汗 2.17	四 5.26			篆
翮〔註31〕					四 3.17			
羿				汗 5.70	四 4.13			
翱〔註32〕					四 4.29			
奪	敓下周書曰敓攘矯虔	呂刑奪攘矯虔						
*篾	莫下周書曰布重莫席	顧命敷重篾席		莫蔑. 汗 2.18 周書大傳	莫蔑. 四 5.13 周書大傳			說文無篾
美				汗 5.66	四 3.5			媺
"朋	堋下虞書曰堋淫于家	益稷朋淫于家						鳳古朋
鳩	俅下虞書曰旁救俅功 述下虞書曰旁逑屛功	堯典方鳩僝功						
難			魏三體	汗 2.18	四 1.37	六 80		古

〔註30〕此形汗 4.59　四 5.5為「狂」字，《汗簡》、《古文四聲韻》誤注「睦」字。詳見論文【第二部分傳鈔古文《尚書》文字辨析】「睦」字條。

〔註31〕今本《尚書》無「翮」字。

〔註32〕今本《尚書》無「翱」字。

今本尚書文字	說文引古文尚書文字	說文引「書」之今本尚書文句	魏石經尚書古文	汗簡古尚書文字	古文四聲韻古尚書文字	訂正六書通古尚書文字	魏石經尚書文句	說文字形參證
惠			魏品式.魏三體.	汗 4.59				古
予			魏三體	汗 1.6				
			魏品式(三體)				益稷.都帝予何言	
幻	周書曰無或譸張爲幻	無逸民無或胥譸張爲幻		汗 2.19	四 4.22			篆
受			魏三體君奭	汗 2.19	四 3.27	六 229		
殂	虞書曰勛乃殂	堯典帝堯曰放勳.舜典帝乃殂落		汗 2.20				古
				汗 2.20				
殔				汗 2.20	四 4.14			
殄				汗 6.82				古
冑	育下虞書曰教育子	舜典教冑子						
腜				汗 6.73	四 3.17			古
肯				汗 2.20	四 3.29	六 227		可篆
則			魏石經	汗 2.21				籀
				汗 2.21				古
剛				汗 3.41	四 2.17			古
列				汗 2.21	四 5.13			篆
刊	槎下夏書曰隨山槎木	益稷予乘四載隨山刊木						篆栞
剝					四 5.7			或
割			魏三體	汗 2.21				
刵	劓下周書曰刖劓斮黥	呂刑劓刵斮黥						

今本尚書文字	說文引古文尚書文字	說文引「書」之今本尚書文句	魏石經尚書古文	汗簡古尚書文字	古文四聲韻古尚書文字	訂正六書通古尚書文字	魏石經尚書文句	說文字形參證
劓	𠜂下周書曰刖劓斮黥	呂刑劓刵椓黥						或𠜂
刑			[魏三體]	[汗2.21]	[四2.21]			
衡				[汗4.58]	[四2.19]	[六127]		古[衡]
箘	箘下夏書曰惟箘簵楛	禹貢惟箘簵楛		[汗2.21]	[四3.14]			
"簵	夏書曰惟箘簵楛 枯下夏書曰唯箘輅枯	禹貢惟箘簵楛					簵古[簵]	
*篠	簜下夏書曰瑤琨篠簜	禹貢瑤琨篠簜		[篠. 汗2.21]	[篠. 四3.18]			今本尚書.說文有筱無篠
簜	夏書曰瑤琨篠簜	禹貢瑤琨篠簜		[汗2.21]	[四3.24]			
簋				[簋. 汗5.69]	[簋. 四3.6]			古[簋]
				[簋. 汗5.69]	[簋. 四3.6]			古[簋]
簫	箾下虞舜樂曰箾韶 韶下書曰簫韶九成鳳皇來儀							
其				[汗2.21]	[四1.20]			
						[六30]		箕古[箕]
典			[魏品式.魏三體]	[汗2.21]	[四3.17]			古[典]
乃			[魏三體]	[酒 汗6.82]	[酒 四3.13]			酒篆[酒]
平			[魏三體]	[汗6.82]				古[平]
虞				[汗2.26]	[四1.24]	[六32]		

今本尚書文字	說文引古文尚書文字	說文引「書」之今本尚書文句	魏石經尚書古文	汗簡古尚書文字	古文四聲韻古尚書文字	訂正六書通古尚書文字	魏石經尚書文句	說文字形參證
益			魏品式皋陶謨	汗 4.52	四 5.16			嗌籀
臒	周書曰惟其敷丹臒	梓材惟其塗丹臒.孔穎達正義本作斁						
靜			魏三體		淨 四 4.36	六 226	康誥今惟民不靜未戾厥心誤作彤	彭
秬					四 3.9	六 179		鬯篆 或秬
養				汗 1.14	四 3.23			古
飲				汗 5.61	四 3.28			古
餉				汗 2.26	四 4.34			
飢				饑 汗 2.26 / 饑 汗 2.26	飢 四 1.17 / 飢 四 1.17			
會	繪下虞書曰山龍華蟲作繪	益稷山龍華蟲作會		汗 4.51	四 4.12	六 276		
侯			魏石經		四 2.25			古
覃					四 2.12			古
厚				汗 4.49	四 3.27 / 四 4.39			古
愛			魏三體	汗 4.59	四 4.17			炁篆
夏				汗 4.47	四 3.22 / 四 3.22			古
舞				汗 2.17	四 3.10	六 186		古

今本尚書文字	說文引古文尚書文字	說文引「書」之今本尚書文句	魏石經尚書古文	汗簡古尚書文字	古文四聲韻古尚書文字	訂正六書通古尚書文字	魏石經尚書文句	說文字形參證
舜				𦱠 汗2.28	𦱠舜 〔註33〕 四4.19			古 𦱠
桀				𣏼 汗6.73	𣏼 四5.14			
乘			𠅞 魏石經	𠅞 汗6.76	𠅞 四2.28	𠅞 六136		古 𠅞
梅				𣐈 汗3.30	𣐈 四1.29			
梓				𣓁 汗3.30 亦李字	𣓁 四3.8 亦李字			
杶	夏書曰杶榦栝柏	禹貢杶榦栝柏		𣓁 汗3.30				古 𣓁
					杶 四1.33			
楛	枯下夏書曰唯箘輅枯	禹貢惟箘簵楛						
	簬下夏書曰惟箘簬楛	禹貢惟箘簵楛						
㮙				會 汗6.82	會㮙 四4.40			
桐				𣚣 汗3.30				
松				𡩡 汗3.30	𡩡 四1.1			
樹				𣘹 汗3.30	𣘹 四4.10			籀 𣘹
				𣚣 汗3.30	𣚣 四4.10			
本				𣎳 汗3.30	𣎳 四3.15	𣎳 六197		古 𣎳
朱	絑下虞書丹朱如此	益稷無若丹朱傲. 段注：丹朱見咎繇謨.許所據壁中古文作丹絑						

今本尚書文字	說文引古文尚書文字	說文引「書」之今本尚書文句	魏石經尚書古文	汗簡古尚書文字	古文四聲韻古尚書文字	訂正六書通古尚書文字	魏石經尚書書文句	說文字形參證
橈(註34)					〔古文〕四4.28			
格				〔古文〕汗5.68	〔古文〕四5.19			戗
	假下虞書曰假於上下	堯典格於上下						
柔					〔古文〕四2.24			
柴	紫下虞書曰至于岱宗紫	舜典至于岱宗柴		〔古文〕紫 汗1.3	〔古文〕紫 四1.28			紫古〔古文〕
桓	狟下周書曰尙狟狟	牧誓夫子尙桓桓						
椓	斀下周書曰刖劓斀黥	呂刑劓刵椓黥						
櫱	商書曰若顚木之有皀櫱	盤庚上若顚木之有由蘗						或槸
				〔古文〕蘗 汗3.30	不 四5.11			古〔古文〕
	皀下商書曰若顚木之有皀枿古文言由枿	盤庚上若顚木之有由蘗		〔古文〕枿 汗3.30	棒棒 四5.11			古〔古文〕
析				〔古文〕汗6.76				
*杚	隉下周書曰邦之阢隉	秦誓邦之杚隉						說文無阢
麓				〔古文〕汗3.30	〔古文〕四5.3			古〔古文〕
師				〔古文〕汗1.7	〔古文〕四1.17			古〔古文〕
南			〔古文〕魏三體	〔古文〕汗1.4	〔古文〕四2.12			古〔古文〕
稽				〔古文〕汗2.23	〔古文〕四1.27			
				〔古文〕汗4.48	〔古文〕四3.12			

〔註34〕今本《尚書》無「橈」字。

今本尚書文字	說文引古文尚書文字	說文引「書」之今本尚書文句	魏石經尚書古文	汗簡古尚書文字	古文四聲韻古尚書文字	訂正六書通古尚書文字	魏石經尚書文句	說文字形參證
圖				汗 3.33	四 1.26			
固				汗 4.59	四4.11			
困				汗 3.30	四 4.20			古
賓				汗 3.40	四 1.32			古
					四 1.32			竒篆
貴						六 278		篆
貶 〔註35〕					四 3.29			
貧				汗 3.39	四 1.32			古
*贄	埶下一曰虞書雉埶	舜典五玉三帛二生一死贄						說文有埶無贄
邦				汗 6.74	四 1.14			古
鄰				汗 6.82	四 1.31	六 60		
ˮ岐				汗 4.51	四 1.15 歧			邠古
旻	虞書說仁覆閔下則稱旻天	大禹謨曰號泣于旻天于父母						
時			魏品式魏三體	汗 3.33	四 1.19			古
昧				汗 3.33	四 4.16			
昭				汗 4.49				
晃 〔註36〕					四 3.25			
昏				汗 3.34				

〔註35〕今本《尚書》無「貶」字。

〔註36〕今本《尚書》無「晃」字。

今本尚書文字	說文引古文尚書文字	說文引「書」之今本尚書文句	魏石經尚書古文	汗簡古尚書文字	古文四聲韻古尚書文字	訂正六書通古尚書文字	魏石經尚書書文句	說文字形參證
昔			魏三體	汗 3.33				古
旦				四 4.20				怛或
暨	臮下虞書曰臮咎繇	舜典暨皋陶	魏品式古.隸	汗 6.73	塈 四 4.6		益稷暨益奏庶鮮食	洎（臮）
朝				汗 3.34				
施				柂. 〔註37〕 汗 4.48				
*遊			魏石經	汗 1.8	四 2.23			說文無遊 游古
族				汗 1.7	四 5.3	六 325		
參				汗 3.34				篆
朔				汗 3.35	四 5.7			
期"朞	虞書曰朞三百有六旬	堯典朞三百有六旬有六日.今本尚書周年之謂作朞.他義作期		朞 汗 3.34 ／ 朞 汗 3.35 ／ 期 汗 3.35	朞 四 1.20 ／ 朞 四 1.20 ／ 期 四 1.19			古
明			魏三體	汗 3.33	四 2.19			古
冏	臩下周書曰伯臩	冏命王若曰伯冏		汗 4.58	四 3.25			
夙				汗 3.41 ／ 汗 3.35	四 5.5 ／ 四 5.5			古 ／ 篆

〔註37〕今本《尚書》無「柂」字，當是「施」之假借字，此形爲「也」字假借爲「施」。
詳見論文【第二部分古本《尚書》文字與傳鈔古《尚書》文字辨析】「施」字條。

今本尚書文字	說文引古文尚書文字	說文引「書」之今本尚書文句	魏石經尚書古文	汗簡古尚書文字	古文四聲韻古尚書文字	訂正六書通古尚書文字	魏石經尚書文句	說文字形參證
栗			魏品式	汗3.30	四5.8		皋陶謨寬而栗	古
				汗3.30	四5.8			篆
粟				汗3.37 汗3.36	四5.6			篆
齊				汗6.73	四1.27			
穆				汗3.36	四5.5			
				汗4.48 汗5.62	四5.5			
私				汗6.82				
稷				汗3.36	四5.27			古
秩	䄷下虞書曰平䄷東作	堯典平秩東作							
秋				汗3.36 汗3.36	四2.23			籀
秦				汗3.37	四1.32			籀
稱			魏三體	汗1.13	四2.28	六136	君奭惟茲惟德稱	再
兼				廉 汗3.36	四2.27			
黎	𪗴下商書西伯戡𪗴	西伯戡黎							
米			魏品式	汗3.41	四3.12		益稷藻火粉米	
粒				汗2.26	四5.22	六382		古
糗	餱下周書曰峙乃餱粻	費誓峙乃糗糧							

今本尚書文字	說文引古文尚書文字	說文引「書」之今本尚書文句	魏石經尚書古文	汗簡古尚書文字	古文四聲韻古尚書文字	訂正六書通古尚書文字	魏石經尚書書文句	說文字形參證
粉	璪下虞書曰璪火黺米 黺下.袞衣山龍華蟲黺畫粉也	益稷藻火粉米		（汗3.41）	（四3.15）			
宅			魏三體	（汗4.51）	（四4.11）			古
				（汗3.39）				古
嚮				（汗3.39）	（四3.24）			
容				（汗3.3）				古
寶			魏三體	保.（汗3.41）	（四3.21）		大誥寧王遺我大寶龜	
				（汗3.39）				古
				（汗1.4）	（四3.21）			
宵				（汗3.33）	（四2.6）			
尢				（汗6.78）	究〔註38〕（四4.37）			古
				究（汗4.59）	究〔註39〕（四4.37）			古
營	夐下商書曰高宗夢得說使百工夐求得之傅巖	書序說命上作營求.說文段注本改夐求作營求.今本尚書無夐字		夐（汗2.16）	夐（四2.20）夐（四4.36）			
竄	寂下讀若虞書曰寂三苗之寂	舜典竄三苗于三危		（汗3.39）				
冒	瞀下周書曰武王惟瞀	君奭惟茲四人昭武王惟冒丕單稱德						

[註38] 今本《尚書》無「究」字，注「究」為「尢」字之誤。詳見論文【第二部分古本《尚書》文字與傳鈔古《尚書》文字辨析】「尢」字條。

[註39] 同上。

今本尚書文字	說文引古文尚書文字	說文引「書」之今本尚書文句	魏石經尚書古文	汗簡古尚書文字	古文四聲韻古尚書文字	訂正六書通古尚書文字	魏石經尚書文句	說文字形參證
"罔			⑂魏三體	⑂汗 3.39				网或罔古⑂
罪			⑂魏三體	⑂汗 6.80				
常			⑂魏三體				立政乃克立茲常事司牧人其惟克用常人	
				⑂汗 4.59	⑂四 2.15	⑂六 127		或⑂
保			⑂寶.魏三體	⑂汗 3.41	⑂寶.四 3.21		大誥寧王遺我大寶龜	
伯	故下周書曰常伯故常任	立政常伯常任						
*俆	虞書曰旁救俆功述下虞書曰旁逑屛功	堯典方鳩俆功						*說文有俆無俆
傲	昦下虞書曰若丹朱昦	益稷無若丹朱傲		⑂汗 4.47	⑂四 4.30	⑂六 303		昦篆⑂
				⑂傲.汗 4.54	⑂鷔〔註40〕四 4.30			
侗	詗下周書曰在后之詗	顧命在後之侗						
備						⑂六 251		古⑂
億				⑂汗 3.41	⑂四 5.27			篆⑂
僭				⑂汗 2.16				
				⑂汗 2.23				朁篆⑂
侮				⑂汗 3.41	⑂四 3.10			古⑂
						⑂六 187		篆⑂
倦				⑂汗 6.75	⑂四 4.24			券篆⑂

〔註40〕今本《尚書》無「鷔」字，當爲「傲」之假借。

今本尚書文字	說文引古文尚書文字	說文引「書」之今本尚書文句	魏石經尚書古文	汗簡古文尚書文字	古文四聲韻古文尚書文字	訂正六書通古尚書文字	魏石經尚書文句	說文字形參證
冀				𩰫 汗 3.42	𩰫 四 4.6			
邱	陶下夏書曰東至于陶丘	禹貢東出于陶邱北						
徵 （註41）				𢼸 微. 汗 1.14	𢼸 微. 四 1.21			古 𢼸
				𢼸 徵 汗 1.14				籀篆 𢽳
表					𧚍 汗 3.44	𧚍 四 3.19		古 𧚍
			魏三體	𧘇 汗 3.44	𧘇 四 3.19	𧘇 六 211		篆 𧘇
襄				𤲃 汗 5.66	𤲃 四 2.1			古 𤲃
				𧝎 汗 3.44	𧝎 四 2.1			篆 襄
毫						𦣻 四 4.30		篆 𦣻
				𦣻 汗 3.43	𦣻 四 4.30			
					𦣻 四 4.30			
	眊下虞書毫字从此	大禹謨毫期倦于勤						
氄	毪下虞書曰鳥獸氄毛	堯典鳥獸氄毛						說文無氄
	襄下虞書曰鳥獸襄毛.	堯典鳥獸氄毛	撰異：壁中本作毪.今本作氄.今文尚書作襄					毪或 𣯒
毛	毪下虞書曰鳥獸毪毛	堯典鳥獸氄毛						
尾				𡱂 汗 3.44				
屬	嬬下周書曰至于嬬婦	梓材至于屬婦						

〔註41〕此形𢼸 汗 1.14 爲「微」字，《汗簡》誤注「徵」字，𢼸汗 1.14𢼸四 1.21 爲「徵」字，《汗簡》、《古文四聲韻》誤注「微」字。詳見論文【第二部分古本《尚書》文字與傳鈔古《尚書》文字辨析】「微」字條、「徵」字條。

・2278・

今本尚書文字	說文引古文尚書文字	說文引「書」之今本尚書文句	魏石經尚書古文	汗簡古尚書文字	古文四聲韻古尚書文字	訂正六書通古尚書文字	魏石經尚書文句	說文字形參證
新附屢				屢 汗 5.66	屢 〔註 42〕 四 2.25			屢篆
方	述下虞書曰旁逑孱功	堯典方鳩僝功	方 魏三體					
				匚 汗 6.82	乚 四 2.15	匸匸 六 114		
兢				兢 汗 4.46	兢 四 2.28			篆
貌	緢下周書曰惟緢有稽玉篇殘卷引同	呂刑惟貌有稽段注：按許所據壁中文		緢 汗 5.70	緢貊 四 5.18			
兜				兜 汗 1.6	兜 四 2.25			
視					視 四 4.5			古
親				親 汗 3.39	親 四 1.32			
頟				頟 汗 4.47	頟 四 5.19			
頌	攽下周書曰乃惟孺子攽	洛誥乃惟孺子頌						
籲	商書曰率籲眾戚	盤庚上率籲眾兮慼						
顯				顯 汗 5.71	顯 四 3.17			
須				須 汗 4.47	須 四 1.24	須 六 36		
文			文 魏三體	文 汗 4.51	文 四 1.33			
旬				旬 汗 4.50				古
包	蘄下書曰艸木蘄苞．繫傳苞下：尚書草木漸苞	禹貢草木漸包						
魄	霸下周書曰哉生霸尚書無霸字	康誥哉生魄		魄 汗 3.35	魄 四 4.33			霸古

〔註 42〕今本《尚書》有「屢」字，無「屢」字。

今本尚書文字	說文引古文尚書文字	說文引「書」之今本尚書文句	魏石經尚書古文	汗簡古文尚書文字	古文四聲韻古文尚書文字	訂正六書通古尚書文字	魏石經尚書文句	說文字形參證
⁴岳				岳 汗4.51	岳 四5.6			嶽古
崇				汗4.51	四1.11			
峙	餱下周書曰峙乃餱糧.段改：峙作偫	費誓峙乃糗糧						
廡	橆下商書曰庶草蕃橆	洪範庶草蕃廡		汗4.51	四3.10			
廉				汗3.30 / 汗3.37	四2.27			
斥					四5.17			篆庠
厥				汗5.67	四5.9 / 四5.9 / 四5.10			氒篆
危				汗4.51	四1.17			
畏	周書曰畏于民嵒	召誥畏於民嵒.段改嵒作嵒						
長				汗4.52	四2.14			古
肆	肆下虞書曰肆類于上帝	舜典肆類于上帝	魏三體					肆篆 / 古
貍				汗4.55	四1.20			
豫	忬下周書曰有疾不忬	金縢王有疾弗豫.段注：許所據者壁中古文		汗4.59	四4.10			
駱		今本尚書無駱字.箋正：注云尚書當是史書之誤		駱又佗 汗4.54					
驪				汗2.18	四1.38			
絫		今本無畾或絫字.箋正：注云尚書當是史書之誤		絫 汗4.54	絫 四5.22				畾或絫
法				汗2.26				灋古

今本尚書文字	說文引古文尚書文字	說文引「書」之今本尚書文句	魏石經尚書古文	汗簡古尚書文字	古文四聲韻古尚書文字	訂正六書通古尚書文字	魏石經尚書文句	說文字形參證
狂			魏三體	汗4.55書經	四2.16			古
		當爲狂字.汗.四.誤注睦		汗4.59 睦	四5.5 睦			
類	下虞書曰 類于上帝	舜典肆類于上帝		汗2.20	四4.5			臂篆
然					四2.4			
灼	焯下周書曰焯見三有俊心	立政灼見三有俊心		汗4.55書經	四5.23			
災				汗4.55書經	四1.30			裁古
				汗4.55書經	四1.30			裁篆
光				汗4.55書經	四2.17			古
燠					四5.5			
					四5.5			
				汗4.55書經	四5.5			
熙				汗4.55書經	四1.21			
				阢 汗5.65	四1.21			
赤				汗6.73	四5.17			古
夾				汗4.56	四5.20			
奄				汗3.39	四3.29			弇古
契				汗6.78	四5.13			
				汗6.78	四5.13			

今本尚書文字	說文引古文尚書文字	說文引「書」之今本尚書文句	魏石經尚書古文	汗簡古文尚書文字	古文四聲韻古文尚書文字	訂正六書通古尚書文字	魏石經尚書文句	說文字形參證
夷			魏三體	汗 3.43	四 1.17		立政夷微盧烝三毫阪尹	
喬				籥 汗 2.21	四 2.8	六 98		
奏				汗 1.14	四 4.39			古
				汗 1.13	四 4.39			古
				汗 1.13	四 4.39			篆
皋				汗 4.58	四 2.8	六 101		篆
	謨下虞書日咎繇謨	皋陶謨.段注：此蓋壁中尚書古文如此作						
恪				汗 4.59				說文有愙無恪
愼			魏三體	汗 3.34	四 4.18	六 281		古
念			魏三體	汗 4.59	四 4.40 古孝經古尚書			
				汗 4.59				篆
惇				汗 4.59				篆
慶				汗 4.59	四 4.35			
懼				汗 4.59	四 4.10			古
悟				汗 4.59	四 4.11			古
恤	惢下周書日無惢于卹	大誥無惢于卹						
愍	思下詩日相時愍民	盤庚上相時愍民.說文引詩乃商書之誤		儉. 汗 4.59	四 2.27	六 159		思篆
	諗下周書日勿以諗人	立政其勿以愍人						
懍	商書日以相陵懍	今商書無此文						

今本尚書文字	說文引古文尚書文字	說文引「書」之今本尚書文句	魏石經尚書古文	汗簡古尚書文字	古文四聲韻古尚書文字	訂正六書通古尚書文字	魏石經尚書文句	說文字形參證
"惰					四 3.21	六 217		憜或惰古
愆			魏三體隸	汗 1.12	四 2.6			籀
忌	甚下周書曰爾尚不甚于凶德	多方爾尚不忌于凶德		汗 1.12				
	周書曰來就甚甚	說文引作秦誓未就予忌						甚
怨			魏三體	汗 3.40	四 4.19	無逸魏三體		古
怒		汗.四誤注恕字為怒字古文.說文誤入恕字		恕 汗 4.59	恕 四 4.10			恕古
愍	周書曰凡民罔不愍	康誥凡民自得罪寇攘姦宄殺越人于貨臮不畏死罔弗愍						篆
悔	毎下商書曰曰貞曰毎	洪範曰貞曰悔						毎
*感	籲下商書曰率籲眾戚	盤庚上率籲眾戚感						說文有憾無感
惕				汗 4.59	四 5.16			或愁
新附怩				汗 4.59	四 1.18			
*懍		今本尚書無廩字.汗.四.此形應注為懍		廩 汗 4.51	廩 四 3.28			說文無懍
*憫	霒下周書曰有夏氏之民叨霒	多方有夏之民叨憫						說文無憫
河	菏下禹貢浮于淮泗達于菏	禹貢浮于淮泗達于河						
漾				漾. 汗 5.61	四 4.34			古
漢				汗 5.61	四 4.21			古
沔				汗 4.48	四 3.18			
漆				汗 4.48	四 5.8			
洛				汗 5.61	四 5.24			

今本尚書文字	說文引古文尚書文字	說文引「書」之今本尚書文句	魏石經尚書古文	汗簡古文尚書文字	古文四聲韻古尚書文字	訂正六書通古尚書文字	魏石經尚書文句	說文字形參證
澮	川下引虞書曰濬く〈〈距川	益稷濬畎澮距川		汗 2.26	四 4.12			
沇				汗 5.61	四 3.18			
				沿. 汗 5.61	四 3.18			古
漸	蕲下書曰艸木蕲苞. 繫傳苞下：尚書草木漸苞	禹貢草木漸包						
洋				汗 4.48	四 2.13			
濟				汗 5.61	四 3.12 / 四 4.13			
		今本尚書無沛字. 此形爲沛字.乃濟水本字.汗簡誤注沛爲沛之誤		沛. 汗 5.61	四 3.12 / 四 4.13			
泥				汗 6.73	四 1.28 / 四 4.14			
海				汗 5.61	四 3.13			
				汗 5.61				
洪	坙下尚書曰鯀坙洪水	洪範鯀陻洪水				六 4		
淵				汗 5.61	四 2.3			古
淫				汗 3.43	四 2.26			呈篆
			魏三體					篆
滋				汗 1.5	四 1.21			

今本尚書文字	說文引古文尚書文字	說文引「書」之今本尚書文句	魏石經尚書古文	汗簡古尚書文字	古文四聲韻古尚書文字	訂正六書通古尚書文字	魏石經尚書書文句	說文字形參證
瀆		今本尚書無瀆字.箋正云：省貝.尚書不言瀆薛本亦無.不知採何書之誤		〔古文〕汗 5.61				
津				〔古文〕汗 5.61	〔古文〕四 1.31 〔古文〕四 2.31	〔古文〕六 59		
渡				〔古文〕汗 5.61	〔古文〕四 4.11			
沿沿				〔古文〕汗 5.61				
滄				〔古文〕汗 5.61	〔古文〕四 2.17			
''頮			〔古文〕魏三體	〔古文〕汗 4.47	〔古文〕四 4.16 〔古文〕沫 四 5.11			沫古 段改〔古文〕
新附涯				〔古文〕汗 5.61				
流				〔古文〕汗 5.61	〔古文〕四 2.23	〔古文〕六 146		篆〔古文〕
濱				〔古文〕汗 5.61	〔古文〕四 1.32	〔古文〕六 59		瀕篆〔古文〕
畎	川下虞書曰濬く〈〈距川　容下虞書曰容畎澮距川	益稷濬畎澮距川						く篆畎
川	虞書曰濬く〈〈距〈〈〈	益稷濬畎澮距川						
州				〔古文〕汗 1.11 〔古文〕汗 5.62	〔古文〕四 2.24			古〔古文〕
原				〔古文〕汗 1.8	〔古文〕四 1.35			邍篆〔古文〕
濬	虞書曰容畎澮距川	益稷濬畎澮距川.段注：此爲今文						容古〔古文〕
雨				〔古文〕汗 5.63				

今本尚書文字	說文引古文尚書文字	說文引「書」之今本尚書文句	魏石經尚書古文	汗簡古文尚書文字	古文四聲韻古文尚書文字	訂正六書通古尚書文字	魏石經尚書文句	說文字形參證
雷				汗 5.63 / 汗 6.74 / 汗 6.82	四 1.29 / 四 1.29			篆 / 古
電					四 4.22			古
魚				汗 5.63	四 1.22			篆
鮮				汗 5.63	四 2.4 / 四 3.17			
翼				汗 4.58	四 5.27 翊			翊篆
不			魏三體（古.篆）	汗 5.64				篆
房				汗 5.65	四 2.14	六 114		
闢	闢下引虞書曰闢四門	舜典闢四門			四 5.17 夏書			古
眂	眡下商書曰今汝眡眡	盤庚上今汝眂眂		汗 5.65	四 5.11	六 342		眡古
聞			魏三體	汗 5.65	四 1.34		君奭我聞在昔成湯既受命	
拜			魏品式					古
			魏品式（篆）	汗 5.66				
摯	埶下周書曰大命不埶	西伯戡黎大命不摯						
拉		今本尚書無拉字.箋正：尚書為史書之誤		汗 5.66				
拊				汗 5.66				
撫			魏品式	汗 1.14	四 3.10		魏品式皋陶謨撫於五辰	

今本尚書文字	說文引古文尚書文字	說文引「書」之今本尚書文句	魏石經尚書古文	汗簡古尚書文字	古文四聲韻古尚書文字	訂正六書通古尚書文字	魏石經尚書書文句	說文字形參證
揚				汗1.14	四2.13			古敭
						六113		
柯	周書曰盡執柯	酒誥盡執拘以歸于周	段注：今尚書柯作拘字之誤也					
拙	灺下商書曰予亦灺謀讀若巧拙之拙	盤庚上予亦拙謀		汗3.31	四5.14			
掩				汗3.39 奄	四3.29 奄			弇古
播				汗1.14				古
				汗1.14				
	潘下商書曰王潘告之	盤庚上王播告之						
撻	周書曰〇以記之	益稷撻以記之						古
扞		汗.四.注作異體字捍.今本尚書無捍字		汗1.15 捍	四4.20 捍			攼
	敯下周書曰敯我于艱	文侯之命扞我于艱						敯
扑				汗1.5 扑	四5.3 朴			說文無扑字
奴				汗5.66	四1.26			古
始				汗5.64	四3.7			台
				汗6.81	四3.20			
好	敏下引商書曰無有作敏	洪範無有作好			四3.20			敏篆
				汗6.81	四3.20			
妻		今本尚書無妻字		汗5.66	四1.27 / 四4.13	六27		

今本尚書文字	說文引古文尚書文字	說文引「書」之今本尚書文句	魏石經尚書古文	汗簡古尚書文字	古文四聲韻古尚書文字	訂正六書通古尚書文字	魏石經尚書文句	說文字形參證
嬪				汗 5.66	四 1.32	六 59		
乂	夒下虞書曰有能俾夒	堯典有能俾乂	魏三體				魏三體君奭保乂有殷.用乂厥辟.	
弗			魏三體	汗 6.82	四 5.9			
截	諯下周書曰截截善諯言　戔下周書曰戔戔	秦誓截截善諯言						篆
劉					四 5.4			
戡	戡下商書西伯戡黎			汗 5.68	四 2.13	六 156		篆
戡	戕下商書曰西伯既戕黎	汗.四.注作假借字龕.今本尚書無龕字		汗 5.68 龕	四 2.12 龕			戕篆
望				汗 3.43	四 4.35			望古　篆
弼			魏品式	汗 4.70	四 5.8			古
				汗 4.70	四 5.8			古
				汗 4.70	四 5.8			篆
	㢸下虞書曰㢸成五服	益稷弼成五服						㢸
繇	繇下夏書曰厥艸惟繇	禹貢厥草惟繇						
純			魏三體君奭　魏三體文侯之命	汗 5.70				
織				汗 5.68	四 5.25			
纖				汗 5.68 纖	四 2.27 鐵			
縮		今本尚書無縮字			四 5.4			

今本尚書文字	說文引古文尚書文字	說文引「書」之今本尚書文句	魏石經尚書古文	汗簡古尚書文字	古文四聲韻古尚書文字	訂正六書通古尚書文字	魏石經尚書文句	說文字形參證
終			魏三體	汗6.82	四1.12		君奭"我亦不敢知曰其終出于不祥"	古
綦				汗5.70	四1.20			綶或綦
績				績 汗6.80 尚書.說文				續古
綏			魏三體	綏 汗5.70	四1.18	綏綏 六59		
				汗5.66	四1.18			娞
率			魏三體	汗1.10	四5.8		君奭率惟茲有陳	衛
蠢	周書曰我有戠于西	大誥有大艱于西土西土人亦不靜越茲蠢戠 段注：爲壁中古文眞本	魏三體隸	汗5.68	四3.14		大誥西土人亦不靜越茲蠢	古
二				汗6.73				古
地				汗6.73	四4.7			籀
坰	尚書曰宅坰夷	堯典宅嵎夷						
基			魏三體	汗6.73			君奭厥基永孚于休	
堂				汗6.73	四2.16			古
墅				墅 汗6.73	四4.6			
封			魏三體	汗6.73	四1.13	六6		籀
"聖	虞書曰龍朕聖讒說殄行	舜典龍朕聖讒說殄行						坙 古聖
塞	寨下虞書曰剛而塞	皋陶謨剛而塞						
圮	虞書曰方命圮族	堯典方命圮族						
新附 塗	盫下虞書曰予娶盫山	益稷娶于塗山		盫. 汗4.51	盫盫 四1.26			
	臁下周書曰惟其敷丹臁	梓材惟其塗塈茨. 惟其塗丹臁						

今本尚書文字	說文引古文尚書文字	說文引「書」之今本尚書文句	魏石經尚書古文	汗簡古尚書文字	古文四聲韻古尚書文字	訂正六書通古尚書文字	魏石經尚書文句	說文字形參證
堯				汗 6.73				古
釐				汗 6.74	四 1.20	六 29		
野				汗 3.30	四 3.22			
				汗 6.73	四 3.22			古
田	畋下周書曰畋尒田	多方畋爾田						
疇	䰠下虞書曰帝曰䰠咨	堯典帝曰疇咨疇		汗 6.82	四 2.24	六 145		古
晦				汗 6.74	畎. 四 2.3			篆
勳	叡下虞書曰勳乃叡	堯典帝堯曰放勳.舜典帝乃叡落		汗 3.33	四 1.34			古勛
動				汗 1.8	四 3.3			古
				汗 1.9	四 3.3			徸篆
				汗 1.7	四 3.3			踵篆
				汗 1.7	四 3.3			近古
勦	剿下周書曰天用剿絕其命潐下讀若夏書天用剿絕	甘誓天用勦絕其命						
勇				汗 4.59				古
銳	銃下周書曰一人冕執銃	顧命一人冕執銳						
鈞				汗 6.75	四 1.33			古
憑	周書曰凭玉几	顧命憑玉几						說文有凭無憑
且					四 3.22			
斯				汗 6.76	四 1.16			

今本尚書文字	說文引古文尚書文字	說文引「書」之今本尚書文句	魏石經尚書古文	汗簡古尚書文字	古文四聲韻古尚書文字	訂正六書通古尚書文字	魏石經尚書文句	說文字形參證
斷	周書日韶韶猗無它技	秦誓斷斷猗無他技		[古文] 汗6.82	[古文] 四4.21			古[古文]
				[古文] 汗6.76	[古文] 四4.21			古[古文]
輔				[古文] 汗1.3	[古文] 四3.10	[古文] 六186		
阜				[古文] 汗6.77	[古文] 四3.27			古[古文]
陸				[古文]隋. 汗6.77	[古文] 四5.4	汗簡誤注隋		古[古文]
陂	玉篇偏下書日無偏無頗	洪範無偏無陂						
陟				[古文] 汗3.41	[古文] 四5.26			古[古文]
			[古文] 魏三體				君奭時則有若伊陟臣扈.故殷禮陟配天	
阢	周書日邦之阢隉	秦誓邦之杌隉						
陳			[古文] 魏石經				君奭率惟茲有陳	
				[古文] 汗1.15	[古文] 四1.31	[古文] 六60		
陶	夏書日東至于陶丘	禹貢東出于陶邱北						
	謨下虞書日咎繇謨	皋陶謨						
				[古文] 汗4.50	[古文] 四2.9			
*隋	隋下商書日予顛隋	微子我乃顛隮		[古文] 汗6.77				說文無隋
		與前字（隋）相涉而誤注		[古文] 汗6.77				
陞	壅下尚書日鯀壅洪水	洪範鯀陞洪水						壅古[古文]
四			[古文] 魏三體	[古文] 汗6.73				古籀三

今本尚書文字	說文引古文尚書文字	說文引「書」之今本尚書文句	魏石經尚書古文	汗簡古文尚書文字	古文四聲韻古文尚書文字	訂正六書通古尚書文字	魏石經尚書文句	說文字形參證
禹			魏品式	汗3.41 汗6.78	四3.9			古
甲			魏三體	汗6.79	四5.20		無逸及祖甲及我周文王．君奭在太甲時	古
亂			魏三體	汗1.13 汗1.13 汗1.15	四4.21 四4.21 四4.21		無逸	古 篆 敵
尤	試下周書日報以庶試	呂刑報以庶尤						
成			魏三體	汗6.79				古
辜			魏三體	汗1.11 汗2.20	四1.26			古
辭			魏三體	汗1.12 汗4.49				詞 籀
子				汗6.80 汗3.42	四3.8 四3.8			古 籀
孕				汗2.20				
字				汗6.80	四4.8			
寅				汗6.81				古
辰			魏品式		四1.30			古
醇				汗6.82	四1.33			
酣				汗2.23	四2.13			

二、《汗簡》、《古文四聲韻》、《訂正六書通》等傳鈔古《尚書》文字與今本《尚書》文字構形異同觀察

（一）《說文》引《尚書》文字、魏石經《尚書》古文及《汗簡》、《古文四聲韻》、《訂正六書通》著錄古《尚書》文字等字形相類同，而與今本《尚書》文字構形相異

下表爲《說文》引古文《尚書》文字、魏石經《尚書》古文及《汗簡》、《古文四聲韻》、《訂正六書通》著錄古《尚書》文字等字形相類同，與今本《尚書》構形相異之對照表。形構關係之詳細說明參見論文【第二部分傳鈔古文《尚書》文字辨析】。

今本尚書文字	汗簡古尚書文字	古文四聲韻古尚書文字	訂正六書通古尚書文字	說文古尚書文字	說文引書之今本尚書文句	魏石經尚書古文	說文今本尚書文句對照	字形參證		形構關係
								說文	出土文字	
斁	汗2.20	四4.11		殬下商書曰彝倫攸殬	洪範彝倫攸斁			殬		殬爲本字
*篾	蔑. 汗2.18 周書大傳	蔑. 四5.13 周書大傳		莫下周書曰布重莫席	顧命敷重篾席			說文無篾		莫爲假借字
*篠	筱. 汗2.21	筱. 四3.18		簜下夏書曰瑤琨筱簜	禹貢瑤琨篠簜			說文有筱無篠		筱篠聲符更替
柴	祡 汗1.3	祡 四1.28		祡下虞書曰至于岱宗祡	舜典至于岱宗柴			祡 古		祡禷聲符更替 祡爲本字
冏	汗4.58	四3.25		檾下周書曰伯檾	冏命王若曰伯冏			檾	珠564 珠565	檾爲本字
粉	汗3.41	四3.15		璪下虞書曰璪火黺米 黺下.袞衣山龍華蟲黺畫粉也	益稷藻火粉米			黺		黺爲本字
營	夐 汗2.16	夐 四2.20 夐 四4.36		夐下商書曰高宗夢得說使百工營求得之傅巖	書序說命上作營求.說文段注本改夐求作營求			夐		夐爲本字

今本尚書文字	汗簡古文尚書字	古文四聲韻尚書字	訂正六書通古文尚書字	說文古文尚書文字	說文引書之今本尚書文句	魏石經尚書古文	說文今本尚書文句對照	字形參證 說文	字形參證 出土文字	形構關係
*貌	[圖] 汗5.70	[圖] 貓 四5.18		緢下周書曰惟緢有稽.玉篇殘卷引同	呂刑惟貌有稽段注：按許所據壁中文			緢		緢爲假借字
魄	[圖] 汗3.35	[圖] 四4.33		霸下周書曰哉生魄	康誥哉生魄*尚書無霸字			[圖] 霸古	[圖] 鄭虢仲簋 [圖] 令簋	霸爲本字
灼	[圖] 汗4.55 書經	[圖] 四5.23		焯下周書曰焯見三有俊心	立政灼見三有俊心			焯		焯灼聲符更替
愐	[圖] 偭. 汗4.59	[圖] 四2.27	[圖] 六159	愳下詩曰相時愳民	盤庚上相時愳民*說文引詩乃商書之誤			愳		愳愐聲符更替
忌	[圖] 汗1.12			諅下周書曰爾尚不諅于凶德	多方爾尚不忌于凶德			諅	[圖] 子諅盆	諅忌聲符義符更替
				惎下周書曰來就惎惎	秦誓未就予忌			惎	[圖] 璽彙5289 [圖] 陶彙3.274	惎忌聲符更替
闢		[圖] 四5.17 夏書		闢下[圖]引虞書曰闢四門	舜典闢四門			[圖] 古闢	[圖] 盂鼎 [圖] 中山王鼎	闢爲形聲 [圖] 爲會意
聒	[圖] 汗5.65	[圖] 四5.11	[圖] 六342	聒下商書曰今汝聒聒	盤庚上今汝聒聒			[圖] 聒 古[圖]		[圖] 聒義符更替爲本字
拙	[圖] 汗3.31	[圖] 四5.14		㜤下商書曰予亦㜤謀讀若巧拙之拙	盤庚上予亦拙謀					㜤爲假借字
好		[圖] 四3.20		敄下引商書曰無有作敄	洪範無有作好			[圖] 敄篆		敄爲假借字
	[圖] 汗6.81	[圖] 四3.20							[圖] 郭店.語叢1.89 [圖] 郭店.語叢2.21	敄肝義符更替

今本尚書文字	汗簡古文尚書字	古文四聲韻古尚書文字	訂正六書通古尚書文字	說文古文尚書文字	說文引書之今本尚書文句	魏石經尚書古文	說文今本尚書文句對照	字形參證		形構關係
								說文	出土文字	
戡	汗 5.68	四 2.13	六 156	戞下商書西伯戡戞	西伯戡黎			戡篆		
	汗 5.68	四 2.12		戗下商書曰西伯既戗黎	西伯戡黎			戗篆		戗爲假借字
蠢	汗 5.68	四 3.14		周書曰我有戴于西	大誥有大艱于西土西土人亦不靜越茲蠢　戴.段注：爲壁中古文眞本	戴 魏三體隸	大誥西土人亦不靜越茲蠢	古		蠢戴義符更替 戴爲戴之誤
新附塗	汗 4.51 盒.	四 1.26 塗		盒下虞書曰予娶盒山	益稷娶于塗山					盒塗聲符義符更替
勳	汗 3.33	四 1.34		勛下虞書曰勛乃殂	堯典帝堯曰放勳.舜典帝乃殂落			古勛		勛勳聲符更替
斷	汗 6.82	四 4.21		周書曰韶猗無它技	秦誓斷斷猗無他技			古	量侯簋	劗（剬）斷音義皆近
	汗 6.76	四 4.21						古	郭店語叢 2.35　包山 134	

　　《說文》引《尚書》文字、魏石經《尚書》古文及《汗簡》、《古文四聲韻》、《訂正六書通》等傳鈔古《尚書》文字等類同，而與今本《尚書》文字構形相異者，其形構特點有：

　　1、聲符更替

　　如「灼」作「焯」：今本《尚書・立政》「灼見三有俊心」，《說文》引古文《尚書》此句、《汗簡》、《古文四聲韻》古尚書「灼」字皆作「焯」焯汗 **4.55** 書經焯四 **5.23**，「灼」「焯」聲符更替。

　　如「愆」作「思」：今本《尚書・盤庚上》「相時愆民」，《說文》「思」字下引古文《尚書》此句、《汗簡》、《古文四聲韻》、《訂正六書通》古尚書「愆」字皆作「思」思汗 **4.59**（注作假借字「傷」）思四 **2.27**思六 **159**，「愆」「思」聲符更替。

2、義符更替

如「戠」作「戴」：今本《尚書・大誥有大艱于西土西土人亦不靜越茲戠」，《說文》古文蠱𧔥下引古文《尚書》此句作「我有戴于西」、《汗簡》、《古文四聲韻》、《訂正六書通》古尚書「戠」字皆作「戴」𢦏汗5.68𢦏四3.14，《說文》從𢦏戈，段注：「𢦏之言才也、始也」，𢦏汗5.68𢦏四3.14從戈當爲從𢦏戈之誤。

如「聒」作「憩」、「聲」：今本《尚書・盤庚上》「今汝聒聒」，《說文》心部「憩」下引古文《尚書》此句「聒」字作「憩」，《汗簡》、《古文四聲韻》、《訂正六書通》古尚書「聒」字作𢥵汗5.65𢥵四5.11𢥵六342，「聒」爲「憩」、「聲」之假借字，「憩」、「聲」乃義符「心」「耳」更替。

3、聲符、義符皆更替

如「塗」作「盉」：今本《尚書・益稷》「娶于塗山」，《說文》「盉」字下引作「虞書曰『予娶盉山』」，《汗簡》、《古文四聲韻》古尚書「塗」字（《汗簡》注作「盉」）皆作「盉」盉汗4.51盉盉四1.26，二字聲符更替，「塗」字聲符「涂」亦從「余」得聲，又義符「土」、「屾」相通而更替。

如「忌」作「朞」、「𠱾」：今本《尚書・多方》「爾尚不忌于凶德」，《說文》「朞」字下引古文《尚書》此句「忌」字作「朞」，《汗簡》古尚書「忌」字作「𠱾」𠱾汗1.12，「己」、「其」、「亓」古音相同皆爲見紐之部，三字聲符更替，又義符「心」、「言」相通亦更替。

4、爲形聲與會意之異構

如「闢」作「𨳿」：今本《尚書・舜典》「闢四門」，《說文》「闢」字下𨳿字引此句，《玉篇》則補「古文闢」三字，《古文四聲韻》錄《夏書》「闢」字作𨳿四5.17夏書，從門𡳾會意，爲形聲字「闢」字之會意異體。

（二）爲甲骨文、金文等古文字之沿用而與今本爲古今字

如「賓」字作「宀」宀四1.32，源於甲金文𠘰甲1222𠈇甲2402𠈇𠈇其卣𠈇宀鼎等之變，爲「賓」之初文，象室中來人，賓客之義。又如「啓」字作「启」启汗5.65启四3.12启六176、「得」字作「㝵」㝵汗1.14、「德」字作「悳」悳汗4.59、「敷」字作「尃」尃汗1.14四1.25、「遷」字作「𨙻」𨙻汗4.49四2.4、「逆」字作「屰」屰汗1.11汗6.82四5.7四5.19屰、「私」字作「厶」厶汗6.82、「顯」字作「㬎」㬎汗5.71四3.17、「稱」字作「爯」爯汗1.13四2.28六136等等。

（三）源自甲金文或其書寫變異、訛變

如「天」字《汗簡》、《古文四聲韻》錄古尚書作 汗1.3 四2.2，與 郭店.成之4 无極山碑、 千甓亭.吳天紀塼類同，乃源自 天棘爵 曾侯乙墓匰器 魏三體等形筆畫割裂訛變。

如「詠」字《汗簡》錄古尚書作 汗1.6，右從「永」字之訛變，爲《說文》「詠」字或體「咏」 ，源自 詠尊。

如「尾」字《汗簡》錄古尚書作 汗3.44，《箋正》云：「此形不別作尸，以上曲即尸也」，蓋訛變自甲骨文 乙4293 隨縣34等形。

如「惠」字《汗簡》錄古尚書作 汗4.59，與《說文》古文作 同，「惠」字上所從「叀」字古作 何尊 無叀鼎，或省作 諫簋 虢弔鐘 克鼎，金文「惠」字作 衛盉 邾大宰簠 中山王壺等形， 汗4.59說文古文惠所從「叀」字不省。

如「視」字《古文四聲韻》錄古尚書作 四4.5，《說文》古文作 ，源自甲骨文作 前2.7.2， 四4.5之左 形爲「目」字 目小且壬爵 說文古目 汗2.16等形之訛變，其右從古文「示」。

如「則」字《汗簡》錄古尚書一形作 汗2.21，與《說文》「則」字古文作 同形，源自 段簋，本從二鼎， 汗2.21 說文古文則變作從二貝。

如「南」字《汗簡》、《古文四聲韻》錄古尚書作 汗1.4「南見說文」〔註43〕 四2.12，訛自金文 盂鼎 盂鼎 啓卣 鬲攸比鼎等形，《說文》「南」字古文作 。

如「君」字《汗簡》錄古尚書作 汗1.6，《說文》古文作 ，源自 天君鼎 召伯簋 璽彙0273 璽彙0004等形；《汗簡》、《古文四聲韻》又錄古尚書一形作 汗1.6 四1.34，亦源於此，其上形筆畫訛變割裂。

如「敗」字《汗簡》錄古尚書作 汗1.14，與《說文》「敗」字籀文作 同形，源自 五年師旋簋 南疆鉦。

如「本」字《汗簡》、《古文四聲韻》、《訂正六書通》錄古尚書作 汗3.30 四3.15 六197，與《說文》古文作 類同，源自本鼎作 本鼎，本即根，下形指樹木之根本。

〔註43〕《箋正》謂此字夏韻系之古尚書，《汗簡》此處「見說文」蓋寫誤。

如「雷」字《汗簡》、《古文四聲韻》錄古尚書作〔雷字形〕汗5.63〔雷字形〕四1.29，《說文》「雷」字篆文作〔雷字形〕，皆與戰國楚簡作〔雷字形〕包山175〔雷字形〕信陽2.1等類同，源自〔雷字形〕盠駒尊〔雷字形〕說文籀文雷之省。《汗簡》、《古文四聲韻》錄古尚書「雷」字又作〔雷字形〕汗6.74〔雷字形〕汗6.82〔雷字形〕四1.29形，源自金文作〔雷字形〕師旂鼎〔雷字形〕洒罍〔雷字形〕對罍等省形〔註44〕，《說文》古文作〔雷字形〕則不省。

如「誥」字《古文四聲韻》錄古尚書作〔誥字形〕四4.29，與魏三體石經古文作〔誥字形〕魏三體同形，乃「誥」字金文作〔誥字形〕何尊〔誥字形〕史話簋〔誥字形〕王孫誥鐘形从言从収（〔字形〕）之誤，所从収（〔字形〕）訛作「丌」，楚簡引《尚書》「誥」字作〔誥字形〕上博1緇衣3〔誥字形〕上博1緇衣15則不誤，《說文》古文訛作〔誥字形〕。

如「衡」字《汗簡》、《古文四聲韻》、《訂正六書通》錄古尚書作〔衡字形〕汗4.58〔衡字形〕四2.19〔衡字形〕六127，與《說文》古文作〔衡字形〕類同，「衡」字金文作〔衡字形〕毛公鼎〔衡字形〕番生簋，《說文》篆文作〔衡字形〕，「角」字金文作〔角字形〕鄂侯鼎〔角字形〕伯角父盉，〔衡字形〕說文古文衡「角」誤作「西」。

如「族」字《汗簡》、《古文四聲韻》、《訂正六書通》錄古尚書作〔族字形〕汗1.7〔族字形〕〔族字形〕四5.3〔族字形〕六書通325，〔族字形〕〔族字形〕四5.3所从「矢」訛變，源自甲金文作〔族字形〕甲984〔族字形〕京津3748〔族字形〕明公簋〔族字形〕師酉簋〔族字形〕事族簋，从放从矢，春秋以後「族」字作〔族字形〕不易戈〔族字形〕陳喜壺〔族字形〕侯85.23〔族字形〕郭店.語三1.4，「放」訛作「止」。

（四）為戰國文字形構或其訛變

如「幻」字《汗簡》、《古文四聲韻》錄古尚書作〔幻字形〕汗2.19〔幻字形〕四4.22，金文作〔幻字形〕孟父湇簋〔幻字形〕孟湇父簋，戰國古璽作〔幻字形〕璽彙2925〔幻字形〕璽彙0391，亦省作〔幻字形〕璽彙1969〔幻字形〕璽彙0748，《說文》篆文作〔幻字形〕，與〔幻字形〕汗2.19形類同，〔幻字形〕四4.22則為〔幻字形〕璽彙1969〔幻字形〕璽彙0748之訛變。

如「變」字《汗簡》、《古文四聲韻》「變」字錄古尚書〔變字形〕汗4.48〔變字形〕四4.24，又作〔變字形〕汗4.48〔變字形〕四4.24，皆〔變字形〕魏三體之訛，《古文四聲韻》錄《籀韻》作〔變字形〕四4.24則近於〔變字形〕魏三體，源自〔變字形〕侯馬1.36〔變字形〕侯馬1.30，而所从之「㝵」不省，形如〔字形〕天星觀.策〔字形〕望山2.策其下所从。偏旁〔字形〕即「㝵」字〔字形〕（〔字形〕望山2.策.簽所从）、〔字形〕（〔字形〕魏三體所从）、〔字形〕（〔字形〕四4.24籀韻所从）、「弁」字〔字形〕信陽2.07〔字形〕包山158〔字形〕包山24〔字形〕包山

〔註44〕說見：徐在國謂或為〔字形〕包山175之省，《隸定古文疏證》，合肥：安徽大學出版社，2002，頁237。

194 之訛變，偏旁、則訛變自「攴」〔註45〕。

如「美」字《汗簡》、《古文四聲韻》著錄古尚書作**汗 5.66****四 3.5**，从女𢼸聲，源自戰國楚簡「美」字作「媺」**郭店.老子甲 15****郭店.緇衣 1****郭店.性自 51**。

如「若」字《汗簡》、《古文四聲韻》錄古尚書作**汗 5.66****四 5.23**，與魏三體石經古文作**魏三體**類同，乃金文作**毛公鼎****彔伯簋****揚簋****申鼎**、**詛楚文**、戰國時綴加飾筆變作**中山王鼎****中山王墓兆域圖****信陽楚簡 1.55****郭店.尊德義 23** 之訛變。

（五）為《說文》重文或其異構，或且為戰國文字或其訛變

下表爲《汗簡》、《古文四聲韻》、《訂正六書通》等傳鈔古《尚書》文字與今本《尚書》文字構形相異者，和《說文》重文之比較表，表中並列出土資料文字以爲參證。形構比較之詳細說明參見論文【第二部分傳鈔古文《尚書》文字辨析】。

今本尚書文字	汗簡古尚書文字	古文四聲韻古尚書文字	訂正六書通古尚書文字	說文字形參證	出土資料文字參證	傳鈔古文與說文重文比較
一	汗 1.3	四 5.7		古	郭店.窮達 14	同形
帝	汗 1.3	四 4.13	六 255	古	粹 1128	筆畫變化
禮	汗 1.3	四 3.12		古	九里墩鼓座	筆畫變化
祀	汗 1.3	四 3.7		或		筆畫變化
社	汗 6.73			古	中山王鼎	筆畫變化
三	汗 1.3	四 2.13		古		同形
玕	汗 1.4	四 1.37		古		筆畫變化

〔註45〕黃錫全認爲、是（欠）之誤，望山楚簡有「歙」字，从欠之欽作（魚鼎匕）（黃錫全，《汗簡注釋》，武漢：武漢大學出版社，1993，頁 321），徐在國亦以爲似由攴訛變（徐在國，《隸定古文疏證》，合肥：安徽大學出版社，2002，頁 73）。

今本尚書文字	汗簡古尚書文字	古文四聲韻古尚書文字	訂正六書通古尚書文字	說文字形參證	出土資料文字參證	傳鈔古文與說文重文比較
中	〔古文〕汗1.4			籀〔古文〕古〔古文〕	〔古文〕甲398 〔古文〕中盉 〔古文〕天星觀.卜 〔古文〕包山140	筆畫變化
	〔古文〕汗1.4	〔古文〕四1.11				汗.四訛變
荊	〔古文〕汗1.5	〔古文〕四2.19		古〔古文〕	〔古文〕貞簋 〔古文〕師虎簋 〔古文〕牆盤	同形 皆訛變
悉	〔古文〕汗4.59	〔古文〕四5.7		古〔古文〕		同形 皆訛變
噫	〔古文〕汗4.59	〔古文〕四1.20				異構 增偏旁虍
		〔古文〕四1.20		意籀〔古文〕		同形
哲	〔古文〕汗6.82	〔古文〕四5.14		古〔古文〕		同形
嚴	〔古文〕汗1.10	〔古文〕四2.28		古〔古文〕	〔古文〕井人編鐘友鼎 〔古文〕中山王壺	同形
"征	〔古文〕汗1.8	〔古文〕四2.21		延或征篆〔古文〕	〔古文〕彔伯簋	同形
"徂	〔古文〕汗1.8	〔古文〕四1.26	〔古文〕六40	迡或徂籀〔古文〕		汗.四.六聲符更替.訛變
遷	〔古文〕汗4.49	〔古文〕四2.4		釁或〔古文〕	〔古文〕侯馬 〔古文〕郭店.窮達5	筆畫變化
	〔古文〕汗5.64	〔古文〕四2.4		古〔古文〕		偏旁更替：屵扌 西古文篆文
遲	〔古文〕汗1.8	〔古文〕四1.18		或〔古文〕	〔古文〕包198 〔古文〕天星觀.卜	同形
遂		〔古文〕四4.5	〔古文〕六275	古〔古文〕 假述爲遂		筆畫變化 皆訛變
	〔古文〕汗1.8			迹籀〔古文〕	〔古文〕盂鼎 〔古文〕史遂簋 〔古文〕魏三體僖公	筆畫變化 皆訛誤作迹
近	〔古文〕汗1.7			古〔古文〕	〔古文〕邾旂士鐘 〔古文〕齊侯敦	筆畫變化
遠		〔古文〕四3.15古老子古尚書		古〔古文〕	〔古文〕克鼎 〔古文〕郭店成之37	異構.偏旁袁皆訛變

今本尚書文字	汗簡古尚書文字	古文四聲韻古尚書文字	訂正六書通古尚書文字	說文字形參證	出土資料文字參證	傳鈔古文與說文重文比較
逖	汗 1.8	四 5.15		古		筆畫變化
德	汗 4.59			悳古	嬴霝惪壺　陳侯因資錞	筆畫變化偏旁目皆訛變
往	汗 1.8	四 3.24	六 222	古		筆畫變化
"退	汗 1.8	四 4.17		復古	行氣玉銘　楚帛書乙 8.6	同形
後	汗 1.8	四 3.27　四 4.38		古	沈兒鐘　曾姬無卹壺　包山 2	同形
得	汗 1.14			古	前 7.42.2　子禾子釜	汗.訛變
冊	汗 1.10	四 5.18		古	師虎簋	皆訛變
嗣	汗 6.80	四 4.7		古	令瓜君壺　曾侯乙鐘	同形
嚚	汗 1.10	四 1.32		古		同形
	汗 1.7	四 1.32	六 80			省形
商	汗 1.11	四 2.14	六 116	古　籀	商叔簋　庚壺	筆畫變化
謀	汗 4.59	四 2.24	六 149	古		異構
謨	汗 1.6	四 1.25		古		同形
誥		四 4.29		古	何尊　王孫誥鐘	形構同偏旁廾皆訛變
誓	汗 1.7　汗 6.76	四.15		折籀		汗.四訛變
		四.15			散盤　番生簋	訛變

今本尚書文字	汗簡古尚書文字	古文四聲韻古尚書文字	訂正六書通古尚書文字	說文字形參證	出土資料文字參證	傳鈔古文與說文重文比較
詠	汗 1.6			或	詠尊	汗.訛變
業	汗 4.55 書經	四 5.29		大徐古 小徐古		筆畫變化
戒	汗 5.68	四 4.16	六 271	篆		
要	汗 5.66	四 2.7		古	是要簋 散盤	同形
農	汗 1.5	四 1.12		古 小徐古	乙 282 後 2.39.17	同形
鞭	汗 1.14	四 2.5		古	郭店.老丙 8 璽彙 0399	汗.四訛變
尹	汗 1.13	四 3.14	六 194	古		同形 皆訛變
度	宅 汗 4.51 亦度字	度 四 4.11.亦宅字		宅古	中山王鼎	同形
殺	汗 1.15	四 5.12		古	殺侯馬 楚帛書丙 郭店.尊德 3	說文訛變
	汗 3.41	四 5.12		古	甲 3610 蔡大師鼎	筆畫變化
皮	汗 2.21	四 1.15		古	弔皮父簋 盍壺	皆訛變
敗	汗 1.14			籀	五年師旋簋	同形
爽		四 3.24		篆	班簋 散盤	筆畫變化
睦	汗 3.35	四 5.5		古		同形
奭	汗 2.17	四 5.26		篆		同形 四.筆畫變化
難	汗 2.18	四 1.37	六 80	古	包山 236 郭店老子甲 14	筆畫變化
惠	汗 4.59			古	何尊 衛盉	同形

今本尚書文字	汗簡古尚書文字	古文四聲韻古尚書文字	訂正六書通古尚書文字	說文字形參證	出土資料文字參證	傳鈔古文與說文重文比較
幻	汗 2.19	四 4.22		篆	孟㳂父簋 璽彙 1969	筆畫變化
殂	汗 2.20			古		同形
	汗 2.20					聲符繁化
殄	汗 6.82			古		同形
肯	汗 2.20	四 3.29	六 227	可篆		同形
則	汗 2.21			籀	何尊 召伯簋	同形
	汗 2.21			古	段簋	同形
剛	汗 3.41	四 2.17		古	禹鼎 侯馬 1.41	說文訛變
列	汗 2.21	四 5.13		篆		汗.四訛變
剝		四 5.7		或		四.訛變
衡	汗 4.58	四 2.19	六 127	古	毛公鼎	說文訛變
簋	簋. 汗 5.69	匭. 四 3.6		古		同形
	簋. 汗 5.69	簋. 四 3.6		古	令簋 函皇父簋	同形
"其			六 30	箕古		皆其訛變
典	汗 2.21	四 3.17		古	陳侯因咨錞 包山 3	皆訛變
平	汗 6.82			古	平鐘 平阿右戈	同形
益	汗 4.52	四 5.16		嗌籀	侯馬 郭店尊德 21	同形 皆訛變
"秬		四 3.9	六 179	䰐篆 或秬		筆畫變化 四.訛變
養	汗 1.14	四 3.23		古	粹 1589 父乙觶	同形

今本尚書文字	汗簡古尚書文字	古文四聲韻古尚書文字	訂正六書通古尚書文字	說文字形參證	出土資料文字參證	傳鈔古文與說文重文比較
飲	汗 5.61	四 3.28		古		四.筆畫變化 汗.聲符更替
侯		四 2.25		古	甲 183 盂鼎 噩侯簋	同形
覃		四 2.12		古		同形
厚	汗 4.49	四 3.27 四 4.39		古	郭店.老子甲 4 郭店.語叢 1.82	同形
夏		四 3.22		古	郭店.緇衣 璽彙 15	同形
舞	汗 2.17	四 3.10	六 186	古		同形
舜	汗 2.28			古	郭店.唐虞 1	汗.訛變
乘	汗 6.76	四 2.28	六 136	古	公乘壺 鄂君啓車節	汗.四.六訛變
杶	汗 3.30			古		
樹	汗 3.30	四 4.10		籀	石鼓文	筆畫變化
本	汗 3.30	四 3.15	六 197	古	本鼎 行氣玉銘	同形
柴	汗 1.3	四 1.28		紫古		筆畫變化
櫱	汗 3.30	四 5.11		古		筆畫變化
	汗 3.30	四 5.11		古		筆畫變化
麓	汗 3.30	四 5.3		古		汗.四.義符更替
師	汗 1.7	四 1.17		古	令鼎 齊叔夷鎛	同形 皆訛變
南	汗 1.4	四 2.12		古	盂鼎 鬲攸比鼎	筆畫變化 汗.四訛變

今本尚書文字	汗簡古尚書文字	古文四聲韻古尚書文字	訂正六書通古尚書文字	說文字形參證	出土資料文字參證	傳鈔古文與說文重文比較
困	汗3.30	四4.20		古	珠25	同形
賓	汗3.40	四1.32		古	保卣 齊鞄氏鐘	同形
貴			六278	篆		六.省貝
貧	汗3.39	四1.32		古		四同形汗訛變
邦	汗6.74	四1.14		古		同形
"岐	汗4.51	岐 四1.15		邠古		同形
時	汗3.33	四1.19		古	中山王壺	同形
昔	汗3.33			古	何尊	同形
*遊	汗1.8	四2.23		說文無遊游 古	蔡侯盤 中山王鼎 鄫平鐘	同形
參	汗3.34			篆	克鼎 中山王鼎	同形
期"朞	朞 汗3.34	朞 四1.20		古	沇兒鐘　夆弔匜	同形
	朞 汗3.35	朞 四1.20				異構.義符更替
	期 汗3.35	期 四1.19				異構.義符更替易位
明	汗3.33	四2.19		古	羌鐘 中山王鼎	同形 皆偏旁易位
夙	汗3.41	四5.5		古	鐵229.4	筆畫變化皆訛變
	汗3.35	四5.5		篆	前6.16.3　盂鼎	汗.四.訛變
栗	汗3.30	四5.8		古	前2.19.3 石鼓文 包山竹簽	說文訛變
	汗3.30	四5.8		篆		同形

今本尚書文字	汗簡古尚書文字	古文四聲韻古尚書文字	訂正六書通古尚書文字	說文字形參證	出土資料文字參證	傳鈔古文與說文重文比較
粟	汗 3.37 / 汗 3.36	四 5.6		篆	璽彙 5549 / 璽彙 0276	同形
稷	汗 3.36	四 5.27		古	中山王鼎 / 子禾子釜	同形
秋	汗 3.36	四 2.23		籀	掇 1.43.5 / 京都 2529	汗.四.省火
秦	汗 3.37	四 1.32		籀	史秦鬲 / 秦公簋	同形
粒	汗 2.26	四 5.22	六 382	古		同形
宅	汗 4.51	四 4.11		古	何尊 / 店.成之 34	汗同形四同篆義符更替
宅	汗 3.39			古		義符更替
容	汗 3.3			古	邾公華鐘 / 虢文公鼎	筆畫變化
寶	汗 3.39			古	柞鐘 / 格伯作晉姬簋	偏旁易位
寶	汗 1.4	四 3.21				同形
尢	汗 6.78	四 4.37 究		古	兮甲盤	汗同形四訛變誤注究
尢	汗 4.59 究	四 4.37 究		古	舀鼎	皆訛變.誤注究
"罔	汗 3.39			网或罔古		義符更替
常	汗 4.59	四 2.15	六 127	或		汗.四.六偏旁衣訛變
備			六 251	古	郭店.語叢 1.94 / 郭店.語叢 3.54	筆畫變化皆訛變
億	汗 3.41	四 5.27		篆		汗.四.省心

今本尚書文字	汗簡古尚書文字	古文四聲韻古尚書文字	訂正六書通古尚書文字	說文字形參證	出土資料文字參證	傳鈔古文與說文重文比較
侮	汗 3.41	四 3.10		古	粹 1318　中山王鼎	同形
			六 187	篆		同形
徽	微. 汗 1.14	微. 四 1.21		古	乙 4335 反　隨縣石磬	汗.四.省口誤注微
表	汗 3.44	四 3.19		古		同形
	汗 3.44	四 3.19	六 211	篆		汗同形四.六.訛變
襄	汗 5.66	四 2.1		古	散盤　璽彙 0195	同形皆訛變
	汗 3.44	四 2.1		篆	穌甫人匜　穌甫人盤	同形
耄		四 4.30		篆		同形
	汗 3.43	四 4.30				汗.四.聲符更替
兢	汗 4.46	四 2.28		篆	鬲比盨	同形四.訛變
視		四 4.5		古	前 2.7.2	四.偏旁目訛變
旬	汗 4.50			古	王孫鐘	同形
魄	汗 3.35	四 4.33		霸古	鄭虢仲簋	筆畫變化
"岳	岳 汗 4.51	岳 四 5.6		嶽古		同形
斥		四 5.17		篆		同形
厥	汗 5.67	四 5.9		氒篆	甲 3249　克鼎　攻吳王監　中山侯鉞	同形
		四 5.9				
		四 5.10				
長	汗 4.52	四 2.14		古	長子鼎　中山王兆域圖	同形

今本尚書文字	汗簡古尚書文字	古文四聲韻古尚書文字	訂正六書通古尚書文字	說文字形參證	出土資料文字參證	傳鈔古文與說文重文比較
法	金 汗2.26			古金		同形
狂	睦 汗4.59	睦 四5.5		古性	璽彙0829 璽彙0827	同形皆訛變誤注睦字
災	汗4.55 書經	四1.30		栽古秋	後2.8.18	同形
	汗4.55 書經	四1.30		栽篆		同形
光	汗4.55 書經	四2.17		古	明藏258　召尊 虢季子白盤	同形汗訛變
赤	汗6.73	四5.17		古		同形
奄	汗3.39	四3.29		弇古	望山2.38 中山王鼎	同形
奏	汗1.14	四4.39		古		同形
	汗1.13	四4.39		古		汗.訛變
	汗1.13	四4.39		篆		同形
慎	汗3.34	四4.18	六281	古	邾公華鐘 郭店.語叢1.46	同形 六.筆畫變化
懼	汗4.59	四4.10		古	中山王鼎 璽彙3413 玉印26	同形汗.四.偏旁目訛變
悟	汗4.59	四4.11		古		同形
惰		四3.21	六217	憜或惰 古		同形
懲	汗1.12	四2.6		籀	侯馬	同形
怨	汗3.40	四4.19		古		汗.四.訛變
惕	汗4.59	四5.16		或	趙孟壺	
漾	瀁. 汗5.61	四4.34		古		同形汗.訛變

今本尚書文字	汗簡古尚書文字	古文四聲韻古尚書文字	訂正六書通古尚書文字	說文字形參證	出土資料文字參證	傳鈔古文與說文重文比較
漢	汗 5.61	四 4.21		古		同形
沇	沿.汗 5.61	四 3.18		古		同形四.筆畫變化
	汗 5.61	四 3.18		篆		同形四.筆畫變化
淵	汗 5.61	四 2.3		古	後 1.15.2 郭店.性自 62	同形
"頮	汗 4.47	四 4.16 沫 四 5.11		沫古 段	後 2.12.5 曩伯作眉盤 齊侯敦 陳逆簠	同形
流	汗 5.61	四 2.23	六 146	篆	夆壺 璽彙 0212 郭店.緇衣 30	汗.四.六.訛變
濱	汗 5.61	四 1.32	六 59	瀕篆		同形
州	汗 1.11 汗 5.62	四 2.24		古	前 4.13.4 井侯簠	同形
"潘				睿古		同形
雷	汗 5.63	四 1.29		篆	盠駒尊 包山 175 信陽 2.1	同形
	汗 6.74 汗 6.82	四 1.29		古	師旂鼎　滔罍	汗.四.省形
電		四 4.22		古	番生簠	同形
闢		四 5.17 夏書		古	盂鼎　闢罘	四.訛變
聑	汗 5.65	四 5.11	六 342	恬古		四.六.省口汗.四偏旁訛變
揚	汗 1.14	四 2.13		古敭	邾公釛鐘	同形

今本尚書文字	汗簡古尚書文字	古文四聲韻古尚書文字	訂正六書通古尚書文字	說文字形參證	出土資料文字參證	傳鈔古文與說文重文比較
播	[古文] 汗1.14			古[古文]	[古文]信陽1.24	同形
	[古文] 汗1.14				[古文]師旂鼎	汗.聲符省形
奴	[古文] 汗5.66	[古文] 四1.26		古[古文]	[古文]陶彙6.195 [古文]包山122	同形
望	[古文] 汗3.43	[古文] 四4.35		朢古[古文]	[古文]甲3122 [古文]保卣	同形
弼	[古文] 汗4.70	[古文] 四5.8		古[古文]		同形
	[古文] 汗4.70	[古文] 四5.8		古[古文]		同形
	[古文] 汗4.70	[古文] 四5.8		篆[古文]	[古文]毛公鼎	
終	[古文] 汗6.82	[古文] 四1.12		古[古文]	[古文]此鼎 [古文]曾侯乙鐘	同形
慕	[古文] 汗5.70	[古文] 四1.20		縛或慕	[古文]戰國印徵文	汗.四聲符更替
績	[古文]績 汗6.80尚書.說文			續古[古文]	[古文]後2.21.15 [古文]陶彙3.1175	同形
蠢	[古文] 汗5.68	[古文] 四3.14		古[古文]		
二	[古文] 汗6.73			古[古文]		同形
地	[古文] 汗6.73	[古文] 四4.7		籀[古文]	[古文]侯馬 [古文]蚕壺	同形
堂	[古文] 汗6.73	[古文] 四2.16		古[古文]	[古文]中山王兆域圖 [古文]璽彙3442	同形
封	[古文] 汗6.73	[古文] 四1.13	[古文] 六6	籀[古文]	[古文]封孫宅盤 [古文]璽彙0839	同形 汗訛變
堯	[古文] 汗6.73			古[古文]	[古文]璽彙0262 [古文]郭店.六德7	同形
野	[古文] 汗3.30	[古文] 四3.22		古[古文]	[古文]鄀3下38.4 [古文]克鼎	會意之異構
	[古文] 汗6.73	[古文] 四3.22			[古文]睡虎地.6.45	汗.四聲符矛訛變

今本尚書文字	汗簡古尚書文字	古文四聲韻古尚書文字	訂正六書通古尚書文字	說文字形參證	出土資料文字參證	傳鈔古文與說文重文比較
疇	汗 6.82	四 2.24	六 145	古		筆畫變化
勳	汗 3.33	四 1.34		古勛		筆畫變化
動	汗 1.8	四 3.3		古	楚帛書甲 5.20	同形
	汗 1.9	四 3.3		偅篆		同形
	汗 1.7	四 3.3		踵篆	毛公鼎	同形
	汗 1.7	四 3.3		近古		汗.四.訛變
勇	汗 4.59			古	睡虎地 53.34	同形
鈞	汗 6.75	四 1.33		古	守簋　子禾子釜	偏旁易位
斷	汗 6.82	四 4.21		古	量侯簋	同形皆訛變
	汗 6.76	四 4.21		古	郭店.語叢 2.35　包山 134	同形皆訛變
阜	汗 6.77	四 3.27		古		同形
陸	汗 6.77 隋.	四 5.4		古	陸冊父庚卣　邾公釛鐘	同形汗.誤注隋
陝	汗 3.41	四 5.26		古	陶彙 3.1291　陶彙 3.1293	同形
四	汗 6.73			古籀三	保卣　毛公鼎	同形
禹	汗 3.41　汗 6.78	四 3.9		古	鼎文　秦公簋　璽彙 5124	筆畫變化
甲	汗 6.79	四 5.20		古		汗.同形四.筆畫變化
亂	汗 1.13	四 4.21		緣古	毛公鼎　楚帛書乙	同形
成	汗 6.79			古	沈兒鐘　中山王鼎	同形

今本尚書文字	汗簡古尚書文字	古文四聲韻古尚書文字	訂正六書通古尚書文字	說文字形參證	出土資料文字參證	傳鈔古文與說文重文比較
辜	汗 1.11	四 1.26		古	奄壺	筆畫變化
子	汗 6.80	四 3.8		古	乙 1107　後 2.42.5	同形
	汗 3.42	四 3.8		籀	前 3.10.2　利簋　傳卣	同形
寅	汗 6.81			古	陳侯因資錞	同形
辰		四 1.30		古	觶文　旂鼎	增義符止

1、與《說文》古籀或體等重文同形、類同或其訛變

　　如「帝」字《古文四聲韻》、《汗簡》、《訂正六書通》錄古尚書作 四 4.13 汗 1.3 六書通 7.6，與《說文》古文作 類同，此形「木」直筆上貫，與甲骨文或作 粹 1128 同形。

2、與《說文》古籀或體等重文同形、類同，且為戰國文字字形或其訛變

　　如「社」字《汗簡》錄古尚書作 汗 6.73，從古文「示」，《說文》古文作 ，與戰國文字 中山王鼎同形，為增加義符「木」之異體。

　　如「荊」字《汗簡》、《古文四聲韻》錄古尚書作 汗 1.5 四 2.19，與《說文》古文作 同形。「荊」字本作 貞簋，後加「井」聲作 過伯簋 馭簋 師虎簋， 省訛變作刀形，如 牆盤而與「刑」字訛混， 汗 1.5 四 2.19 說文古文荊所從 形乃由 析離訛變。

　　如「難」字《汗簡》、《古文四聲韻》、《訂正六書通》錄古尚書作 汗 2.18 四 1.37 六 80，即《說文》鳥部「鸛」（難）字古文 ，源於戰國 包山 236 郭店.老子甲 14 等形。

　　如「後」字《汗簡》、《古文四聲韻》、《訂正六書通》錄古尚書作 汗 1.8 四 3.27 四 4.38，與魏三體石經「後」字古文作 ，《說文》古文作 同形，源自 沈兒鐘 杕氏壺 曾姬無卹壺 包山 4 郭店.語叢 1.7 包山 2 等。

　　如「師」字《汗簡》、《古文四聲韻》錄古尚書作 汗 1.7 四 1.17，與《說文》古文 同形，源自 令鼎 師遽方彝變作 奄壺 齊叔夷鎛之訛變，其上 乃由

訛變，今由[圖]變。

如「夏」字《古文四聲韻》錄古尚書作[圖]四 3.22，與《說文》古文作[圖]類同，乃戰國作[圖]帛丙 6.1[圖]天星觀.卜[圖]夏官鼎[圖]璽彙 3988 省「日」而偏旁「頁」訛變之形與「止」合書，或謂爲[圖]璽彙 15 之訛變。

如「舜」字《汗簡》錄古尚書作[圖]汗 2.28，《古文四聲韻》錄《汗簡》作[圖]四 4.19 汗簡.舜，錄古尚書「蕣」字作[圖]四 4.19，[圖]四 4.19 汗簡.舜與[圖]四 4.19 蕣所從同形或類同《說文》古文作[圖]，當皆由戰國楚簡[圖]郭店.唐虞 1[圖]郭店.唐虞 6[圖]郭店.唐虞 22 等形而來，[圖]汗 2.28 形由此訛變。

如「厚」字《汗簡》、《古文四聲韻》錄古尚書作[圖]汗 4.49[圖]四 3.27[圖]四 4.39，與《說文》「厚」字古文作[圖]同形，變自戰國楚簡「厚」字作[圖]望山 2.2[圖]郭店.老子甲 4[圖]郭店.成之 5[圖]郭店.語叢 1.82 等形，其上從「石」，爲從石從土會意。

如「遟」字《汗簡》、《古文四聲韻》錄古尚書作[圖]汗 1.8[圖]四 1.18，與《說文》「遟」字或體作[圖]同形，楚簡「遟」字即作[圖]包 198[圖]天星觀.卜。

如「侮」字《汗簡》、《古文四聲韻》錄古尚書作[圖]汗 3.41[圖]四 3.10，即《說文》「侮」字古文從母作[圖]，與[圖]中山王鼎同形。

如「乘」字《汗簡》、《古文四聲韻》、《訂正六書通》錄古尚書作：[圖]汗 6.76[圖]四 2.28[圖]六 136，與魏三體石經「乘」字古文作[圖]，《說文》古文作[圖]類同，所從夂、牛形訛誤，源自甲金文作：[圖]粹 1109[圖]虢季子白盤[圖]公貿鼎[圖]匽公匜，訛省變作[圖]公乘壺，再變作[圖]鄂君啓車節[圖]魏石經[圖]說文古文乘等形，乃正面人形（大）割裂，與「木」合書訛省，變作「几」形。

3、爲戰國文字字形，而《說文》古、籀、或體等重文爲訛變之形

如「栗」字《汗簡》、《古文四聲韻》錄古尚書作[圖]汗 3.30[圖]四 5.8，與魏品式三體石經「栗」字古文作[圖]魏品式同形，上從三卣，戰國文字作[圖]石鼓文[圖]包山竹簽，《說文》「栗」字古文作[圖]，爲此形之訛誤，其上從西（[圖]），乃[圖]誤作爲[圖]說文古文西。

如「殺」字《汗簡》、《古文四聲韻》錄古尚書作[圖]汗 1.15[圖]四 5.12，魏三體石經〈無逸〉「殺」字古文作[圖]魏三體，〈春秋·僖公〉亦作[圖]，〈文公〉作[圖]，與《說文》古文作[圖]類同，左下形訛變，皆變自《說文》殺字古文[圖]或[圖]之右[圖]形，乃源自[圖]侯馬[圖]侯馬[圖]楚帛書丙[圖]江陵 370.1[圖]包山 134[圖]包山 135[圖]包山 120[圖]

郭店.魯穆 5 [字形] 郭店.尊德 3 等形之訛變。

4、為戰國文字字形之訛變，《說文》古、籀、或體等重文不誤

如「鞭」字《汗簡》、《古文四聲韻》錄古尚書作 [字形] 汗 1.14 [字形] [字形] 四 2.5，與《說文》古文作 [字形] 同形，其下「攴」形略有寫誤，源自戰國作 [字形] 望山 2.8 [字形] 郭店.老丙 8 [字形] 郭店.成之 32 [字形] 璽彙 0399 [字形] 陶彙 4.62 等形。

如「常」字《汗簡》、《古文四聲韻》錄古尚書作 [字形] 汗 4.59 [字形] 四 2.15 [字形] 六 127，《說文》「常」字或體从衣作 [字形]，楚簡作 [字形] 包山 224，从「心」為从「衣」形近之訛混。

5、與《說文》重文為一字之異構

如「遠」字《古文四聲韻》作 [字形] 四 3.15 古老子古尚書，與魏三體石經古文作 [字形] 魏三體同形，《說文》古文从辵作 [字形]，此形源於金文作 [字形] 默簋 [字形] 克鼎 [字形] 番生簋，从辵、从彳可通，義符更替。

如「麓」字《汗簡》、《古文四聲韻》錄古尚書作 [字形] 汗 3.30 [字形] 四 5.3，从艸、录，與《說文》古文从林、录作 [字形] 義符更替，源於甲骨文「麓」字作 [字形] 前 2.23.1 [字形] 乙 8688 [字形] 佚 426 [字形] 拾 6.1 等形。

如「謀」字《汗簡》、《古文四聲韻》、《訂正六書通》錄古尚書作 [字形] 汗 4.59 [字形] 四 2.24 [字形] 六書通 149，偏旁言、心義符更替，與《說文》古文作 [字形]，从口母聲，又作从言母聲 [字形]，為聲符、義符皆更替之異構。

（六）所見異體字之偏旁為《說文》重文

1、偏旁為《說文》古文

如「皇」字《汗簡》、《古文四聲韻》錄古尚書作 [字形] 汗 2.16 [字形] 四 2.17，源自金文 [字形] 作冊大鼎 [字形] 競卣 [字形] 弔咢父簋，其下从《說文》古文「王」字 [字形]，「王」字古作 [字形] 成甬鼎 [字形] 小臣系卣 [字形] 盂鼎 [字形] 克鼎 [字形] 趞鼎 [字形] 王子午鼎等形。

如「璿」字《汗簡》、《古文四聲韻》錄古尚書作 [字形] 汗 1.4 [字形] 四 2.5，與《說文》古文作 [字形] 類同，右从《說文》古文「玉」字 [字形]。

如「松」字《汗簡》、《古文四聲韻》錄古尚書作 [字形] 汗 3.30 [字形] 四 1.1，《說文》「松」字或體 [字形] 从容，[字形] 汗 3.30 [字形] 四 1.1 與 [字形] 信陽 2.08 類同，乃从「容」字古文 [字形]，其下「厶（口）」形中綴增一點。

2、偏旁為《說文》奇字

「滄」字《汗簡》、《古文四聲韻》錄古尚書作 ⿰ 汗 5.61 ⿰ 四 2.17，右從古文「蒼」字，與魏品式石經「蒼」字古文作 ⿰ 魏品式 同形，乃从「屮」从《說文》「倉」字奇字 ⿱。

（七）為他字異體之誤注

如「睦」字《汗簡》、《古文四聲韻》錄古尚書一形作 ⿰ 睦汗 4.59 ⿰ 睦四 5.5，此形即《說文》「狂」字古文从心作 ⿰，當為古尚書「狂」字，《汗簡》、《古文四聲韻》誤注作「睦」字〔註46〕，包山楚簡、天星觀簡「狂」字即从心，作 ⿰ 包山 22 ⿰⿰ 天星.卜。

如「恕」字《汗簡》、《古文四聲韻》錄古尚書作 ⿰ 恕汗 4.59 ⿰ 恕四 4.10，然《尚書》中未見「恕」字，注「恕」當是「怒」之誤，其上从《說文》「奴」字古文从人作 ⿰，聲符更替為古文。

如「睦」字《汗簡》、《古文四聲韻》錄古尚書一形作 ⿰ 睦汗 4.59 ⿰ 睦四 5.5，此形即《說文》「狂」字古文从心作 ⿰，當為古尚書「狂」字，《汗簡》、《古文四聲韻》誤注作「睦」字〔註47〕，包山楚簡、天星觀簡「狂」字即从心，作 ⿰ 包山 22 ⿰⿰ 天星.卜。

如「恕」字《汗簡》、《古文四聲韻》錄古尚書作：⿰ 恕汗 4.59 ⿰ 恕四 4.10，然《尚書》中未見「恕」字，注「恕」當是「怒」之誤，其上从《說文》「奴」字古文从人作 ⿰，聲符更替為古文。

如「微」字《古文四聲韻》錄古尚書作 ⿰ 四 1.21，與魏三體石經〈立政〉「微」字古文作 ⿰ 同形，《汗簡》錄古尚書 ⿰ 徵汗 1.14 注作「徵」字，當為「微」（散）字，與《說文》「散」字篆文作 ⿰ 類同。《汗簡》、《古文四聲韻》又錄古尚書「微」字作 ⿰ 微汗 1.14 ⿰ 微四 1.21，《說文》古文「徵」字作 ⿰，此形當為「徵」字不从口，注「微」為「徵」之誤。戰國「徵」字作 ⿰ 隨縣石磬 ⿰ 隨縣石磬 ⿰ 隨縣鐘架 ⿰ 曾侯乙鐘 ⿰ 曾侯乙鐘 ⿰ 璽彙 3530 等形，⿰ 汗 1.14 ⿰ 四 1.21 ⿰ 說文古文徵 之右形即源於此，或不从口，後增偏旁「攵」字。

如「隋」字《汗簡》錄古尚書一形作 ⿰ 隋.汗 6.77，類同於《古文四聲韻》

〔註46〕參見黃錫全，《汗簡注釋》，武漢：武漢大學出版社，1993，頁 378。

〔註47〕參見黃錫全，《汗簡注釋》，武漢：武漢大學出版社，1993，頁 378。

錄古尚書「陸」字作[圖]四 5.4，又《說文》「陸」字古文作[圖]，《汗簡》此形注云「隓」乃與前字（隓）相涉而誤，當正爲「陸」字，源自金文作[圖] 陸冊父庚卣[圖]陸父甲角[圖] 邾公釛鐘等形。

如「宄」字《古文四聲韻》上聲宥韻第 49 下錄古尚書「究」字作[圖]究.四 4.37，而讀爲「宄」，當是「宄」字誤注作「究」，爲《汗簡》錄古尚書「宄」字作[圖]汗 6.78 形之寫訛，與《說文》「宄」字古文一作[圖]同形，爲兮甲盤作[圖]之省形。《古文四聲韻》該韻下又錄古尚書「究」字作[圖]究.四 4.37，亦當讀爲「宄」，與《說文》「宄」字古文一作[圖]同形，爲「宄」字之誤，《汗簡》則錄古尚書「究」字作[圖]究.汗 4.59，爲[圖]說文古文宄之寫訛，亦當更注爲「宄」字，金文「宄」字下或從廾作[圖]曶鼎，此形所從心當爲廾之訛變。

三、《汗簡》、《古文四聲韻》、《訂正六書通》著錄古《尚書》文字與今本《尚書》構形相異之特點

（一）筆畫減省

如「神」字《汗簡》、《古文四聲韻》錄[圖]汗 1.3[圖]四 1.31，與魏三體石經〈多士〉古文作[圖]魏三體同形，左從《說文》古文「示」[圖]，筆畫減省，與[圖]行氣銘同形。

如「割」字《汗簡》錄古尚書作[圖]汗 2.21，與魏三體石經〈多士〉「割」字古文作[圖]魏三體類同。「割」字從害聲，「害」字古作[圖] 師害簋[圖] 伯家父簋[圖] 毛公鼎從丰聲，「割」字本應作「割」，省作「剐」，訛省變作[圖]汗 2.21 或[圖]魏三體〔註48〕。

（二）筆畫變化而訛混

如前文「本」字作[圖]汗 3.30[圖]四 3.15[圖]六 197，與《說文》古文作[圖]類同，源自本鼎作[圖]本鼎，本即根，其下形本以「點」指出樹木之根本，[圖]汗 3.30[圖]四 3.15[圖]六 197[圖]說文古文本形則變「點」爲「口」。

如「冊」字《汗簡》、《古文四聲韻》錄古尚書作[圖]汗 1.10[圖]四 5.18，《說文》古文作[圖]，原非從「竹」，「冊」字金文作：[圖]般甗[圖]作冊大鼎[圖]吳方彝[圖]頌鼎[圖]師虎簋[圖]師酉簋等形，其上本爲綴增飾點、飾筆，[圖]汗 1.10[圖]說文古文冊訛變與「竹」混同，[圖]四 5.18 訛作從「竹」。「典」字所從「冊」與此類同，魏三體石經古文

〔註48〕說見黃錫全，《汗簡注釋》，武漢：武漢大學出版社，1993，頁 181。

作🔲魏品式🔲魏三體、傳抄古尚書作🔲汗2.21🔲四3.17，《說文》古文作🔲，由🔲陳侯因育錞🔲包山3🔲包山11🔲包山16等形訛變作从「竹」。

如「皮」字《汗簡》、《古文四聲韻》錄古尚書作🔲汗2.21🔲四1.15，《說文》古文作🔲，皆訛變自🔲弔皮父簋 🔲盠壺🔲包2.33🔲璽彙3908等形。金文🔲中🔲訛作🔲（🔲說文籀文）、🔲盠壺、🔲（璽彙3908）、🔲（🔲說文古文）等形，🔲與《說文》古文偏旁「竹」字相類，故🔲四1.15🔲汗2.21訛从「竹」。

如「流」字《汗簡》、《古文四聲韻》、《訂正六書通》錄古尚書作🔲汗5.61🔲四2.23🔲六146，源自戰國🔲盠壺🔲璽彙0212🔲郭店.緇衣30等形，秦繹山碑作🔲，漢代隸變作🔲老子甲48🔲孫臏28，🔲汗5.61🔲四2.23🔲六146諸形皆由此訛變，右形訛从「不」。

（三）偏旁增繁

1、增加表義之偏旁

如前文「社」字《汗簡》錄古尚書作🔲汗6.73，从古文「示」🔲，與《說文》古文作🔲、戰國文字🔲中山王鼎類同，為增加表義之偏旁「木」之異體。

如「囂」字《汗簡》、《古文四聲韻》錄古尚書一形作🔲汗1.10🔲四1.32，與《說文》古文作🔲同形，增加表「人」形之偏旁「壬」。

如「宅」字《汗簡》錄古尚書一形作🔲汗3.39，與《說文》古文或體🔲說文古文宅同形，乃增表義偏旁「土」。

2、增加無義之偏旁

如「商」字《汗簡》、《古文四聲韻》、《訂正六書通》錄古尚書作：🔲汗1.11🔲四2.14🔲六116，前者由🔲商尗簋而變，後二者變自🔲庚壺，其下內多一短橫，與《說文》籀文作🔲、古文作🔲類同，源自甲金文作🔲甲2365🔲甲2416🔲康侯簋🔲商尊🔲商丘弔𠦪🔲曾侯乙鐘；其下內或綴多一短橫作🔲，如🔲曾侯乙鐘；或變作🔲商尗簋🔲庚壺🔲蔡侯盤，其形變作綴增「口」。

3、增加同形偏旁

如「秦」字《汗簡》、《古文四聲韻》錄古尚書作🔲🔲汗3.37🔲🔲四1.32，《說文》籀文作🔲，與此同，增一「禾」形，源自🔲史秦鬲🔲秦公簋🔲秦公鎛🔲𪾢羌鐘等形。

如「嚴」字《汗簡》、《古文四聲韻》錄古尚書作 ⿱⿰ 汗 1.10 ⿱ 四 2.28，《說文》吅部「嚴」字古文作 ⿱，增一「口」形，源自 ⿱ 井人編鐘 ⿱ 馭狄鐘 ⿱ 中山王壺 ⿱ 多友鼎等形。

4、聲符繁化

如「玕」字《汗簡》、《古文四聲韻》錄古尚書作 ⿰ 汗 1.4 ⿰ 四 1.37，从古文「玉」⿰，《說文》引「禹貢『雝州璆琳琅玕』」古文作 ⿰，與此類同，段注云：「蓋壁中尚書如此，作干聲、旱聲一也。」「玕」字古文作「珸」乃聲符繁化〔註49〕。

如「涯」字《汗簡》錄古尚書作 ⿰ 汗 5.61，《說文》新附水部「涯」字「水邊，从水从厓，厓亦聲」，此形从「崖」，乃「涯」字聲符繁化，《箋正》謂「古止作『厓』，俗加水，徐鉉新附水部。此从『崖』作，夏及諸字書均無」。

（四）偏旁省減

1、省略偏旁

如前文「衡」字《汗簡》、《古文四聲韻》、《訂正六書通》錄古尚書作 ⿱ 汗 4.58 ⿱ 四 2.19 ⿱ 六 127，與《說文》古文作 ⿱ 類同，「衡」字金文作 ⿱ 毛公鼎 ⿱ 番生簋，此形省略偏旁「行」。

如「寶」字《汗簡》錄古尚書一形作 ⿴ 汗 3.39，《說文》古文省「貝」作 ⿴，與此類同，源自 ⿴ 柞鐘 ⿴ 格伯作晉姬簋 ⿴ 鄎子行盆等形。《汗簡》、《古文四聲韻》錄古尚書「寶」字又作 ⿰ 汗 1.4 ⿰ 四 3.21，爲 ⿴ 汗 3.39 ⿴ 說文古文寶形省略偏旁「宀」。

如「君」字《古文四聲韻》錄古尚書一形作 ⿰ 四 1.34，此形省「口」，當爲「尹」字，「尹」、「君」音義俱近，漢安徽亳縣墓磚「君」字作「尹」〔註50〕。

如「睦」字《汗簡》、《古文四聲韻》錄古尚書作 ⿱ 汗 3.35 ⿱ 四 5.5，與《說文》古文作 ⿱ 同形，从�从目（亦聲），下部即《說文》「目」字古文 ⿱、金文 ⿱ 目小且壬爵之訛，爲省略偏旁「土」之異體。

〔註49〕參見：徐在國，《隸定古文疏證》，合肥：安徽大學出版社，2002，頁21。

〔註50〕見《廣碑》，頁53，轉引自：徐在國，《隸定古文疏證》，「君」字條，頁33（合肥：安徽大學出版社，2002）。

2、聲符省減

如「懼」字《汗簡》、《古文四聲韻》錄古尚書「懼」字作 懼 汗 4.59 懼 四 4.10，其上皆爲「目」字 目小且壬爵 之訛變，《說文》「懼」字古文作 懼，爲戰國作 中山王鼎 璽彙 3413 璽彙 2813 陶彙 3.234 等之省形，與戰國玉印 玉印 26 作同形，其聲符「瞿」省減作「朋」。

如「嬪」字《汗簡》、《古文四聲韻》、《訂正六書通》錄古尚書作 嬪 汗 5.66 嬪 四 1.32 嬪 六 59，其聲符「賓」省減作「宀」 宀。

如「堂」字《汗簡》、《古文四聲韻》錄古尚書作 堂 汗 6.73 堂 四 2.16，與《說文》古文作 堂 同形，源自戰國作 中山王兆域圖 璽彙 3442 等形，其聲符「尙」省形。

如「織」字《汗簡》、《古文四聲韻》錄古尚書作 織 汗 5.68 織 四 5.25，爲从糸戠省聲，聲符「戠」省形。

如「齏」字《汗簡》、《古文四聲韻》錄古尚書作 齏 汗 1.6 齏 四 1.27 齏 四 4.13，偏旁「齊」字省減，如甲金文「齊」字作 前 2.15.3 魯司徒仲齊簋。

3、義符省減

如「囂」字《汗簡》、《古文四聲韻》、《訂正六書通》錄古尚書一形作 囂 汗 1.7 囂 四 1.32 囂 六 80，《說文》「囂，从㗊臣聲」，此即古文 囂 之義符省形，从吅，與「囂」字或省作「頁」類同。

如「析」字《汗簡》錄古尚書作 析 汗 6.76，从片、斤，「片」爲半木，「析」、「斨」均爲表以斤劈木之會意字，「斨」爲「析」義符「木」省減作「片」之異體字，亦是「析」字，《集成》11214斨（析）君戟銘「君墨脣之造戟」 即「斨（析）」字，所从「片」即爲半木之「片」。

如「罔」字《汗簡》錄古尚書作 罔 汗 3.39，與魏三體石經古文作 魏三體 同形，所从「冖」爲「网」之省形。

（五）偏旁改換

1、聲符更替

如前文「變」字《汗簡》、《古文四聲韻》錄古尚書作 變 汗 4.48 變 四 4.24，又作 變 汗 4.48 變 四 4.24，爲从攴兒（或弁）聲之訛變，可隸定爲「斂」（或「敊」），與「變」字爲聲符替換。

　　如前文「怒」字《汗簡》、《古文四聲韻》錄古尚書作⿰心奴恕汗 4.59⿰心奴恕四 4.10，其上從《說文》「奴」字古文從人作⿰人女，聲符「奴」更替為古文。

　　如「餉」字《汗簡》、《古文四聲韻》錄古尚書作⿰食尚汗 2.26⿰食尚四 4.34，從尚，尚、向韻同屬陽部，為聲符更替。

　　如「禮」字《汗簡》、《古文四聲韻》錄古尚書作⿰示乙四 3.12⿰示乙汗 1.3，此即《說文》古文「禮」⿰示乙，為聲符更替。何琳儀謂「禮」之古文⿰示乙從示乙聲，乙、豊均屬脂部，九里墩鼓座「禮」字⿰示乙應隸定為「祀」，作「礼」殊誤〔註51〕。

　　如「神」字《汗簡》、《古文四聲韻》錄古尚書一形作⿰示旬汗 1.3⿰示旬四 1.31，裘錫圭謂「旬」、「申」音近，「疑⿰示旬為旬之變」，內野本、足利本、上圖本（影）「旬」字分作旬、旬、⿰金旬形，皆⿱勹日說文古文旬之形訛，可為參證。「神」「祠」聲符更替。

　　「圖」字《汗簡》、《古文四聲韻》錄古尚書作⿴囗者汗 3.33⿴囗者四 1.26，⿴囗者汗 3.33內從「諸」字⿰言者汗 4.48 古尚書⿰言者四 1.23 古尚書形，⿴囗者四 1.26 內形則與「者」字作⿱者者四 3.21 古孝經⿱者者四 3.21 古老子、「諸」字作⿱者者四 1.23 古孝經⿱者者魏三體僖公 28「諸侯遂圍許」類同，惟此內形右上訛作「止」。⿱者者諸.汗 4.48 古尚書⿱者者魏三體僖公 28 乃借「者」為「諸」，⿴囗者汗 3.33⿴囗者四 1.26 形乃從「者」，「者」、「圖」古聲同屬舌音，古韻同為魚部，為聲符替換。

　　如「殂」字《汗簡》錄古尚書作⿰歹作汗 2.20，形構與《說文》「⿰歹作古文殂從歹從作」所云同，《汗簡》錄古尚書「殂」字又作⿰歹乍汗 2.20，從古文歹⿰、乍，「殂」、「殏」、「殠」為聲符替換。《汗簡》錄古尚書「殂」字又作⿰虍且汗 2.20，《古文四聲韻》錄《汗簡》此形於「退」字下作⿰虍且四 1.26 汗簡，此形乃從「虘」，⿰虍且汗 2.20 則偏旁「虍」訛變，從虘、虘、曼皆從「且」得聲，聲旁可互換，如「詛」字作⿰示且詛.汗 1.3，楚簡「組」字作⿰糸且包山 259⿰糸且仰天.25.24 等。

　　如「逖」字《汗簡》、《古文四聲韻》錄古尚書作⿺辶易汗 1.8⿺辶易四 5.15，《說文》古文作⿺辶易，易、狄音近，「逖」字作「逷」乃聲符更替。

　　如「災」字《汗簡》、《古文四聲韻》錄古尚書作⿱才火汗 4.55⿱才火四 1.30，即《說文》古文作⿱才火，從火才聲，源自甲骨文作⿱才火後 2.8.18 形，《說文》篆文作⿱巛火，⿱才火汗 4.55⿱才火四 1.30⿱才火說文古文災為聲符更替。

〔註51〕說見：何琳儀，〈說文聲韻鉤沉〉，《說文解字研究》第一輯，開封：河南大學出版社，頁 287。

2、義符更替

木、土更替：如「枀」字《汗簡》錄古尚書作 [字] 汗 **6.73**，从土，乃義符更替之異體，「木」「土」義近，如㲋壺「土」字作 [字] 㲋壺，中山王鼎「社」字作 [字] 中山王鼎〔註52〕。

彳、辵更替：如前文「後」字《汗簡》、《古文四聲韻》、《訂正六書通》錄古尚書作 [字] 汗 **1.8** [字] 四 **3.27** [字] 四 **4.38**，與魏三體石經「後」字古文作 [字]，《說文》古文作 [字] 同形；如「遠」字《古文四聲韻》作 [字] 四 **3.15** 古老子古尚書，與魏三體石經古文作 [字] 魏三體同形；如「往」字《汗簡》、《古文四聲韻》、《訂正六書通》錄古尚書作 [字] 汗 **1.8** [字] 四 **3.24** [字] 六 **222**，从辵从㞷，左爲㞷之訛，皆與《說文》古文「往」 [字] 从辵从㞷類同。「彳」「辵」義通，爲義符替換。

辵、行更替：如「道」字《汗簡》、《古文四聲韻》錄古尚書作 [字] 汗 **1.10** [字] 四 **3.20**，源自金文从「首」从「行」作 [字] 貉子卣，又增「止」變作 [字] 散盤，或省變作从「辵」 [字] 侯馬 [字] 中山王鼎 [字] 郭店.五行 **5**，「辵」「行」義通。

口、食更替：如「嗜」字《古文四聲韻》作 [字] 四 **4.5**，《玉篇》食部「饈」字「貪慾也。與嗜同」。「嗜」字从食作「饈」，「口」「食」義可通，爲義符替換。

米、食更替：如「粒」字《汗簡》、《古文四聲韻》、《訂正六書通》錄古尚書作 [字] 汗 **2.26** [字] 四 **5.22** [字] 六 **382**，《說文》「粒」字古文作 [字]，偏旁「米」、「食」義可通，如《說文》「饎」字或从米作「糦」，「餈」字或作「粢」，馬王堆漢墓帛書〈老子〉甲、乙「餘」字或作「粰」： [字] 老子甲 **135** [字] 老子乙 **237** 下。

見、目更替：如「視」字《古文四聲韻》錄古尚書作 [字] 四 **4.5**，與《說文》古文作 [字] 同形，乃源自甲骨文作 [字] 前 **2.7.2**，其左 [字] 形爲「目」字 [字] 目小且壬爵 [字] 說文古文目 [字] 汗 **2.16** 等形之訛變，其右从古文示。 [字] 四 **4.5** [字] 說文古文視从「目」，「見」「目」義可通，與「視」爲義符替換。

言、口更替：如「誨」字《汗簡》、《古文四聲韻》作 [字] 汗 **1.6** [字] 四 **4.17**，「謨」字作 [字] 汗 **1.6** [字] 四 **1.25**，「謙」字作 [字] 汗 **1.6** [字] 四 **2.27**，「讀」字《汗簡》、《古文四聲韻》、《訂正六書通》錄古尚書作 [字] 汗 **1.6** [字] 四 **2.24** [字] 六 **145** 等，「言」「口」義可通，爲義符替換。

〔註52〕參見黃錫全，《汗簡注釋》，武漢：武漢大學出版社，1993，頁 221。

言、心更替：如《汗簡》、《古文四聲韻》、《訂正六書通》錄古尚書「謀」字作**汗 4.59**、**四 2.24**、**六書通 149**，偏旁言、心古相通，如《說文》「誖」字或體从心作「悖」。

手、攴更替：如「扞」字《汗簡》、《古文四聲韻》錄古尚書「捍」字作**捍.汗 1.15**、**捍.四 4.20**，《尚書》無「捍」字，「扞」、「捍」音義俱同，乃聲符繁化，此形即「攼」字，偏旁「扌」「攴」義類相同，「扞」、「捍」字作「攼」、「斁」則義符更替，源自金文「斁」字从干从攴作**大鼎**、**五年師旋簋**、**五年師旋簋**、**者氵鐘**，**捍.汗 1.15**、**捍.四 4.20** 所从即（**者氵鐘**所从）之變。又如「揚」字《汗簡》錄古尚書作**汗 1.14**，與《說文》「揚」字古文作「敭」同形，義符「扌」「攴」更替，《古文四聲韻》錄此形於「楊」字下**四 2.13 古孝經亦古尚書**，其下又錄**楊.四 2.13 崔希裕纂古**二形，注「楊」當是「揚」字之誤。

殳、攴更替：如「殺」字《汗簡》、《古文四聲韻》錄古尚書作**汗 1.15**、**四 5.12**，偏旁「殳」「攴」義類相同。

又如「誅」字《汗簡》、《古文四聲韻》錄古尚書作**汗 5.68**、**四 1.24**，中山王壺作 **「以—不」**，其右形、乃「朱」()之訛，《集韻》平聲二 10 虞韻「𢦏」字「《博雅》殺也」音義與「誅」同。此形爲「誅」字之異體，乃義符替換。

如「勇」字《汗簡》錄古尚書作：**汗 4.59**，《說文》古文从心作，義符「力」「心」替換，《古文四聲韻》錄古老子作**四 3.3**、古孝經「踊」字作**四 3.3**，**汗 4.59** 上形稍變，秦、漢代亦或同作此形**睡虎地 53.34**、**孫子 36**、**居延簡甲 19A**。

（六）形構更易

1、為形聲會意之異構、形聲象形之異構

如前文「厚」字《汗簡》、《古文四聲韻》錄古尚書作**汗 4.49**、**四 3.27**、**四 4.39**，變自戰國「厚」字从石从土會意作**望山 2.2**、**郭店.老子甲 4**，爲从厂㫗聲形聲字「厚」字之會意異體字。

如前文「美」字《汗簡》、《古文四聲韻》錄古尚書作**汗 5.66**、**四 3.5**，此形从女𢼸聲，源自戰國楚簡「美」字作「媺」**郭店.老子甲 15**、**郭店.緇衣 1**、**郭店.性自 51**。「美」从羊从大會意，「媺」「媺」皆「美」字之形聲或體。

如「弼」字《汗簡》、《古文四聲韻》錄古尚書作：**汗 4.70**、**四 5.8**，與《說

文》「弼」字古文[圖]同形，魏品式石經「弼」字古文訛變作[圖]。《說文》「弼」從弜西聲，[圖]汗 4.70[圖]四 5.8 爲從弜從攴之會意字。

如「封」字《汗簡》、《古文四聲韻》、《訂正六書通》錄古尚書作：[圖]汗 6.73[圖]四 1.13[圖]六 6，與[圖]魏三體、《說文》籀文作[圖]同形，《說文》「封」從之土從寸，爲會意字，此形爲從土丰聲之形聲字。

如「飢」（饑）字《汗簡》、《古文四聲韻》錄古尚書一形作[圖]饑汗 2.26[圖]飢四 1.17，即《玉篇》「飢」字下「飢」字，云「古文（飢）」，《爾雅・釋文》：「饑，本或作飢，又作古飢字。」「飢」字形構從食從乏，會有「飢，餓也」之義，當爲「飢」字會意之異體。

如「野」字《汗簡》、《古文四聲韻》錄古尚書一形作[圖]汗 3.30[圖]四 3.22，源自甲金文「野」字作[圖]前 4.33.5[圖]鄴 3 下 38.4[圖]克鼎，「野」字從里予聲，此形爲會意之異體。

如「飲」字《古文四聲韻》錄古尚書作[圖]四 3.28，與《說文》古文一從水今聲作[圖]同形，《汗簡》錄古尚書「飲」字作[圖]汗 5.61，從水金聲，當隸定作「淾」，爲「淦」之異體，金、今、金偏旁古可相通〔註 53〕。[圖]四 3.28[圖]汗 5.61 爲「飲」字形聲之異體字，「飲」字甲骨文作[圖]菁 4.1[圖]甲 205，象人飲酒，金文作[圖]辛伯鼎、變作[圖]善夫山鼎[圖]沇兒鐘[圖]魯元匜[圖]中山王壺等形。

如「表」字《汗簡》、《古文四聲韻》、錄古尚書一形作[圖]汗 3.44[圖]四 3.19，與《說文》古文作[圖]同形，從衣麃聲，《說文》「表」從衣從毛會意，此爲「表」字形聲異體字。

如「鄰」字《汗簡》、《古文四聲韻》、《訂正六書通》錄古尚書作[圖]汗 6.82[圖]四 1.31[圖]六，張政烺謂[圖]中山王鼎其上所從⌣⌣即古鄰字〔註 54〕，何琳儀以爲象兩城比鄰之形，傳鈔古文[圖]汗 6.82[圖]四 1.31[圖]六書通形即⌣⌣之訛變，爲「鄰」字象形之異體字。戰國「鄰」字多加注「文」聲作[圖]中山王鼎[圖]郭店.性自 18[圖]郭店.老子甲 9[圖]郭店.窮達 12。

〔註 53〕如「陰」字作[圖]雕陰鼎[圖]秦陶 488[圖]貨系 1422，也作從金[圖]𧾾羌鐘[圖]上官鼎[圖]璽彙 4710、從金[圖]敔簋[圖]永盂（「飲」假爲「陰」）。參見黃錫全，《汗簡注釋》，武漢：武漢大學出版社，1993，頁 388。

〔註 54〕說見《古文字研究》1，北京：中華書局，頁 231。

　　如「櫱」字《汗簡》、《古文四聲韻》錄古尚書一形作 🗛櫱汗 **3.30** 🗛四 **5.11**，與《說文》「櫱」字古文作 🗛 同形，《說文》「櫱，伐木餘也」从木从獻聲，此爲「櫱」字象形之異體字。

2、聲符、義符或偏旁皆更替

　　如前文「忌」字《汗簡》作「🗛」🗛汗 **1.12**，二字聲符「己」、「丌」更替，又義符「心」、「言」相通亦更替。

　　如前文「鞭」字《汗簡》、《古文四聲韻》錄古尚書作 🗛汗 **1.14** 🗛🗛四 **2.5**，源自戰國作 🗛望山 **2.8** 🗛郭店.老丙 **8** 🗛郭店.成之 **32** 🗛璽彙 **0399** 🗛陶彙 **4.62**，爲「鞭」字从又卞聲之異體。

　　如「遷」字《汗簡》、《古文四聲韻》錄古尚書一形作 🗛汗 **5.64** 🗛四 **2.4**，即《說文》辵部「遷」字古文 🗛 从手西，其右从古文西字 🗛，左爲 🗛 洹子孟姜壺 🗛說文籀文折所从左形之訛變，《箋正》云：「僞古文《書》出自齊梁，則在陳惟玉前已有用『屮』作『手』者」。「遷」字从辵𢍌聲，🗛汗 **5.64** 🗛四 **2.4** 則从手（屮）西（🗛）聲，聲符、義符皆更替。

　　如「徂」字《汗簡》、《古文四聲韻》、《訂正六書通》錄古尚書作 🗛汗 **1.8** 🗛四 **1.26** 🗛六 **40**，《說文》辵部「退」（或體作「徂」）字籀文作 🗛，此形乃从辵虘聲，其「虍」形訛省，右所从之形爲《汗簡》錄古尚書「俎」字 🗛俎.汗 **2.20**、《古文四聲韻》錄《汗簡》「退」字 🗛退.汗簡.四 **1.26** 右形「虘」之訛誤，古从且、从虘、虞、叟、偏旁可互換，如楚簡「組」作 🗛包山 **259** 🗛仰天.**25.24** 等。🗛汗 **1.8** 🗛四 **1.26** 🗛六 **40** 與「徂」義符「彳」「辵」更替，聲符「且」「虘」更替。

　　如「撫」字《汗簡》、《古文四聲韻》錄古尚書作 🗛汗 **1.14** 🗛四 **3.10**，魏品式石經「撫」字古文作 🗛魏品式，與 🗛汗 **1.14** 同形，《說文》攴部「㪘」字「撫也，从攴亡聲，讀與『撫』同」，「撫」「㪘」二字同，聲符「無」「亡」古本相通，義符「攴（支）」「手」義類同。

　　如「道」字《汗簡》、《古文四聲韻》錄古尚書一形作 🗛汗 **1.10** 🗛四 **3.20**，从行从人，源自甲骨文作 🗛甲 **598** 🗛後 **2.2.13** 🗛甲 **1798**，楚簡「道」字亦或作此形：🗛郭店.老子甲 **6** 🗛郭店.性自 **12**，《箋正》謂「人行爲道也，會意」。「道」字作 🗛汗 **1.10** 🗛四 **3.20**，會意之二偏旁皆更替。

　　如「危」字《汗簡》、《古文四聲韻》錄古尚書作 🗛汗 **4.51** 🗛四 **1.17**，即戰國

作 ![字形]郭店.六德 17 ![字形]璽彙 0122 ![字形]璽彙 3171 ![字形]璽彙 3335 等形，從人在山上，與「危」字《說文》「在高而懼也，從厃自卪止」為偏旁皆異之異體字。

如「動」字《汗簡》、《古文四聲韻》錄古尚書「動」字作 ![字形]汗 1.8 ![字形]四 3.3，從辵、右形從「童」，同形於魏三體石經僖公「晉侯重耳卒」「重」字古文作 ![字形]，乃借「童」為「重」，義符、聲符皆更替，與戰國「動」字作 ![字形]楚帛書甲 5.20 ![字形]郭店.老子甲 23 ![字形]天星觀.卜 ![字形]望山同形，《說文》「動」字古文從「重」作 ![字形]，偏旁重、童古可互作，如「鐘」字金文從童：![字形]王孫鐘 ![字形]蔡侯鐘 ![字形]克鼎 ![字形]兮仲鐘，亦作從重：![字形]兮仲鐘 ![字形]邾公華鐘 ![字形]邾君求鐘 ![字形]邵鐘 ![字形]益公鐘 ![字形]楚公鐘，秦漢則從辵之「動」字從童、從重皆見：![字形]嶧山碑 ![字形]漢帛書.老子甲 11 ![字形]孫子 37 ![字形]漢帛書.老子甲後 231。

如「麓」字《汗簡》、《古文四聲韻》錄古尚書作 ![字形]汗 3.30 ![字形]四 5.3，從艸、彔，與《說文》古文從林、彔作 ![字形]義符更替，甲骨文「麓」字或從「鹿」作 ![字形]粹 664，或從「彔」作 ![字形]前 2.23.1 ![字形]後 1.11.9 ![字形]京津 5301，又從「蚰」![字形]乙 8688、從「艸」![字形]佚 426 ![字形]拾 6.1，麓、禁、蕘、菉古為一字之異體，聲符「鹿」「彔」古韻皆屋部，「麓」字作 ![字形]汗 3.30 ![字形]四 5.3（菉）為義符、聲符皆更替。

（七）偏旁易位

《汗簡》、《古文四聲韻》、《訂正六書通》著錄古《尚書》文字與今本《尚書》之異體字形構為偏旁易位者，有左右偏旁易位、上下偏旁易位、上下形構變作左右形構、左右形構變作上下形構等四種，列表如下：

1、左右偏旁易位

今本尚書文字	汗簡古尚書文字	古文四聲韻古尚書文字	訂正六書通古尚書文字
朔	![字形] 汗 3.35	![字形] 四 5.7	
穆	![字形] 汗 3.36	![字形] 四 5.5	
漆	![字形] 汗 4.48	![字形] 四 5.8	
洋	![字形] 汗 4.48	![字形] 四 2.13	
秋	![字形] 汗 3.36		
和	![字形] 汗 1.6	![字形] 四 2.11	

2、上下偏旁易位

今本尚 書文字	汗簡 古尚書文字	古文四聲韻 古尚書文字	訂正六書通 古尚書文字
崇	汗 4.51	四 1.11	

3、上下形構變作左右形構

今本尚 書文字	汗簡 古尚書文字	古文四聲韻 古尚書文字	訂正六書通 古尚書文字
房	汗 5.65	四 2.14	六 114

4、左右形構變作上下形構

今本尚 書文字	汗簡 古尚書文字	古文四聲韻 古尚書文字	訂正六書通 古尚書文字
吁	汗 1.6	四 1.24	
訓	汗 1.12	四 4.19	
諺	汗 1.12	四 4.21	
殄	汗 2.20	四 4.14	
梅	汗 3.30	四 1.29	
桐	汗 3.30		
恪	汗 4.59		
惕	汗 4.59	四 5.16	
怩	汗 4.59	四 1.18	
沔	汗 4.48	四 3.18	
洛	汗 5.61	四 5.24	
澮	汗 2.26	四 4.12	
海	汗 5.61	四 3.13	

今本尚書文字	汗簡 古尚書文字	古文四聲韻 古尚書文字	訂正六書通 古尚書文字
洪			（字形）六 4
織	（字形）汗 5.68	（字形）四 5.25	

（八）偏旁或字形訛混

如前文「變」字作（字形）汗 4.48（字形）四 4.24，又作（字形）汗 4.48（字形）四 4.24，為「敨」（或「敊」）之訛變，原偏旁「攴」（字形）訛作（字形）、（字形），與「彡」混同。

如前文「常」字作（字形）汗 4.59（字形）四 2.15（字形）六 127，《說文》「常」字或體从衣作（字形），楚簡作（字形）包山 224，从「心」為从「衣」形近之訛混。

如《古文四聲韻》錄古尚書「遠」字作（字形）四 3.15 古老子古尚書，與魏三體石經「遠」字古文作（字形）魏三體同形，其右（字形）形即「袁」字訛變〔註55〕，與「陟」字作（字形）魏三體、《說文》古文作（字形）之右偏旁「步」字訛混。

如《汗簡》、《古文四聲韻》錄古尚書「狂」字作（字形）汗 4.55 書經（字形）四 2.16，與魏三體石經古文作（字形）魏三體同形，《說文》篆文作（字形），此形所从「火」乃「犬」之訛變混同。

如「蠱」字《汗簡》、《古文四聲韻》錄古尚書作（字形）汗 5.68（字形）四 3.14，从戈，《說文》蚰部蠱字古文从（字形）作（字形），段注：「（字形）之言才也、始也」，从「戈」當為从「（字形）」形近之訛混。

如「董」字《汗簡》、《古文四聲韻》錄古尚書作：（字形）汗 3.43（字形）四 3.3（字形）配鈔本四 3.3，从竹从重省形，所从竹（𝘈𝘈）為⁺⁺（＋＋）之訛混。

如「野」字《汗簡》、《古文四聲韻》錄古尚書一形作（字形）汗 6.73（字形）四 3.22，《說文》「野」字古文作（字形），秦簡作（字形）睡虎地.6.45，皆从「予」聲，（字形）汗 6.73（字形）四 3.22 皆誤从「矛」。

（九）形體訛變

如前文「師」字《汗簡》、《古文四聲韻》錄古尚書作（字形）汗 1.7（字形）四 1.17，為（字形）齊叔夷鎛之訛變，移（字形）於上，（字形）乃由（字形）訛變，（字形）由（字形）變。

如前文「族」字《汗簡》、《古文四聲韻》、《訂正六書通》錄古尚書作（字形）汗

〔註55〕說見：黃錫全，《汗簡注釋》，武漢：武漢大學出版社，1993，頁 106。

1.7〇〇四 5.3〇六書通 325，所從「夂」訛作「止」。

　　如「遯」字《汗簡》、《古文四聲韻》錄古尙書作〇汗 1.8〇四 3.16，《箋正》謂「此恐〇之誤」，《古文四聲韻》又錄古尙書〇四 4.20 注作「邃」字，當即此形之訛變，亦爲「遯」字。《說文》「豚」字古文作〇，金文作〇臣辰卣〇臣辰盉〇豚鼎〇豚卣，〇汗 1.8〇四 3.16〇四 4.20邃形所從〇.〇.〇爲省「又」之〇.〇.〇.〇形訛變。

　　如「言」字《汗簡》、《訂正六書通》錄古尙書作〇汗 1.12〇六 98，「言」字古作：〇甲 499〇乙 766〇伯矩鼎〇中山王鼎〇包山 14〇郭店.忠信 5，或省中間直畫作〇侯馬 67.6〇璽彙 4662〇璽彙 4285〇古幣 143〇侯馬 67.14，或又省中間短橫作〇拾 8.1〇拾 14.10〇古幣 143，〇汗 1.12〇六書通 98 應是源自此形訛變，或〇侯馬 67.6〇魏三體古文〇說文古文等形之再變〔註 56〕。《古文四聲韻》錄古尙書「言」字一形作〇四 1.35，即〇汗 1.12〇六 98、〇說文古文等形之訛變，訛似「心」字作〇。

　　如「得」字《汗簡》錄古尙書作〇汗 1.14，其上形爲「貝」之訛誤，魏三體石經僖公「得」字古文作〇，「得」字古本作从手持貝，有所得之意，作〇前 7.42.2〇得觚〇師望鼎，或加「彳」作〇前 5.29.4〇得鼎〇師旋鼎〇舀鼎。

　　如「歲」字《汗簡》、《古文四聲韻》、《訂正六書通》錄古尙書作〇汗 5.68〇四 4.14〇六 275，《古文四聲韻》〇四 4.14 二形左下皆〇之訛變，皆源自甲金文「歲」字〇前 5.4.7〇利簋〇舀鼎〇毛公鼎，然所從戉形已訛變成「戈」，與〇甫人盨同形。《汗簡》錄古尙書「歲」字一形作〇汗 1.7，乃戉形訛變成「戌」，與〇公子土斧壺類同，而「步」移至左側。

　　如「揚」字《訂正六書通》錄古尙書作〇六 113，與《古文四聲韻》〇四 2.13崔希裕纂古同形，疑訛變自金文「揚」字从収作〇盂卣〇師遽方彝〇頌簋〇頌簋等形，〇爲〇之訛變。

　　如「僭」字《汗簡》錄古尙書一形作〇汗 2.16，《箋正》云：「考其形，蓋依『僭』之隸『僭』字，橫書人於上，二夫重作，而變同火，〇又訛〇，此失邯鄲氏法者」，此形爲「僭」隸變之形「僭」之訛變，如「潛」字漢碑作〇夏承碑等。

〔註 56〕徐在國謂〇〇並由《說文》詩字古文〇所從〇形隸變，王國維認爲〇是由〇字轉訛。
　　　　《隸定古文疏證》，合肥：安徽大學出版社，2002，頁 53。

　　如「聞」字《汗簡》、《古文四聲韻》錄古尚書作 ♦汗 5.65 ♦四 1.34，與魏三體石經古文作 ♦魏三體類同，♦汗 5.65 形下為所從「耳」之訛誤。「聞」字甲骨文作 ♦前 7.31.2 ♦前 7.7.3，右上突出耳形表聽聞，金文變作：♦孟鼎 ♦利簋 ♦郘王子鐘 ♦王孫誥鐘等，♦魏三體 ♦汗 5.65 ♦四 1.34 即其省去左下 ♦、♦、♦、♦等人形而作 ♦、♦、♦、♦ 形之變〔註57〕，郭店楚簡即見作 ♦郭店.五行 15 ♦郭店.五行 50 形，戰國或作 ♦璽彙 1073 ♦陳侯因育敦形則是省去「耳」。

　　如「文」字《汗簡》、《古文四聲韻》錄古尚書作 ♦汗 4.51 ♦四 1.33（广部），甲金文「文」字作 ♦京津 2837 ♦乙 6821 反 ♦師酉簋 ♦啟尊 ♦自丞卣 ♦彔簋，皆象人正面直立而胸前有刻畫紋飾之形，♦汗 4.51 ♦四 1.33 當由人正面直立而胸前刻畫紋飾之形而來，形與 ♦自丞卣相近，「文」字魏三體石經古文作 ♦魏三體，省去胸前錯畫，但其人形曲筆與 ♦汗 4.51 ♦四 1.33 相近，或即由此訛變。

　　如「岳」字《汗簡》、《古文四聲韻》錄古尚書作 ♦汗 4.51 ♦四 5.6，與《說文》「嶽」字古文作「岳」♦同形，上為「丘」字 ♦商丘弔簠 ♦子禾子釜 ♦鄂君啟車節之訛變。

　　如「剝」字《古文四聲韻》錄古尚書作 ♦四 5.7，即《說文》或體從卜作 ♦之訛變，二字聲符更替，此形之右與其所錄古尚書「列」字 ♦四 5.13 所從刀類同，其左與所錄古尚書「朴」字 ♦四 5.3 右下所從卜亦相類。

四、《說文》引《尚書》文字與今本《尚書》文字構形異同之觀察

（一）為甲骨文、金文等古文字之沿用而與今本為古今字

　　如「陻」字作「垔」，《說文》「垔，塞也」，下引「《尚書》曰『鯀垔洪水』」，今本《尚書·洪範》作「陻」，「垔」為本字，作「陻」則累加義符，《說文》無「陻」字。

　　如「邱」字作「丘」，《說文》「陶」字下引「〈夏書〉曰『東至于陶丘』」，《說文》「丘，土之高也」，「丘」為本字，今本《尚書·禹貢》作「邱」。

（二）源自甲金文書寫變異、訛變

　　如「乂」字作「嬖」，〈堯典〉「有能俾乂」《說文》辟部「嬖」字下引作「虞

〔註57〕參見：許師學仁，「聞字形變表」，《古文四聲韻古文研究》，台北：文史哲出版社，1999，頁 42。

書曰『有能俾［古文］』，與魏三體石經「乂」字古文作［古文］魏三體同形，《說文》「［古文］，治也」「［古文］」是經典「乂」字，爲「［古文］」字之訛，初以形近訛爲「辥」，後人因「辥」讀與「［古文］」讀不同，故加「乂」以爲聲〔註58〕，「乂」字作「［古文］」、「［古文］魏三體」乃增加已訛爲「辥」的表義偏旁。

（三）所見爲正字，今本爲訛誤字

如〈盤庚上〉「今汝聒聒」《說文》心部「惥」字引作「〈商書〉曰『今汝惥惥』」，「惥，善自用之意。从心銛聲。［古文］，古文从耳」，段注謂馬本、鄭本皆作「惥」，「衛包因鄭云『惥讀如聒耳之聒』竟改經文作『聒聒』，開成石經从之」，又謂壁中文作「［古文］」，「孔安國易从耳爲心，蓋由伏生尚書如是」，是漢代今文作「惥」，古文作「［古文］」，今本作「聒」爲訛誤字。

如〈甘誓〉「天用勦絕其命」，《說文》刀部「剿」字下引作「周書曰『天用剿絕其命』」，「剿，絕也」，《說文》刀部無「勦」字，然水部「灑」字云：「讀若夏書『天用剿絕』」，《墨子・明鬼下》所引亦作「剿」，又《玉篇》卷17刀部「剿」下「勦」字云「同上」，《說文》力部「勦」字訓「勞也」，是今本作「勦」乃「剿」之誤。

五、《說文》引古文《尚書》文字與今本《尚書》文字構形相異之特點

（一）偏旁增繁

如「朱」字作「絑」，〈益稷〉「無若丹朱傲」《說文》糸部「絑，純赤也，虞書丹朱如此。」乃增加義符「糸」。

如「會」字作「繪」，〈益稷〉「山龍華蟲作會」《說文》糸部「繪」字下引作「虞書曰『山龍華蟲作繪』」，「繪，繪五采繡也」，〈益稷〉此處爲「繪畫」意，作「繪」乃「會」字增加義符「糸」。

（二）偏旁改換

1、聲符更替

如「愊」字作「思」，〈盤庚上〉「相時愊民」《說文》心部「思」字下引作

〔註58〕王國維〈釋［古文］〉謂彝器［古文］或作［古文］字爲經典中「乂」、「艾」之本字，治也，相、養也，〈君奭〉「用乂厥辟」即毛公鼎之「□［古文］乓辟」。詳見本文第七章「乂」字之辨析。

「《詩》曰『相時憸民』」，《詩》乃《商書》之誤，《說文》「憸，詖也，憸利於
上佞人也」，「忥，疾利口也」，二字音義近同（按皆息廉切），聲符僉、冊更替。

　　如「櫱」字作「㯼」，〈盤庚上〉「若顛木之有由㬽㯼」《說文》木部「櫱」
字下引作「商書曰『若顛木之有㭆櫱』」，「櫱」字或體作「㯼」，聲符「獻」古
韻「元」部、「辥」古韻「月」部，古韻「元」「月」通韻，二字聲符更替。

　　如「糧」字作「粮」，〈費誓〉「峙乃糗糧」《說文》食部「餱」字下引作「〈周
書〉曰『峙乃餱粮』」，《撰異》謂《說文》所引與今本古文尚書字異，而音義皆
略同：「《說文》米部無『粮』字，而《詩·大雅》『以峙其粮』，《王制》『五十
異粮』，《爾雅·釋言》鄭箋注皆曰『粮，糧也』。〈大雅〉又云『乃裹餱糧』」。「糧」
「粮」聲符「量」、「長」古韻同屬「陽」部，二字聲符更替。

　　如「勳」字作「勛」，《說文》力部「勳」字下「勛，古文勳」，歺部「殂」
下云：「殂乃勛。」即〈堯典〉「帝堯曰放勳」、〈舜典〉「帝乃殂落」句，「勳」
字作「勛」，《史記·堯本紀》「放勳」作「放勛」，「勳」古音「熏」，古聲屬曉
紐，「員」古聲屬匣紐，且「熏」「員」古韻同屬諄部，「勳」字古文作「勛」屬
聲符替換。

2、義符更替

　　如「嵎」字作「堣」，〈堯典〉「宅嵎夷」《說文》土部：「堣夷在冀州陽谷。」
下引「《尚書》曰『宅堣夷』」，偏旁「山」、「土」義類可通，二字義符更替。

　　如「憸」字作「譣」，〈立政〉「其勿以憸人」《說文》言部「譣」字下引「周
書曰『勿以譣人』」，偏旁言、心古可相通，如《說文》「誖」字或體从心作「悖」。

　　如「恤」字作「卹」，〈大誥〉「無毖于恤」《說文》比部「毖」字下引作「周
書曰『無毖于卹』」，與魏三體石經〈君奭〉「罔不秉德明恤」「恤」字古文从「卩」
作 魏三體 同，偏旁「忄」「卩」義符更替。

　　如「隮」字作「躋」，〈微子〉「我乃顛隮」《說文》足部「躋」字下引作「〈商
書〉曰『予顛躋』」，「躋，登也」與「隮」字音義皆同，乃義符「足」「阝（阜）」
更替。

　　如「敗」字作「退」，〈微子〉「我興受其敗」《說文》辵部「退」字下引作
「周書曰『我興受其退』」，「退，數也，从辵貝聲」，段注云：「『退』與『敗』
音義同」，「退」為「敗」義符更替之異體字。

（三）形構更易

1、為形聲會意、形聲象形之異構

如「闢」字作「開」，象以手推開左右門扇之形，从門廾會意，爲形聲字「闢」字之會意異體，今本《尚書・舜典》「闢四門」，《說文》「闢」字下開字引此句，《匡謬正俗》、《玉篇》則補「古文闢」三字。

如「澮」字作「巜」、「畎」字作「く」，〈益稷〉「濬畎澮距川」，《說文》「川」字下引作「虞書曰『濬く巜距川』」，「巜」、「く」爲「澮」、「畎」之象形異體。

2、聲符、義符或偏旁皆更替

如「扞」字作「敦」，〈文侯之命〉「扞我于艱」，《說文》攴部字「敦」下引作「〈周書〉曰『敦我于艱』」，偏旁「扌」「攴」義類相同，「扞」字作「敦」義符更替，又聲符「干」繁化作「旱」。

第三節　隸古定本《尚書》文字與今本《尚書》文字構形異同之探析

一、隸古定本《尚書》文字與今本《尚書》文字構形異同之對照

傳鈔古文《尚書》隸古定本，即《尚書》隸古定寫本、刻本《書古文訓》，本節將其文字與今本《尚書》文字構形異同相對照，並且列出《尚書》出土文獻（戰國楚簡引、漢石經、魏石經）、傳鈔著錄《尚書》古文，及出土資料文字、其他傳鈔古文字等等作爲參證，製成「**傳鈔古文《尚書》文字構形異同表**」，全表238頁，爲求行文流暢，將之置於【附錄三】。

二、隸古定本《尚書》文字與今本《尚書》構形異同觀察

（一）隸古定本《尚書》文字與傳鈔《尚書》古文、《說文》引古尚書文字、魏石經尚書古文等字形類同，字形類同，與今本《尚書》文字構形相異

由「**傳鈔古文《尚書》文字構形異同表**」觀察可見隸古定本《尚書》文字與今本《尚書》文字構形相異者，與傳鈔《尚書》古文、《說文》引古尚書文字或魏石經尚書古文等字形多數類同，其形構特點，亦同於**本章第二節**「二、《汗

簡》、《古文四聲韻》、《訂正六書通》著錄古《尚書》文字與今本《尚書》文字
構形異同觀察」所述，茲就該章節所引字例，補述《尚書》隸古定寫本、刻本
《書古文訓》等隸古定之字形：

1、聲符更替

如「灼」作「焯」：敦煌本 P2748、S2074、P2630、岩崎本、九條本、內野
本、上圖本（八）、《書古文訓》「灼」字或作「焯」焯焯焯，與傳鈔《尚書》
古文「灼」字作焯汗 4.55焯四 5.23、《尚書・立政》「灼見三有俊心」《說文》「焯」
字下引「〈周書〉曰『焯見三有俊心』」相合。「灼」「焯」聲符更替。

如「懰」字作「思」：《尚書・盤庚上》「相時懰民」《說文》「思」字下引作
「相時思民」，《書古文訓》、內野本「懰」字或作悤思1，即《說文》「思」字
篆文之隸變；《書古文訓》或作悤2，即傳抄古尚書「懰」字汗 4.59（注作假
借字「儉」）四 2.27六書通 159 之隸變，敦煌本 P2643、岩崎本或變作患患3，
內野本、上圖本（八）或上形訛變作「回」作思4形；上圖本（元）或作悤5，
其上形近「每」、「毋」，當亦汗 4.59 隸變之形訛。「懰」「思」聲符更替。

2、義符更替

如「蠢」作「𢧚」：今本《尚書・大誥有大艱于西土西土人亦不靜越茲蠢」，
《說文》古文蠢下引作「我有𢧚于西」、傳抄古尚書文字「蠢」字皆作「𢧚」
戈汗 5.68戈四 3.14，從戈當爲從戈之誤。《書古文訓》除「蠢茲有苗」「蠢」字作戈
外，餘例皆作戈，其下所從爲「春」字作𡴖蔡侯殘鐘𡴖包山 200 形之隸定；內
野本「蠢」字或作戈、觀智院本、上圖本（元）、足利本、上圖本（影）、上圖
本（八）或訛作戈。《書古文訓》「蠢茲有苗」「蠢」字作戈，上圖本（八）〈大
誥〉「嗚呼允蠢鰥寡哀哉」「蠢」字作戈，從戈、從春。敦煌本 S801「蠢茲有
苗」「蠢」字作戈，當爲從戈、從春戈形之訛變。

如「聒」作「𢜩」、「𦕁」：今本《尚書・盤庚上》「今汝聒聒」，《說文》心
部「𢜩」下引作「今汝𢜩𢜩」，岩崎本、上圖本（元）「聒」字各作𢜩𢜩1，內
野本作𢜩2，左上爲「金」字訛變，皆「𢜩」字之訛誤。《書古文訓》「聒」字
作𦕁，與傳抄古尚書文字「聒」字作𦕁汗 5.65𦕁四 5.11𦕁六 342、《說文》心部「𢜩」
字古文從耳作𦕁類同，「聒」爲「𢜩」、「𦕁」之假借字，「𢜩」、「𦕁」乃義符「心」
「耳」更替。

3、聲符、義符皆更替

如「塗」作「盫」：今本《尚書・益稷》「娶于塗山」，《說文》「盫」字下引作「虞書曰『予娶盫山』」，傳抄古尚書文字「塗」字（《汗簡》注作「盫」）作 ![img]盫汗 **4.51** ![img]盫 盫四 **1.26**，《書古文訓》此文「塗」字亦作盫，「塗」字聲符「涂」亦从「余」得聲，又義符「土」、「屾」相通而更替。

如「忌」作「惎」、「䛏」：今本《尚書・多方》「爾尚不忌于凶德」，《說文》「惎」字下引古文《尚書》此句「忌」字作「惎」，《汗簡》古尚書「忌」字作「䛏」 ![img]䛏汗 **1.12**，「己」、「其」、「亓」古音相同皆爲見紐之部，三字聲符更替，又義符「心」、「言」相通亦更替。

4、爲形聲與會意之異構

如「關」作「![img]」：今本《尚書・舜典》「關四門」，《說文》「關」字下![img]字引此句，《古文四聲韻》錄《夏書》「關」字作![img]四 **5.17** 夏書，《尚書隸古定釋文》卷 2.11 作![img]，爲![img]之隸古定，《書古文訓》「關」字訛變作![img]，![img]从門![img]會意，爲形聲字「關」字之會意異體。

（二）爲甲骨文、金文等古文字之沿用或該字形之訛變，而與今本爲古今字

如「草」字敦煌本《經典釋文・舜典》P3315 作![img]，內野本、足利本、上圖本（影）、《書古文訓》「疇若予上下草木鳥獸」「草」字亦皆作「屮」。敦煌本 P3615、P2516、P2643、內野本、觀智院本、上圖本（元）、足利本、上圖本（影）、上圖本（八）、《書古文訓》「草」字多作![img]，「屮」、「屮」皆爲「草」字之初文。

如「前」字作「歬」，敦煌本 P2643、九條本、內野本、上圖本（元）、上圖本（八）、《書古文訓》或作![img]歬歬1，爲「歬」篆文![img]之隸定，爲「前進」義之本字，源自金文作![img]兮仲鐘![img]追簋等。敦煌本 P3670、岩崎本、上圖本（八）或下多一畫作![img]歬歬2，下形與楚簡或作![img]包山 **122**![img]郭店.窮達 **9** 類同；敦煌本 P2516、上圖本（影）或作![img]歬3，所从「舟」訛作「丹」；敦煌本 S799 或作![img]歬4，「山」形爲「止」之訛；九條本、上圖本（元）或各變作![img]5，其上爲楚簡或作![img]郭店.老子甲 **3**![img]郭店.老子甲 **4** 形之隸古定訛變。

如「荒」字作「巟」，敦煌本 P2533、P2643、P2516、S2074、《書古文訓》

或作 1，敦煌本 P3752、P2748、岩崎本、九條本、上圖本（元）或作 2，
《書古文訓》或作隸古 3，傳鈔《尚書》古文「荒」字亦作 汗 5.62 四 2.17，
源自金文「荒」字作 亢伯簋，均以「亢」字爲「荒」。

如「識」字上圖本（八）皆作 ，敦煌本 S799、內野本〈武成〉「識
其政事作武成」亦作此形，源自 格伯簋 燕王職戈 包山 49 等。

如「若」字《書古文訓》或作 ，爲《說文》「叒」字篆文 隸定，乃「若」
字初文 《甲》頁 205 象人跽坐舉兩手，或謂理髮而順、或謂諾時巽順之狀爲古
諾字〔註 59〕，《金文編》列入「叒」字下，作 亞若癸匜 盂鼎 毛公鼎，或加
口作 毛公鼎 彔伯簋 揚簋 詛楚文。

如「稱」字敦煌本 S799、S6017、岩崎本、九條本、內野本、上圖本（八）、
《書古文訓》或作 1，足利本、上圖本（影）或作 2，上所從「爪」訛作
「木」；觀智院本或省訛作 3，諸形皆爲「爯」字之變，與傳鈔《尚書》古
文「稱」字作 汗 1.13 四 2.28 六 136、魏三體石經「稱」字古文作 皆同，
「爯」爲「稱」之初文，甲金文作 鐵 102.2 衛盉 䠧簋等形。

如「歌」字敦煌本《經典釋文·舜典》P3315 作 ，下云「古歌字」，《說
文》可部「哥，聲也，從二可，古文以爲『謌』（按《說文》謌爲歌之或體）。」
「哥」爲「歌」之初文，《漢書·藝文志》即引用「哥永言」。敦煌本 S5745、
P3605.3615、P2533、P5543、《書古文訓》「歌」字皆作 ，九條本、內野本、
足利本、上圖本（影）、上圖本（八）亦或作 。足利本〈舜典〉「詩言志歌永
言」、〈大禹謨〉「大禹謨勸之以九歌俾勿壞」二處雖寫作「歌」，然就其書寫行
例觀之，當原作「哥」字，與「敷」原作「尃」另加偏旁夂相類。上圖本（八）
「歌」字或作 2，其「哥」字之口形省變作二點。

如「依」字《書古文訓》皆作「衣」，作衣1 2 形，2 爲《說文》「衣」
字篆形，「衣」爲「依」之初文。

〔註 59〕 說見：吳大澂謂「彔伯戎簋之若字，古通作 ，其字象人舉手跽足並以口承諾之
　　　　狀，實爲古諾字。」（吳大澂，《說文古籀補》，台北：藝文印書館，1968。）丁
　　　　佛言《說文古籀補補》說「若義爲順，象人席坐兩手理髮之形，取其順也。」（丁
　　　　佛言，《說文古籀補補》，北京：中華書局，1988。）羅振玉《增訂殷虛書契考
　　　　釋·中》（台北：藝文印書館，1981，頁 56）：「象人舉手而跽足，乃象諾時巽順
　　　　之狀。」

如「惡」字《書古文訓》多作亞，《說文》「亞」字「醜也，象人局背之形」，「亞」爲「惡」之初文。

如「說」字《書古文訓》〈說命〉上中下篇皆作兌，爲「兌」字之隸變，「口」變作「厶」。兌、說、悅古本一字，「兌」字爲初文，《說文》儿部「兌，說也」段注云：「『說』者，今之『悅』字」。《禮記》引〈說命〉皆作〈兌命〉，鄭注云：「『兌』當爲『說』。」《呂氏春秋・四月紀》：「凡說者兌之也」。

如「寧」字敦煌本 P2533、P2748、神田本、岩崎本、九條本、內野本、上圖本（影）、上圖本（八）、《書古文訓》或作寍 寍1，《書古文訓》或偏旁「皿」字析離訛作寍2；岩崎本或作寍3，偏旁「心」字訛寫作「必」；岩崎本、上圖本（影）、上圖本（八）或偏旁「心」字省寫作寍 寍4形，內野本〈君奭〉「我亦不敢寧于上帝命」「寧」字作寍，當爲此形之過渡。諸形皆爲「寍」字，源自寍毛公鼎寍蔡侯鐘寍蠻壺寍石鼓文等。「寍」爲「寧」字之初文，《說文》宀部「寍，安也。」段注云：「此安寧正字，今則『寧』行而『寍』廢矣。僞古文『萬邦咸寍』音義曰：『寍，安也』《說文》安寧字如此，『寧』願詞也，語甚分明，自衛包改正文，李昉、陳鄂又改釋文，令人不可讀矣」。

如「逆」字《書古文訓》作屰1屰2，同於傳鈔《尚書》古文「逆」字作屰汗 6.82屰汗 1.11屰四 5.7、「屰」字作屰四 5.19。《說文》干部「屰」字篆文作屰，「屰」爲「逆」字之初文，甲金文作屰甲 2707屰乙 8505屰目父癸爵屰父丁爵，屰汗 1.11 下《箋正》謂「夏作屰是，此誤篆」。

如「遷」字內野本、足利本、上圖本（八）、《書古文訓》或作遷 遷1，爲遷說文𨙻字或體之隸定，與傳鈔《尚書》古文「遷」字作遷汗 4.49遷四 2.4 同。《書古文訓》或隸古定訛作遷 遷 遷2、遷 遷 遷3，上圖本（八）或作遷3，3 形所從「囟」字訛作「白」形；內野本、足利本、上圖本（影）、上圖本（八）或作遷 遷4，其上形訛作「興」；足利本、上圖本（影）或作遷 遷5，其上形隸訛作「與」；敦煌本 P2643、九條本或作遷 遷6，其「卩」形與遷華山廟碑偏旁「遷」字隸變形同；P3670、P2643、P2516、P2748、S2074、岩崎本、島田本、九條本、內野本、觀智院本、上圖本（元）或作遷 遷7，所從「卩」字隸變俗寫上多一點，與上形合書訛似「令」，諸形皆以「遷」爲「遷」字。

如「荅」字敦煌本 S6017 作荅1，《書古文訓》〈洛誥〉二例作荅2，皆爲

「合」字作 🔲 之隸變，「合」為「答」（答）字之初文，如陳侯因資錞「🔲 叔乎
惠」即「答（答）揚厥德」，🔲 為「合」字異體〔註60〕，偏旁「合」字或作 🔲 形，
如「弇」字中山王鼎作 🔳 中山王鼎，「瑩」字《說文》古文作 🔳，石鼓文作 🔳 石
鼓文，六國文字「合」字或下從口作 🔳 璽彙3343 🔳 長合鼎，楚簡作 🔳 包山83 🔳 包山
214 🔳 包山266 🔳 郭店.老子甲26 🔳 郭店.老子甲19。內野本、觀智院本、上圖本（八）、
《書古文訓》「答」字或作 🔳 🔳1，敦煌本P2748、內野本或變作 🔳 🔳2，《書
古文訓》或變作 🔳3《集韻》「答」字古作「🔳」「🔳」，類同於石經作 🔳 汗2.28 🔳
四5.20，敦煌本S799〈牧誓〉「昏棄厥肆祀弗答」「答」字作 🔳，諸形皆為 🔳 形
之訛變。

（三）源自甲金文或其書寫變異、訛變，或其隸古定、隸古定訛變字形

如「帝」字敦煌本《經典釋文·堯典》（P3315）作 🔳1，《書古文訓》、《晁
刻古文尚書》作 🔳1，內野本、上圖本（八）或作此形，皆與《說文》古文「帝」
字 🔳 形構相同，源自甲骨文作 🔳 後上26.15形；足利本、上圖本（影）或作 🔳 🔳2，
上形訛近「⺾」。

如「喪」字《書古文訓》作 🔳 🔳 🔳 🔳 🔳 🔳 🔳 🔳1 🔳2等形，皆 🔳 魏三
體.多士之隸古定訛變，源自 🔳 易鼎形，其上或隸變作 屮、出、山、止、 屮、口
等諸形組合，🔳2則所從「亡」訛作「土」。《古文四聲韻》「喪」字錄《汗簡》
作 🔳 四2.17與1、2形形近。上圖本（八）或作 🔳 🔳 🔳 🔳3、內野本或作 🔳3，
其上隸訛或似「夾」形；內野本、足利本、上圖本（影）或作 🔳 🔳 🔳9，其下
所從「亡」訛似「己」；上圖本（八）或訛作 🔳10。上述諸形亦由 🔳 魏三體隸古
定訛變。

如「分」字內野本、觀智院本、足利本〈書序〉〈君陳〉、〈畢命〉作 🔳，🔳
為分別字 🔳 之隸定，甲骨文作 🔳 甲346 🔳 前2.45.1，《說文》八部「兆」字篆文 🔳「兆
（🔳），分也，從重八。八，別也，亦聲。」又 🔳 部「乖（🔳），戾也，從 🔳 而
🔳，🔳 古文別。」段注本刪「🔳 古文別」謂乃淺人妄增，然《玉篇》八部「🔳，
分也，古文別」，《古文四聲韻》錄古孝經「別」字亦作此形 🔳 四5.14古孝經。

〔註60〕參見黃錫全，《汗簡注釋》，武漢：武漢大學出版社，1993，頁212、李家浩，〈包
山226號竹簡所記木器研究〉，《國學研究》第二卷，頁544。

如「寒」字《書古文訓》作寒，爲《說文》篆文字形圈之隸古定，源自金文作圈克鼎圈寒姒鼎。

如「嚴」字《書古文訓》或作嚴，從《說文》古文「敢」字敨之變，源自嚴虢弔鐘嚴秦公簋嚴番生簋等形。

如「走」字敦煌本 P2533、《書古文訓》或作走走1，其上隸定作「大」形，《說文》「走」字篆文走，從夭止，「夭」乃象人趨走之形，源自夭孟鼎夭令鼎；《書古文訓》或作走2，其上隸訛作「犬」，又或訛變從「火」作炎3；S799、P2748、九條本、上圖本（八）或作走走4，爲篆文隸變。

如「哲」字敦煌本 P2643、P3767、P2748、岩崎本、九條本、上圖本（八）、《書古文訓》或作悊悊1，上圖本（元）或作悊2，與口部「哲，知也」或體從心作悊同，源於「哲」字金文作哲師望鼎哲弔家父匡哲克鼎哲王孫鐘，古璽作哲璽彙4934，「悊」「哲」當是義符更替之異體字。

如「周」字上圖本（八）或作周2，爲《說文》古文周之隸定，許慎謂「從古文及」，然此形疑由周孟爵周格伯簋而變，乃從「口」之省，「周」字甲金文本作周甲419周乙2170周德方鼎周無叀鼎，或增口作周何尊周成周鈴。

如「艱」字《書古文訓》多作「囏」字，或作隸定囏囏囏1 形，或訛變作囏囏囏2囏3囏4 形，即《說文》堇部「艱」字籀文囏，源自甲骨文作艱甲2125艱前5.40.6，金文作艱艱毛公鼎艱不嬰簋。

（四）爲戰國文字形構或其訛變，或其隸古定、隸古定訛變字形

如「歸」字《書古文訓》或從「辵」作遳，與戰國楚簡歸包山205歸郭店.六德11 同形。足利本、上圖本（影）「歸」字或作「帰」帰帰，疑左形爲「止」之省。

如「春」字《書古文訓》皆作春，源自東周金文春蔡侯殘鐘，與魏三體石經文公元年「春」字古文作春魏三體春秋文公、戰國楚帛書作春帛甲1.3春郭店.語叢1.4、古璽春璽彙2415 及秦簡春睡虎地.日乙202 等同形。敦煌本《經典釋文·堯典》P3315「春」字作春，敦煌本 P2533 作春，日寫本亦多爲此形，內野本或作春2，與《古文四聲韻》錄籀韻作春四1.32 類同，則春帛甲1.3春三體.文公春四1.32古孝經春四1.32蔡邕石經等形之訛變。

如「釐」字敦煌本《經典釋文·堯典》P3315 作釐1，敦煌本 P5557 作釐2，

《書古文訓》皆作 ⿰ 3，與戰國文字作 ⿰ 郭店.太一 8 ⿰ 郭店.尊德 33 ⿰ 郭店.尊德 39、⿰ 中原文物 1999.3 等同形，從來得聲，源自「釐」字金文作 ⿰ 芮伯壺 ⿰ 釐鼎 ⿰ 釐鼎，由 ⿰ 師酉簋 ⿰ 善夫克鼎 等省作。

如「卯」字《書古文訓》作 ⿰⿰，爲《說文》古文作 ⿰ 之隸古定，魏三體石經僖公「卯」字古文作 ⿰，《汗簡》錄石經作 ⿰汗 6.81，源自戰國作 ⿰包山 120 ⿰包山 134 ⿰陳卯戈 等形。

如「石」字《晁刻古文尚書》、《書古文訓》並作 ⿰⿰ 1，《說文》石部「磬」字下「⿰古文從⿰」，是 ⿰ 爲古文「石」字，《汗簡》錄「石」字作 ⿰汗 4.52，源於戰國作 ⿰包山 80 ⿰包山 203 ⿰包山 150 ⿰郭店.性自 5 等形。《書古文訓》或少一畫作 石 2，同敦煌本《經典釋文・舜典》P3315「石」字下云「古作 ⿰磬」之古「石」字 ⿰。

如「民」字《書古文訓》或作 ⿰，即 ⿰說文古文民 ⿰⿰⿰魏三體尚書之隸古訛變，源自金文作刃物刺目之形 ⿰何尊 ⿰盂鼎 ⿰秦公簋 ⿰洹子孟姜壺 ⿰沇兒鐘，與 ⿰ 盞壺類同。《書古文訓》「民」字又或作 ⿰ 1，高昌本「民」字作 ⿰ 2，與 ⿰曾子斿鼎形近，應爲此形之隸古；敦煌本 P3670、P2516、內野本、足利本、上圖本（影）、上圖本（八）或作 ⿰⿰ 2 ⿰ 3 ⿰ 4 等形，所從目形之左側拉長、曲折，刺目之刃物作人形、乂形。

如「琴」字《書古文訓》作 ⿰，爲傳鈔古文錄《說文》一形作 ⿰汗 5.68 ⿰四 2.26 之隸定，今本《說文》古文「琴」字作 ⿰，皆當本自郭店簡作 ⿰郭店.性自 24 形，從瑟金聲。

如「地」字上圖本（八）〈周官〉皆作 ⿰，《集韻》「地」字下云「或作『坔』」，疑此爲 ⿰郭店.語叢 4.22 形之隸訛，爲「地」字上下形構之異體。

如「疾」字《書古文訓》或作 ⿰ ⿰ ⿰ ⿰ ⿰ 等形，乃《說文》古文作 ⿰ 之隸古定訛變，或右上多一點作 ⿰ ⿰ ⿰ 2，與戰國作 ⿰陶彙 3.566 ⿰璽彙 1433 ⿰包山 220 ⿰包山 207 ⿰包山 247 ⿰郭店.性自 42 ⿰郭店.語叢 1.110 等形同。

如「文」字《書古文訓》多作 ⿰，《說文》彡部「彣」字：「⿰也，從彡從文。」段注云：「凡言文章皆當作彣彰，作文章者省也。」即人文身錯畫爲「文」，文章之文作「彣」，《集韻》「彣」古通「文」，漢〈孔宙碑〉「以彣修之」、〈曹全碑〉「陰徵博士李儒彣優」等「文」俱用「彣」字，「文」「彣」爲一字繁簡不同，

兩者相通用。陳夢家以爲「𡥈」字「是戰國時所謂古文體，因爲說文『吝』的古文从口从𡥈，可證。」〔註61〕《汗簡》🔲部下「文」字又作🔲汗 4.48 文見諸家別體，此形與《書古文訓》作🔲無別。《汗簡》🔲部有「𡥈」字🔲汗 4.48 𡥈見說文，《箋正》謂此「古文『吝』也，形本作🔲誤作『文』用，見碧落碑，郭氏深信碧落不嫌改說文也。」然《古文四聲韻》「文」字錄古老子作🔲四 1.33 與🔲汗 4.48 𡥈同，戰國楚簡雨臺山竹律管「文」字作🔲雨 21.3，其辭爲：「□姑㐱之宮爲濁－王雩爲濁□」，可知戰國古文中「文」字有作「𡥈」又增口之形。此外包山楚簡「文坪柰君」「文」字作🔲包山 203，戰國玉印作🔲，徐在國《隸定古文疏證》云：「🔲汗 4.48 由🔲包山 203🔲雨臺山竹律管🔲雨臺山竹律管〔註62〕等形演變。」〔註63〕按🔲包山 203🔲戰國玉印應即爲🔲（𡥈）字之所由，蓋「文」字由省簡去胸前刻畫紋飾的人正面直立之形而成，作🔲蔡侯盤🔲中山王壺，而與本即象人正面直立的「大」字作🔲曾侯乙鐘🔲鄂君啓舟節〔註64〕形近而易相混，故於其右上再加飾筆作🔲包山 203🔲戰國玉印，以明紋飾之意，而演變成从彡之「𡥈」。「文」字《書古文訓》或作🔲2，首二筆作🔲形；足利本或作🔲3，彡訛少一畫。上圖本（影）作🔲🔲4，右形訛从「久」，敦煌本《經典釋文·堯典》P3315「文」字作🔲5，右形訛从「勿」，皆與《古文四聲韻》「文」字錄《籀韻》作🔲🔲四 1.33 形相類，其右所从久、夕、大、勿等形即「𡥈」字偏旁「彡」所訛變。

〔註61〕陳夢家〈釋「國」「文」〉，《西南聯合大學師範學院國文月刊》11 期

〔註62〕此三形🔲包203🔲雨21.3🔲雨21.2《楚文字編》頁73 列入「吝」字下，《楚系簡帛文字編》列「文」字下，頁 717（滕壬生，《楚系簡帛文字編》，武漢：湖北教育出版社，1995）。

〔註63〕徐在國，《隸定古文疏證》，合肥：安徽大學出版社，2002，頁 191。

〔註64〕李孝定：「文」字作🔲，與「大」之作🔲者形近，頗疑「文」、「大」並「人」之異構，其始並象正面人形，及後側寫之，獨據人義，而大、文遂廢；又後取大以爲小大字，此爲約定俗成之結果，固難以六書之義說之；又取「文」爲錯畫文身之義，「文」之音讀猶與「人」字相近，予懷此意已久，而苦無佐證，聊存之以備一說。見李孝定，《金文詁林讀後記》卷九，台北：中研院史語所，1992。

（五）與傳鈔《尚書》古文或同形、類同，或其隸古定、隸古定訛變字形

1、與傳鈔《尚書》古文同形、類同，或其隸古定，而源自甲金文或其書寫變異、訛變，或其隸古定、隸訛字形

《汗簡》、《古文四聲韻》、《訂正六書通》錄古尚書「會」字作：𢆖汗 4.51 𢆖四 4.12 𢆖六 276 傳抄古尚書「會」字𢆖汗 4.51 𢆖四 4.12 𢆖六 276，隸變作 岁 岁四 4.12 石經形。

如「會」字《書古文訓》多作 岁1，敦煌本 S801、P3615、P3169、岩崎本、九條本、內野本、足利本、上圖本（影）、上圖本（八）亦作 岁1 形，與傳鈔《尚書》古文「會」字作𢆖汗 4.51 𢆖四 4.12 𢆖六 276 類同，當皆為《汗簡》「會」字部首𢆖汗 4.51 形之訛，其上所從「山」為「止」之訛，「止」形隸變或傳抄、寫本常訛作「山」，其下則「巾」之訛。從「會」之傳抄古文皆作此形，如「澮」字：𢆖汗 2.26 古尚書𢆖四 4.12 古尚書、「鄶」字：𢆖汗 4.51 古尚書𢆖四 4.12 義雲章、「繪」字：𢆖四 4.12 孫彊集，甲骨文 𢆖乙 2763 反 𢆖京津 2746 𢆖乙 422（《甲編》頁 53）等字，從止從巾，高明、何琳儀即釋此形為「會」，又《集韻》去聲 14 泰韻「會」字「古作帒岁」等。敦煌本 S799「會」字作 岁2，與 岁四 4.12 石經類同，為𢆖汗 4.51 形之隸變；九條本或作 岁岁3 形，岩崎本或作 岁4，與 岁四 4.12 崔希裕纂古類同，皆當「帒」之訛變。敦煌本 P4033、P3628 作 岁5，為 岁1 岁2 等形之再訛變。

如「皇」字《書古文訓》或作 皀1 皀2，為傳鈔古文古尚書「皇」字𢆖四 2.17𢆖汗 2.16 之隸古訛變，上圖本（八）「皇」字或作 皀皀，為傳鈔《尚書》古文「皇」字作𢆖汗 2.16𢆖四 2.17 之隸古訛變，源自金文 𢆖作冊大鼎 𢆖競卣 𢆖弔咢父簋，其下從《說文》古文「王」字𢆖，「王」字古作 王戍甬鼎 王盂鼎 𢆖趞鼎 𢆖王子午鼎等形。

如「君」字《書古文訓》或作 両1，當為 𢆖魏三體之隸訛，與傳鈔古文古尚書「君」字𢆖汗 1.6、《說文》古文𢆖類同，《書古文訓》又作 両1両2，為傳鈔古文古尚書作𢆖汗 1.6𢆖四 1.34 之隸定，其中筆畫相連，或多一短橫，皆源自 𢆖天君鼎 𢆖召伯簋 𢆖侯馬 𢆖璽彙 0273 𢆖璽彙 0004 等形，其上訛變筆畫割裂。

如「歲」字敦煌本 P2643 作 戓1、《書古文訓》作 戓2 戓3，與傳鈔《尚書》古文「歲」字𢆖汗 5.68𢆖四 4.14𢆖六 275 同形，皆源自甲金文「歲」字 𢆖後 2.15.6 𢆖

舀鼎，然所從戉形已訛變成「戈」，與六國古文 ![戈] 為甫人匜同形，![戎]1![戎]3 左下 ![止]上多一短橫。敦煌本《經典釋文‧堯典》P3315「歲」字作![歲]4 云「古歲字」，與此類同，惟「步」上之「止」形已漸訛而略像「山」。岩崎本、島田本「歲」字分別作![歲]1![歲]2，是![歲]汗5.68形而「步」上之「止」形訛成「山」，其下「![止]」訛似「少」，而與傳鈔古文![歲]四4.14 崔希裕纂古同形。內野本、足利本、上圖本（影）、上圖本（八）「歲」字多作![歲]1 形，是承敦煌本《經典釋文‧堯典》P3315「歲」字作![歲]4，其「步」上之「止」![歲]1 形已訛成「山」，「戈」形上短橫與「山」合書而消失，或作![歲]2 則已消失上短橫的「戈」形移至右，上圖（元）有作![歲]3「戈」形則完整於「山」下。![歲]1![歲]2![歲]3 左下之「火」、「父」如![歲]4 左下由「![止]」訛變，![歲]1![歲]2![歲]3 形亦承自傳鈔古文作![歲]汗5.68![歲]四4.14 等形。上圖本（八）「歲」字有作![歲]，其上為「止」與「戈」合書，形訛似「此」，「少」形為「步」下「![止]」形之訛，![歲]疑為![歲]岩崎本![歲]島田本![歲]四4.14 崔希裕纂古形再訛變。

如「乃」字《書古文訓》除〈大禹謨〉「予懋乃德嘉乃丕績」作![乃]，餘作![酒]![酒]1![酒]2![酒]3![酒]4 等形，皆為「酒」字，1 形為傳鈔《尚書》古文「酒」字![酒]汗6.82![酒]四3.13 之隸定，此形從![西]說文篆文西與「乃」之省形「![乀]」相結合，訛自金文作![酒] 毛公鼎。![酒]2![酒]3 形為「酒」字從![西]說文古文西作![西]之隸古訛變，![酒]4 則篆文![酒]之隸古訛變。敦煌本《經典釋文‧堯典》P3315「乃」字作![迺]1，《書古文訓》「乃」字多作「迺」![迺]1，或作![迺]2 形，內野本、足利本、上圖本（影）、上圖本（八）亦多作![迺]2，為《說文》「迺」字篆文作![迺]之隸變，2 形偏旁「辵」作「辶」。

如「剛」字敦煌本《經典釋文‧舜典》P3315 作![但]，下云「古剛字，古文作![信]」，與傳鈔《尚書》古文作![信]汗3.41![信]四2.17 類同，九條本、內野本、足利本、上圖本（影）、《書古文訓》亦或作![信]![信]1，足利本或訛作![信]2，源自![信]禹鼎![信]侯馬1.41![信]侯馬16.9![信]會志盤![信]會志鼎等形。《說文》「剛」字古文作![信]，「=」移於上，《書古文訓》、內野本「剛」字或作![信]![信]![信]，與此同形。

如「攸」字《書古文訓》或作![迪]![迪]1，為![迪]說文篆文道之隸古定，與傳鈔《尚書》古文「攸」字作![迪]汗1.9![迪]四2.23 同形，源自金文「迪」字作![迪] 毛公鼎「錫汝![迪]一—」![迪] 臣辰卣![迪] 虢弔鐘![迪] 虢弔鐘等形，卣、迪古為一字。《書古文訓》又或

作卣卣₂，或隸定作迶迶₃，尚書敦煌諸本、日古寫本多作迶₃形；P2748、上圖本（影）或所从「卣」下少一畫作迶₄；九條本或作迶₅；島田本、上圖本（影）或「卣」上少一畫作迶迶₆；上圖本（影）或「卣」內多一畫作迶₇；上圖本（影）、上圖本（八）或「卣」內少一畫作迶迶迶₈，與「道」字訛近。諸形皆「迶」字之訛變。

如「野」字敦煌本 S801、P3169、P2643 內野本、足利本、上圖本（影）、上圖本（八）、《書古文訓》多作埜埜₁，爲傳鈔《尚書》古文「野」字作埜汗 3.30埜四 3.22 之隸定，源自甲骨文作林前 4.33.5林鄴 3 下 38.4，金文作林克鼎埜舍志鼎。敦煌本 P2516、S799、岩崎本、九條本「野」字或作埜埜₂，岩崎本或作埜₃，所从偏旁土字皆作「土」；上圖本（元）或作埜₄，所从「土」訛似「云」。

如「困」字敦煌本 P2643、內野本、《書古文訓》或作朱朱朱，爲傳鈔《尚書》古文「困」字作朱汗 3.30朱四 4.20、《說文》古文作朱之隸定，源自甲骨文从止从木省作朱珠 25朱乙 6723 反等〔註 65〕。敦煌本 S801、S2074、岩崎本、九條本、內野本、上圖本（八）「困」字或作朱₁，九條本或作朱₂，原上所从「止」訛作「山」。足利本、上圖本（影）〈太甲中〉「惟明后先王子惠困窮」「困」字作朱₃，爲此形訛誤，偏旁「止」訛作「山」、「木」訛作「水」。

如「電」字《書古文訓》作霏，其下从籀文「申」字昌之隸古定訛變，與傳鈔《尚書》古文「電」字作昌四 4.22、《說文》古文作昌同形，源自金文作雷番生簋。

如「扞」字九條本、內野本、足利本、《書古文訓》作攼攼，與傳鈔《尚書》古文「捍」字作攼汗 1.15攼四 4.20 同形，此形即「攼」字，偏旁「扌」「攴」義類相同，源自金文「敗」字从干从攴作攼大鼎攼五年師旋簋攼者汈鐘，「扞」字僅〈文侯之命〉一見，《說文》攴部「敗」字下引作「〈周書〉曰『敗我于艱』」，「扞」與「敗」義符「扌」「攴」更替，又聲符繁化。

如「斷」字敦煌本 P2516、岩崎本、《書古文訓》或作劭劭劭₁，爲傳鈔《尚書》古文「斷」字劭汗 6.82劭四 4.21、《說文》古文从㪟作劭之隸定，㪟古文更（《說文》更字古文作㪟），下引「周書曰『劭劭猗無它技』」，源自金文作劭量侯簋，其左爲「更」字，此即「劃」（劀）字，與「斷」音義皆同。敦煌本 P2643、

〔註 65〕 參見李孝定，《甲骨文字集釋》，台北：中研院史語所，1991，頁 2120。

P3871、上圖本（元）或左下多一畫各作 [字形][字形][字形]₂，岩崎本、上圖本（元）或變作 [字形]₃；九條本或變作 [字形]₄；岩崎本或變作 [字形]₅，復其右所从「召」訛作「台」。《書古文訓》「斷」字又或作 [字形]₁，爲《說文》古文一作 [字形] 之隸定，傳鈔《尚書》古文「斷」字作 [字形]汗 6.76 [字形]四 4.21、[字形]形皆「刀」之訛，《書古文訓》又或訛變作 [字形]₂[字形]₃。內野本、足利本、上圖本（影）、上圖本（八）〈秦誓〉「斷斷猗無他伎」「斷」字作 [字形][字形][字形]，皆 [字形] 書古文訓 [字形] 說文古文斷之訛誤，訛作从魚从占。

如「長」字《書古文訓》或作 [字形]，爲傳鈔《尚書》古文「長」字 [字形]汗 4.52 尚書並說文 [字形]四 2.14、《說文》古文一作 [字形] 形之隸定，或多一畫隸變作 [字形][字形]，此形省變自 [字形] 長子鼎 [字形] 璽彙 0798 [字形] 璽彙 0740 等。[字形]₁[字形]₂[字形][字形]₃[字形]₄[字形]₅[字形][字形]₆[字形]₇[字形]₈《說文》「長」字古文另作 [字形]，源自 [字形] 㲃長鼎 [字形] 長日戊鼎 [字形] 長湯匜 [字形] 臣諫簋 [字形] 楚帛書丙 1.1 [字形] 璽彙 0022 [字形] 信陽 2.109 [字形] 郭店.老子甲 8 等形。《書古文訓》「長」字又或作 [字形]₁，爲《說文》「長」字古文另作 [字形] 之隸定，源自 [字形] 長日戊鼎 [字形] 長湯匜 [字形] 臣諫簋 [字形] 楚帛書丙 1.1 [字形] 璽彙 0022 [字形] 信陽 2.109 [字形] 郭店.老子甲 8 等形；或作 [字形]₂，其下「人」形隸變作「刀」形；敦煌本 P3670、P2516、九條本、岩崎本或隸變作 [字形][字形]₃，下形變作「八」；上圖本（元）或隸訛作 [字形]₄。內野本、足利本、上圖本（影）、上圖本（八）或作 [字形][字形]₅，其上形變作「正」；敦煌本 S2074、神田本、內野本、上圖本（元）、內野本、足利本、上圖本（影）或作 [字形][字形]₆，下形變作「八」；岩崎本或變作 [字形]₇；敦煌本 P2643 或變作 [字形]₈，其下形多一畫變作「大」。

如「齒」字《書古文訓》或作 [字形][字形]₁，內野本、足利本、上圖本（影）或作 [字形]₂，岩崎本、內野本或作 [字形][字形]₃，上圖本（八）或作 [字形]₄，九條本或變作 [字形]₅，旁注「齒」字 [字形][字形]；上述諸形皆爲《說文》古文 [字形] 之隸變，源自甲骨文象齒形作：[字形]甲 2319 [字形]乙 7482。

2、與傳鈔《尚書》古文同形、類同，或其隸古定，而源自戰國文字或其訛變，或其隸古定、隸古定訛變字形

如「天」字《書古文訓》「天」字作 [字形][字形][字形]₁，內野本、足利本、上圖本（影）上圖本（八）或作 [字形]₁，敦煌本 P2516 作 [字形]₂，內野本「天」字或作 [字形]₃[字形]₄，中間多一點，岩崎本或變作 [字形]₅，敦煌本 P5557 或中變作「从」[字形]₆，足利本、上圖本（影）「天」字或變作 [字形]，皆 [字形] 魏三體.尚書、傳鈔《尚書》古文 [字形]汗 1.3 [字形]

四 2.2 等之隸古定字形，《玉篇》「𠑺古文天」，此形與 𠑺 曾侯乙墓圖器 𠑺 郭店.成之 4𠑺 無極山碑、𠑺.𠑺 千甓亭.吳天紀塼類同，並由 人 鼎文 天 天棘爵 𠑺 魏三體等形筆畫割裂訛變。

如「神」字敦煌本《經典釋文・舜典》P3315 作神₁，下云「古神字，又作望」，內野本、足利本、上圖本（影）、上圖本（八）「神」字作神神神₁形，所從古文示𣲅隸訛似「爪」，《書古文訓》多作神神神神₂，爲傳鈔《尚書》古文神汗 1.3神四 1.31 之隸古定形，與神行氣銘同形。

如「禮」字敦煌本《經典釋文・舜典》P3315 作礼₁，下云「古文禮」，內野本、上圖本（元）、足利本、上圖本（影）、上圖本（八）「禮」字亦或作礼₁，上圖本（八）或作礼₂，《書古文訓》則作礼礼礼₃ 等，皆爲傳鈔《尚書》古文礼汗 1.3礼四 3.12、《說文》古文「禮」𥜨之隸古定，與礼九里墩鼓座同形。

如「吁」字《書古文訓》「吁」字或作号₁，敦煌本《經典釋文・堯典》P3315「吁」字下云古作号，與傳鈔《尚書》古文「吁」字作号汗 1.6号四 1.24 同，《玉篇》「号，古文吁」，六國古文「吁」字形構作上下、左右者俱見，如 可 吳王光鑑号 郭店.語叢 2.15可 郭店.語叢 2.16号 璽彙 0269号 璽彙 4019 等。

如「時」字《書古文訓》多作旹，與魏品式石經、三體石經《尚書》「時」字古文作旹、傳鈔《尚書》古文「時」字作旹汗 3.33旹四 1.19、《說文》古文作旹同形，源自戰國作旹 中山王壺。敦煌本、內野本、足利本、上圖本（影）、上圖本（八）「時」字或作旹₁，是旹說文古文時訛作从山从旨（旨俗作𣅼），又或訛作旹₂。足利本、上圖本（影）、上圖本（八）「時」字或作「昳」，與「旹」同爲从日、之，惟作左右形構，「之」爲屮（之）之隸變形。

如「變」字敦煌本《經典釋文・堯典》P3315 作彭₁，釋云：「古變字」，岩崎本、上圖本（元）、足利本、上圖本（影）或作彭彭₁，內野本、上圖本（八）、《書古文訓》或作彭彭₂，皆與傳鈔《尚書》古文「變」字作彭汗 4.48彭四 4.24 同形，內野本、足利本、上圖本（影）、上圖本（八）或作彭₃彭彭₄，其左所從「貞」、「卓」應即「弁」字卓包山 194卓信陽 2.07卓包山 158卓包山 24 之訛變，偏旁「彡」疑訛自「攴」，可隸定爲「敝」，與「變」字爲聲符替換。彭彭₁彭彭₄ 並非作「攲」〔註66〕，乃偏旁「彡」第三筆常作丶形作乀，爲寫

本中常見，如文（彣）字作 ⿰ 上圖本（影）、彰字作 ⿰ 足利本、彥字作 ⿰ 足利本等。「變」字《書古文訓》或作 ⿰1，爲此形之隸定，與傳鈔《尚書》古文作 ⿰ 汗 4.48 ⿰ 四 4.24 同形，訛自當隸定爲「敤」之 ⿰ 四 4.24 籀韻 ⿰ 三體石經，其左爲「兒」字 ⿰（⿰ 望山 2.策.筮所从）之訛，敦煌本 P3767 作 ⿰3，猶見 ⿰ 之下形，而移「彡」於上。

如「嚴」字《書古文訓》或作 ⿰，爲傳鈔《尚書》古文作 ⿰ 汗 1.10 ⿰ 四 2.28 形之隸定，《說文》吅部「嚴」字古文作 ⿰，源自 ⿰ 井人編鐘 ⿰ 戰狄鐘 ⿰ 楚王酓章戈 ⿰ 中山王壺 ⿰ 多友鼎等形。

如「若」字《書古文訓》多作 ⿰⿰⿰⿰⿰⿰⿰⿰⿰⿰⿰⿰⿰ 等形，爲魏三體石經古文 ⿰ 魏三體、傳鈔《尚書》古文「若」字作 ⿰ 四 5.23 ⿰ 汗 5.66 之隸古訛變，其下形皆由人形變作「女」字再加兩側飾筆而訛變，源自戰國 ⿰ 璽彙 1294 ⿰ 曾箱漆書 ⿰ 信陽 1.5 ⿰ 郭店.尊德義 23 ⿰ 上博二.子羔 8 等形。

如「亂」字敦煌本 P3169、P2533、P2643、《書古文訓》或作 ⿰⿰1，爲魏三體石經古文作 ⿰ 魏三體、傳鈔《尚書》古文「亂」字作 ⿰ 汗 1.13、⿰ 四 4.21 ⿰ 魏石經形之隸訛，其下所從「十」乃「又」之訛變，此與《說文》繼字古文 ⿰ 同形，此當爲「𤔔」字古文，西周金文作 ⿰ 毛公鼎，戰國作 ⿰ 楚帛書乙 ⿰ 九店 56.28 ⿰ 包山 192，「𤔔」「亂」音義皆同。岩崎本、九條本、上圖本（八）或隸訛作 ⿰2，敦煌本 P5557 或作 ⿰3，S799 或作 ⿰4，其中間之形訛變作 ⿰，⿰4 形原左右之「幺」訛變作「糸」；觀智院本或作 ⿰5，其上爪形變作 ⿱ 與中間訛變作 ⿰ 合書作「言」形，與「率」字由 ⿰ 說文篆文變作 ⿰ 再變作从繼作 ⿰ 等形相訛混。《書古文訓》「亂」字多作 ⿰1，爲《說文》篆文 ⿰ 之隸定，與傳鈔《尚書》古文「亂」字又作 ⿰ 汗 1.13 ⿰ 四 4.21 同。敦煌本 P4509、S2074、P2516、內野本、觀智院本、上圖本（元）、足利本、上圖本（八）或隸變作 ⿰2，其原「丿一（」形變作「丷冫」形；P3767 或作 ⿰3，其中間之形訛變作 ⿰；足利本、上圖本（影）或省變作 ⿰4；上圖本（影）或變作从言：⿰5，與「率」字變作 ⿰ 相混。內野本、足利本、上圖本（影）、上圖本（八）「亂」字或作 ⿰，乃訛誤與「率」字混同，乃由「𤔔」字篆文 ⿰ 隸變作 ⿰2，其上爪形變作「⿱」而訛誤作 ⿰。

如「栗」字敦煌本《經典釋文·舜典》P3315 云又作 ⿰1，爲傳鈔《尚書》

字足利本 ⿰ 作「軟」。

古文「栗」字作👤汗 3.30👤四 5.8、魏品式三體石經古文作👤魏品式等形之隸定，《書古文訓》「栗」字或作隸變之形👤2。《書古文訓》〈舜典〉「寬而栗」「栗」字、〈湯誥〉「慄慄危懼」、「慄」字皆作👤，從「栗」字古文👤汗 3.30👤四 5.8👤魏品式，然爲附合《說文》古文「栗」字👤而上加西（👤）字之👤形。👤，《書古文訓》〈大禹謨〉「夔夔齋慄」「慄」字作👤，爲「栗」字古文從三卤之省形。

如「諺」字《書古文訓》作👤1，與傳抄古尚書文字「諺」字作👤汗 1.12👤四 4.21 同形，乃從彥而省彡，從言彥省聲，戰國作👤古璽.字形表 3.6👤隨縣石磬。敦煌本 P2748 作👤2，上形訛變作「立」。

如「詛」字《書古文訓》〈呂刑〉「以覆詛盟」「詛」字作👤1，爲《汗簡》錄古尚書作👤汗 1.3 之隸定，從古文「示」字，右上爲「虍」之變。敦煌本 P3767 作👤2，右上從「虍」之隸變；《書古文訓》或作👤3，內野本或作👤4，右下「且」訛作「旦」，上圖本（八）「詛」字旁注👤，與此相類；岩崎本或作👤，偏旁「示」字訛作「木」，「虍」訛似「雨」，其右爲「虘」之訛。諸形皆爲「禣」，爲「詛」字聲符更替之異體。偏旁「且」、「曼」、「虘」古可互作，如「組」字作👤👤虢季氏子組簋，又作👤仰天湖 25.24，「祖」字漢碑或作👤司空宗俱碑「△父司隸校尉」👤孔遷碣「△述家業」，《隸辨》謂「孝女曹娥碑『其先與周同禣』亦以『禣』爲『祖』，蓋有自來」，楚簡「祖」字從「虘」作👤包山 241👤望山.卜，或從「虘」作👤天星觀.卜，即隸定作「禣」「禣」字。此乃假「禣」（祖）爲「詛」字〔註67〕。

3、與傳鈔《尚書》古文同形、類同，或其隸古定、隸古定訛變字形，而未見於目前所見出土文字資料

如「玕」字《書古文訓》作👤1，與傳鈔《尚書》古文「玕」字作👤汗 1.4👤四 1.37 類同，《說文》引「禹貢『雝州璆琳琅玕』」古文作👤，段注云：「蓋壁中尚書如此，作干聲、旱聲一也」。「玕」字作「玗」乃聲符繁化。

如「悉」字《書古文訓》或作👤1👤2，爲《說文》古文作👤、傳鈔《尚書》古文「悉」字作👤汗 4.59👤四 5.7 之隸古定訛變。

如「墾」字《書古文訓》作👤1，九條本作👤2，偏旁「土」字作「圡」，

〔註67〕黃錫全以爲「禣」爲「詛」字古文：「《說文》詛下原當有古文禣，鄭珍列入《說文逸字》」。參見黃錫全，《汗簡注釋》，武漢：武漢大學出版社，1993，頁 67。

與傳鈔《尚書》古文「壓」字作壓四 4.6暨汗 6.73 其上所从「旡」寫訛，《汗簡》錄古尚書此形注爲「暨」字汗 6.73，《箋正》謂「薛本『壓茨』字作，此形與注並誤，夏不誤，省从旡聲一也」，12 形皆「省从旡聲」而不訛。

如「舞」字敦煌本《經典釋文‧舜典》P3315 作1，下云「古舞字」《書古文訓》亦或作隸古定形1；敦煌本 S801、《書古文訓》或作2，與傳鈔《尚書》古文「舞」字作汗 2.17四 3.10六 186、《說文》「舞」字古文作同形。敦煌本 P3605.3615、內野本、上圖本（八）或隸變作3；內野本、足利本、上圖本（影）、上圖本（八）或少一畫作4，所从「亡」訛似「匕」、「上」形。內野本、足利本、上圖本（影）〈舜典〉「百獸率舞」「舞」字作，則是說文古文舞隸變作3 形之訛，所从「亡」形訛誤作「言」。

如「歾」字《書古文訓》多作1，與《汗簡》錄古尚書作汗 6.82、《說文》「歾」字古文同形，爲此形之隸定，或作其古文字形2。

如「罔」字敦煌本 S5745、S801、P3670、神田本、岩崎本、上圖本（影）、《書古文訓》多作1，敦煌本 P2643、P3871、P3767、S799、島田本、九條本、內野本、上圖本（八）或作2，敦煌本 P2533 或作3，皆爲《汗簡》錄古尚書「罔」字汗 3.39、魏三體石經古文魏三體形之隸定。足利本、上圖本（影）、上圖本（八）或作隸變4 形。上圖本（八）或作隸變5 形，與「宅」字訛混；九條本、內野本、足利本、上圖本（影）、上圖本（八）或少一畫作67，與「它」字訛混；上圖本（八）或訛作8。《書古文訓》「罔」字或作，敦煌本 P5557 或作，即《說文》「网」字古文「」从一亡聲之隸定，偏旁宀、冖隸定往往相混。

如「漆」字《書古文訓》或作1，與傳鈔《尚書》古文「漆」字作汗 4.48四 5.8 類同，敦煌本 P3615、P3169 或作2，所从「坐」字左上隸變作「口」、右上仍作「人」，P5522、九條本或作3，復偏旁「彡」第三筆作丶；岩崎本或4，右爲偏旁「彡」由「久」再變，《書古文訓》「漆」字或作，偏旁（彡）訛作（刂）。《箋正》云：「此『桼』字也。《玉篇》古文漆作『』較此可說。蓋隸變『桼』多作『来』，俗又以『来』正書之，故六朝有俗體『漆』字，單作『桼』則分水于旁斜書之，夾則下人橫書，移上一橫於下，是成『』字也。此左仍是『坐』字，漢隸或从二口，此依作之。」其說可從，諸形當即「桼」

字俗體「桼」移水於右旁之訛變。

（六）為其他傳鈔古文或其訛變，未見於目前所見出土文字資料

如「襲」字《書古文訓》作，同形於傳鈔古文「襲」字**四 5.22 古老子**、「習」字作**汗 5.68 義雲章****四 5.22 義雲章**，《玉篇》衣部「襲」字古文作「戳」，《一切經音義》「襲，古文戳褶二形」，《箋正》謂「（**習.汗 5.68 義雲章**）『習』非，夏『習』『襲』下兩出之字从戈習聲，是後世別造侵襲人國字」，黃錫全以為「猶如中山王壺『誅』字作〔註 68〕」。「習」、「襲」古音皆屬定紐緝部，音同相通，「襲」字作「戳」為聲符、義符皆更替之異構異體字。

如「歲」字足利本或作，與《古文四聲韻》錄**四 4.14 崔希裕纂古**同形，「山」為「止」之訛，「=」為表下形省略之符號。

如「庶」字《書古文訓》或作1，餘形皆从「厂」，如或作2，為魏品式石經古文作**魏品式**之隸定，源自**伯庶父盨****子仲匜**等形之繁化，由**矢簋****毛公鼎**等形演變，其下所从「火」漸訛作似「土」形，**魏品式**則繁化从二火而訛變，《汗簡》錄石經作**汗 4.51** 即从二火，錄古孝經作**汗 4.51** 則下訛作「土」。**魏品式**內形《書古文訓》或變作，作3，《書古文訓》又訛變作4 5 6 等形，或訛省作7 形。

如「熟」字《書古文訓》作1 2，《集韻》入聲九 1 屋韻「孰」字隸作「熟」、古作「䎺」，皆為傳鈔古文**孰.四 5.4 古老子****熟.四 5.4 古孝經**之隸古訛變，源自甲骨文「孰」字作**京津 2676**，金文作**伯侄簋****伯侄簋**，乃「丮」之人形下加女形，1 2「䎺」則「孰」字增偏旁「土」，《古文四聲韻》「熟」字又錄**四 5.4 古孝經**，疑前述諸形左下「土」為「火」之訛誤〔註 69〕。

如「靈」字敦煌本 P2643 作1，九條本或作2，與《古文四聲韻》錄**四 2.22 崔希裕纂古**形類同，敦煌本 P2516、S2074、岩崎本、內野本、上圖本（元）、足利本、上圖本（影）、上圖本（八）、《書古文訓》或作3，則與《古文四聲韻》錄**四 2.22 崔希裕纂古**同形。《古文四聲韻》錄古尚書「靈」字一形作**四 2.22 古尚書又山海經**，《汗簡》錄此形**汗 5.63** 而其下脫注，黃錫全以為此

〔註 68〕參見黃錫全，《汗簡注釋》，武漢：武漢大學出版社，1993，頁 431。

〔註 69〕徐在國謂䎺、**孰.四 5.4 古老子**皆為「塾」字，此假「塾」為「熟」。《隸定古文疏證》，合肥：安徽大學出版社，2002 頁 67。

乃⿱形之寫誤：「ⅤⅤⅤ延長便成Ⅲ或⺌⺌⺌，訛書作⺍⺍，繼而誤以爲从⺍⺍或弸。齊宋顯伯造塔銘『靈』作⿱雨巫猶存古形」〔註70〕其說可從，⿱雨巫1⿱雨巫⿱雨巫四2.22崔希裕纂古形猶見由⿱形（霝）演變之迹。

（七）字形或偏旁爲《說文》字形、或其隸古定、隸古定訛變字形

1、爲《說文》篆文字形、或其隸古定、隸古定訛變字形

如「旁」字《書古文訓》或作旁，爲《說文》篆文⿱二方之隸定。

如「卉」字《書古文訓》或作卉，即《說文》篆文⿱屮屮屮字形。

如「遺」字《書古文訓》作遺遺，爲《說文》「遺」字篆文遺之隸定，與遺秦山刻石遺漢帛書.老子甲107同形。

如「栗」字內野本、足利本或作桌2，爲《說文》「栗」字篆文桌之隸定，敦煌本《經典釋文·舜典》P3315作桌1，敦煌本S801作桌1，足利本或作桌3，上圖本（影）或作桌4，皆篆文之隸變。

如「厖」字《書古文訓》作厖1，爲《說文》篆文作厖之隸古定訛變，偏旁「厂」字變作「广」。

如「便」字《書古文訓》作便，爲《說文》篆文字形便之隸古定。

如「疾」字《書古文訓》或作疾1，爲《說文》篆文疾之隸定。

2、爲《說文》古籀或體等重文字形、或其隸古定、隸古定訛變字形

如「旁」字內野本作旁，爲《說文》古文作⿱雨方之隸定。《書古文訓》或作⿱雨方旁，爲《說文》古文或體作⿱雨方說文古文旁之隸古定。

如「陻」字《書古文訓》作垔，爲《說文》土部「垔」字古文作垔之隸定，訓「塞也」，下引「《尚書》曰『鯀垔洪水』」，「垔」爲本字，作「陻」則累加義符，《說文》無「陻」字。

如「工」字《書古文訓》或作珍，爲《說文》古文作工之隸古定，彡爲飾筆，右移成左右形構。

如「虐」字《書古文訓》或作⿱虍⿰爪又，爲《說文》古文作⿱虍⿰爪又之隸古定，而「虍」形訛變。

如「徵」字《書古文訓》「舜生三十徵庸」作徵，爲《說文》古文作徵之

〔註70〕黃錫全，《汗簡注釋》，武漢：武漢大學出版社，1993，頁397。

隸定。

如「麗」字《書古文訓》或作丽丽₁，爲《說文》籀文作丽字形；或作阢₂，爲《說文》古文作阢之隸古定，丽說文籀文麗阢說文古文麗當皆源自丽陳麗子戈《集成》17.11082 形；或作丽₃，與《說文繫傳》古文作丽同形。

如「敢」字《書古文訓》或作敄₁，爲《說文》古文作敄之隸定，魏三體石經古文作敄魏石經，《書古文訓》或作敄₂，左形从篆文敢之左隸定，弓（敄魏石經）、弓（敄說文古文敢）、吾（敢說文篆文敢）皆弓（敢召卣）、吾（敢農卣）、弓（敢彔伯簋）等形之變。《書古文訓》又或作敢，爲《說文》籀文敢从「攴」之異體，源自敢井侯簋敢盂鼎敢諫簋敢大簋，籀文所从「月」爲「甘」之訛。敦煌本 P2643「敢」字作敢敢，爲《說文》篆文敢之隸定，與敄說文古文敢皆源自敢令簋敢農卣敢彔伯簋敢頌鼎形。尚書敦煌諸本（P2643 除外）、日古寫本「敢」字多作敢敢₁，乃由敄說文古文敢訛變，其右下「古」形訛作「子」。上圖本（影）或作敢₂，乃敢₁形之再變，左形與「豸」混同。

如「席」字《書古文訓》或作囷₁，爲《說文》古文作囷之隸古定，或作囷₂，其內訛變作「炎」。

如「畫」字《書古文訓》作畬，爲《說文》古文省作畬之隸古定。

如「詩」字敦煌本《經典釋文・舜典》P3315「詩」字作詀，下云「古詩字」，《書古文訓》作詀詀，从言、之，皆爲《說文》古文作詀之隸定。足利本「詩」字作訞，从「之」之隸變字形。

如「歸」字敦煌本《經典釋文・舜典》P3315 作婦，敦煌本 S799、P2533、內野本、足利本、上圖本（影）、上圖本（八）、《書古文訓》或作婦婦，爲《說文》止部「歸」字籀文作婦之隸定，爲戰國楚簡从「辵」作歸包山 205歸包山 207歸郭店.六德 11歸郭店.尊德 20 形之異體，偏旁「辵」「止」義類相通。敦煌本 S2074、岩崎本、島田本、九條本、內野本、足利本、上圖本（影）、上圖本（八）「歸」字或作婦，爲婦之訛，所从「山」乃「止」之訛變，寫本中常見。

如「閔」字《書古文訓》作愍愍₁，爲《說文》古文作愍之隸古定或訛變。魏三體石經〈文侯之命〉「嗚呼閔予小子嗣」「閔」字古文作愍魏三體，與《汗簡》、《古文四聲韻》錄石經作愍汗 4.48愍四 3.14 形相類，《汗簡》又錄愍汗 4.59 史書愍5.66 史書愍四 3.14 古史記形，愍汗 5.66 史書形與愍說文古文閔相類，惟其从日，諸形

當皆「惽」（惛）字之訛變，🖼汗 5.66 史書🖼說文古文閔則移「心」於下，所從🖼🖼🖼🖼屮形，即古文「民」訛變，由🖼盄壺、魏三體石經古文🖼無逸🖼多方🖼呂刑、🖼說文古文民等形而變，🖼汗 4.48🖼四 3.14 所从則析離為二作🖼，其下🖼形即🖼盄壺🖼說文古文民之下形；又所从🖼🖼🖼🖼即「日」之訛變〔註 71〕；石經🖼🖼🖼形即「心」之訛變；《說文》「閔」字古文當正作🖼汗 5.66 史書形，隸定作「悬」，即「惽」字。

如「會」字《書古文訓》〈益稷〉「作會宗彝」作🖼₁，即《說文》「會」字古文作🖼之隸定，魏三體石經文公「公孫敖會晉侯于戚」「會」字古文作🖼，甲金文「會」字皆作「迨」：🖼粹 1037🖼鄴初下 33.8🖼成甬鼎🖼保卣🖼牆盤「一（會）受萬邦」，甲骨文亦有从彳作🖼合 675，偏旁辵、彳古相通，此與「會」字古文🖼同形，又《集韻》去聲 14 泰韻「會」字「古作🖼」。「迨」為會晤、會合之本字，《說文》辵部「迨，遝也」。敦煌本 P2533〈禹貢〉「四海會同」「會」字作🖼₂，為「迨」之訛誤。

如「孟」字敦煌本 P2533〈胤征〉「每歲孟春」作🖼，為《說文》古文作🖼之隸古定訛變，形構變作从宀从水。

3、偏旁為《說文》篆文字形、或其隸古定、隸古定訛變字形

如「祥」字《書古文訓》多作🖼，為魏三體石經古文作🖼魏三體之隸定，偏旁古文「示」🖼作隸古定訛變，又或作🖼，偏旁「羊」字作《說文》篆文字形之隸古定。

4、偏旁為《說文》古籀或體等重文字形、或其隸古定、隸古定訛變字形

如偏旁「示」多作古文🖼之隸古定訛變，寫本多作訛似「爪」形，《書古文訓》多下半隸古訛似「水」，如「神」字敦煌本 P3315 作🖼，內野本、足利本、上圖本（影）、上圖本（八）作🖼🖼🖼，《書古文訓》多作🖼🖼🖼；如「禮」字敦煌本 P3315 作🖼，內野本、上圖本（元）、足利本、上圖本（影）、上圖本（八）「禮」字或作🖼，上圖本（八）或作🖼₂，《書古文訓》則作🖼🖼🖼₃等等。

如前文「皇」字《書古文訓》或作🖼₁🖼₂，上圖本（八）「皇」字或作🖼🖼，

〔註71〕參見黃錫全，《汗簡注釋》，武漢：武漢大學出版社，1993，頁 379。

與《玉篇》古文「皇」作「皇」類同，其下皆從《說文》古文「王」 之隸古訛變。

如「蒼」字《書古文訓》作 1，為魏品式三體石經古文作 魏品式之隸變，其下形從《說文》「倉」字奇字 ，上從「屮」，偏旁「艸」、「屮」相通。內野本、上圖本（八）作 2，其下多一畫訛作「正」。

如「創」字《書古文訓》作 ，《集韻》「創」古作 ，皆源於戰國古陶作 陶彙 3.867 陶彙 3.866，偏旁「倉」字與魏石經「蒼」字古文作 魏品式同形，其下形從《說文》「倉」字奇字 ，上從「屮」，偏旁「艸」、「屮」相通。「」可隸定作「劏」，「創」作「劏」為聲符繁化。

如「馳」字《書古文訓》作 ，當是《汗簡》錄石經「馳」字 汗 4.54 四 5.4 之隸古訛變，其左從《說文》古文「馬」 ，其右 、 形為「也」字，《說文》「也」字下錄秦刻石作 ，楚簡作 郭店.語叢 3.66。 之 為「也」字訛變，其左從古文「馬」 訛省作 形。

如「敬」字《書古文訓》作 1 2 等形，與楚簡引《尚書》文字「敬」字作 上博 1 緇衣 15 類同，與魏三體石經〈立政〉「敬」字古文作 魏三體、楚帛書作 楚帛書乙同形，源自六國古文作 王子午鼎 鄘侯簋，《說文》「苟」字篆文作 ，從羊省、從包省、從口，古文「苟」字羊不省而作 ，諸形皆從攵從古文「苟」字 。

如「撫」字上圖本（影）或作 ，右從《說文》「無」之奇字「无」，寫訛似「旡」，聲符以奇字更替。

如「搜」字《書古文訓》作 ，當即《玉篇》卷 6 手部「搜」字古文 之訛變， 左從 說文籀文折之左形，與傳鈔《尚書》古文「遷」字作 汗 5.64 四 2.4、《書古文訓》作 相類，傳鈔古文有用「屮」作偏旁「扌」者， 所從「屮」訛變。

（八）字形或偏旁為篆文隸變、隸書字形之隸古定或隸古定訛變

如「喪」字《書古文訓》「喪」字或作 1，敦煌本 P2643 作 1，即「喪」字篆文之隸古定字形，敦煌本《經典釋文·舜典》P3315「喪」字作 2，敦煌本 S799 作 3、P2748、上圖本（元）分別或作 4，九條本或作 5，形如漢代作 漢帛書.老子乙 247 上 韓仁銘。敦煌本 P2516、S799「喪」字作 6，

觀智院本、上圖本（元）或作7，內野本、足利本、上圖本（影）、上圖本（八）或作8，形如漢代作漢帛書.老子甲157武威簡.服傳37孔彪碑，皆「喪」字篆文之隸變。內野本、足利本、上圖本（影）、上圖本（八）〈伊訓〉「卿士有一于身家必喪」「喪」字皆作9，亦篆文「喪」字之隸古定訛變，其下所从「亡」訛作「止」。

如「草」字足利本、上圖本（影）、上圖本（八）或作，爲「草」字篆文之隸變，形如漢代隸書作相馬經1下武威簡.士相見16武威醫簡.88乙。

如「吝」字九條本作1，《書古文訓》作2，2與1同，偏旁口、ㄙ隸定常不分，此與漢石經作漢石經.易.家人同形，上形爲「文」之隸變。

如「廉」字《書古文訓》作，與漢碑作袁良碑同形，偏旁「兼」字从又持二禾，此形變作从二「秉」。

如「命」字九條本、上圖本（八）或作1，敦煌本P2516或作2，爲漢代隸書作孫子42韓仁銘形其「口」、「卩」筆畫稍變。上圖本（影）「命」字或作1，當省變自此形，「口」、「卩」筆畫與中間直筆結合，訛變似「中」形；足利本、上圖本（影）、上圖本（八）「命」字或作2 3 4，其右下一點應爲飾筆。晁刻《古文尚書》、《書古文訓》「命」字皆作1，僅一例〔註72〕作2，此形未見於他書，當由1 2形演變：「卩」訛作「巾」，亼下一短橫與卩結合、「口」形變形，俱與「巾」形相涉而類化成1 2字形。

如「績」字《書古文訓》或作1，「責」字金文作旂作父戊鼎缶鼎兮甲盤秦公簋，1右偏旁「責」字即源自於此，爲《說文》篆文字形之隸古定，朿形之直筆未下貫，《書古文訓》又或作2 3 4，朿形訛似形。《書古文訓》或作5，右形似「賚」，《汗簡》「績」字有作「勣」績汗6.75義雲章，《古文四聲韻》則錄此於「績」字下，作績四5.6義雲章，5右形應訛自此形，《書古文訓》又或作6 7，爲5形再變。

如「嚴」字敦煌本P2748作1，《隸釋》錄漢石經〈無逸〉「如嚴恭寅畏」「嚴」字作1，與漢碑作西狹頌孔龢碑類同，皆「嚴」字隸書字形，隸

〔註72〕《書古文訓・書序》〈費誓〉「魯侯『命』伯禽宅曲阜徐」「命」作，然各本無「命」字。

釋之口形隸定作「厶」。內野本或作嚴₂，內野本、上圖本（八）或作嚴₃，口形變作「人」，足利本、上圖本（影）、上圖本（八）或作嚴₄，口形再省變爲丶丿。足利本、上圖本（影）或作「嚴」字作嚴嚴₅，其上偏旁「吅」字變作「屮」、「山」，蓋由嚴₄再訛變。

如「悉」字敦煌本 P2748、岩崎本、九條本、內野本、上圖本（元）、足利本、上圖本（影）、上圖本（八）多作悉悉，篆文作悉，與漢碑作悉帝堯碑悉曹全碑同形，所從釆隸變與「米」相混。

如「璆」字敦煌本 P3169 作璆₁，與璆華山廟碑同形，「㐱」形多隸變作「介」形，如「殄」字作殄度尚碑殄孔寵碑，《尚書》隸古定寫本敦煌本作 S799、S2074、P2516、岩崎本、九條本作弥₁，S799、P2643、內野本或作弥₂，又如「瘳」字漢碑作瘳曹全碑。

如「祗」字岩崎本或作祗祗₄，《廣韻》「祗」字俗從「互」，內野本、足利本、上圖本（影）、上圖本（八）或作祗祗₅，尚書敦煌諸本、岩崎本、九條本、上圖本（八）或作祗祗₃，上圖本（八）或作祗₄，右從「氐」之隸變俗作，右形如漢碑「祗」字祗史晨後碑祗桐柏廟碑等形所從。

如「逆」字敦煌本 S801、岩崎本、島田本、九條本、觀智院本、上圖本（元）或作逆，爲「逆」字篆文之隸變，秦簡已見筆劃拉直作逆睡虎地 30.38，漢代作逆漢帛書老子甲後 386逆孫臏 106逆漢石經.僖公 25，所從偏旁「屰」字隸變似「羊」字。

如「簡」字內野本〈仲虺之誥〉「簡賢附勢」、敦煌本 P2748〈多士〉「夏迪簡在王庭」「簡」字從「艹」作簡₁，偏旁「竹」字隸變常與「艹」相混，《隸釋》錄漢石經尚書〈盤庚下〉「予其懋簡相爾」「簡」字亦從「艹」作簡，即「簡」字隸變作簡孫臏 161簡鄭固碑簡孔宙碑等形。敦煌本 P2630〈多方〉「迪簡在王庭」「簡」字作簡₂，其上亦從「艹」，其下所從「日」訛作「月」。

如「擊」字上圖本（八）皆作擊，左上訛從「車」，與漢〈城壩碑〉作擊同形，《隸辨》云：「按《說文》擊從毃，毃從毄，碑變從車」。

如「荅」字敦煌本 P2748、觀智院本、足利本、上圖本（影）、上圖本（八）或作荅荅₁，敦煌本 P4509 作荅₂，爲篆文荅之隸變，與荅武威簡.士相見 9荅流沙簡.補遺 1.14荅石門頌同形。

如「亂」字內野本〈伊訓〉「時謂亂風」作亂，左旁注「乱」(亂)，此形乃源自「亂」字秦簡省變作 雲夢.爲吏27，漢帛書再變作 漢帛書老子甲126 乱孫子186，而與「乳」字形混同。

如「孔」字《書古文訓》或作秗，《古文四聲韻》錄籀韻作 四3.3，《集韻》「孔」字古作「秗」，皆篆文之隸變，《隸辨》衡立碑下云：「張壽碑『有秗甫之風』孔亦作秗」。「孔」字隸變作「秗」與「引」字隸變作「弘」相類。

如「藏」字九條本、內野本、足利本、上圖本（八）省變作藏，與漢碑變作 孔耽神祠碑類同。

如「孺」字敦煌本P2748、P2630作 1，偏旁「需」字與漢碑「濡」字、「繻」字隸書作 堯廟碑 景北海碑陰所从同形，《集韻》平聲二10虞韻「儒」或作「傛」、「濡」或作「漙」、「繻」或作「檽」，偏旁「需」字皆作「禺」形。

如「葬」字內野本、足利本或作 1，上圖本（影）或變作 2，即漢簡「葬」字或作「塟」 武威簡.服傳48之訛變，所从「茻」之下「艹」形變爲「土」，義類可通。「塟」字見於《正字通》。

如「鞠」字上圖本（元）〈盤庚中〉「爾惟自鞠自苦」作 ，其右形从公从木，漢碑「鞠」字或訛作 華芳墓志陰，其右與 相類，當是所从「匊」隸變訛誤。

（九）字形或偏旁為俗字或其訛變

如「亂」字敦煌本P2748、S6259、內野本、觀智院本、足利本、上圖本（影）、上圖本（八）或作 ，《干祿字書》：「乱亂，上俗下正」，張涌泉謂「『亂』字作『乱』，可能是比照『辭』字俗作『辞』（『辞』當由『辝』訛變而來，『辝』『辭』古籍混用不分）而產生的俗字」 〔註73〕。

如「繼」字敦煌本P2748、P2630、九條本、內野本、足利本、上圖本（影）、上圖本（八）「繼」字作 1，「継」爲「繼」之俗字，上圖本（影）作 2，「乚」訛作「辶」。又如「斷」字內野本、足利本、上圖本（影）、上圖本（八）或作 ，其左形省變，《玉篇》斤部「断」字同「斷」，亦爲俗字。

如「糾」字岩崎本、內野本作 ，爲俗字，與「虯」字俗作「虬」類同。

〔註73〕說見張涌泉，《敦煌俗字研究》亂字條，頁15，上海：上海教育出版社，1996.12。

如「惡」字敦煌本 P2516、S799、P3871、島田本、九條本、內野本、上圖
本（元）、足利本、上圖本（影）、上圖本（八）多作惡惡₁，《顏氏家訓·書
證》謂當時俗字「『惡』上安『西』」即指此形，《干祿字書》「惡惡：上俗下正」，
慧琳《音義》卷六《大般若經》第五百一卷音義：「惡，經文從『西』作『惡』，
因草隸書訛謬也」，張涌泉謂「『惡』俗作『惡』，可能與改旁便寫有關〔註74〕」；
岩崎本或變作惡₂，爲俗訛字。岩崎本「惡」字或作蕙，與蕙居延簡乙 16.11 蕙
徐美人墓志同形，漢簡又作意武威簡.服傳 59 蔥武威簡.雜占木簡，當皆「惡」之俗訛
字。

（十）所見異體字為唐代所制新字

如「地」字內野本〈金縢〉以後皆作坔，《集韻》「地」字下云「唐武后作
『坔』」，《一切經音義》卷 54「坔，古地字，則天后所制也」，「坔」乃唐武周
所制新字，當爲「地」字異體「坓」贅加義符「山」。

三、隸古定本《尚書》文字與今本《尚書》構形相異之特點

（一）筆畫繁化：綴加飾筆

如偏旁「聿」字隸古定寫本其下多一飾點，如「律」字足利本、上圖本（影）、
上圖本（八）多作律律，「建」字內野本、足利本、上圖本（影）、上圖本（八）
或作建建，敦煌本 P2643、P2516、P2748、岩崎本、觀智院本、上圖本（元）
「建」字或作建建。

如「民」字岩崎本、天理本、九條本、觀智院本、上圖本（元）、足利本、
上圖本（影）、上圖本（八）等或作民₁民₂形，民₁民₂形右多一點爲飾點。
隸古定寫本偏旁從「民」或「氏」者，亦多增一飾點，如「婚」字上圖本（八）
作婚，上圖本（元）、上圖本（影）作婚婚，岩崎本作婚₄，右上皆多一飾點。
又如「砥」字足利本、上圖本（影）、上圖本（八）作砥，其右上加一飾點。

如「友」字敦煌本 S799、九條本、內野本、上圖本（元）、觀智院本、上
圖本（八）或作友友₁，右上多一飾點，與「友」字形近。

如前文「文」字《書古文訓》多作亥，由戰國「文」字其右上加飾筆作文
包山 203 戰國玉印，以明紋飾之意，演變成從彡之「彣」字。《書古文訓》或

〔註74〕參見張涌泉，《敦煌俗字研究》，頁 380，上海：上海教育出版社，1996。

作🗒2，首二筆作一形；足利本或作🗒3，乡訛少一畫。又如「汶」字《書古文訓》作🗒，偏旁「文」字右加飾筆乡。

如「古」字內野本或作🗒，口形中增一「、」，當承自戰國文字「古」字作如🗒古陶 5.464🗒中山王壺🗒古幣.布空大🗒古幣.圜.上 242 之形。

（二）筆畫減省

如「民」字敦煌本 S5745、S801（皆《尚書》〈大禹謨〉）缺筆作🗒，乃避唐太宗名諱而缺筆，陳鐵凡〈敦煌本尚書述略〉、〈敦煌本易書詩考略〉〔註 75〕以為 S5745、S801 殘卷「民」字缺筆，「治」字不諱，當是初唐寫本。

如「害」字岩崎本、島田本、足利本、上圖本（影）、上圖本（八）作🗒，敦煌本 S799 作🗒，與傳鈔古文「害」字作🗒四 4.12 古孝經類同，秦簡「害」字作🗒睡虎地 8.1 即少一畫，漢代或作🗒漢帛書.老子甲後 193🗒孫臏 167🗒淮源廟碑。

如「樂」字足利本、上圖本（八）或省形作🗒1🗒2，與漢代作🗒日有熹鏡🗒尚方鏡 6 同形，足利本、上圖本（影）又或省作🗒🗒。

（三）筆畫變化而訛混

如「競」字敦煌本 S2074、P2630、九條本作🗒🗒1，《說文》誩部「競」字篆文作🗒，从誩从二人，此形「言」「變作「音」。

如前文「文」字上圖本（影）作🗒🗒4，右形訛从「久」，敦煌本《經典釋文・堯典》P3315「文」字作🗒5，右形訛从「勿」，久、夕、勿等形即「返」字偏旁「乡」第三筆寫作、形所訛變。

（四）偏旁增繁

1、增加表義之偏旁

如「芻」字敦煌本 P3871、九條本作🗒🗒，此為「蒭」之俗字，其下所从「芻」訛變作🗒，與「多」字變作🗒🗒形混。「蒭」乃「芻」字增加表義之偏旁「艸」。

如「業」字《書古文訓》〈盤庚上〉「紹復先王之大業」、〈周官〉「功崇惟志業廣惟勤」作🗒，《說文》未見，疑為「業」字或體，《說文》「業，大版也」，

〔註 75〕陳鐵凡〈敦煌本尚書述略〉，《大陸雜誌》，22 卷：8 期，1961.4，頁 235、〈敦煌本易書詩考略〉，《孔孟學報》，第 17 期，1969.4，頁 135。

牒當爲「業」增加表義偏旁之或體。

如「几」字觀智院本〈顧命〉「憑玉几」作机，「机」爲「機」之簡體字，當爲「几」字訛誤作增加表義之偏旁。

如「喬」字《書古文訓》作簥，與傳鈔《尚書》古文「喬」字作喬四 2.8 喬篇汗 2.21 喬六 98 同形，《汗簡》錄此形注「簥」，《箋正》謂「僞本不知采何書，且《說文》無『簥』，蓋《爾雅》『大管謂之喬』俗字。〈疏〉引李巡云：『聲高大故曰喬，喬，高也』，《御覽》引舍人注同。知古止作『喬』，从竹因大管之義後增，郭注本用之」。簥爲「喬」字增加表義之偏旁。

2、增加表音之偏旁

如「砥」字《書古文訓》作碞，其上爲「砥」字，从偏旁「氐」俗作「互」形之變，下形與「旨」字俗寫旨同形，當爲累增聲符「旨」。

3、增加無義之偏旁或部件

如「飛」字岩崎本作飛，左形與飛晉張朗碑類同，乃篆文隸變作飛漢石經.易.乾.文言左形訛變復繁化，增加無義之二「丑」形。

4、聲符繁化

如前文「創」字《書古文訓》作劊，左从魏石經「蒼」字古文作才魏品式，可隸定作「劊」，「創」作「劊」爲聲符繁化。

如前文「玕」字《書古文訓》作珛1，乃聲符繁化。

如前文「廉」字《書古文訓》作廉，《集韻》平聲四 24 鹽韻「廉」字古作「廉」，偏旁「兼」字从又持二禾，此形變作从二「秉」，爲聲符繁化。

如「漂」字《書古文訓》作瀌，《集韻》平聲三 4 宵韻「漂」字「或作瀌」，「瀌」爲「漂」聲符繁化之異體。

如「額」字上圖本（影）作「額」額，「額」即「額」字，乃聲符繁化。

如內野本、上圖本（八）「楫」字作楫1，上圖本（元）作楫2，偏旁「木」字訛似「才」，其右皆从「戢」，「檝」爲「楫」聲符繁化之異體。

1、義符繁化

如「彊」字《書古文訓》「彊而義彰」作勥，爲勥說文古文強之隸訛，其下偏旁「力」字上增厂作「历」，爲義符繁化。

如「亂」字敦煌本 P2630、上圖本（元）作亂亂，與《隸釋》錄漢石經〈無逸〉、〈立政〉作亂同形，其中所从「又」變作「卅」，義類相同。

如「戮」字足利本、上圖本（影）作戮戮，義符「戈」字繁化變作「戊」。「戲」字上圖本（影）或作戲2，敦煌本 P2516、岩崎本、足利本、上圖本（影）或作戲戲3，左形亦訛與「虛」相混，偏旁「戈」字變作「戊」，類同於《隸釋》錄漢石經〈盤庚中〉、〈無逸〉、〈君奭〉、〈立政〉「嗚呼」作「於戲」「戲」字作戲戲、漢石經殘碑作壹戈石經尚書殘碑，上圖本（元）或从「戎」作戲戲4。偏旁「戈」字繁化變作「戊」、「戎」，其義類相通。

（五）偏旁省減

1、偏旁省略或筆畫省變

如「蠶」字足利本、上圖本（影）作蠶，聲符「朁」省「曰」，義符復省變作从虫。

如「競」字足利本、上圖本（影）省訛作競，《說文》「競」字从誩从二人，此形「言」變作「音」，共用「音」之下形「曰」及「人」形，為敦煌本 S2074、P2630、九條本作競競之省變。

如「飛」字上圖本（影）省形作飛2。

2、聲符省減

如前文「墍」字《書古文訓》作墍1，九條本作墍2，省从旡聲，聲符「既」省作「旡」。

如前文「諺」字《書古文訓》作諺1，乃从彥而省彡，形構為从言、彥省聲。

如「璣」字上圖本（八）或作璣1，《書古文訓》皆多一畫作璣2，《集韻》平聲一8微韻「幾」古作「兂」，此二形聲符「幾」省戈。

如「識」字《書古文訓》〈益稷〉「書用識哉」作識1，岩崎本〈武成〉「識其政事作武成」作識2，與《古文四聲韻》錄作識四 5.26 雜古文、《集韻》「識」古作識同形，此形聲符「戠」省「曰」。

如「織」字敦煌本 P3615、P3169、岩崎本、九條本、內野本、足利本、上圖本（影）、上圖本（八）、《書古文訓》「織」字或作織1，與傳鈔《尚書》古文「織」字作織汗 5.68 織四 5.25、《集韻》入聲 24 職韻「織」字古作織同形，為

从糸散省聲。

如「瀍」字敦煌本 P2748、九條本、《書古文訓》作 **湹湹**，「厘」為「廛」之省形，《說文》广部「廛」字从广里八土，《集韻》平聲三 2 僊韻「廛」字或作「厘」。偏旁「廛」字俗多作「厘」，如《廣韻》「纏」字俗作「纒」下云：「餘皆仿此」，唐碑「纏」、「瀍」、「躔」字旁多有从「厘」者〔註76〕。

3、義符省減

如「眾」字內野本、足利本、上圖本（影）或作 **双**，上从「目」字變作「屮」，其下原从三人之**義符「㐺」（㐺）**字則省減作从二人「从」。

如「義」字足利本、上圖本（影）或作 **羛**，上圖本（八）「儀」字或作 **俴**，偏旁「我」省作「戈」，足利本、上圖本（影）「議」字作 **詃**，**羛**則从「羊」省、「我」省，當省變自作 **羛** 璽彙 2838 **羕** 包山 249 **義** 漢帛書老子甲後 300 **義** 武威簡屯戍 18.4 等形。

如「孟」字敦煌本 P3752 作 **孟**1，其上所从「子」隸變省訛作「口」，漢代作 **孟** 漢帛書老子甲後 237 **孟** 馬王堆.易 8 形；上圖本（八）或作 **孟**2，所从「子」訛作「又」；九條本或又省訛作 **盂**3。

4、偏旁或同形部件省略作「＝」

如前文「歲」字足利本或作 **屮**，與《古文四聲韻》錄 **屮** 四 4.14 崔希裕纂古同形，「山」為「止」之訛，「＝」為表下形省略之符號，又「穢」字足利本或作 **秡**3，右从「歲」字亦作此形。

如「曾」字上圖本（影）作 **曽**2，「會」字足利本、上圖本（影）或作 **會會**，其下「曰」作「＝」，為省略符號。

如「謨」字上圖本（影）〈胤征〉「聖有謨訓」作 **䑾**，下形作「＝」，疑為 **暮** 說文古文謨 **暮** 之省寫。

如「努」字上圖本（影）作 **努**，下半作「＝」為表同形部件省略。

如「讒」字足利本、上圖本（影）、上圖本（八）或作 **譣譣**1，左从「兔」（按少一畫而形似"免"），左下「＝」為重文符號，表其左从二兔之省。上圖本（影）、上圖本（八）或作 **譣譣**2，則未加重文符號「＝」。

〔註76〕參見《尚書隸古定釋文》卷 4.4，劉世珩輯，《聚學軒叢書》7，台北：藝文印書館。

如「綴」足利本、上圖本（影）字或作綴4，偏旁「叕」字下形作「〤」，為同形部件「又」之省略符號「＝＝」。

5、省略義符，以聲符為字

如「聲」字上圖本（八）或作声1，足利本、上圖本（影）、上圖本（八）或變作壴2，皆省略義符，以聲符又省之形為字。

如「圖」字足利本、上圖本（影）或省作啚，與漢碑「圖」字作啚韓勑後碑同形，此為俗字，《廣韻》「圖俗作啚」，《集韻》平聲二 11 模韻「圖」字「俗作啚非是」，「啚」即「啚」字。「圖」字作「啚」乃省略義符，以聲符為字。

如「鼖」字觀智院本、《書古文訓》作賁賁，《說文》鼓部「鼖」字「大鼓謂之鼖。……从鼓賁省聲」，「賁」為「鼖」之聲符，其或體即作「韇」从革从賁不省，《詩・大雅》「賁鼓維鏞」〈傳〉云：「賁，大鼓也」，亦以「賁」為「鼖」字。「鼖」字作「賁」乃以不省形之聲符為字。

如上圖本（八）「譁」字作華，以聲符「華」為「譁」字。

如「逾」字《書古文訓》〈武成〉「既戊午師逾孟津」、〈顧命〉「無敢昏逾」作俞，以聲符「俞」為「逾」字。

如「陽」字《書古文訓》皆作「昜」昜1，敦煌本 P3615、P4033、岩崎本、內野本、上圖本（八）作昜昜2 形，上圖本（影）或作昜3，與「易」字相混。《漢書・地理志》「交趾郡曲昜縣」顏注曰：「昜，古陽字」「陽」為「昜」之後起字，指日之上出，暘、陽、崵三字俱从昜得聲而孳乳分化，从山、从阜皆表日出之處，與「昜」字皆通用，此亦以聲符為字。

如「島」字「島夷卉服」岩崎本作鳥，《集韻》上聲 32 皓韻「島」字古作「鳥」，亦以聲符為字。

（六）偏旁改換

1、聲符更替

如「撫」字上圖本（影）或作抚，右从《說文》「無」之奇字「无」，寫訛似「旡」，聲符以奇字更替。

如「怒」字敦煌本 P2643、P3767、P2748、岩崎本、島田本、內野本、上圖本（元）、足利本、上圖本（影）、上圖本（八）、《書古文訓》多作忞忞忞，魏三體石經〈無逸〉「怒」字古文作忞魏三體同形，《古文四聲韻》錄籀韻「怒」

字亦作[字]四 **4.11**，《說文》誤列[字]爲「恕」字古文，「奴」、「女」聲符更替。「怒」字《書古文訓》或作[字]，與傳鈔《尚書》古文作[字]恕汗 **4.59**[字]恕四 **4.10** 同形，然《尚書》中未見「恕」字此皆誤注。其上從《說文》「奴」字古文從人作[字]，聲符更替爲古文。

如「神」字《書古文訓》或作[字]**1**，爲[字]汗 **1.3**[字]四 **1.31** 之隸古定，又作[字]**2** 形，右下訛作「且」，又作上下形構之[字]**3** 形，與敦煌本《經典釋文‧舜典》P3315「神」字云「又作[字]**3**」同形，「旬」「申」音近，《說文》古文旬作[字]，疑[字]爲旬之變，「神」「祠」聲符更替。

如「旌」字上圖本（八）作[字]，右下作「令」，寫本「今」「令」多混作，此當爲從「今」，「旌」字作「旍」爲聲符更替。

如「琨」字《書古文訓》作[字]與《釋文》曰：「馬本作『瑻』」相合，《漢書‧地理志》亦作「瑻」，《說文》竹部「簜」字下引「夏書曰瑤琨筱簜」，玉部「琨」字或體「瑻」從貫，引「虞書曰楊州貢瑤琨」，段注云：「貫聲在 14 部與 13 部昆聲合韻最近而又雙聲，如昆夷亦爲毌夷。」「琨」、「瑻」爲聲符替換。

如「翼」字內野本、足利本、上圖本（影）、上圖本（八）或作[字]，從羽從戈，寫本「弋」字常多一畫與「戈」混同，此疑爲從「弋」之誤，「弋」與職切，[字]從羽弋聲，「翼」、「狱」聲符更替。

如「飽」字《書古文訓》作[字]，爲《說文》古文作[字]之隸定，其右從「孚」，偏旁「孚」、「包」古相通，如《說文》「桴」字或作「枹」；「孚」古音滂紐幽部，「包」「保」皆幫紐幽部，「飽」字作「飵」爲聲符更替。

如「遷」字足利本〈書序‧咸有一德〉「仲丁遷于囂作仲丁」作[字]，從辵千聲，爲聲符替換。

如「賄」字《書古文訓》作[字]，《玉篇》「賄」與「賄」同，《汗簡》錄王存乂《切韻》作：[字]汗 **3.33**，與此同形，《箋正》謂「別從每聲，《一切經音義》履云：『賄，古文賄』，蓋後漢字書有之，王氏所本，薛本《尚書》『賄』亦作此，〈盤庚〉又以作『貨』字」，金文「賄」字作[字][字]賢簋[字][字]師袁簋[字]兮甲盤，兮甲盤假[字]爲「賄」字，郭沫若謂「賄，當讀爲賄」〔註77〕，古音「有」匣紐之部，「每」明紐之部，「賄」字作「賄」爲聲符更替。

〔註77〕郭沫若，《兩周金文辭大系考釋》，台北：師範大學國文系，頁 144。

2、義符更替

如前文「葬」字內野本、足利本或作₁，上圖本（影）或變作₂，為「莝」之訛變，所從「茻」其下「艹」形更替為「土」，義類相通。

如「哲」字敦煌本 P2643、P3767、P2748、岩崎本、九條本、上圖本（八）、《書古文訓》或作₁，上圖本（元）或作₂，與口部「哲，知也」「悊哲或从心」同，源於「哲」字金文作：曾伯●簠 師望鼎 弔家父匡 克鼎 王孫鐘。「悊」字《說文》又列於心部「悊，敬也」，段注以為「悊」字「『敬』是本義，以為『哲』是假借」。今檢《尚書》各寫本、《書古文訓》「哲」字作「悊」字形者，辭例均作「智」解〔註78〕，用與「哲，知（智）也」無別，其作「悊」者應即「哲」字或體。許師學仁由古璽文字（璽彙 4934），璽文「命」、「言」、「上」、「行」，羅福頤釋「悊」，林素清釋為「哲」，王人聰釋「哲」改讀為「敬命」、「敬言」、「敬上」、「敬行」，謂「《說文》分列二部，義訓各異之『悊』字，或非出於一源，形體偶合耳，叔重分立，正存其實」〔註79〕，偏旁「言」「心」古相通，「言」「口」又相通，「悊」「哲」當是義符更替之異體字。

如「隅」字內野本、《書古文訓》〈益稷〉「至于海隅蒼生」作崼，「隅」、「崼」皆從「禺」得聲，偏旁「阜」「山」義類可通，二字義符更替。《書古文訓》〈君奭〉「丕冒海隅出日」「隅」字作垿，「垿」與「崼」通，偏旁「土」「山」義類可通，又「隅」、「崼」通用，是「隅」、「垿」亦相通，皆從「禺」得聲，二字亦義符更替。

如「騂」字敦煌本 P2748 作₁，所從「辛」字多一畫，《書古文訓》作₂，《玉篇》「牸，赤牛，亦作『騂』」，《集韻》平聲四 14 清韻「騂，牲赤色，或从牛」。蓋「牸」為本字，「騂」字則為義符更替之異體。

如「謨」字敦煌本 P2533、九條本、內野本、足利本「謨」字或作暮，《書古文訓》〈伊訓〉〈君牙〉二例亦作暮，與傳鈔《尚書》古文「謨」字作汗 1.6、四、《說文》古文謨从口作同形，偏旁「言」「口」古相通，如「詠」

〔註78〕〈說命上〉明哲實作則、〈大誥〉爽邦由哲、〈康誥〉往敷求于殷先哲王、〈酒誥〉在昔殷先哲王迪畏天、經德秉哲、〈召誥〉茲殷多先哲王在天、自貽哲命、今天其命哲、〈無逸〉茲四人迪哲、〈呂刑〉哲人惟刑。

〔註79〕說見：許師學仁〈釋哲〉，《古文四聲韻古文研究》，台北：文史哲出版社，1999，頁 169。

或從口作「咏」。又如「譁」字《書古文訓》作▨1，右作「華」字篆文字形隸古定，敦煌本 P3871、內野本作▨2，九條本稍變作▨3，上圖本（八）作▨4，皆爲「嘩」字，爲「譁」字義符更替之異體。

如「杌」字敦煌本 P3871 作▨1，與《書古文訓》作▨2 類同，九條本作▨3，爲此形之訛，此字字書未見，疑爲從尸兀聲「尾」字之訛變，乃「阢」字義符更替之異體。

如「鼓」字敦煌本 P2533、足利本「鼓」字或作▨2，偏旁「支」字變作從「攴」，《說文》攴部「鼔」字訓擊鼓也，與「鼓」當爲一字，從「支」、從「攴」皆象手持鼓棰擊之，義類可通，二字爲義符更替之異體。敦煌本 P5557、九條本、內野本、足利本、上圖本（影）、上圖本（八）「鼓」字或從皮作▨，「鼓」當爲「鼓」字之異體，漢碑作▨張景碑▨禮器碑，《隸辨》云：「《廣韻》引《說文》作『鼓』從皮，今本《說文》作『鼓』從支，《說文》云：『鼓，郭也，春分之音，萬物郭甲皮而出，故謂之鼓』，既曰『郭甲皮而出』，則字當從『皮』」，「鼓」「鼓」亦義符更替，一就其質材從「皮」，一就擊鼓義從「支」。《尚書》隸古定寫本中偏旁從「鼓」之字，皆或作從異體「鼓」、「鼓」字，如「鼗」字足利本、上圖本（八）作▨1，所從「鼓」字作「鼓」；上圖本（影）作▨2，復上形訛作「士」；內野本作▨3，左下訛作「豆」；如「瞽」字內野本作▨1，其上從支部「鼓」字，敦煌本《經典釋文・堯典》P3315「瞽」字作▨1，右上從「皮」之訛變，敦煌本 S801、P2533、P5557、九條本、足利本、上圖本（影）、上圖本（八）或作▨2，皆偏旁皆從「鼓」。

如「泥」字《書古文訓》作▨，爲傳鈔《尚書》古文「泥」字作▨汗 6.73▨四 1.28▨四 4.14 之隸定，《六書統》「坭」同「泥」，《集韻》「泥」字或作「坭」，黃錫全謂「按水與土義近，『坭』蓋『泥』字別體」並以《說文》「坻」字或作「汱」、「渚」爲例〔註 80〕。

如「戛」字內野本、足利本、上圖本（影）、上圖本（八）、《書古文訓》或作▨▨，《說文》戈部「戛」字從戈從百，「戛」字當爲從「頁」之隸變，如「憂」字從「頁」隸變作▨武榮碑。偏旁百、頁可通，「戛」、「戛」爲一字。

如「儀」字《書古文訓》「鳳皇來儀」作▨，《玉篇》立部「䇄」古儀字，

〔註 80〕參見：黃錫全，《汗簡注釋》，武漢：武漢大學出版社，1993，頁 455。

偏旁「人」、「立」義類可通。

如「稟」敦煌本 P2516、岩崎本、上圖本（元）「稟」作稟稟，其下從「米」，米、禾義類相通，「稟」字金文即從禾或從米：▨召伯簋 ▨寰卣，古璽或從米▨璽彙 0327▨璽彙 0313。

（七）偏旁或部件類化

如「讒」字敦煌本《經典釋文・舜典》P3315 作讒1，上圖本（元）作讒1，內野本或作讒2 同，原右偏旁「毚」從毚從兔，此形作從二「兔」，乃偏旁類化。

如「顛」字《書古文訓》或作顛1，敦煌本 P5557、P2516、上圖本（元）、上圖本（八）或作顛顛2，從二真，偏旁「頁」字與左形「眞」形近相涉而類化。九條本「顛」字或作頁，從二頁，偏旁「眞」字與右形「頁」形近相涉而類化。

如「變」字足利本、上圖本（影）作變1，其下「又」變似「大」，上圖本（八）或作變2，其下作「灬」；敦煌本 P4509 作變3，其下從「火」，上形訛作繺。諸形其下「大」、「火」、「灬」形皆為「又」與上形所從「火」相涉而類化，偏旁「火」常與「大」混同。

如「稽」字九條本、觀智院本或作稽稽，此形從二首，其左側為「旨」字俗體旨之訛誤，復涉右側偏旁「首」而類化成「䭫」字。

如「繇」字上圖本（影）或作繇，左下「缶」訛作「糸」，乃與其右「系」省作「糸」相涉而類化。

（八）形構更易

1、為形聲會意、形聲象形之異構

如「頮」字《書古文訓》作頮，《說文》無「頮」字，《儀禮》〈內則〉、〈玉藻〉作頮，《玉篇》殘卷頁 378 以「沬」為《說文》篆文「頮」字，「頮」為古文：「頮，呼憒反，尚書『王乃洮頮水』。野王案《說文》『頮，洒面也』，《禮記》『面垢燂湯請頮』是也，《說文》此亦古文『頮』字也」，《說文》「沬」字下段注謂「頮」字從面貴聲「蓋漢人多用『頮』字」，「頮」字形構為「從二手匊水而洒面，會意也」，異體作「頮」則為形聲字。

「恥」字內野本、足利本、上圖本（影）、上圖本（八）或作恥1，為恥恥

形之訛變，此形所从「心」與「止」作 S799 居延簡.甲 11 武威醫簡 70 魯峻碑形近而混，漢碑「恥」字即有變作从「止」之形：譙敏碑，《說文》心部「恥」字从心耳聲，此形變「心」為與之形近且與「恥」音近之「止」旁，而作从耳止聲，「恥」「耻」為形構相異之異體字。岩崎本「恥」字作「耻」，字形或作 ₂₃，「止」旁訛作「正」、「山」等形。

如「話」字《書古文訓》或作 ₁，《古文四聲韻》錄籀韻作：四 4.16，《玉篇》舌部「舙」字古文「話」，疑「舙」為「話」字會意之異體。

2、聲符、義符或偏旁皆更替

如前文「襲」字《書古文訓》作 ，同形於傳鈔古文「襲」字 四 5.22 古老子、「習」字作 汗 5.68 義雲章 四 5.22 義雲章，《箋正》謂「(習.汗 5.68 義雲章)『習』非，夏『習』『襲』下兩出之字从戈習聲，是後世別造侵襲人國字」，「習」、「襲」古音皆屬邪紐緝部，音同相通，「襲」字作「戠」為聲符、義符皆更替之異構異體字。

如前文「分」字內野本、觀智院本、足利本或作 ，為分別字 之隸定，甲骨文作 甲 346 前 2.45.1，《說文》八部「兆」字篆文 「兆 ()，分也，从重八。八，別也，亦聲」，與「分」字「別也，从八刀，刀以分別物也」為偏旁皆異之異體字。

如「危」字《書古文訓》皆作 ，《玉篇》山部「峗」、「峞」字云「人在山上，今作危」，皆為傳鈔《尚書》古文作 汗 4.51 四 1.17 之隸古定，戰國作 郭店.六德 17 璽彙 0122 璽彙 3171 璽彙 3335，亦从人在山上，與「危」字為偏旁皆異之異體字。

如「班」字《書古文訓》多作 ，《說文》玉部「班，分瑞玉」，即由〈堯典〉「班瑞于群后」得義，又《說文》攴部「攽，分也」，《周禮·宮伯》：「頒其衣裘」鄭玄注：「頒，讀為班。班，布也」，「攽」、「班」音義俱同，為偏旁皆異之異體字。

如「撫」字內野本、上圖本（八）、《書古文訓》多作 ₁，與傳鈔《尚書》古文作 汗 1.14 四 3.10、魏品式石經「撫」字古文作 魏品式同形，四 3.10 所从「亡」訛變內野本或偏旁「亡」字寫似「己」作 ₂，敦煌本 S799 或作 ₃，其左亦「亡」之訛變。《說文》攴部「攺」字「撫也，从攴亡聲，讀

與『撫』同」，「撫」「𢾭」二字同，聲符「無」「亡」古本相通，義符「攵（攴）」「手」義類同。

又如「拊」字《書古文訓》皆作𢾭，以「𢾭」（撫）爲「拊」字。《說文》「撫」字「安也，一曰揗也（按段注本改作揗）」，「拊」字，揗也，段注曰：「揗者，摩也，古作『拊揗』，今作『撫循』，古今字也。」《漢書‧西域傳下》作「子拊離代立」顏師古注「拊，讀與撫同」，《爾雅‧釋訓》「辟，拊心也」，《釋文》「拊本亦作撫」。「𢾭」亦「拊」字聲符、義符皆異之異體字。

如「奔」字《書古文訓》作牪，與楚簡作𣦵包山 6 𣦵𣦵 天星觀.策同形，從三「牛」，爲會意字，爲「奔」字從「夭」、三「止」象疾走之跡多之會意異構之異體，源自金文作𠦻 盂鼎。《說文》「奔」字「走也，從夭賁省聲，與走同意，俱從夭」，三「止」訛作三「屮」作𢍁 效卣 𠦻 克鼎 𠦻 中山王鼎，《說文》誤釋作從「賁」省聲。

𣏂汗 4.51 𣏂歧.四 1.15 𣏃《汗簡》錄古尚書「岐」字作：𣏂汗 4.51，《古文四聲韻》錄此形爲「歧」字：𣏂四 1.15，「歧」當是「岐」之誤，皆同形於《說文》邑部「郂」字古文作𣏂從枝從山，「岐」爲「郂」字或體。《書古文訓》「岐」字作𣏃，爲此形之隸定。

「岐」字上圖本（影）或作𡊫1，上圖本（八）或作𡊫2，義符「山」字作「土」，其義類可通，𡊫2 形所從之「支」訛作「攴」。𡊫1𡊫2 爲「岐」字，義符、聲符皆異之異體。

（九）偏旁易位

1、左右偏旁易位

如「相」字《書古文訓》則多作眛，偏旁「木」、「目」左右易位，與《汗簡》錄「相」字作古孝經𣕅汗 2.15 類同，𣕅汗 2.15 左爲「目」之訛。

如「朏」字九條本、《書古文訓》作𦜳朏，《集韻》上聲五 7 尾韻「朏」字古作「𦜳」，源自金文作𨶔九年衛鼎𨶔吳方彝。

2、上下偏旁易位

如「崇」字敦煌本《經典釋文‧舜典》P3315 作宮1，下云「古崇字」，敦煌本 S799、上圖本（八）、《書古文訓》「崇」字或作宑宑1，與傳鈔《尚書》古文「崇」字作𡨄汗 4.51𡨄四 1.11 類同，𡨄四 1.115「宗」形寫誤，《漢書‧郊祀志》

「崈高」，顏師古曰：「崈，古崇字」，袁良碑亦作「崈」，此「山」形下移。唐寫本《玉篇》山部「崇」字下「崈」字云：「《說文》『崇』字山或在宗下」，是《說文》「崇」下應有或體「崈」字。上圖本（元）「崇」字或作 崟，爲「崈」之寫誤。

3、上下形構變作左右形構、左右形構變作上下形

如前文「吁」字《書古文訓》「吁」字或作 号1，與傳鈔《尚書》古文「吁」字作 𠮩汗 1.6 𠮩四 1.24 同，《汗簡箋正》謂 𠮩汗 1.6 此形「移篆」，偏旁左右形構易作上下形構。

如前文「識」字《書古文訓》多作 戠，移偏旁「言」字於下，與「織」字作 戠 類同。

如「穢」字《書古文訓》作 𣨛1，移「禾」於左下，其上「歲」字形與傳抄古尚書 𣨛汗 5.68 𣨛六 275 同形，《集韻》去聲七 20 廢韻「薉」字「《說文》蕪也。或从禾作『穢』，古作『𣨛』」。敦煌本 P2643 作 𣨛2，當 𣨛1 形之訛，左下「小」形爲「禾」所訛變，岩崎本或作 𣨛3，復「止」形訛作「山」；內野本、足利本、上圖本（影）、上圖本（八）或作 𣨛4，左下訛變作「衣」，此亦「穢」字作 𣨛1 形之訛。

如「島」字上圖本（影）作 嶋，移偏旁「山」字於左，《集韻》上聲 32 皓韻「島」字亦書作「嶋」。

如「謨」字敦煌本 P3752、內野本、《書古文訓》或作 𧦬 𧦬 𧦬，移偏旁「言」字於下，爲上下形構，與漢碑或作 𧦬楊統碑同形。

如「均」字《書古文訓》作 𡎟，移「土」於下，源自金文作 𡎟蔡侯鐘。

如「惕」字上圖本（八）、《書古文訓》或作 惥1，岩崎本或作 惥2，移「心」於下，與傳鈔《尚書》古文「惕」字作 惥汗 4.59 惥四 5.16 同形，源自 惥趙孟壺。

如「海」字敦煌本《經典釋文・舜典》P3315 作 𣴚，下云「古海字」，尚書敦煌諸本、日諸古寫本、晁刻古文尚書、《書古文訓》多作 𣴚𣴚1，與傳鈔《尚書》古文「海」字作 𣴚汗 5.61 𣴚四 3.13 同，《書古文訓》或缺筆作 𣴚2，皆作水旁下移，與「洛」字作 𣺴汗 5.61 古尚書 𣺴四 5.24 古尚書 𣺴書古文訓類同。〈周官〉「統百官均四海」足利本、上圖本（影）「海」字則「水」旁移於上作 𣴚。

如「略」字敦煌本 P3615、上圖本（八）作 畧，移偏旁「田」字於上。

4、其他

如「璧」字《書古文訓》作 璧1，漢碑作 璧堯廟碑 璧史晨奏銘，皆移「王（玉）」於左下。

如「聲」字內野本作 𣪊1，或少一畫作 𣪊2，與漢〈趙寬碑〉作 𣪊同形，爲《說文》「聲」字篆文 𦕤之隸定，偏旁「耳」字移於左下。

如「麋」字內野本、足利本、上圖本（影）、上圖本（八）作 麋麋，移「木」於右下。

如「徵」字敦煌本《經典釋文・舜典》P3315、P3752、島田本、九條本、上圖本（八）作 嶶嶶，移「山」形於上。

如「囂」字上圖本（元）、《書古文訓》作 㘚，移「吅」於左右兩側，與漢代作 㘚武威簡・泰射114 㘚漢印徵同形。

如「岱」字岩崎本作 𢁇1 𢁇2，乃變自漢碑 𢁇孔宙碑 𢁇華山廟碑形，偏旁「亻」字省作，𢁇2 形復與「戈」形相合，訛變作從「戉」，此形移「山」於內。

（十）偏旁、部件或字形訛混

1、偏旁或部件訛混

如前文「困」字敦煌本 S801、S2074、岩崎本、九條本、內野本、上圖本（八）「困」字或作 㭒1，九條本或作 㭒2，爲《說文》古文作 㭒、傳鈔《尚書》古文「困」字作 㭒汗3.30 㭒四4.20 之隸定作 㭒㭒㭒形訛變，上所從「止」訛作「山」。足利本、上圖本（影）〈太甲中〉「惟明后先王子惠困窮」「困」字作 㭒3，其偏旁「止」訛作「山」、又其下「木」訛作「水」。

如「鼗」字內野本、足利本、上圖本（影）、上圖本（八）「鼗」字作 𪔛，從黽從兆，「黽」疑爲「革」字古文作 革、𩍌鄂君啓車節 𩍌郭店・唐虞12 之誤，如戰國「鞄」「鞞」、「鞍」字從古文革作 𩍌璽彙3544 𩍌陶彙3.405 鞄・從缶（陶）省聲 𩍌天星觀 𩍌隨縣35，𪔛當爲「鞀」字或體 𩍌從革從兆作上下形構、又偏旁「革」訛誤作「黽」。

如「漆」字九條本、觀智院本或作 㳰，右從「桼」字隸變訛作「来」，與「來」字隸變形混同，變自漢代作 㳰禮器碑 㳰漢印徵等，再變作 㳰魏廣六尺帳橋，與此形類同。張涌泉謂「按：『淶』爲『漆』的俗訛字。《新莽侯鉦》『桼』

字作『来』，《鄭固碑》『膝』字作『脉』，《廣韻‧質韻》載『漆』俗作『潻』（《鉅宋廣韻》本），皆可資比勘」〔註81〕。

　　如「舞」字內野本、足利本、上圖本（影）〈舜典〉「百獸率舞」「舞」字作𦬹，爲𦬱說文古文舞隸變作𦬹𦬹𦬹形之訛，所从「亡」已形訛誤作「言」。又「撫」字《書古文訓》〈皋陶謨〉「撫於五辰」作𢻲，當是作「撫」之異體「攺」字之訛，亦偏旁「亡」訛誤爲「言」。

　　如「稟」字內野本、足利本、上圖本（影）、上圖本（八）作寍稟，偏旁「禾」訛與「示」混同。

　　如「祇」字九條本〈蔡仲之命〉「蔡仲克庸祇德」、〈君奭〉「惟其終祇若茲」作祗，左偏旁「示」字誤多一點作「礻」，與偏旁「衣」字相混。

　　如「楫」字岩崎本作楫，右所从「咠」訛與「胥」字作胥混同，《龍龕手鏡》「揖」字作「揖」，右形與此同。敦煌本 P2643 作揖，則偏旁「木」字訛作「扌」。

2、因偏旁訛誤、筆畫變化而與他字混同

　　如「祇」字下加一畫與「祇」混同：內野本「祇」字或作祗，其下加一畫誤爲「祇」字。

　　如「弋」字誤多一筆與「戈」字混同：上圖本（影）「弋」字誤多一筆作戈。

　　如「弔」字筆畫變化訛與「予」混同：岩崎本、內野本、上圖本（元）、足利本、上圖本（影）、上圖本（八）「弔」字或作𢎘予，訛作「予」字，爲「弔」字敦煌本 P2643、P2516、P2748、足利本、上圖本（影）、上圖本（八）或作予帛形之再變。

　　如「無」字作「毋」筆畫訛與「母」混同：《書古文訓》〈洪範〉「遵王之道無有作惡」作母，爲「毋」字筆畫訛誤與「母」字混同，今本〈洪範〉「無」字《書古文訓》多作「毋」。

　　如「承」字筆畫變化與「羕」混同：神田本、岩崎本、九條本、內野本、上圖本（元）、足利本、上圖本（影）、上圖本（八）多寫作羕羕₁形，岩崎本、上圖本（元）或少一畫作羕羕羕₂，乃「承」字兩側「㕣」（廾）形下移，羕羕₁訛似从羊从水，與「羕」字形訛混。

〔註81〕張涌泉，《敦煌俗字研究》漆字條，頁 305（上海：上海教育出版社，1996）。

　　如「拊」字筆畫變化與「折」混同：上圖本（八）或作 [拊]1，偏旁「付」
筆畫變化，上圖本（八）又或訛作 [折]，偏旁「付」字筆畫訛變似「斤」形，與
「折」字混同。

　　如「戍」字筆畫訛誤與「戊」、「成」、「戌」混同：敦煌本 P3871 訛少一畫
作 [戍]1，九條本訛作 [戍]2，誤爲「成」字；內野本、上圖本（影）、上圖本（八）
作 [戍]3，與「戌」字混同。

　　如「草」字作「屮」而筆畫變化與「巾」訛混：岩崎本「草」字或作 [屮]1，
觀智院本或作 [巾]2。

　　如「蒼」字字形訛變與「鎗」混同：足利本、上圖本（影）「蒼」字作 [鎗]，
乃魏品式三體石經古文作 [苍]魏品式、《書古文訓》隸變作 [苍] 之訛誤，其下筆畫
增加訛寫从「金」，而誤作「鎗」字。

　　如「趨」字俗訛字形與「趍」混同：內野本、觀智院本、上圖本（八）「趨」
字作 [趍][趍]，所从「芻」訛變作「多」，與漢簡、漢碑「趨」字或作 [趍]武威簡.
泰射48 [趍]西狹頌同形，《廣韻》上平 10 虞韻「趨」字俗作「趍」「本音池」。「趨」
「趍」音義俱異，《說文》走部「趍」字訓「趍趙夂也」，段注云：「『趍趙』雙
聲字，與『峙踞』、『虁箸』、『蹢躅』皆爲雙聲轉語」。「趨」字俗訛作「趍」，乃
「芻」俗寫形近訛誤作「多」，非二字通同，如尙書敦煌本 P3871、九條本「芻」
字作 [芻]，此爲「蒭」字，其所从「芻」訛變作 [多]，《集韻》平聲二 10 虞韻「芻」
俗作「丑」，「丑」即 [丑]（[鄒]鄒.孔宙碑）形之變，《隸辨》謂「諸碑從『芻』之字
多省作 [丑]」，此形又變作 [多]，與「多」字變作 [多][多] 形混，故「趨」字所从「芻」
字形俗訛混作「多」。

　　如「叢」字字形省訛與「菆」字混同：「叢」字《書古文訓》皆作 [菆]，與
《古文四聲韻》「叢」字錄王存乂切韻作 [菆]四1.10 同形，魏安豐王妃墓誌「叢」
字作 [叢]〔註82〕，疑 [菆]書古文訓、[菆]四 1.10 王存乂切韻爲叢之變，乃「叢」字訛省
作 [最][叢] 之再省變。《說文》艸部「菆」字：「麻蒸也，从艸取聲，一曰蓐也」側
鳩切，「叢」字訓聚也、徂紅切，與之義異，其訛省作 [菆]書古文訓、[菆]四 1.10 王
存乂切韻形與艸部「菆」字相混同。

〔註82〕參見《廣碑》頁 405，轉引自徐在國《隸定古文疏證》，頁 60「叢」字條（合肥：
　　　　安徽大學出版社，2002。

　　如「續」字偏旁「賣」訛變與「續」混同：「續」字〈文侯之命〉「嗚呼有續予一人永綏在位」上圖本（影）作「續」續1，內野本作續2 但由其塗改之跡可推知原亦作「續」，乃「續」字偏旁「賣」作陶彙 3.1175 郭店.太一9 與「續」之古文「賡」（賡.說文古文續 續四5.6 說文）相訛近，故誤入「續」下，如《書古文訓》或作繢5繢6繢7，與「續」之古文「賡」相訛混，又「續」「賡」韻近，故「續」字有作「續」字者。「續」「續」二字形漢碑亦見訛近，如《隸辨》「續」字下錄續度尙碑「－莫匪嘉」續楊統碑「考－丕論」，按云「即『續』字，字原誤釋作『續』」。

　　如「後」字作逡偏旁「夋」形訛變誤作「逡」：「後」字《書古文訓》「汝無面從退有後言」作逡，《說文》辵部逡字「遷徙也」弋支切，與「後」字音義皆異，此當爲「後」字古文後隸定作逡之訛，偏旁「夋」形訛作「多」，誤作「逡」。

　　3、字形訛混

　　如前文「攸」字《書古文訓》或作卣1卣2，爲傳鈔《尙書》古文作攸攸.汗1.9卣攸.四2.23之隸古定，與「乃」字作「迺」《說文》篆文作卣之隸古定卣卣相混同。

　　如前文「亂」字觀智院本或作䇂，由傳鈔《尙書》古文「亂」字作䇂汗1.13四4.21 形隸訛，其上爪形變作亠與中間訛變作吉合書作「言」形，與「率」字由率說文篆文變作䇂再變作从糸作䇂等形相訛混。上圖本（影）或變作䇂，與「率」字變作䇂相混。內野本、足利本、上圖本（影）、上圖本（八）「亂」字或作䇂，乃訛誤與「率」字混同，乃由「𤲃」字篆文隸訛作䇂，其上爪形又變作「亠」訛誤作䇂。又「亂」字內野本或作乱，左旁注「乱」（乱乱），乃源自「亂」字秦簡省變作亂雲夢.爲吏27，再變作乱漢帛書老子甲126乱孫子186，而與「乳」字形混同。

　　如「惡」字《書古文訓》〈泰誓下〉「除惡務本」作疋，乃作「亞」字形訛誤與「弗」字作疋混同。

　　如「無」字作奇字「无」訛誤與「旡」混同：足利本〈多士〉「惟爾洪無度我不爾動」、〈無逸〉「殺無辜」「無」字作旡，爲奇字「無」作「无」之誤，同句上圖本（影）皆作「无」字。

如「繼」字作🔲與「絕」字古文亦或作🔲混同：《書古文訓》〈無逸〉「繼自今嗣王」「繼」字作🔲1，合於《說文》「繼」字下云「一曰反🔲爲繼」小徐本、段注本作「或作🔲，反🔲爲繼」，🔲爲「絕」字古文，然楚簡🔲郭店老子甲1🔲郭店老子乙4🔲包山2499等亦爲「絕」字，🔲1當原亦「絕」字，漢代則用🔲爲「繼」以爲「反🔲爲繼」，如《說文》、《隸釋》〈帝堯碑〉「繼」字作🔲帝堯碑「△擬前緒」謂「🔲即繼」。內野本「繼」字作🔲2，與九條本、內野本「絕」字或作🔲同形。

如「攸」字〈君牙〉「率乃祖考之攸行」足利本作🔲1，上圖本（影）省作🔲2，足利本旁更注「攸」字（🔲），此皆爲「攸」字作🔲形訛作🔲形，進而訛誤與「道」字相混。

（十一）形體訛變

如前文「馳」字《書古文訓》作🔲，爲傳鈔古文「馳」字🔲汗4.54石經四5.4之隸古訛變，其左從《說文》「馬」字古文🔲，「也」字楚簡作🔲郭店.語叢3.66。🔲之🔲爲「也」字訛變，其左從古文「馬」字訛省作🔲形。

如九條本「漆」字或作🔲，右爲「桼」字俗體「㯃」之訛變，形作重「来」，或由🔲漢石經.春秋.襄21訛變。

如「欽」字上圖本（元）或作🔲，爲篆文🔲之訛變，「金」之點畫相連拉成橫畫且偏於右側訛寫成🔲，🔲即欠🔲（篆形）、🔲（金文.魚鼎匕）之訛。

第四節　小　結

本章就出土文獻、傳鈔古文、隸古定寫本、刻本等各類各本傳鈔古文《尚書》文字與今本《尚書》文字形構相比對，觀察及分析其形構特點，可以得見古本《尚書》各本不同文字階段的字形，多數與其前代或前一字體演變階段具有相承關係，而《說文》引古文《尚書》文字也多與古本《尚書》所見一致。

戰國楚簡所引《尚書》文字與今本《尚書》文字形構相比對，因屬戰國楚文字，故具有楚系文字特有形構，或戰國文字特有形體，而與甲金文形構相異，又有承於甲金文等古文字階段所沿用之字形，或爲源自甲金文書寫變異或訛變之戰國文字形體。

魏石經《尚書》三體字形與今本《尚書》文字形構相比對，其相異者或爲甲骨文、金文等古文字之沿用、或源自甲金文或其書寫變異、訛變；而爲戰國

文字形構或其訛變，又爲《說文》古籍或體等重文或其異構者，實佔多數。魏石經《尚書》三體字形與今本《尚書》文字形構相異者的特點：一是筆畫、偏旁的繁化、省減或訛變，二是偏旁的改換，如聲符更替、義符更替，三是形構的更易，如聲符以義符更替、形構爲形聲會意之互異，或聲符、義符皆更替。

　　《汗簡》、《古文四聲韻》、《訂正六書通》等傳鈔著錄古《尚書》文字與《說文》引《尚書》文字、魏石經《尚書》古文等字形多類同，此外有一些字形誤注爲他字，或混有其他史書、古書等古文而不屬於古《尚書》文字。其與今本《尚書》文字形構相比對，構形相異的特點是傳鈔古《尚書》文字因歷經傳抄摹寫，而致形體多訛變；又有許多形構的更易，尤其是聲符更替、因聲假借的文字；或其著錄所標注字爲《尚書》文字的假借字。

　　隸古定本《尚書》文字與今本《尚書》文字相比對，其構形相異者多數與傳鈔著錄古《尚書》文字與《說文》引《尚書》文字、魏石經《尚書》古文等字形類同，乃承襲甲、金文或戰國古文形構，並且有許多字形可由其他傳鈔著錄古文相證。其文字特點是形體訛亂，混雜許多篆文不同隸定、隸書俗寫及抄寫過程求簡或訛作的俗別字。

　　隸古定本《尚書》文字與今本《尚書》文字構形相異者，雖然幾乎可由傳鈔著錄古《尚書》文字、或其他傳鈔著錄古文找到字形相證，但這些傳鈔古文抄錄形體及成書時代正在隸變、楷變文字尚無定體的漢魏六朝，《尚書》隸古定本亦正是六朝迄五代、唐代寫本，二者字形多可相證主要原因，正是文字書寫形體本是其時代所使用者，因此《尚書》隸古定本文字與傳鈔古文相類同者，並不必然是古本《尚書》古文字形加以隸古定的原貌，其中雜有許多當代文字尚無定體的各種俗寫形體。如「刑」字敦煌本《經典釋文·堯典》P3315 作 𠛬，與《古文四聲韻》錄「形」字作 𠛬 四 **2.21** 崔希裕纂古同形，內野本、足利本、上圖本（影）、上圖本（八）或作 𠛬，當爲 𠛬 形又變，此爲「刑」字之訛變，「形」字岩崎本作 𠛬，與 𠛬 P3315 刑、𠛬 四 **2.21** 崔希裕纂古.形相類，而可見由「刑」訛變之跡，其上一橫拉長，其下 𠛬 猶保有「刑」之形體，𠛬 之右 𠛬 可見「刂」（刀之篆形 𠛬 隸寫）、「夂」（彡俗多作此形）之重疊，吳承仕〈唐寫本尚書舜典釋文箋〉﹝註83﹞謂 𠛬 P331「字引長首畫，即變爲『刑』，故訛作 𠛬。本非古文，

﹝註83﹞吳承仕〈唐寫本尚書舜典釋文箋〉，《國華月刊》第 2 期第 3.4 冊，1925，1.2 月。

寫者偶誤作此形……」。並非源自古文的隸古定字，而是寫者俗書。因此隸古定本《尚書》文字形構與著錄古《尚書》文字、傳鈔古文字形可相證者，尚須與甲、金、戰國古文相比對，上溯其源，方能尋繹古《尚書》古文形體原貌、《古文尚書》的古文原字，而不誤以六朝至唐代的俗寫字形為古文。

第二章 傳鈔古文《尚書》隸古定本之文字形體類別及其探源

　　本章傳鈔古文《尚書》隸古定各本字形體類別及其探源，乃就隸古定《尚書》敦煌等地古寫本、日本古寫本、刻本《書古文訓》等所使用之文字形體加以討論。孔安國「以校伏生所誦，爲隸古寫之」〔註1〕，歷經東晉「范寧變爲今文集註」〔註2〕將之改用今字且作集註，《隋書・經籍志》有《今字尚書》，至唐代而有今字本《尚書》。最初的《尚書》隸古定本都是用由隸書演變而來的正楷筆畫寫成，今日所見敦煌等地古寫本、日本古寫本之隸古定《尚書》中隸古字也有改用通行的正體字，並且混有別體和俗字等其他文字形體，《敦煌俗字譜・序》即云敦煌寫本文字形體之混亂：「考現存敦煌卷子，乃六朝迄五代寫本。其時雕版未興，書皆手寫。值隸變之後，繼以楷變，鈔寫文字，無定體可循，故滿紙訛俗，幾至不可卒讀」。

　　唐陸德明《經典釋文・序錄・條例》謂「《尚書》之字本爲隸古，既是隸寫古文，則不全爲古字。今宋、齊舊本及徐、李等《音》所有古字蓋亦無幾。穿鑿之徒，務欲立異，依傍字部，改變經文，疑惑後生，不可承用。」至宋代崇

〔註 1〕 （唐）陸德明，《經典釋文》，北京：中華書局，1983，頁 2。
〔註 2〕 （唐）陸德明，《經典釋文》，北京：中華書局，1983，頁 2。

尚古文字風氣鼎盛，多次刊印隸古定《尚書》〔註3〕，今僅薛季宣《書古文訓》全書俱存，其中「僞訛迭見，而有據者尚多，於魏石經古文及唐卷子隸古中猶可考見其淵源」〔註4〕，如《書古文訓》「顛」字凡六見：

顛	石經	敦煌本	岩崎本／神田本b	九條本／島田本b	內野本	觀智院b／上圖（元）	足利本	上圖本（影）	上圖本（八）	書古文訓
惟時羲和顛覆厥德	顛 P5557		顯					顛	顛	胤征
若顛木之有由蘗		顛	顯		顛			顛	顛	盤庚上
顛越不恭	顛 P2643 / 顛 P2516	顛			顛				顗	盤庚中
今爾無指告予顛隮若之何其	顛 P2643 / 顛 P2516	顛		顛	顛			顛	顗	微子
王子弗出我乃顛隮	顛 P2643 / 顛 P2516	顛		顛	顛				顗	微子
有若散宜生有若泰顛	顛 P2748						顛		顗	君奭

〈盤庚中〉、〈微子〉、〈君奭〉四處「顛」字皆從二「眞」作顗，與敦煌本P5557、P2516、P2748同形，日寫本上圖本（元）、上圖本（八）亦或作此形，皆由唐人俗書別體而來，偏旁「頁」字與左形「眞」形近相涉而類化，可知宋代尚有唐本流傳，宋代刊刻本《書古文訓》之文字形體當有據於唐本，然其文字形體混雜隸古定字或古文、篆文、隸書之隸寫以及俗字別體等等，形體訛亂

〔註3〕說見隸古定《尚書》於宋代經多次刊刻，可知者有四種：呂大防據唐寫本刻《古文尚書》、晁公武取呂大防本石刻《古文尚書》、金履祥《尚書表注》謂「今辰州有《古文尚書》版、薛季宣撰《書古文訓》。今日可見者僅薛季宣《書古文訓》全書及晁公武石刻《古文尚書》殘字。

〔註4〕說見：顧頡剛《尚書文字合編》出版預告，顧頡剛、顧廷龍輯，《尚書文字合編》，上海：上海古籍出版社，1996，〈前言〉，頁24。

之情況亦不下於隸古定寫本所見。

　　傳鈔古文《尚書》隸古定本中部分文字形體雖與今字正楷筆畫相異而看似古文字形之隸古，卻實爲隸書俗寫字形，而非眞正隸定古文的「隸古定字」，有些則是篆文隸變不同，或爲隸寫篆文的隸古定形體。故《尚書》隸古定本之敦煌等古寫本、日寫本、刻本《書古文訓》等文字形體之類別須先加以探析、考見其淵源，以析分出眞正的隸定古文之「隸古定字」，方能進一步探討隸古定字之形體演變。隸古定本《尚書》中或有與今本不同文字，但見於傳抄《尚書》古文、魏石經《尚書》字形，雖已隸定作今日正楷字，亦應是古文《尚書》隸古定本文字面貌其一，因此於本章入《尚書》隸古定本之文字形體探源。這類文字形體已改寫爲楷書形體者，不列入**隸古定字形體變化**等章節討論範圍，若字形仍見改寫古文字之跡者，則討論其由古文字而隸古定字、終至楷書之字形演變，如「荒」字，敦煌本 P2533、P2643、P2516、S2074、岩崎本、九條本、《書古文訓》或作 荒荒荒，爲傳抄《尚書》古文作 汗 5.62 四 2.17 之隸定，荒荒荒 字形已與楷書「𣎴」字無異，而《書古文訓》〈禹貢〉「五百里荒服」「荒」字作「𣎴」字隸古定字形 𣎴，𣎴 屬於隸古定字形體。因此於《尚書》隸古定本之文字形體探源中，荒荒荒 仍列入討論而屬於「篆文之隸定」，𣎴 屬「篆文形體之隸古定」；於隸古定字形體變化中，荒荒荒 不列入討論，𣎴 爲隸古定字，類屬隸古定字形體演變之「筆畫變化」。文字形體

　　傳鈔古文《尚書》隸古定各本文字形體，經由與各類出土文字資料、傳鈔古文、字書及篆隸等書體比對辨析，依隸古定《尚書》敦煌等地古寫本、日本古寫本、刻本《書古文訓》等三類各本文字形體，透過表格列出相關出土資料文字、傳抄古文、《玉篇》、《集韻》、《說文》等所錄古文字形做爲參證，以梳理隸古定古本《尚書》各本文字形體之類別、淵源。表格中「探源說明」一欄簡要說明其該字形與各文字階段之變化關係，詳細說明則參見論文【第二部份　傳鈔古文《尚書》文字辨析】。

第一節　隸古定《尚書》敦煌等古寫本文字形體探源

一、源自古文字形之隸定、隸古定或隸古訛變

（一）為傳鈔《尚書》古文與《說文》古籀等或體字形相同者之隸定、隸古定或隸古訛變

今本尚書文字	隸古定尚書敦煌等古寫本字形	探源說明	出土文獻尚書		傳抄古尚書			參證		
			戰國楚簡	魏石經	汗簡	古文四聲韻	訂正六書通	出土資料文字	傳抄古文玉篇.集韻古文	說文字形
帝	帝	古文隸定		魏品式	汗1.3	四4.13	六255	後上26.15 粹1128		古
禮	礼	古文隸定			汗1.3	四3.12		九里墩鼓座		古
三	弎	古文隸定			汗1.3	四2.13				古
璿	瑢	古文隸定訛變			汗1.4	四2.5				古璿
遷	�	隸定訛變			汗4.49	四2.4		侯馬 郭店.窮達5 雲夢.秦律154		或
遲	延	古文隸定			汗1.8	四1.18		包198 天星觀.卜 三公山碑	集韻遟：人名.遟任古賢人.書"遟任有言"	或
遂	遼	隸古定訛變				四4.5	六275	借述為遂： 盂鼎 史遂簋 中山王壺 魏三體君奭 魏三體僖公		古
逖	逷	古文隸定			汗1.8	四5.15				古
德	悳惪	古文隸定	上博1緇衣3	魏品式 魏三體	汗4.59			嬴霝悳壺 陳侯因資錞 侯馬3.7 侯馬98.6 中山王鼎		悳 古惪

今本尚書文字	隸古定尚書敦煌等古寫本字形	探源說明	出土文獻尚書		傳鈔古尚書			參　證		
			戰國楚簡	魏石經	汗　簡	古文四聲韻	訂正六書通	出土資料文字	傳鈔古文玉篇.集韻古文	說文字形
得	尋	古文隸定訛變			汗 1.14			前 7.42.2 克鼎 子禾子釜 中山王鼎 魏三體僖公		古
冊	蒲	古文訛變隸定			汗 1.10	四 5.18		師虎簋 師酉簋		古
嗣	孠	古文隸定			汗 6.80	四 4.7		戌嗣鼎 令瓜君壺 曾侯乙鐘		古
嚚	恩	隸古定訛變			汗 1.7	四 1.32	六 80			
誓	斳 / 斳 新	隸古定 / 隸古定訛變			汗 1.7 汗 6.76	四.15		折：洹子孟姜壺	集韻誓古斳 匡謬正俗引古文尚書湯誓作斳	折 籀 斳
農	辳	古文隸定訛變			汗 1.5	四 1.12		乙 282 後 2.13.2 後 2.39.17		古 辳 小徐古
鞭	夋	隸古定			汗 1.14	四 2.5		望山 2.8 郭店.老丙 8 璽彙 0399		古
度	庀	古文隸定			宅 汗 4.51 亦度字	度 四 4.11. 亦宅字		中山王鼎	庀 四 4.11 籀韻	宅 古 庹
用	目	隸古定訛變	魏三體							古 篆
惠	悳	隸古定			汗 4.59			何尊 無叀鼎 毛公鼎		古

今本尚書文字	隸古定尚書敦煌等古寫本字形	探源說明	出土文獻尚書		傳抄古尚書			參　　證		
			戰國楚簡	魏石經	汗　簡	古文四聲韻	訂正六書通	出土資料文字	傳抄古文玉篇.集韻古文	說文字形
敢	敿	隸古定訛變		魏三體				陶彙 8.1351 郭店.六德 17		古
前	歬 歬歬歬	隸古定 / 隸古定訛變		魏三體				兮仲鐘 追簋 郭店.尊德 2 包山 122		篆
剛	伨	傳抄古文隸定			汗 3.41	四 2.17		禹鼎 侯馬 1.41 畬志盤		古
衡	奐	傳抄古文隸古定			汗 4.58	四 2.19	六 127			古
典	寅	古文訛變隸定		魏品式 魏三體	汗 2.21	四 3.17		陳侯因育錞 包山 3 包山 11 包山 16 包山 7		古
益	蒱茲	隸古定	魏品式	汗 4.52	四 5.16		侯馬 璽彙 1551 郭店.尊德 21 郭店.老子乙 3		籀
·享〔註5〕	含含命含	隸古定訛變		魏三體				盂鼎 伯盂 邾公華鐘 畬章作曾侯乙鎛 楚帛書乙		古 籀

〔註5〕《尚書》文字爲《說文》重文或非《說文》字首者，列出該字並加註「·」，如〈禹貢〉「厥貢璆鐵」「璆」字爲《說文》「球」字或體，本表字首列作「球·璆」，「享」字《說文》字首爲「亯」故列作「亯·享」。

今本尚書文字	隸古定尚書敦煌等古寫本字形	探源說明	出土文獻尚書		傳抄古尚書			參　證		
			戰國楚簡	魏石經	汗　簡	古文四聲韻	訂正六書通	出土資料文字	傳抄古文玉篇.集韻古文	說文字形
厚	麄麄	隸古定			屋 汗 4.49	屋 四 3.27 屋 四 4.39		冔 郭店.老子甲4 叀 郭店.成之5 尾 郭店.語叢1.82		古 屋
舞	翌翌翌	古文隸定			翌 汗 2.17	翌 四 3.10	翌 六 186			古 翌
樹	尌	古文隸定			尌 汗 3.30	尌 四 4.10		鼓 石鼓文		籀 尌
柴	澕	古文隸定			橢 柴 汗 1.3	橢 柴 四 1.28				柴 古 橢
麓	欉	古文隸定			欉 汗 3.30	欉 四 5.3		㯟 粹 664 橺 前 2.23.1 㯟 京津 5301 禁 麓伯簋		古 欉
師	𠂤	隸古定訛變			峯 汗 1.7	峯 四 1.17		𠂤 令鼎 𠂤 師遽方彝 峯 盠壺 𠂤 齊叔夷鎛 峯 魏三體僖公	峯 汗 3.31 義雲章 峯 汗 3.31 石經 峯 四 1.17 古孝經又石經	古 峯
困	朱	古文隸定			朱 汗 3.30	朱 四 4.20		朱 珠 25 朱 乙 6723 反		古 朱
時	旹旹	隸古定		旹 魏品式 魏三體	旹 汗 3.33	旹 四 1.19		旹 中山王壺		古 旹
昔	昝	隸古定		昝 魏三體	昝 汗 3.33			昝 何尊 昝 卯簋 昝 克鼎 昝 史昔鼎 昝 盠壺	昝 四 5.16 又古孝經	古 昝
旅	㫐㫐	隸古定		旅 魏三體				旅 且辛爵 旅 作旅鼎 旅 犀伯鼎 旅 鬲攸比鼎 旅 虢弔鐘	旅 汗 4.48 魯見石經說文亦作旅 旅 隸續石經	古 㫐
	㫐㫐㫐 吐魯番本	隸古定訛變								

今本尚書文字	隸古定尚書敦煌等古寫本字形	探源說明	出土文獻尚書		傳抄古尚書			參　　證		說文字形
			戰國楚簡	魏石經	汗　簡	古文四聲韻	訂正六書通	出土資料文字	傳抄古文玉篇.集韻古文	
期・朞	晉	古文隸定訛變			咠 朞 汗 3.34	咠 朞 四 1.20		叟 沈兒鐘 叟 齊良壺 其 夆弔匜 叟 齊侯敦		古 丌
栗	桑	隸古定	桑 魏品式	桑 汗 3.30	桑 四 5.8		桌 前 2.19.3 桌 林 1.28.12 桌 石鼓文 桌 包山竹簽 桌 璽彙 0233		古 桌
稷	稺	隸古定			稅 汗 3.36	稅 四 5.27		稅 璽彙 4442		古 稅
宇	寓	古文隸定								籀 宇
容	宓	隸古定			宓 汗 3.3			台 邾公華鐘 台 虢文公鼎 台 十一年●車鼎		古 宓
徵	嶽	古文隸定訛變			髟 微.汗 1.14	給 微.四 1.21		髟 隨縣石磬 髟 隨縣鐘架 髟 曾侯乙鐘 髟 璽彙 3530	汗.四誤注微字	古 髟
方	岀	隸古定訛變			ᄂ 汗 6.82	ᄂ 四 2.15	ᄂ ᄂ 六 114			匚 篆 匚 籀
視	眡眡眂眡	古文隸定				䚡 四 4.5		眂 前 2.7.2		古 眂
栽・災	秋	古文隸定			秋 汗 4.55 書經	秋 四 1.30		秋 後 2.8.18		古 秋
奏	敥	隸古定訛變			敥 汗 1.14	敥 四 4.39				古 敥
慎	睿 睿睿睿	隸古定 隸古定訛變		睿 魏三體	睿 汗 3.34	睿 四 4.18	睿 六 281	睿 邾公華鐘 睿 郭店.語叢 1.46		古 睿

今本尚書文字	隸古定尚書敦煌等古寫本字形	探源說明	出土文獻尚書		傳抄古尚書			參　　證		
			戰國楚簡	魏石經	汗　簡	古文四聲韻	訂正六書通	出土資料文字	傳抄古文玉篇.集韻古文	說文字形
愆		隸古定訛變		魏三體隸	汗 1.12	四 2.6		侯馬 侯馬 S799P2748 籀文愆		籀
		省口								
怒		古文隸定		魏三體				蚉壺 郭店.性自 2 郭店.老子甲 34	四 4.11 籀韻怒 集韻怒古作	恕古
淵		古文隸定			汗 5.61	四 2.3		後 1.15.2 郭店.性自 62 中山王鼎		古
州		隸古定			汗 1.11 汗 5.62	四 2.24		前 4.13.4 戈文 井侯簋		古
至		隸古定訛變		魏三體				邾公牼鐘 中山王鼎 郭店唐虞 28		古
拜		隸古定		魏品式				師酉簋 善夫山鼎 包山 272 郭店.性自 21	汗 5.66 說文	古
		隸古定訛變								
揚		古文隸定			汗 1.14	楊 四 2.13		郑公釛鐘	四 2.13 誤注楊	古敭
弼		古文隸定		魏品式	汗 4.70	四 5.8				古
終		隸古定			汗 6.82	四 1.12		乙 368 乙 3340 此鼎 頌簋	四 1.12 崔希裕纂古	古
功		隸古定訛變		魏三體						工古

今本尚書文字	隸古定尚書敦煌等古寫本字形	探源說明	出土文獻尚書		傳抄古尚書			參　證		
			戰國楚簡	魏石經	汗　簡	古文四聲韻	訂正六書通	出土資料文字	傳抄古文玉篇.集韻古文	說文字形
斷	龂龂龂	古文隸定			汗 6.82	四 4.21		量侯簋		古
四	三	古文隸定		魏三體	汗 6.73			保卣　毛公鼎		古籀 三
五	大太	古文隸定		魏品式魏三體				陶彙 3.662　古幣 22		古
禹	命命命	隸古定訛變		魏品式	汗 3.41　汗 6.78	四 3.9		鼎文　弔向簋　禹鼎　秦公簋　璽彙 5124	集韻禹古作命命	古
亂	爭爭爭	隸古定訛變	魏三體		汗 1.13	四 4.21		毛公鼎　楚帛書乙　九店 56.28　郭店唐虞 28　郭店成之 32		古　繇
成	戚	古文隸定		魏三體	汗 6.79			沈兒鐘　蔡侯鐘　中山王鼎		古
〔註6〕*孥	秋	古文隸定			奴 汗 5.66	奴 四 1.26			奴	奴 古 說文無孥
辰	辰	古文隸定訛變		魏品式				後 1.13.4　甲 424　佚 414　臣辰先父乙卣　臣辰父乙爵		古

〔註 6〕《尚書》文字未見於《說文》者，於字首前加註「*」。

（二）傳鈔《尚書》古文之隸定、隸古定或隸古訛變

今本尚書文字	隸古定尚書敦煌等古寫本字形	探源說明	出土文獻尚書		傳抄古尚書			參　證		
			戰國楚簡	魏石經	汗簡	古文四聲韻	訂正六書通	出土資料文字	傳抄古文玉篇.集韻古文	說文字形
天	旡元	隸古定訛變	夭 郭店唐虞28	页 魏三體	夼 汗1.3	夼 四2.2		夭 郭店.成之4 / 页 曾侯乙墓匫器 / 夼 無極山碑		
祖	祖	偏旁示隸古定訛變	祖 魏三體					祖 轡鎛		示古 示
神	絅	隸古定	神 魏三體	神 汗1.3	神 四1.31		祁 伯戔簋 / 神 行氣銘		示古 示
神	望	隸古定		櫝 汗1.3	櫝 四1.31				示古 示 / 旬古 旬
齋	坐	隸古定		坐 齊 汗6.73	坐 齊四1.27		坐 齊陳曼簠 / 坐 十年陳侯午錞 / 坐 大府鎬	玉篇坐古文齊	
雷·靈	霧霧	霧隸古定訛變			鼎 四2.22 / 鼎 四2.22		霧 齊宋顯伯造塔銘	鼎 汗5.63 / 霧霧霧 四2.22 崔希裕纂古	靁
遯	逹	傳抄古文隸古定訛變		遷 汗1.8	遷 四3.16 / 遯 四4.20		豚：豚 臣辰卣 / 豚 豚鼎 / 豚 豚卣		篆 蠙
攸	迶	隸定		迶 汗1.9	迶迶 四2.23		卣：卣 毛公鼎錫汝 / 卣一△ / 卣卣 虢弔鐘 / 卣卣 毛公鼎		迶篆 迶
往	崖	隸古定訛變	徍 魏三體				徍 吳王光鑑		
歲	歲歲	古文隸定		歲 汗5.68	歲歲 四4.14	歲 六275	歲 毛公鼎 / 歲 爲甫人盨	歲 四4.14崔希裕纂古	

今本尚書文字	隸古定尚書敦煌等古寫本字形	探源說明	出土文獻尚書		傳抄古尚書			參 證		說文字形
			戰國楚簡	魏石經	汗簡	古文四聲韻	訂正六書通	出土資料文字	傳抄古文玉篇.集韻古文	
諸	𡶪嶀	隸古定訛變			𣠁 汗4.48	𣠁 四1.23			𣜌諸魏三體僖公 𣠁諸四 1.23 古孝經 𣠁者四 3.21 古孝經 𣜌 𣠁者四 3.21 古老子 嶀四1.23	者
訓	𢆯和闐本	古文隸定	𢆯魏三體	𢆯 汗1.12	𢆯 四4.19					
誨	每	古文隸定		𢆯 汗1.6	𢆯 四4.17		𢆯珠523			
謙	嗛	古文隸定訛變		嗛 汗1.6	嗛 四2.27		嗛漢印徵 嗛嘉祥畫像石題記			
譸	嗜嗅嗜	隸古定訛變		嗜嗜. 汗1.6	嗜 四2.24	嗜 六145			集韻平聲四 18 尤韻譸或作嗜	
詛	禃	古文隸定		禃 汗1.3			祖： 𥚑包山241 𥚑望山.卜 禃司空宗俱碑△父司隸校尉 禃孔遷碣△述家業	集韻詛古作祖 一切經音義：說文詛古文禃同	
啓	启	隸定			启 汗5.65	启 四3.12	启 六176	启前5.21.3 启乙825 启亞●庂父乙鼎		启
敷	尃尃	隸定	尃魏三體 尃魏二體	尃 汗1.14	尃 四1.25		尃毛公鼎 尃番生簋 尃包山176 尃郭店.語叢2.5 尃郭店.尊德35		尃

今本尚書文字	隸古定尚書敦煌等古寫本字形	探源說明	出土文獻尚書		傳抄古尚書			參　證		
			戰國楚簡	魏石經	汗簡	古文四聲韻	訂正六書通	出土資料文字	傳抄古文玉篇·集韻古文	說文字形
變		隸古定訛變			汗4.48	四4.24		侯馬1.36 曾侯乙鐘 曾侯乙鐘	四4.24 籀韻	
爾		隸定	上博1緇衣20	魏三體					玉篇尒亦作爾	尒
美		隸定			汗5.66	四3.5		郭店.老子甲15 郭店.老子丙7	四3.5 籀韻	媺
		隸定訛變								
割		隸古定	魏三體	汗2.21			偏旁害： 伯家父簋 縱橫家書241 景北海碑陰	玉篇割字古文作剀	
簡		隸定訛變	魏三體				唐張車尒墓誌 唐張玄弼墓誌	汗3.30義雲章	柬
甘		隸古定	魏三體						
乃		隸定			迺汗6.82	迺四3.13		毛公鼎 盠方彝		迺
虞		隸古定			汗2.26	四1.24	六32		左氏隱元年傳疏"石經古文虞作"	
靜		隸定		魏三體		淨四4.36	六226			彭
飢		隸定訛變			饑汗2.26	飢四1.17			四1.17 籀韻 玉篇飢古文飢	
會		隸古定			汗4.51	四4.12	六276		汗4.51 四4.12石經 四4.12崔希裕纂古 集韻會古作	
		隸古定訛變								

今本尚書文字	隸古定尚書敦煌等古寫本字形	探源說明	出土文獻尚書		傳抄古尚書			參　證		
			戰國楚簡	魏石經	汗簡	古文四聲韻	訂正六書通	出土資料文字	傳抄古文玉篇.集韻古文	說文字形
梅	（字形）	隸定			（字形）汗 3.30	（字形）四 1.29				
黳	（字形）	隸定訛變			（字形）汗 6.82	（字形）（字形）四 4.40		（字形）乙 8710　（字形）辛巳簋　（字形）伯作姬畬壺　（字形）畬章作曾侯乙鎛　（字形）畬朏盤		畬
析	（字形）	古文隸定訛變			（字形）汗 6.76					
稽	（字形）（字形）（字形）（字形）	古文隸定			（字形）汗 4.48	（字形）四 3.12			（稽首義.上聲）	
圖	（字形）（字形）	隸古定訛變			（字形）汗 3.33	（字形）四 1.26				
賢	（字形）（字形）	古文隸定		（字形）魏三體				袁良碑校官碑賢字作臤	玉篇賢臤古文	臤
鄰	（字形）	古文隸定			（字形）汗 6.82	（字形）四 1.31	（字形）六 60	（字形）孫根碑　（字形）中山王鼎　（字形）郭店.性自 18　（字形）郭店.老子甲 9　（字形）郭店.窮達 12	玉篇集韻厸古鄰字	
暨	（字形）（字形）　（字形）（字形）	古文隸定　古文隸定訛變		（字形）（字形）魏品式	（字形）（字形）			（字形）甲 436　（字形）菁 10.18　（字形）永盂　（字形）小臣●簋　（字形）師晨鼎　（字形）翏生盨		
期	（字形）	古文隸定訛變			（字形）汗 3.35	（字形）四 1.19		（字形）吳王光鑑		

今本尚書文字	隸古定尚書敦煌等古寫本字形	探源說明	出土文獻尚書		傳抄古尚書			參　證		
			戰國楚簡	魏石經	汗簡	古文四聲韻	訂正六書通	出土資料文字	傳抄古文玉篇.集韻古文	說文字形
栗	桌	隸古定訛變			桌 汗 3.30	桌 四 5.8				古 桌
齊	坐	古文隸定			坐 汗 6.73	坐 四 1.27		坐 齊陳曼簠 / 十年陳侯午錞 / 陳侯午錞 / 大膚鎬		
穆	穌	古文隸定			穌 汗 3.36	穌 四 5.5		穌 遹簋 / 穌 井人鐘 / 穌 蔡侯盤 / 穌 中山王壺 / 穌 秦公簋 / 穌 郑公華鐘		
私	厶	古文隸定			厶 汗 6.82			厶 包山 196 / 厶 郭店老子甲 2 / 厶 璽彙 4792		
稱	爯	隸定	爯 魏三體	爯 汗 1.13	爯 四 2.28	爯 六 136	爯 鐵 102.2 / 仲● 簋 / 猷簋		再
寶	珤	古文隸定			珤 汗 1.4	珤 四 3.21				古 珤
罪	辠	隸定	辠 魏三體	辠 汗 6.80					皋
傲	奡	隸定			奡 汗 4.47	奡 四 4.30	奡 六 303	音義相近.傲之假借字		奡
裕	袞裒	古文隸定	裕 魏三體 / 裕 隸魏三體				裕 十六年戟 / 敔簋		
豫	忩	隸定			忩 汗 4.59	忩 四 4.10		忩 季忩鼎 / 忩 鄭虢仲忩鼎 / 曹公媵孟姬忩母盤		忩

今本尚書文字	隸古定尚書敦煌等古寫本字形	探源說明	出土文獻尚書		傳抄古尚書			參 證		
			戰國楚簡	魏石經	汗簡	古文四聲韻	訂正六書通	出土資料文字	傳抄古文玉篇.集韻古文	說文字形
驢	[篆形]	隸定			[字形]汗2.18	[字形]四1.38				鵬
崇	[篆形]	古文隸定			[字形]汗4.51	[字形]四1.11		袁良碑崇作崈		
類	[篆形]	隸定			[字形]汗2.20	[字形]四4.5				[篆形]篆[篆形]
灼	[篆形]	隸定			[字形]汗4.55書經	[字形]四5.23		偏旁卓： [字形]粹1160 [字形]蔡姞簋 [字形]善夫山鼎		焯
栽·災	[篆形]	古文隸定			[字形]汗4.55書經	[字形]四1.30		[字形]後2.8.18		古[字形]
熙	[篆形]	古文隸定			[字形]汗4.55書經	[字形]四1.21				配古[字形]
契	[篆形]	古文隸定			[字形]汗6.78	[字形]四5.13				
憪	[篆形]	隸定			[字形]憪.汗4.59	[字形]四2.27	[字形]六159	偏旁冊： [字形]般甗 [字形]頌鼎 [字形]師虎簋	韻會十四憪下：古[字形]	[篆形]篆[字形]
念	[篆形]高昌本	隸定	[字形]魏三體念隸釋		[字形]汗4.59	[字形]四4.40古孝經古尚書		[字形]段簋 [字形]者沪鐘 [字形]蔡侯殘鐘		
恭	[篆形][篆形]	隸定訛變	[字形]魏三體（古）[字形]魏三體（篆）					[字形]拾6.4 [字形]五祀衛鼎 [字形]克鼎 [字形]曼龔父盨 [字形]邾公華鐘 [字形]秦公簋 [字形]陳侯因資錞		龔
懷	[篆形][篆形][篆形]	隸定			[字形]汗3.44	[字形]四1.29				褱

| 今本尚書文字 | 隸古定尚書敦煌等古寫本字形 | 探源說明 | 出土文獻尚書 | | 傳抄古尚書 | | | 參　證 | | |
			戰國楚簡	魏石經	汗簡	古文四聲韻	訂正六書通	出土資料文字	傳抄古文玉篇.集韻古文	說文字形
忌	㝊	古文隸定			㝊 汗1.12			子彗盆		
流	㳡	古文訛變隸定			㳡 汗5.61	㳡 四2.23	㳡 六146	盇壺 璽彙0212 璽彙3201 郭店.緇衣30 秦繹山碑 老子甲48 孫臏28		篆㳡
漆	㭤	傳抄古文隸古定			㭤 汗4.48	㭤 四5.8			玉篇古文漆作㭤	
洛	㟒	古文隸定			㟒 汗5.61	㟒 四5.24				
海	㵘	古文隸定			㵘 汗5.61	㵘 四3.13		偏旁位移	㵘四3.13古孝經	
津	津	隸定			津 汗5.61	津 四1.31 津 四2.31	津 六59			
雨	雨	古文隸定			雨 汗5.63			續4.24.13 子雨己鼎 盇壺		
雷	㔻	古文隸定			㔻 汗5.63	㔻 四1.29		盇駒尊 包山175 信陽2.1	籀文省形	篆㔻
不	弗	隸定	魏三體	弗 汗6.82	弗 四5.9			弗汗6.82 弗四5.9	弗
房	防	古文隸定			防 汗5.65	防 四2.14	防 六114	信陽2.8 包山149 校官碑		

今本尚書文字	隸古定尚書敦煌等古寫本字形	探源說明	出土文獻尚書		傳抄古尚書			參　證		
			戰國楚簡	魏石經	汗簡	古文四聲韻	訂正六書通	出土資料文字	傳抄古文玉篇·集韻古文	說文字形
聞	聲	古文隸定		峇 魏三體	岑 汗 5.65	窅 四 1.34		蝉 前 7.31.2 鞊 盂鼎 鞊 利簋 鞊 䢼王子鐘 蘁 王孫誥鐘 鞊 郭店.五行 15		
拜	檷	隸古定訛變		棶篆 魏品式	捭 汗 5.66			軿 井侯簋 軿 師酉簋 軿 臣諫簋 軿 柞鐘 軿 幾父壺		篆 檷
撫	攺	古文隸定訛變		卟 魏品式	怭 汗 1.14	怭 四 3.10				
*扑	拃	古文隸定			抶 扑 汗 1.5	抶 朴 四 5.3				說文無扑
始	乱 乱	古文隸定			乞 汗 5.64	引 四 3.7			叭 四 3.7 古老子以 引 四 3.7 古孝經始	台
	乱	古文隸定訛變								
好	玘	古文隸定			珜珜 汗 6.81	珜 四 3.20		玘 郭店.語叢 1.89 玘 郭店.語叢 2.21		
嬪	嬪	古文隸定			㛰 汗 5.66	㛰 四 1.32	㛰 六 59			
弗	弨	隸古定訛變			拃 汗 6.82	拑 四 5.9		拃 璽彙 3417 㠯 郭店.老甲 4		
戮	劦	隸古定				劦 四 5.4			劦 四 5.4 籀韻 玉篇 劦 今作戮	僇
戡	戡	隸定			戡 汗 5.68	戡 四 2.13	戡 六 156			

今本尚書文字	隸古定尚書敦煌等古寫本字形	探源說明	出土文獻尚書		傳抄古尚書			參　證		
			戰國楚簡	魏石經	汗簡	古文四聲韻	訂正六書通	出土資料文字	傳抄古文玉篇.集韻古文	說文字形
無	亡	隸定		人 魏三體						亡
純	純	隸定		純 魏三體	純 汗 5.70					
織	戠	古文隸定			𣥍 汗 5.68	𣥎 四 5.25			集韻織古作戠	
納	内	隸定		魏品式				內 井侯簋 內 子禾子釜 內 中山王壺		內
綏	娞 娞	古文隸定			䄖 汗 5.66	𤔟 四 1.18				娞
率	衛	古文隸定	魏三體	衛 汗 1.10	衛 四 5.8		甲 3777 盂鼎 師衰簋 庚壺 中山王鼎 郭店.尊德 28 詛楚文		衛
基	坓	古文隸定訛變			坓 汗 6.73			坓 漢帛老子甲 7	坓 四 1.20 汗簡 集韻基古作坓	坓
晦	晦	隸定			晦 汗 6.74	晦 畋. 四 2.3		賢簋 師袁簋 兮甲盤	四 2.3 誤注畋	
野	埜 埜	古文隸定			埜 汗 3.30	埜 四 3.22		鄴 3 下 38.4 克鼎 嗇志鼎		
疇	晷昌	隸古定			昌 汗 6.82	昌 四 2.24	昌 六 145			昌
動	埵埵	古文隸定			埵 汗 1.7	埵 四 3.3		埵：壴毛公鼎		埵篆
斯	析	古文隸定			析 汗 6.76	析 四 1.16		𣂰 幺兒鐘 斯 禹鼎		

今本尚書文字	隸古定尚書敦煌等古寫本字形	探源說明	出土文獻尚書		傳抄古尚書			參 證		
			戰國楚簡	魏石經	汗簡	古文四聲韻	訂正六書通	出土資料文字	傳抄古文玉篇.集韻古文	說文字形
輔	補補	古文隸定			補 汗1.3	補 四3.10	補 六186		集韻俌古作補 通作輔	
陳	敦敦	古文隸定			敦 汗1.15	敦 四1.31	敦 六60	衛陳公子甗 衛陳侯匜 新曾侯乙.匫器漆書		
辭	司	隸古定		魏三體	司 汗1.12	司		言郭店.尊德5 身郭店.老子甲19 身郭店.老子丙12		詞
	昌	古文不省								
醇	醇	隸定			醇 汗6.82	醇 四1.33		偏旁章: 章 章于戟 章 十年陳侯午錞		

（三）《說文》古籀等或體之隸定、隸古定或隸古訛變

今本尚書文字	隸古定尚書敦煌等古寫本字形	探源說明	出土文獻尚書		傳抄古尚書			參 證		
			戰國楚簡	魏石經	汗簡	古文四聲韻	訂正六書通	出土資料文字	傳抄古文玉篇.集韻古文	說文字形
上	上	古文隸定						上子犯編鐘 ︱貨幣67		古上
下	丁	古文隸定						丁貨幣67〔燕〕		古丁
玭	蜦	古文隸定								夏書蝠
審	宷	古文隸定								古宷
起	迟	古文隸定								古起
歸	婦	籀文隸定								籀婦
邇	途	古文隸定						璽璽彙0221 璽璽彙5218		古途
詩	詿	古文隸定								古詩

今本尚書文字	隸古定尚書敦煌等古寫本字形	探源說明	出土文獻尚書		傳抄古尚書			參　證		
			戰國楚簡	魏石經	汗簡	古文四聲韻	訂正六書通	出土資料文字	傳抄古文玉篇.集韻古文	說文字形
信		古文隸定								古
誓		折字古文隸定								折古
韶		或體䫄隸古定						包山 95		或䫄
役		古文隸定						前 6.4.1 後 2.26.18		古
專		古文隸定.訛變								古
𠧞·兆		古文隸古定						包山 265 雲夢.日乙 161 偏旁兆： 包山 95		𠧞古
棄		古文隸定						中山王鼎 璽彙 1485 包山 121		古
簬·簵		古文隸定								簬古
嗇		古文隸定訛變						睡虎地 29.30		古
櫱		隸定								或
䠶·射		古文隸定								古䠶
朝		古文隸定						利簋 盂鼎 朝訶右庫戈 郭店.成之 34 陶彙 5.215		古
穡		古文隸定								嗇古

今本尚書文字	隸古定尚書敦煌等古寫本字形	探源說明	出土文獻尚書		傳抄古尚書			參　證		
			戰國楚簡	魏石經	汗簡	古文四聲韻	訂正六書通	出土資料文字	傳抄古文玉篇.集韻古文	說文字形
使	李	隸古定訛變							豐汗 3.31 使 亦事字見石經 魏三體.事	事古
畏	畏	隸古定訛變						乙 669 孟鼎 毛公鼎 沈兒鐘 江陵.秦家 13 郭店.成之 5		古
廟	廟	古文隸定						中山王壺 郭店.性自 20		古廟
服	舩	隸古定訛變								古舩
長	兵 兵	隸古定						長日戊鼎 長湯匜 楚帛書丙 1.1 璽彙 0022 郭店.老子甲 8		古兵
罷	殼古	隸古定訛變							四 1.15 說文	古
栽‧災	灾 灾	籀文隸定								栽籀 災
恐	志	古文隸定						中山王鼎 九店.621.13		古
睿‧濬	濬濬	隸定訛變								睿古
拜	韘	隸古定		魏品式				師酉簋 善夫山鼎 包山 272 郭店.性自 21	汗 5.66 說文	古
	磊	隸古定訛變								
播	圖 圖	隸古定	上博 1 緇衣 15					借番圖為播		番古

今本尚書文字	隸古定尚書敦煌等古寫本字形	探源說明	出土文獻尚書		傳抄古尚書			參　證		
			戰國楚簡	魏石經	汗簡	古文四聲韻	訂正六書通	出土資料文字	傳抄古文玉篇·集韻古文	說文字形
民	高昌本	隸古定						何尊 盂鼎 曾子斿鼎 洹子孟姜壺 沈兒鐘 查壺		段古
絕		古文隸定·訛變						中山王壺 隨縣14 郭店老子甲1 郭店老子乙4		古
終		隸古定訛變							汗 3.34 碧落文 四 1.12 碧落文	冬古
封		隸古定						前1.2.16 康侯丰鼎 璽彙4091 （召伯簋）		古
協		古文隸定								古叶
辭	和闐本	古文隸定						和闐本太甲上惟朕以懌萬世有辭		嗣古
孟		隸古定訛變								古

（四）先秦古文字形之隸定、隸古定或隸古訛變

今本尚書文字	隸古定尚書敦煌等古寫本字形	探源說明	出土文獻尚書		傳抄古尚書			參　證		
			戰國楚簡	魏石經	汗簡	古文四聲韻	訂正六書通	出土資料文字	傳抄古文玉篇·集韻古文	說文字形
亯·享		古文隸定						乖伯簋 楚嬴匜		古籀

今本尚書文字	隸古定尚書敦煌等古寫本字形	探源說明	出土文獻尚書		傳抄古尚書			參　證		
			戰國楚簡	魏石經	汗簡	古文四聲韻	訂正六書通	出土資料文字	傳抄古文玉篇·集韻古文	說文字形
鼎		古文隸定 隸古定						穆父鼎 諶鼎 邵王鼎 中山王鼎 無叀鼎 龠志鼎		
文		隸古定訛變						包山203 雨臺山竹律管 包山203 戰國玉印		

（五）字體形構與先秦出土文字資料類同，而未見於傳鈔《尚書》古
　　文、《說文》古籀等或體

今本尚書文字	隸古定尚書敦煌等古寫本字形	探源說明	出土文獻尚書		傳抄古尚書			參　證		
			戰國楚簡	魏石經	汗簡	古文四聲韻	訂正六書通	出土資料文字	傳抄古文玉篇·集韻古文	說文字形
與	 和闐本	隸定						郭店.語叢1.107 郭店.語叢3.11		與古
稟		古文隸定						召伯簋 褱卣 璽彙0327		
參		古文隸定						曾侯乙簡122△（三）具吳甲 梁上官鼎 梁19年鼎 包山12		
新附礦		古文隸定						子仲匜		

今本尚書文字	隸古定尚書敦煌等古寫本字形	探源說明	出土文獻尚書		傳抄古尚書			參　證		
			戰國楚簡	魏石經	汗簡	古文四聲韻	訂正六書通	出土資料文字	傳抄古文玉篇.集韻古文	說文字形
釐	釐釐	古文隸定						釐芮伯壺 釐釐鼎 釐郭店.太一8 釐郭店.尊德3		

（六）字體形構見於先秦出土文字資料，與其他傳鈔古文類同，為其隸定、隸古定或隸古訛變

今本尚書文字	隸古定尚書敦煌等古寫本字形	探源說明	出土文獻尚書		傳抄古尚書			參　證		
			戰國楚簡	魏石經	汗簡	古文四聲韻	訂正六書通	出土資料文字	傳抄古文玉篇.集韻古文	說文字形
喪	盠	古文隸古定						盠旅作父戊鼎 盠毛公鼎	盠四2.17古老子 盠四2.17張揖集	
荅	貪畬	戰國古文合隸古定						合： 畬包山83 畬包山214 畬包山266 畬郭店.老子甲19	畬汗2.28石經 畬四5.20石經 集韻荅通作荅 荅古作畬畬	
春	旹	古文隸定訛變						旹蔡侯殘鐘 旹楚帛書甲1.3 旹郭店.語叢1.4 旹睡虎地.日乙202	旹魏三體文公	
叢	蕞蕞	古文隸定						蕞璽彙1904 蕞隋呂胡墓誌	玉篇蕞同叢	
鬱	欝	隸古定訛變						欝前6.53.4 欝弔䜌父卣 欝孟載父壺	欝汗4.49王存乂切韻 集韻鬱古作欝	
石	后	隸古定						后包山203 后包山150 后郭店.性自5	后汗4.52	

今本尚書文字	隸古定尚書敦煌等古寫本字形	探源說明	出土文獻尚書		傳抄古尚書			參　證		
			戰國楚簡	魏石經	汗簡	古文四聲韻	訂正六書通	出土資料文字	傳抄古文玉篇.集韻古文	說文字形
害	害	古文隸定						害 睡虎地 8.1 害 漢帛.老子甲後 193 害 孫臏 167 害 淮源廟碑	舍 四 4.12 古孝經	
忌	忐忑	古文隸定						忐 璽彙 5289 忑 郭店.忠信 1 忑 陶彙 3.274 忑 郭店.語叢 4.13	玉篇忑古惎	
悔	慜	古文隸定						慜 侯馬	慜汗 4.59 慜 四 4.17 王庶子碑 慜 四 4.17 古文	
滅	威	古文隸定						威 郭店唐虞 28	威 四 5.14 滅 四 5.14 崔希裕纂古	
龍	竜	隸古定						龍 存 450 龍 龍母尊 龍 樊夫人龍嬴匜 龍 邵鐘 竜 隋董美人墓誌銘	龍汗 5.63	
戰	羍羍 羍羍	古文隸定.訛變						羍 郭店.語叢 3.2	羍羍 四 4.23 古老子	旂（旆）

（七）字體形構與其他傳鈔古文類同，而未見於先秦出土文字資料

今本尚書文字	隸古定尚書敦煌等古寫本字形	探源說明	出土文獻尚書		傳抄古尚書			參　證		
			戰國楚簡	魏石經	汗簡	古文四聲韻	訂正六書通	出土資料文字	傳抄古文玉篇.集韻古文	說文字形
刑	刑	疑刑之訛變							刑 四 2.21 崔希裕纂古	

今本尚書文字	隸古定尚書敦煌等古寫本字形	探源說明	出土文獻尚書		傳抄古尚書			參　證		
			戰國楚簡	魏石經	汗簡	古文四聲韻	訂正六書通	出土資料文字	傳抄古文玉篇.集韻古文	說文字形
師	𫟌	篆文訛變							ㄇ卪所 四1.17 籀韻	篆師
*穢	㢢	從古文[𦬹].左下為禾之訛						歲：[𦬼]毛公鼎 [𦬽]為甫人盨	集韻薉或從禾作穢古作薉	說文無穢

（八）字體形構組成為《說文》古籀等或體、或先秦古文字，未見於《說文》或先秦出土文字資料

今本尚書文字	隸古定尚書敦煌等古寫本字形	探源說明	出土文獻尚書		傳抄古尚書			參　證		
			戰國楚簡	魏石經	汗簡	古文四聲韻	訂正六書通	出土資料文字	傳抄古文玉篇.集韻古文	說文字形
祗	𣏉	從古文𥛱								示古𥛱
祝	𣏖	從古文𥛱								示古𥛱
邦	邽	從古文坐								封古坐
嬪	嬪	從賓之初文𡧍			𡧍 汗5.66	𡧍 四1.32	𡧍 六59			
輔	楠補	從古文𥛱			𥛱 汗1.3	𥛱 四3.10	𥛱 六186	從古文示	集韻備古作補通作輔	

二、源自篆文字形之隸古定或隸變，與今日楷書形體相異

今本尚書文字	隸古定尚書敦煌等古寫本字形	探源說明	出土文獻尚書		傳抄古尚書			參　證		
			戰國楚簡	魏石經	汗簡	古文四聲韻	訂正六書通	出土資料文字	傳抄古文玉篇.集韻古文	說文字形
悉	悉	篆文隸變						悉帝堯碑 悉曹全碑		篆悉
和	咊	篆文隸定			咊 汗1.6	咊 四2.11		咊盠壺 𭣣陳貯簋 𭣣史孔盉		

今本尚書文字	隸古定尚書敦煌等古寫本字形	探源說明	出土文獻尚書		傳抄古尚書			參 證		
			戰國楚簡	魏石經	汗簡	古文四聲韻	訂正六書通	出土資料文字	傳抄古文玉篇.集韻古文	說文字形
吚	[字形]	篆文隸定			[字形] 汗 1.6	[字形] 四 2.25				
喪	[字形]	篆文隸變隸訛		[字形] 篆 魏三體				[字形] 漢帛.老子乙 247 上 / [字形] 漢帛.老子甲 157 / [字形] 韓仁銘 / [字形] 武威簡.服傳 37 / [字形] 孔彪碑		
奭	[字形]	篆文隸變	[字形] 上博 1 緇衣 18	[字形] 篆 / 隸 魏三體	[字形] 汗 2.17	[字形] 四 5.26		[字形] 璽彙 2680 / [字形] 陶彙 4.26		篆 [字形]
羿	[字形]	訛變								[字形]
罰	[字形] / [字形]	篆文隸定. / 訛變	[字形] 上博 1 緇衣 15	[字形] 魏三體				[字形] 盂鼎 / [字形] 散盤 / [字形] 𤔲壺 / [字形] 孫子 8 / [字形] 江陵 10 號漢墓木牘 2		篆 [字形]
典	[字形]	篆文隸變						[字形] 召伯簋 / [字形] 格伯簋		篆 [字形]
爵	[字形]	篆文隸古定						[字形] 伯公父勺作金爵		篆 [字形]
虎	[字形]	篆文隸變						[字形] 包山木牘 / [字形] 包山 271 / [字形] 睡虎地 29.25		篆 [字形]
食	[字形]	篆文隸古定訛變						[字形] 父乙觶（𩚁字偏旁） / [字形] 睡虎地 10.7 / [字形] 一號墓簡 130		篆 [字形]
市	[字形]	篆文隸古定								篆 [字形]

今本尚書文字	隸古定尚書敦煌等古本字形	探源說明	出土文獻尚書		傳抄古尚書			參　證		
			戰國楚簡	魏石經	汗簡	古文四聲韻	訂正六書通	出土資料文字	傳抄古文玉篇.集韻古文	說文字形
之	圡	篆文隸古定		魏三體				縣妃簋 秦公簋 睡虎地23.1		篆
師	師	篆文隸定						令鼎 盉壺 齊叔夷鎛		篆師
出	岀	篆文隸古定	郭店緇衣39	魏三體				前7.28.3 啓卣 頌壺 魚鼎匕 鄂君啓舟節		
華	蕐	篆文隸古定						陶彙6.184 睡虎地5.34 老子甲後4.24 華嶽廟殘碑陰		篆
國	國	篆文隸變								
賓	賓	篆文隸變						漢帛老子乙前22下 武威簡.士相見1		篆賓
邦	邦	篆文隸定訛變		魏三體						
多	多	篆文隸變						毓且丁卣 觴仲多壺 多父鼎		篆多
移	秱	篆文隸變						多：毓且丁卣 召尊		
年	秊	篆文隸定						缶鼎 弔上匜 郘公鼎		篆秊

今本尚書文字	隸古定尚書敦煌等古寫本字形	探源說明	出土文獻尚書		傳抄古尚書			參證		
			戰國楚簡	魏石經	汗簡	古文四聲韻	訂正六書通	出土資料文字	傳抄古文玉篇.集韻古文	說文字形
定		篆文隸定						伯定盂 衛盂 蔡侯鐘		
寡		篆文隸定訛變						中山王鼎 中山王壺 上博1緇衣12 郭店緇衣22		篆
從		篆文隸古定						彭史● 尊 宰椃角 陳喜壺 漢印徵		从篆
壽		篆文隸變						蔡大師鼎 頌簋 秦公鎛 毳簋 邵鐘		篆
考		篆文隸定						乙8712 前2.2.6 沈子它簋 井侯簋 頌簋 仲師父鼎		篆
朕	篆文隸古定 / 篆文隸定訛變							盂鼎 彔伯簋 封孫宅盤 中山王鼎 魯伯愈父鬲	四3.28崔希裕纂古	篆
服		篆文隸變						盂鼎 駒父盨 秦公鎛		
襄		篆文隸古定	郭店成之29		汗3.44	四2.1		穌甫人匜 穌甫人盤		篆

| 今本尚書文字 | 隸古定尚書敦煌等古寫本字形 | 探源說明 | 出土文獻尚書 | | 傳抄古尚書 | | | 參　證 | | |
			戰國楚簡	魏石經	汗簡	古文四聲韻	訂正六書通	出土資料文字	傳抄古文玉篇.集韻古文	說文字形
首	𦣻	篆文隸古定						𦣻 農卣　𦣻 令鼎　𦣻 兮甲盤		篆𦣻
島	嶋	篆文隸定								篆嶋
岡	岡	篆文隸定								篆岡
庶	庹	篆文隸定	庶 郭店緇衣40					𢉖 珠979　𢉖 周甲153　𢉖 矢簋　𢉖 毛公鼎　𢉖 伯庶父簋		
	慶庹	訛變								
斥	庍	篆文隸古定				庍 四5.17				篆庍
厥	氒氒氒	篆文隸變	氒 郭店.緇衣37		氒 汗5.67	氒 四5.9		𠂤 甲3249　𠂤 甲2908　𠂤 盂鼎　𠂤 克鼎　𠂤 中山侯鉞		氒篆
象	𧰼𧰼	篆文隸古定						象 前3.31.3　象 師湯父鼎　象 睡虎地52.17　象 精白鏡		
	象象	隸變								
奏	奉	篆文隸古定			奉 汗1.13	奉 四4.39				篆奏
烈	㓞	篆文隸古定						㓞 夏承碑　㓞 楊叔恭殘碑		列篆㓞
志	㞢	篆文隸古定								篆㞢
思	㥦	篆文隸定隸變								篆㥦
惇	惇惇	篆文隸古定			惇 汗4.59					篆惇

今本尚書文字	隸古定尚書敦煌等古寫本字形	探源說明	出土文獻尚書		傳抄古尚書			參　證		
			戰國楚簡	魏石經	汗簡	古文四聲韻	訂正六書通	出土資料文字	傳抄古文玉篇.集韻古文	說文字形
憸	〔字形〕	篆文隸變			〔字形〕憸. 汗4.59	〔字形〕 四2.27	〔字形〕 六159	冊：〔字形〕般甗 〔字形〕頌鼎	韻會十四憸下：古悉	〔字形〕篆
雷	〔字形〕	篆文隸定			〔字形〕 汗5.63	〔字形〕 四1.29		〔字形〕盠駒尊 〔字形〕包山175 〔字形〕信陽2.1		〔字形〕篆
金	〔字形〕	篆文隸古定						〔字形〕毛公鼎 〔字形〕史頌簋		〔字形〕篆
矛	〔字形〕	篆文隸古定訛變								〔字形〕篆
陟	〔字形〕	篆文隸古定						〔字形〕沈子簋 〔字形〕散盤 〔字形〕蔡侯盤		〔字形〕篆
獸	〔字形〕	篆文隸變訛變								
辰	〔字形〕	篆文隸古定		辰 魏品式				〔字形〕後1.13.4 〔字形〕臣辰先父乙卣 〔字形〕臣辰父乙爵		〔字形〕篆
醇	〔字形〕	篆文隸古定			〔字形〕 汗6.82	〔字形〕 四1.33		偏旁韋：〔字形〕韋于戟 〔字形〕十年陳侯午錞		

三、由隸書、隸變俗寫而來

今本尚書文字	隸古定尚書敦煌等古寫本字形	說明	出土文獻尚書		傳抄古尚書			參　證		
			戰國楚簡	魏石經	汗簡	古文四聲韻	訂正六書通	出土資料文字	傳抄古文玉篇.集韻古文	說文字形
禋	〔字形〕	漢碑土加點以別於士						土：〔字形〕衡方碑		

| 今本尚書文字 | 隸古定尚書敦煌等古寫本字形 | 說明 | 出土文獻尚書 | | 傳抄古尚書 | | | 參　證 | | |
			戰國楚簡	魏石經	汗簡	古文四聲韻	訂正六書通	出土資料文字	傳抄古文玉篇.集韻古文	說文字形
社	社	漢碑土加點以別於士								
球·璆	璆	参形俗寫						璆 華山廟碑		
單	單	隸變口厶相通						單 漢石經春秋文公 14		
荅	荅荅		荅荅					荅 武威簡.士相見 9　荅 石門頌		
蘇	蘇	部件位置互換魚禾						穌 孫子 128　穌 漢印徵　穌 徐氏紀產碑		
止	心	隸變與心形近						止 居延簡.甲 11　止 魯峻碑		
隨	隨							隨 陳球後碑　隨 嚴訢碑		
適	適							適 睡虎地 18.52　適 漢帛老子甲 145　適 武威簡.服傳 18　適 居延簡甲 1210		
遲	遲	籀文遲隸變						遲 孫臏 315　遲 禮器碑　遲 韓勑碑		遲 籀
微	微微微微	隸變俗寫						微 漢帛老子甲 85　微 縱橫家書 196　微 孫臏 24　微 漢石經.詩.式微　微 趙寬碑	微 四 1.21 籀韻	

今本尚書文字	隸古定尚書敦煌等古寫本字形	說明	出土文獻尚書		傳抄古尚書			參 證		
			戰國楚簡	魏石經	汗簡	古文四聲韻	訂正六書通	出土資料文字	傳抄古文玉篇.集韻古文	說文字形
罰	罰	俗字刂寸混用						罰 武梁祠		
簡	蕳蘭	竹艸混作		蕳 隸釋				簡 孫臏 161 蕳 鄭固碑 蕳 孔宙碑		
旨	旨							旨 白石神君碑	集韻上聲五 5 旨韻旨或作旨	
盧	盧							偏旁虍：虐 盧 石門頌		
侯	侯侯			侯 隸 魏三體 侯 漢石經				侯 華山廟碑		篆 侯
牆	牆墻墻							牆 曹全碑 墻 武斑碑	玉篇廧同牆玉篇墻正作牆	
來	來			來 隸 魏三體						篆 來
致	致致	夊訛作攴						致 睡虎地10.11 致 華山廟碑 致 北海相景君 致 尹宙碑 致 孔宙碑		
愛	愛							愛 張遷碑 愛 三公山碑		
乘	乘				乘 隸 魏石經			乘 魯峻碑 乘 孫根碑		篆 乘
桃	桃							桃 武威醫簡 79 桃 漢石經.詩.木瓜		篆 桃
築	菜築							菜 睡虎地45.16 菜 武威簡.服傳24		篆 築

今本尚書文字	隸古定尚書敦煌等古寫本字形	說明	出土文獻尚書		傳抄古尚書			參　證		
			戰國楚簡	魏石經	汗簡	古文四聲韻	訂正六書通	出土資料文字	傳抄古文玉篇.集韻古文	說文字形
桑	〔古文〕							〔古文〕睡虎地32.7　〔古文〕孫臏191		篆〔古文〕
索	〔古文〕							〔古文〕孫臏156　〔古文〕流沙簡.簡牘54.		篆〔古文〕
因	〔古文〕							〔古文〕尹宙碑		
旦	〔古文〕							〔古文〕頌鼎　〔古文〕包山145　〔古文〕璽彙0962　〔古文〕璽彙5583　〔古文〕孫臏11.3　〔古文〕孫叔敖碑		
朔	〔古文〕							〔古文〕11年癲鼎　〔古文〕睡虎地12.46　〔古文〕武威簡.秦射4　〔古文〕漢石經.春秋		
明	〔古文〕			〔古文〕（隸）魏三體						
夜	〔古文〕			〔古文〕（隸）魏品式				〔古文〕孔宙碑　〔古文〕吳禪國山碑		篆〔古文〕
夙	〔古文〕				〔古文〕汗3.35	〔古文〕四5.5		〔古文〕前6.16.3　〔古文〕盂鼎　〔古文〕毛公鼎　〔古文〕鄭季宣碑		篆〔古文〕
穡	〔古文〕			〔古文〕隸釋				〔古文〕漢帛老子乙195上　〔古文〕壽成室鼎		
*穋	〔古文〕			〔古文〕漢石經				〔古文〕魯峻碑　〔古文〕淮源廟碑		說文無穋
兼	〔古文〕							〔古文〕居延簡甲2042A　〔古文〕華山廟碑		

今本尚書文字	隸古定尚書敦煌等古寫本字形	說明	出土文獻尚書		傳抄古尚書			參 證		
			戰國楚簡	魏石經	汗簡	古文四聲韻	訂正六書通	出土資料文字	傳抄古文玉篇·集韻古文	說文字形
竊	竊							竊 祝睦後碑 竊 孔龗碑		篆 竊
實	實	訛變:丑世						實 無極山碑 實 孫叔敖碑		
宜	冝	宀冖混作						冝冝 漢帛書老子甲後 345 冝 永初鐘 冝 長富貴鏡		
尢	尢	几九混作								篆 尢
俲	俲							俲 武威簡.士相見 9 效 武威簡.服傳 41 效 禮器碑陰 效 漢石經春秋襄 24		
備	備						備 六 251	備 睡虎地 23.1 備 漢帛.老子乙前 18 上 備 西狹頌 備 無極山碑		篆 備
俗	俗							俗 衡方碑 俗 池陽令張君殘碑		
作	佐	因隸書筆劃而誤作佐		作 隸魏三體 佐 漢石經 佐 隸釋						
眾	眾			眾 隸釋				眾 楚帛書丙 眾 陶彙 3.537 眾 中山侯鉞 眾 郭店.成之 25	眾 汗 3.43 說文 眾 魏三體殘碑	篆 眾

今本尚書文字	隸古定尚書敦煌等古寫本字形	說明	出土文獻尚書		傳抄古尚書			參　證		
			戰國楚簡	魏石經	汗簡	古文四聲韻	訂正六書通	出土資料文字	傳抄古文玉篇.集韻古文	說文字形
新附屢	婁							婁汝陰侯墓六壬栻杯 婁史晨碑 婁婁壽碑		婁篆
願	顤							願縱橫家書8 顤流沙簡.簡牘1.9 顤武威簡.士相見1 顥夏承碑 願唐公房碑	玉篇願與顥同	顥篆
彰	彰							彰孔宙碑 彰戚伯著碑		
庭	達							庭武威簡.泰射39 庭曹全碑		
庶	庶	灬訛作从		庶隸釋						
底	厎厎厎厎	與底混用						偏旁氐： 厎砥.衡方碑 祗祗.史晨碑	厎四3.12崔希裕纂古底	或砥
嶽·岳	岳				岳汗4.51	岳四5.6		岳魯峻碑 岳耿勳碑		岳古
篤	篤	竹艸混作		篤漢石經						
鹿	鹿							鹿武威簡.泰射36 鹿漢石經.春秋.僖21		
麗	麗			麗魏三體				麗陶彙5.193 麗張納功德敘		
獻	獻獻獻							獻滿城漢墓銅瓿銘 獻張公神碑 獻李翊碑		

今本尚書文字	隸古定尚書敦煌等古寫本字形	說明	出土文獻尚書		傳抄古尚書			參　證		
			戰國楚簡	魏石經	汗簡	古文四聲韻	訂正六書通	出土資料文字	傳抄古文玉篇.集韻古文	說文字形
亦	〔字形〕	下四畫作灬	太 郭店緇衣10	〔字形〕 魏三體				亦 華山廟碑 / 亦 郙閣頌		
天	〔字形〕							不 漢帛.老子甲後346 / 天 夏承碑 / 夫 石門頌		
念	〔字形〕 高昌本			〔字形〕 魏三體 念 隸釋	〔字形〕 汗4.59	〔字形〕 四4.40 古孝經 古尚書		段簋 / 者汈鐘 / 蔡侯殘鐘		
憲	〔字形〕	宀冖混作						憲 孔龢碑 / 憲 夏承碑		
懷	〔字形〕 / 〔字形〕			懷 隸釋				褱 西陲簡51.11 / 憲 漢印徵		
恤	〔字形〕	卩混作阝						郎 睡虎地53.26 / 邮 耿勳碑		
怨	〔字形〕			怨 隸釋						
憾*感	〔字形〕							感 楊統碑		
恥	〔字形〕							耶 尹宙碑	干祿字書恥 恥:上俗下正	
*悅	〔字形〕	隸變:口厶								說文無悅
漢	〔字形〕							漢 流沙簡.屯戍9.4 / 漢 韓仁銘 / 漢 尹宙碑		篆〔字形〕
浮	〔字形〕							浮 孔宙碑陰		
滿	〔字形〕							蒲 居延簡甲19 / 滿 鄭固碑 / 滿 流沙簡.屯戍5.14 / 滿 漢石經.春秋成王18		

今本尚書文字	隸古定尚書敦煌等古寫本字形	說明	出土文獻尚書		傳抄古尚書			參證		
			戰國楚簡	魏石經	汗簡	古文四聲韻	訂正六書通	出土資料文字	傳抄古文玉篇.集韻古文	說文字形
沃	〔字形〕									
鰥	〔字形〕	魚訛作角						〔字形〕曹全碑		
鹽	〔字形〕							〔字形〕一號木竹簡104　〔字形〕武梁祠畫像題字		篆〔字形〕
關	〔字形〕							〔字形〕睡虎地15.97　〔字形〕武威簡.泰射64		篆〔字形〕
聰	〔字形〕	耳訛作身						〔字形〕張遷碑		
聽	〔字形〕〔字形〕〔字形〕〔字形〕	耳訛作身						〔字形〕樊安碑　〔字形〕白石神君碑　〔字形〕靈臺碑	4	
	〔字形〕	省壬						〔字形〕三公山碑		
職	〔字形〕〔字形〕	耳訛作身						〔字形〕衡方碑　〔字形〕曹全碑	集韻職或作䐈	
指	〔字形〕							〔字形〕白石神君碑	集韻旨或作百	
振	〔字形〕							〔字形〕衡方碑		
損	〔字形〕	隸變:口厶						〔字形〕華山廟碑　〔字形〕漢石經.易.損		
戲	〔字形〕	右旁俗混作虛		〔字形〕漢石經　〔字形〕〔字形〕隸釋						
或	〔字形〕	隸變:口厶						〔字形〕白石神君碑　偏旁隸變:口厶	干祿字書戓　或.上通下正	
哉	〔字形〕			〔字形〕漢石經　〔字形〕隸釋				〔字形〕禹鼎　〔字形〕邾公華鐘　〔字形〕好哉泉范　〔字形〕武氏石闕銘　〔字形〕曹全碑		

今本尚書文字	隸古定尚書敦煌等古寫本字形	說明	出土文獻尚書		傳抄古尚書			參 證		
			戰國楚簡	魏石經	汗簡	古文四聲韻	訂正六書通	出土資料文字	傳抄古文玉篇.集韻古文	說文字形
匹		L訛近辶						流沙簡.屯戍 14.16		
引								陳球碑 西晉三國志寫本	廣韻上聲 16 軫韻弘引	
總								樊敏碑		
徽								晉荀岳墓志陰		
繩								武威簡.服傳 1 漢石經.詩.抑		
絺								婁壽碑		
土								盂鼎 亳鼎 璽彙 2837 衡方碑		
垂								鄭固碑 華山廟碑 孔龢碑 校官碑 夏承碑		篆
新附塗		土作土						史晨後碑		
勸								漢帛老子乙前 17 下		
勤				魏三體隸				郙閣頌 張遷碑 魏上尊號奏		篆
鉛(鈆)		隸變:口厶								
陵								睡虎地 8.8 禮器碑		篆

今本尚書文字	隸古定尚書敦煌等古寫本字形	說明	出土文獻尚書		傳抄古尚書			參　證		
			戰國楚簡	魏石經	汗簡	古文四聲韻	訂正六書通	出土資料文字	傳抄古文玉篇.集韻古文	說文字形
陰	陰							陰睡虎地 46.21 陰縱橫家書 6 陰漢石經.易.坤.文言		篆 陰
*墜	隊	土作土								說文無墜
阤	阤	土作土								
隱	隱							隱定縣竹簡 37 隱武梁祠畫像題字		
孺	孺	隸變:需需						偏旁需: 濡堯廟碑 繻景北海碑陰	集韻儒或作傳	
羞	羞羞			蓋隸釋				羞睡虎地 8.11 羞漢石經儀禮既夕		

四、字形為俗別字

今本尚書文字	隸古定尚書敦煌等古寫本字形	說明	出土文獻尚書		傳抄古尚書			參　證		
			戰國楚簡	魏石經	汗簡	古文四聲韻	訂正六書通	出土資料文字	傳抄古文玉篇.集韻古文	說文字形
祗	祗	偏旁訛誤 礻衤								
琳	玲	偏旁訛混 今令								
珥	珇	偏旁訛混 目日								
·靈	靈	偏旁訛變 巫並								
鈠	鈠	蔎之俗字							集韻鈠或作蔎.俗作丑萒非是	

今本尚書文字	隸古定尚書敦煌等古寫本字形	說明	出土文獻尚書		傳抄古尚書			參證		
			戰國楚簡	魏石經	汗簡	古文四聲韻	訂正六書通	出土資料文字	傳抄古文玉篇.集韻古文	說文字形
含	含	偏旁訛誤 口日								
步	步	偏旁訛誤 止山								
延·征	征	偏旁訛混 彳彳								
復	復	偏旁訛變 彳氵						復 武威簡.士相見4		
循	循	偏旁訛誤 彳						循 楊君石門頌 / 循 景北海碑陰		
後	後	偏旁訛變 彳氵								
延	延									
遷	遷	省略符號						遷 華山廟碑		篆 遷
商	商							甲2416 / 商尊 / 商丘弔匕		
瞑	瞑	偏旁訛誤								
筮	筮	多一橫						巫: 王 漢印徵		
巫	巫	多一橫						王 漢印徵		
豐	豐	誤作豐						豐 豐兮簋		古 豐
亶	亶									
虐	虐									
*麴	麴							麴 居延簡甲1303 / 麴 晉辟雍碑	玉篇麦麥之俗字	說文無麴
夒	夒 夒	誤作夒						夒 劉寬碑 / 夒 樊陽令楊君碑	玉篇夒俗作夒	

今本尚書文字	隸古定尚書敦煌等古寫本字形	說明	出土文獻尚書		傳抄古尚書			參 證		
			戰國楚簡	魏石經	汗簡	古文四聲韻	訂正六書通	出土資料文字	傳抄古文玉篇.集韻古文	說文字形
檥	藥	誤作藥								或 [古文]
枚	[古文]	偏旁訛誤木扌								
臬	[古文]	偏旁訛誤木水								
楫	揖	偏旁訛誤木扌								
廟	庿	偏旁訛誤苗昔								古 [古文]
且	且	誤作且						[古文]孫臏 11.3 [古文]孫叔敖碑		
暹	遉	誤作迡（迡.遲或體）						遲：[古文]三公山碑		
寵	寵	偏旁訛誤宀穴						[古文]西晉左傳注	廣韻上聲 1 董韻：寵	
穆	憨	偏旁訛誤禾攵			𥡆 汗 3.36	𥡆 四 5.5		[古文]遹簋 [古文]井人鐘 [古文]蔡侯盤 [古文]中山王壺 [古文]秦公簋 [古文]邾公華鐘		
秩	秩秩	偏旁訛誤禾礻		秩 漢石經						
宅	宅	誤作罔古文								
尤	宄	誤作究							與汗.四注古尚書尤字作究同 敦煌本 P2643 盤庚中暫遇姦尤	

今本尚書文字	隸古定尚書敦煌等古寫本字形	說明	出土文獻尚書		傳抄古尚書			參證		
			戰國楚簡	魏石經	汗簡	古文四聲韻	訂正六書通	出土資料文字	傳抄古文玉篇.集韻古文	說文字形
作	佐	因隸書筆劃而誤作佐		佐 隸魏三體 佁 漢石經 隸釋						
裕	裕	偏旁訛誤衤礻								
顛	顛	偏旁類化								
籲	籲	偏旁訛誤竹艸								
*肜	肜	偏旁訛誤月舟								說文無肜
服	𦨶									
弱	弱							翁 睡虎地17.141		
髻	髻									或 髻
后	后									
司	司			司 魏三體				司 司母戊鼎 司 司母姒康鼎		
卿	鄉									
敬	敬									
密	蜜 和闐本	誤作蜜								
肆	肆									
易	易			易 魏三體				易 中山王鼎		
驚	陽									
猛	猛	子訛作口								
戾	戾									
獲	獲 獲			獲 魏三體				獲 秦代印風86 偏旁犭: 璽彙0289 璽彙1013		篆 獲

今本尚書文字	隸古定尚書敦煌等古寫本字形	說明	出土文獻尚書		傳抄古尚書			參　證		
			戰國楚簡	魏石經	汗簡	古文四聲韻	訂正六書通	出土資料文字	傳抄古文玉篇.集韻古文	說文字形
狐	〔狐〕									
能	〔能〕									
栽·災	〔災〕	火訛作大								籀災
餤	〔餤〕									
懿	〔懿〕	訛从皺								
規	〔規〕	夫訛作失								
懋	〔懋〕	矛訛作予								楙
懲	〔懲〕			〔懲〕隸釋						〔懲〕篆
怨	〔怨〕	夗訛作死		〔怨〕隸釋						
惡	〔惡〕								干祿字書惡惡 上俗下正	
恐	〔恐〕								〔恐〕睡虎地 15.105 〔恐〕孫臏284		
恥	〔恥〕	心省一點						〔恥〕尹宙碑	干祿字書恥恥：上俗下正	
*壓	〔壓〕	偏旁訛誤匚厂								說文無壓
*懍	〔懍〕	偏旁訛誤禾木						〔懍〕璽彙0319 〔懍〕陶彙3.829	〔廩〕四 3.28 石經稟	向或廩 說文無懍
漆	〔漆〕				〔漆〕汗4.48	〔漆〕四5.8			玉篇古文漆作〔漆〕	
	〔漆〕							〔漆〕漢印徵 〔漆〕漢石經.春秋.襄21	六朝俗體漆	〔漆〕篆
濮	〔濮〕	偏旁訛變業業								
泥	〔泥〕								篇韻泥俗作埿	
沖	〔沖〕	偏旁訛變氵冫							玉篇冲俗沖字	

今本尚書文字	隸古定尚書敦煌等古寫本字形	說明	出土文獻尚書		傳抄古尚書			參 證		
			戰國楚簡	魏石經	汗簡	古文四聲韻	訂正六書通	出土資料文字	傳抄古文玉篇.集韻古文	說文字形
淫	滛滛			魏三體 淫 漢石經						篆經
渠	䢉	偏旁訛誤氵言								
沃	沃沃沃									
津	津				汗5.61	四1.31 四2.31	六59			
涉	沙沙	部件訛變止山						楚帛書甲3.17 郭店.老子甲8	汗5.61義雲章	篆
〈‧畎	畎	偏旁訛誤犬友								〈 篆畎
彝	彝	偏旁訛誤卄木						前5.1.3 小夫作父丁卣 仲追父簋 史頌簋 芮伯壺		篆
堯	尭尭									
釐	釐釐							芮伯壺 釐鼎 師酉簋 善夫克鼎		
鰥	鰥鰥	偏旁訛變眔睘							四1.39古孝經鰥	鰥
	鰥	偏旁訛誤魚角						曹全碑		

今本尚書文字	隸古定尚書敦煌等古寫本字形	說明	出土文獻尚書		傳抄古尚書			參　　證		
			戰國楚簡	魏石經	汗簡	古文四聲韻	訂正六書通	出土資料文字	傳抄古文玉篇.集韻古文	說文字形
聰	𦕢	偏旁訛誤耳身						聰 張遷碑		
聽	聽聽聽聽	偏旁訛誤耳身						聽 樊安碑　聽 白石神君碑　聽 靈臺碑		
	聽	偏旁省壬						聽 三公山碑		
職	職職	偏旁訛誤耳身						職 衡方碑　職 曹全碑	集韻職或作䐈	
擾	擾									
	㨆	偏旁訛誤扌木								
揚	揚	偏旁訛誤易易								
撻	撻	偏旁訛混扌才								
撲	㩧									
母	毌	誤作毌								
戲	戲		戲 漢石經尙書殘碑　戲戲 隸釋							
或	戜									
戕	戕	偏旁訛誤爿牛								
匹	𤴐	偏旁訛誤匚又						匹 流沙簡.屯戍14.16		
匡	匡							匡 璽彙4061　匡 陶彙4.96　匡 山東002		或筐

今本尚書文字	隸古定尚書敦煌等古寫本字形	說明	出土文獻尚書		傳抄古尚書			參　　證		
			戰國楚簡	魏石經	汗簡	古文四聲韻	訂正六書通	出土資料文字	傳抄古文玉篇.集韻古文	說文字形
匯	滙	偏旁訛誤匚宀.氵彳								
總	總 紤 緫							繐樊敏碑		
墮	墜								廣韻云墮同陸俗作隓	
勖	勗	偏旁訛誤冃日.目日								
	勗	偏旁訛誤冃皿.目日								
勞	芳	部件訛誤力刀						劳居延簡甲78		
勦	勦	部件訛誤力刀							P2533 甘誓天用勦絕其命.剿字今本作勦乃剿之誤	
協	拹	部件訛誤力刀								
	恊 恊	偏旁訛誤十忄部件訛誤力刀								
錫	鐊	偏旁訛誤易昜								
鉞	鉞	偏旁訛誤戉戊								
*劉	鐂劉			劉魏三體古劉魏三體篆				劉劉君神道劉居延簡甲1531劉華山亭碑劉桐柏廟碑		說文無劉

今本尚書文字	隸古定尚書敦煌等古寫本字形	說明	出土文獻尚書		傳抄古尚書			參　證		
			戰國楚簡	魏石經	汗簡	古文四聲韻	訂正六書通	出土資料文字	傳抄古文玉篇.集韻古文	說文字形
牫	牫	偏旁訛誤 爿牛								
魁	魁	偏旁訛誤 斗卜								
矜	矜	偏旁訛誤 矛予.今令								
陟	陟	部件訛誤 止山						𣥦 沈子簋 𣥩 散盤 陟 蔡侯盤		篆 𨸏
降	降	多飾點								
降	津	誤作津						P2748 多士 "予大降爾四國民命"		
陳	堹	偏旁訛誤						坥 四 5.5 燦		
*隋	隋	偏旁訛誤 阝氵								說文無隋
獸	獸	偏旁訛誤 犬戉								
亂	乱							干祿字書：乱亂上俗下正		
庚	庚		庚 漢石經							篆 庚
辜	辜 辜 辜 辜	偏旁訛誤 辛羊手		魏三體（篆隸）						
孟	孟	偏旁訛誤 子口						孟 漢帛老子甲後237 孟 馬王堆.易8		
孟	盟 盟	偏旁訛誤 月日						孟豬.孟津.孟侯字		盟篆 盟
寅	寅	偏旁混作 宀穴								
卯	卯									

第二節　隸古定《尚書》日本古寫本文字形體之探源

一、源自古文字形之隸定、隸古定或隸古訛變

（一）為傳鈔《尚書》古文與《說文》古籀等或體字形相同者之隸定、隸古定或隸古訛變

今本尚書文字	隸古定本尚書		出土文獻尚書		傳抄古尚書			參　證		
	日本唐寫本文字形體	探源說明	戰國楚簡	魏石經	汗簡	古文四聲韻	訂正六書通	出土資料文字	傳抄古文	說文字形
一	〔弌〕	古文隸定			〔弌〕汗 1.3	〔弌〕四 5.7		〔弌〕郭店.緇衣 17 〔弌〕郭店.窮達 14		古〔弌〕
帝	〔帝〕	古文隸定	〔帝〕魏品式	〔帝〕汗 1.3	〔帝〕四 4.13	〔帝〕六 255	〔帝〕後上 26.15 〔帝〕粹 1128		古〔帝〕
禮	〔礼〕	古文隸定			〔礼〕汗 1.3	〔礼〕四 3.12		〔礼〕九里墩鼓座		古〔礼〕
	〔礼〕	訛變								
三	〔弎〕	古文隸定			〔弎〕汗 1.3	〔弎〕四 2.13				古〔弎〕
中	〔中〕	古文隸定訛變	〔中〕魏三體	〔中〕汗 1.4				〔中〕甲 398 〔中〕中盉 〔中〕中山王鼎		籀〔中〕
遷	〔遷〕	隸古定訛變			〔遷〕汗 4.49	〔遷〕四 2.4		〔遷〕侯馬 〔遷〕郭店.窮達 5 〔遷〕雲夢.秦律 154		或〔遷〕
遲	〔遟〕	古文隸定			〔遟〕汗 1.8	〔遟〕四 1.18		〔遟〕包 198 〔遟〕天星觀.卜 〔遟〕三公山碑	集韻遟：人名.遟任古賢人.書"遟任有言"	或〔遟〕
遂	〔遂〕	隸古定訛變				〔述〕四 4.5	〔述〕六 275	借述為遂：〔述〕盂鼎 〔述〕史遂簋 〔述〕中山王壺 〔述〕魏三體君奭 〔述〕魏三體僖公		古〔遂〕
	〔述〕	隸古定訛變			〔述〕汗 1.8					述籀〔述〕

今本尚書文字	隸古定本尚書		出土文獻尚書		傳抄古尚書			參　證		
	日本唐寫本文字形體	探源說明	戰國楚簡	魏石經	汗簡	古文四聲韻	訂正六書通	出土資料文字	傳抄古文	說文字形
近	㡀	古文隸定		㞢 汗1.7				假旂爲近： 㫃 邾旂士鐘 旂 命瓜君壺 㫃 齊侯敦 㫃 洹子孟姜壺 㫃 喬君鉦		古 㞢
德	惪惪惪惪惪惪惪	古文隸定	㥁 上博1緇衣3	㥁 魏品式魏三體	惪 汗4.59			惪 嬴霝惪壺 惪 陳侯因資錞 惪 侯馬3.7 惪 侯馬98.6 惪 中山王鼎		惪古 惪
往	延	隸古定			㞷 汗1.8	㞷 四3.24	㞷 六222			古 㞷
復·退	復退退退	隸古定·訛變			㞽 汗1.8	㞽 四4.17	㞽 行氣玉銘 㞽 楚帛書乙8.6 㞽 郭店魯穆2 退 校官碑 退 張遷碑 退 鄭固碑			古 㞽
得	㝵	古文隸定訛變			㝵 汗1.14			㝵 前7.42.2 㝵 克鼎 㝵 子禾子釜 㝵 中山王鼎 㝵 魏三體僖公		古 㝵
冊	笧箮	古文訛變隸定			笧 汗1.10	笧 四5.18		冊 師虎簋 冊 師酉簋		古 笧
嗣	孠	古文隸定			孠 汗6.80	孠 四4.7		孠 戍嗣鼎 孠 令瓜君壺 孠 曾侯乙鐘		古 孠
謨	暮暮	古文隸定			暮 汗1.6	暮 四1.25			虞書曰咎繇謨	古 暮

今本尚書文字	隸古定本尚書		出土文獻尚書		傳抄古尚書			參　證		
	日本唐寫本文字形體	探源說明	戰國楚簡	魏石經	汗簡	古文四聲韻	訂正六書通	出土資料文字	傳抄古文	說文字形
誓	斳斳斳斳斳	隸古定訛變			斳 汗1.7 斳 汗6.76	斳 四.15		折： 斳 洹子孟姜壺	集韻誓古斳 匡謬正俗引古文尚書湯誓作斳	折籀斳
農	辳辰	古文隸定訛變			辳 汗1.5	辳 四1.12		辳 乙282 辳 後2.13.2 辳 後2.39.17		古辳 小徐古辳
度	庑庑庑 庑	古文隸定 訛變			宅 汗4.51 亦度字	宅 度 四4.11.亦宅字		庑 中山王鼎	庑 四4.11 籀韻	宅古庑
事	叓叓 克	隸古定 訛變		叓 魏三體				叓 叔卣 叓 師旂鼎 叓 事族簋 叓 秦公鎛 叓 哀成弔鼎 叓 申鼎	叓 汗3.31使亦事字 見石經	古叓
役	伇伇	隸古定						伇 前6.4.1 伇 後2.26.18		古伇
殺	敓敓	戰國古文訛變隸定	敓 魏三體		敓 汗1.15	敓 四5.12		敓 侯馬 敓 楚帛書丙 敓 江陵370.1 敓 包山134 敓 包山120 敓 郭店.魯穆5 敓 郭店.尊德3	敓 魏三體僖公	古敓
皮	侲	古文訛變隸定			侲 汗2.21	侲 四1.15		侲 弔皮父簋 侲 夆壺 侲 包2.33 侲 璽彙3908 侲 貨幣四		古侲

今本尚書文字	隸古定本尚書		出土文獻尚書		傳抄古尚書			參　證		
	日本唐寫本文字形體	探源說明	戰國楚簡	魏石經	汗簡	古文四聲韻	訂正六書通	出土資料文字	傳抄古文	說文字形
敢	〔敦敦〕	隸古定訛變		〔魏三體〕				〔圖〕農卣 〔圖〕彔伯簋 〔圖〕陶彙 8.1351 〔圖〕郭店.六德 17 〔圖〕包山 15		古〔圖〕
前	〔圖〕／〔圖〕	隸古定／隸古定訛變		〔圖〕魏三體				〔圖〕兮仲鐘 〔圖〕追簋 〔圖〕郭店.尊德 2 〔圖〕包山 122		歬篆〔圖〕
則	〔圖〕	古文隸定		〔圖〕魏三體	〔圖〕汗 2.21			〔圖〕何尊 〔圖〕鄂君啓舟節 〔圖〕曾侯乙鐘 〔圖〕楚帛書乙 〔圖〕郭店語叢 1.34		籀〔圖〕
剛	〔但〕	傳抄古文隸定			〔圖〕汗 3.41	〔圖〕四 2.17		〔圖〕禹鼎 〔圖〕侯馬 1.41 〔圖〕齊子盤		古〔圖〕
衡	〔圖〕／〔圖〕	隸古定／訛變			〔圖〕汗 4.58	〔圖〕四 2.19	〔圖〕六 127			古〔圖〕
簵·簬	〔圖〕	古文隸定							枯下夏書曰唯箘簬枯	古〔圖〕
甑	〔圖〕	古文隸定			〔圖〕甑.汗 5.69	〔圖〕甗.四 3.6				古〔圖〕
典	〔圖〕／〔圖〕	古文訛變隸定		〔圖〕魏品式 〔圖〕魏三體	〔圖〕汗 2.21	〔圖〕四 3.17		〔圖〕陳侯因資錞 〔圖〕包山 3 〔圖〕包山 11 〔圖〕包山 16 〔圖〕包山 7		古〔圖〕
盧	〔圖〕／〔圖〕	隸古定訛變		〔圖〕古／篆／魏三體					文侯之命盧弓一盧矢百	旅古〔圖〕

今本尚書文字	隸古定本尚書		出土文獻尚書		傳抄古尚書			參 證		
	日本唐寫本文字形體	探源說明	戰國楚簡	魏石經	汗簡	古文四聲韻	訂正六書通	出土資料文字	傳抄古文	說文字形
益	〔字形〕	隸古定		〔魏品式皋陶謨〕	〔字形〕 汗4.52	〔字形〕 四5.16		〔字形〕侯馬 〔字形〕璽彙1551 〔字形〕包山83 〔字形〕郭店.尊德21 〔字形〕郭店.老子乙3		〔字形〕
飲	〔字形〕	隸古定訛變			〔字形〕 汗5.61	〔字形〕 四3.28		〔字形〕菁4.1 〔字形〕辛伯鼎 〔字形〕善夫山鼎 〔字形〕魯元匜 〔字形〕中山王壺 〔字形〕曾孟嬭諫盆		古〔字形〕
厚	〔字形〕	隸古定			〔字形〕 汗4.49	〔字形〕 四3.27 〔字形〕 四4.39		〔字形〕郭店.老子甲4 〔字形〕郭店.成之5 〔字形〕郭店.語叢1.82		古〔字形〕
	〔字形〕	訛變								
舞	〔字形〕	古文隸定訛變			〔字形〕 汗2.17	〔字形〕 四3.10	〔字形〕 六186			古〔字形〕
	〔字形〕	亡誤作言								
樹	〔字形〕	古文隸定			〔字形〕 汗3.30	〔字形〕 四4.10		〔字形〕石鼓文		籀〔字形〕
檀	〔字形〕	古文隸定訛變			〔字形〕 汗3.30	〔字形〕 四5.11				古〔字形〕
麓	〔字形〕	古文隸定			〔字形〕 汗3.30	〔字形〕 四5.3		〔字形〕粹664 〔字形〕前2.23.1 〔字形〕京津5301 〔字形〕麓伯簋		古〔字形〕
困	〔字形〕	古文隸定			〔字形〕 汗3.30	〔字形〕 四4.20		〔字形〕珠25 〔字形〕乙6723反		古〔字形〕

今本尚書文字	隸古定本尚書		出土文獻尚書		傳抄古尚書			參　證		
	日本唐寫本文字形體	探源說明	戰國楚簡	魏石經	汗簡	古文四聲韻	訂正六書通	出土資料文字	傳抄古文	說文字形
賓	賔	隸古定			汗 3.40	四 1.32		保卣／守簋／伯賓父簋／齊鮑氏鐘／曾侯乙鐘／嘉賓鐘		古
貧	窮窮	古文隸定			汗 3.39	四 1.32				古
時	旹旹	隸古定		魏品式 魏三體	汗 3.33	四 1.19		中山王壺		古
	昁	古文隸定偏旁位移								
昔	筶	隸古定		魏三體	汗 3.33			何尊／卯簋／克鼎／史昔鼎／螽壺	四 5.16 又 古孝經	古
旅	袤	隸古定						且辛爵／作旅鼎／犀伯鼎／鬲攸比鼎／虢弔鐘	汗 4.48 魯見石經說文亦作旅／隸續石經	古
	表袞 衰袞 袞袞	隸古定訛變		魏三體						
夙	佤	隸古定			汗 3.41	四 5.5		鐵 229.4／後 2.2.3／佚 538		古
多	夠	古文隸定		魏三體				麥鼎／郭店.老子甲 14		古
栗	桑	傳抄古文隸古定訛變		魏品式	汗 3.30	四 5.8		前 2.19.3／林 1.28.12／石鼓文／包山竹簽／璽彙 0233		古

今本尚書文字	隸古定本尚書		出土文獻尚書		傳抄古尚書			參 證		
	日本唐寫本文字形體	探源說明	戰國楚簡	魏石經	汗簡	古文四聲韻	訂正六書通	出土資料文字	傳抄古文	說文字形
克	袁袁袁袁袁袁	隸古定訛變		魏三體				中山王鼎 郭店.老乙 2 璽彙 3507 陶彙 3.124		古
秋	穐	傳抄古文隸定省變			汗 3.36	四 2.23		掇 1.43.5 京都 2529		籀
家	冞	隸古定訛變	魏三體					令鼎 寡子卣 𥬫簋 命瓜君壺 中山王鼎		古
宅	庀庀庀庀庀庀	古文隸定	魏三體	汗 4.51	四 4.11		何尊 秦公簋 郭店.成之 34 郭店.老乙 8		古
容	宓宓	古文隸定			汗 3.3			邾公華鐘 虢文公鼎 十一年●車鼎		古
宜	冝冝	隸古定		魏三體				宜陽右倉簋 䀠壺		古
网·罔	同宦宦罜宔宅宔宔宔宔宔	古文隸定 / 古文隸定訛變		魏三體	汗 3.39					古
常	裳	古文隸定			汗 4.59	四 2.15	六 127		玉篇裳古常字	或

今本尚書文字	隸古定本尚書		出土文獻尚書		傳鈔古尚書			參　證		
	日本唐寫本文字形體	探源說明	戰國楚簡	魏石經	汗簡	古文四聲韻	訂正六書通	出土資料文字	傳鈔古文	說文字形
視	眎眎眎眎睰眰睰睰眂睰睰睰睰	古文隸定				睰 四 4.5		睰 前 2.7.2		古 眎
旬	旬旬匌	隸古定訛變			匀 汗 4.50			匀 王孫鐘	匀 汗 4.34 石經	古 匀
鬼	䰡䰡䰡	古文隸定								古 䰠
嶽・岳	屵屵屵屵	隸古定			屵 汗 4.51	屵 四 5.6				古 屵
奄	弇	弇篆文隸定			弇 汗 3.39	弇 四 3.29		弇 望山 2.38 弇 郭店.成之 16 弇 中山王鼎		弇 古 弇
慎	昚昚昚昚	古文隸定訛變	昚 魏三體		昚 汗 3.34	昚 四 4.18	昚 六 281	昚 邾公華鐘 昚 郭店.語叢 1.46		古 昚
懼	愳	古文隸定			愳 汗 4.59	愳 四 4.10		愳 中山王鼎 愳 璽彙 3413 愳 璽彙 2813 愳 陶彙 3.234 愳 玉印 26	集韻懼古作愳愳	古 愳
徵	僮僮僮僮僮僮	古文隸定.訛變	僮 魏三體		僮 汗 1.12	僮 四 2.6		僮 侯馬 僮 侯馬		籀 僮
怒	㺵	古文隸定	㺵 魏三體					㺵 夆壺 㺵 郭店.性自 2 㺵 郭店.老子甲 34	㺵 四 4.11 籀韻怒 集韻怒古作 悠怒	恕古 恕
淵	囦	古文隸定			囦 汗 5.61	囦 四 2.3		囦 後 1.15.2 囦 郭店.性自 62 囦 中山王鼎		古 囦

今本尚書文字	隸古定本尚書		出土文獻尚書		傳抄古尚書			參 證		
	日本唐寫本文字形體	探源說明	戰國楚簡	魏石經	汗簡	古文四聲韻	訂正六書通	出土資料文字	傳抄古文	說文字形
西	卤	隸古定訛變		魏三體				戌甬鼎 幾父壺 多友鼎 國差𦉥 畬章作曾侯乙鎛		古籀
威	畏	古文隸定		魏三體				乙669 盂鼎 毛公鼎 沈兒鐘 江陵.秦家13 郭店.成之5	汗4.50畏亦威字見說文	畏古
奴	俊	古文隸定			汗5.66	四1.26		陶彙6.195 包山122		古
民	区民区尼	古文隸定		魏三體				何尊 盂鼎 曾子斿鼎 洹子孟姜壺 沈兒鐘 䜌壺		古段古
弼	弜	古文隸定	魏品式		汗4.70	四5.8				古
二	弍弐	古文隸定 / 訛變			汗6.73					古
堂	坣	古文隸定			汗6.73	四2.16		中山王兆域圖 璽彙3442 璽彙5422		古
功	玖玖珍珍	隸古定訛變		魏三體						工古
斷	𪎫𪎫𪎫𪎫𪎫	古文隸定訛變			汗6.82	四4.21		量侯簋		古

今本尚書文字	隸古定本尚書		出土文獻尚書		傳抄古尚書			參　證		
	日本唐寫本文字形體	探源說明	戰國楚簡	魏石經	汗簡	古文四聲韻	訂正六書通	出土資料文字	傳抄古文	說文字形
四	亖	古文隸定		魏三體	亖 汗6.73			亖 保卣 亖 毛公鼎		古籀 亖
五	𠄡	古文隸定		魏品式 魏三體				𠄡 陶彙3.662 𠄡 古幣22		古 𠄡
禹	禽禽禽禽	隸古定訛變		魏品式	汗3.41 汗6.78	四3.9		鼎文 弔向簋 禹鼎 秦公簋 璽彙5124	集韻禹古作 禽禽	古 禽
亂	𤔔𤔔𤔔	隸古定訛變	魏三體	汗1.13	四4.21		毛公鼎 楚帛書乙 九店56.28 郭店唐虞28 郭店成之32		古 𤔔
成	戌 戌戌戌戌	古文隸定 / 古文隸定訛變	魏三體	汗6.79			沈兒鐘 蔡侯鐘 中山王鼎		古 戌
*㚢	仉	古文隸定			奴 汗5.66	奴 四1.26				奴古 說文無㚢

（二）字形見於傳鈔《尚書》古文，為其隸定、隸古定或隸古訛變

今本尚書文字	隸古定本尚書		出土文獻尚書		傳抄古尚書			參　證		
	日本唐寫本文字形體	探源說明	戰國楚簡	魏石經	汗簡	古文四聲韻	訂正六書通	出土資料文字	傳抄古文	說文字形
天	兂兂兂 兂兂	隸古定 / 訛變	兲 郭店唐虞28	魏三體	兂 汗1.3	兂 四2.2		郭店.成之4 曾侯乙墓匫器 兂 無極山碑		
上	丄	隸古定		上 魏三體				上 古陶5.380 上 秦陶1490		篆 上

今本尚書文字	隸古定本尚書		出土文獻尚書		傳抄古尚書			參證		
	日本唐寫本文字字形體	探源說明	戰國楚簡	魏石經	汗簡	古文四聲韻	訂正六書通	出土資料文字	傳抄古文	說文字形
祥	祥	古文隸定		魏三體						示古
神	神	隸古定		魏三體	汗 1.3	四 1.31		伯戔簋／行氣銘		示古
祖	祖	隸古定訛變		魏三體				輪鎛		示古
皇	皇	隸古定訛變		魏三體	汗 2.16	四 2.17		作冊大鼎／士父鐘／仲師父鼎	玉篇皇古文皇	王古
電・靈	霝靈	隸古定訛變				四 2.22／四 2.22		齊宋顯伯造塔銘	汗 5.63／四 2.22 崔希裕纂古	霝
蒼	崟蒼	隸古定訛變		魏品式						倉奇
蒙	蠱蠱	傳抄古文隸定訛變			汗 6.72	四 1.10		亡：中山王鼎／中山王兆域圖／璽彙 2506／璽彙 4528		𡈼
牽	緊堅	傳抄古文隸定			汗 5.66					擘篆
嚌	嚌	隸古定			汗 1.6	四 1.27／四 4.13				
	坒	隸古定			汗 6.73	齊四 1.27		齊陳曼簠／十年陳侯午錞／大膚鎬	玉篇坒古文齊	

今本尚書文字	隸古定本尚書		出土文獻尚書		傳抄古尚書			參　證		
	日本唐寫本文字形體	探源說明	戰國楚簡	魏石經	汗簡	古文四聲韻	訂正六書通	出土資料文字	傳抄古文	說文字形
呼		古文隸定		𠂤呼 魏三體				宇 何尊 𠂤 沈子它簋 𠂤 寡子卣		虖
吾		傳抄古文魚隸古定訛變				魚 魚 四1.22			𤎩 汗5.63	
和		古文隸定			咊 汗1.6	咊 四2.11		禾 𧌄壺 和 陳肪簋 和 史孔盉		
哎		隸古定訛變			𡁜 汗1.6	哎 四2.25				
㞢		隸古定訛變		岁 魏三體				肖 弓仲鐘 𡳿 追簋 𡳿 郭店.尊德2		㞢篆 肖
歲		古文隸定訛變			𡵁 汗5.68	歲 歲 四4.14	𣥂 六275	𣥂 毛公鼎 𣥂 爲甫人盨	歲 四4.14 崔希裕纂古	
		古文隸定								
		古文隸定訛變			𡵁 汗1.7			𣥂 公子土斧壺		
遯		隸古定			遯 汗1.8	遯 四3.16 遯 四4.20		豚： 𢑷 臣辰卣 𢑷 豚鼎 𢑷 豚卣		篆 𢑷
道		隸古定			衜 汗1.10	衜 四3.20		衜 貉子卣		
往		隸古定訛變		𨒫 魏三體				𨒫 吳王光鑑		

今本尚書文字	隸古定本尚書		出土文獻尚書		傳抄古尚書			參　證		
	日本唐寫本文字形體	探源說明	戰國楚簡	魏石經	汗簡	古文四聲韻	訂正六書通	出土資料文字	傳抄古文	說文字形
諸		隸古定訛變			汗 4.48	四 1.23			諸魏三體僖公 諸四 1.23古孝經 者四 3.21古孝經 者四 3.21古老子 四 1.23	
訓		古文隸定		魏三體	汗 1.12	四 4.19				
誨		古文隸定			汗 1.6	四 4.17		珠 523		
謀		古文隸定			汗 4.59	四 2.24	六 149		集韻謀或作悲	
諺		隸古定			汗 1.12	四 4.21		古璽.字形表 3.6 隨縣石磬	集韻古唸字	
讇		古文隸定			嚋.汗 1.6	四 2.24	六 145		集韻平聲四18 尤韻讇或作嚋	
詛		古文隸變			汗 1.3			祖： 包山 241 望山.卜 司空宗俱碑△父司隸校尉 孔遷碣△述家業	集韻詛古作禤 一切經音義：說文詛古文禤同	
敷		古文隸變		魏三體 魏二體	汗 1.14	四 1.25		毛公鼎 番生簋 包山 176 郭店.語叢2.5 郭店.尊德35		專
		隸古定								

今本尚書文字	隸古定本尚書		出土文獻尚書		傳抄古尚書			參　證		
	日本唐寫本文字形體	探源說明	戰國楚簡	魏石經	汗簡	古文四聲韻	訂正六書通	出土資料文字	傳抄古文	說文字形
變		隸定			汗4.48	四4.24		侯馬1.36　侯馬1.30　曾侯乙鐘　曾侯乙鐘　曾侯乙鐘	四4.24 籀韻	
攸		古文隸定			汗1.9	四2.23		卣：毛公鼎錫汝卣一△　臣辰卣　虢弔鐘　毛公鼎　鬲攸比鼎		攸篆
牧		訛變 / 古文隸定		魏三體	汗6.73	四5.5			玉篇坶同坶 集韻坶或从每 通作牧	
爽		隸變				四3.24		班簋　散盤	汗1.15	爽篆 / 篆
奭		古文隸定	上博1緇衣18　郭店緇衣36	篆隸 魏三體	汗2.17	四5.26		璽彙2680　陶彙4.26		篆奭
美		隸古定			汗5.66	四3.5		郭店.老子甲15　郭店.緇衣1　郭店.老子丙7	四3.5 籀韻	嫐
割		訛誤 / 隸定 / 隸定		魏三體	汗2.21			偏旁害：師害簋　伯家父簋	玉篇割字古文作刮	

今本尚書文字	隸古定本尚書		出土文獻尚書		傳抄古尚書			參 證		
	日本唐寫本文字形體	探源說明	戰國楚簡	魏石經	汗簡	古文四聲韻	訂正六書通	出土資料文字	傳抄古文	說文字形
簡	柬栗栗栗	古文隸定		魏三體				東1 唐張車尔墓誌　東2 唐張玄弼墓誌	汗 3.30 義雲章	東
箕	竿箕	古文隸定			笑 汗 2.21	芺 四 1.20		六 □箕鼎　六 貨系 1604　簍 信陽 2.21　芺 璽彙 3108		
乃	迺	隸定			圀 汗 6.82	圀 四 3.13		毛公鼎　盨方彝		迺篆 迺篆 迺
于	丂丂丂干　丂亐亏丂	訛變　隸古定	于 上博 1 緇衣 19	于 魏三體						
虞	怣怣怣　怣怣定　怣定迮迮　迮迮迮迮	隸古定　隸古定訛變　隸古定			众 汗 2.26	众众 四 1.24	众众 六 32		左氏隱元年傳疏"石經古文虞作众"	
靜	靑彭靚靚　靜	古文隸定　訛變		彤 魏三體		彰 淨 四 4.36	彰 六 226			彭
會	岁炭岁炭炭	隸定			岁 汗 4.51	岁 四 4.12	六 六 276		岜 汗 4.51　岁岁 四 4.12 石經　炭 四 4.12 崔希裕纂古　集韻會古作屶岁㑹	

今本尚書文字	隸古定本尚書		出土文獻尚書		傳抄古尚書			參　證		
	日本唐寫本文字形體	探源說明	戰國楚簡	魏石經	汗簡	古文四聲韻	訂正六書通	出土資料文字	傳抄古文	說文字形
夏	夏夏夏夏夏	古文隸定			𡕾 汗4.47	𡕾 四3.22		𢾭 邵伯簠 𢾭 郭店.緇衣 𢾭 上博1.詩2 𢾭 璽彙3643 𧾷 璽彙15		
梅	楳	訛變			楳 汗3.30	楳 四1.29				篆 楳
	楳楳	古文隸定								
梓	杍	隸定			杍 汗3.30 亦李字	杍 四3.8 亦李字		李： 杍 說文古文 杍 戰國印.吉金 杍 戰國.陳簠		
柂	柁	古文隸定訛變				柂 四1.33				
麇	貪	古文隸定			貪 汗6.82	貪 四4.40		酓 乙8710 酓 粹1316 酓 伯作姬酓壺 酓 酓章作曾侯乙鎛 酓 酓朏盤		酓
桐	梟	古文隸定			梟 汗3.30			梟 廖生盨 梟 宜桐盂 梟 蔡侯殘鐘 梟 曾侯乙簡212		
析	斦	訛變			斦 汗6.76					
	斦斦斦	古文隸變								
稽	𥠎	古文隸變			𥠎 汗2.23	𥠎 四1.27			（占問.考察義）	
稽	𥡴𥡴𥡴	訛變			𥡴 汗4.48	𥡴 四3.12			（稽首義.上聲）	
	𥡴𥡴譛	隸古定訛變								

今本尚書文字	隸古定本尚書		出土文獻尚書		傳抄古尚書			參　證		
	日本唐寫本文字字形體	探源說明	戰國楚簡	魏石經	汗簡	古文四聲韻	訂正六書通	出土資料文字	傳抄古文	說文字形
圖	〔圖之隸古定諸形〕	隸定			〔汗簡古文〕汗3.33	〔古文〕四1.26				
賢	〔臤隸定形〕	古文隸變	〔魏三體〕魏三體					袁良碑校官碑賢字作臤	玉篇賢臤古文	臤
都	郶	隸古定	魏品式／魏三體					〔鈇鐘〕鈇鐘　〔●鎛〕●鎛　〔仲都戈〕仲都戈　〔叔夷鎛〕叔夷鎛	〔汗簡〕汗3.33石經	
鄰	厸　訛變 㷋　傳抄古文訛誤				〔汗簡〕汗6.82	〔古文〕四1.31	〔六書通〕六60	〔孫根碑〕孫根碑　〔中山王鼎〕中山王鼎　〔郭店.性自〕郭店.性自18　〔郭店.老子甲〕郭店.老子甲9　〔郭店.窮達〕郭店.窮達12	玉篇集韻厸古鄰字	
郊	〔隸古定形〕	隸古定訛誤			〔汗簡〕汗4.51	〔古文〕四1.15　歧				古〔槁〕
昏	旦	古文隸定			〔汗簡〕汗3.34				集韻昏古作旦	
昊	〔昊古文形〕	古文隸定	〔魏三體〕魏三體					〔壬侯●〕壬侯●　戟	釋文作具	
暨	泉　訛變 泉泉晁　訛誤 泉泉　隸古定訛變		泉　魏品式					〔甲436〕甲436　〔菁10.18〕菁10.18　〔小臣●簋〕小臣●　簋　〔令鼎〕令鼎　〔師晨鼎〕師晨鼎　〔叔鐘〕叔鐘　〔翏生盨〕翏生盨		

今本尚書文字	隸古定本尚書		出土文獻尚書		傳鈔古尚書			參　證		
	日本唐寫本文字形體	探源說明	戰國楚簡	魏石經	汗簡	古文四聲韻	訂正六書通	出土資料文字	傳鈔古文	說文字形
施	㐌㐌㐌	隸古定訛變			椸. 汗 4.48			它.也： 子仲匜 沈子它簋 師遽方彝 取它人鼎 施： 老子乙前 141 上	集韻杝字古作㐌	
族	実崀崀崀	古文隸定訛變			汗 1.7	四 5.3	六 325	甲 984 師酉簋 不易戈 侯 85.23 郭店.語三 1.4 郭店.六 28		
期	𣆪	古文隸定訛變			汗 3.35	四 1.19				
岡	𦥏𦥏	隸定			汗 4.58	四 3.25		珠 564 珠 565		
夙	𠈇𠈇	隸古定訛變			汗 3.35	四 5.5		前 6.16.3 盂鼎 毛公鼎 鄭季宣碑		篆
栗	㮚㮚㮚㮚	隸古定訛變			汗 3.30	四 5.8				
粟	㮚㮚㮚㮚	隸古定			汗 3.37 汗 3.36	四 5.6		璽彙 5550 璽彙 5549 璽彙 0276 璽彙 0287		篆
齊	𠅘𠅘	古文隸定訛變			汗 6.73	四 1.27		齊陳曼簠 十年陳侯午錞 大𣆣鎬		

今本尚書文字	隸古定本尚書		出土文獻尚書		傳抄古尚書			參證		
	日本唐寫本字形體	探源說明	戰國楚簡	魏石經	汗簡	古文四聲韻	訂正六書通	出土資料文字	傳抄古文	說文字形
穆	[古文字形]	偏旁訛誤 / 傳抄古文隸定			汗3.36	四5.5		遹簋 / 井人鐘 / 蔡侯盤 / 中山王壺 / 秦公簋 / 郘公華鐘		
私	[古文字形]	古文隸定			汗6.82			包山196 / 郭店老子甲2 / 璽彙4792		
稱	[古文字形]	訛變 / 隸定訛變	魏三體		汗1.13	四2.28	六136	鐵102.2 / 前5.23.2 / 佚139 / 仲●簋 / 𣪥簋		
兼	[古文字形]	古文隸定訛變			廉 汗3.36			居延簡甲2042A / 武威簡.有司15 / 華山廟碑		
寶	[古文字形]	傳抄古文隸定訛變			汗1.4	四3.21				古[古文字形]
嚮	[古文字形]	亡字隸變			汗3.39	四3.24			四3.24古孝經享 / 四3.24崔希裕纂古	
网·罔	[古文字形]	隸定訛變		魏三體					魏三體石經呂刑民之亂罔不中.罔作亡	
罪	[古文字形]	隸定訛誤		魏三體	汗6.80					

今本尚書文字	隸古定本尚書		出土文獻尚書		傳抄古尚書			參　證		
	日本唐寫本文字形體	探源說明	戰國楚簡	魏石經	汗簡	古文四聲韻	訂正六書通	出土資料文字	傳抄古文	說文字形
傲	�	隸變			汗 4.47	四 4.30	六 303		說文：益稷無若丹朱傲	丵篆
備	俻俻	隸定					六 251	睡虎地 23.1　漢帛.老子乙前 18 上　西狹頌　無極山碑		篆
僭	晉	古文隸定			汗 2.23			偏旁朁：夏承碑.		朁篆
裕	褱裒褱褏袞	訛變 省形 古文隸定		魏三體 魏三體隸				十六年戟　敦簋　郭店.六德 10 "以△六德"		篆
耄	耄	隸古定				四 4.30			集韻蓍或作耄	
尾	尾	隸變			汗 3.44			乙 4293　隨縣 34		
新附屢	婁婁	古文隸定			汗 5.66	四 2.25		汝陰侯墓六壬栻杯　史晨碑　婁壽碑		婁篆
兒・貌	紿	古文隸定訛變			汗 5.70	四 5.18貊			四 5.18誤注貊	
兜	哭哭受	古文隸定訛變			汗 1.6	四 2.25				
須	頙	古文隸定			汗 4.47	四 1.24	六 36			
崇	宩崈	古文隸定			汗 4.51	四 1.11		袁良碑崇作崈		
廡	忘庑	隸古定			汗 4.51	四 3.10				
斥	庍斤仔	訛變 隸定訛變				四 5.17				篆庍

今本尚書文字	隸古定本尚書		出土文獻尚書		傳抄古尚書			參 證		
	日本唐寫本文字形體	探源說明	戰國楚簡	魏石經	汗簡	古文四聲韻	訂正六書通	出土資料文字	傳抄古文	說文字形
厥	秊秊秊 秊芉式 秊芺卉 芊芉秊 秊行	古文隸定	又 郭店.緇衣37		𠂤 汗5.67	𠂤 四5.9		𠂤甲3249 𠂤甲2908 𠂤孟鼎 𠂤克鼎 𠂤攻吳王監 𠂤中山侯鈇		𠂤篆
豫	㦖	古文隸定訛變			㦖 汗4.59	㦖 四4.10		季㦖鼎 鄭虢仲㦖鼎 曹公腠孟姬㦖母盤		㦖
驪	嗚	隸定訛變			嗚 汗2.18	嗚 四1.38				
類	𩠐𩠐𩠐 𩠐𩠐𩠐	隸定			𩠐 汗2.20	𩠐 四4.5				𩠐篆
灼	焯	古文隸定訛變			焯 汗4.55 書經	焯 四5.23		偏旁卓： 𣥠粹1160 𣥠蔡姞簋 𣥠善夫山鼎		焯
燠	炟	隸定			炟 汗4.55 書經	炟 四5.5 炟 四5.5				
熙	熙熙熙 熙	古文隸定訛變			熙 汗4.55 書經	熙 四1.21				
契	高高 高高高	古文隸定			高 汗6.78	高 四5.13				
夷	尸 尽尼	隸古定 訛誤		尸 魏三體	尼 汗3.43	尼 四1.17		仁： 仁前2.19.1 仁中山王鼎 仁包山180 尼： 尼衡方碑		

今本尚書文字	隸古定本尚書		出土文獻尚書		傳鈔古尚書			參　證		
	日本唐寫本文字形體	探源說明	戰國楚簡	魏石經	汗簡	古文四聲韻	訂正六書通	出土資料文字	傳鈔古文	說文字形
奏	奏奏奏	隸定			汗 1.13	四 4.39				篆
皋	皋	古文隸定訛誤		漢石經	汗 4.58	四 2.8	六 101			篆皋
愙·恪	悫	隸古定訛變			汗 4.59			古璽.字表 10.18 漢印徵	一切經音義恪古文愙	
慎	睿睿睿	隸定	魏三體	汗 3.34	四 4.18	六 281	郘公華鐘 郭店.語叢 1.46		古	
念	念	古文隸定	魏三體 念 隸釋	汗 4.59	四 4.40 古孝經 古尚書		段簋 者汈鐘 蔡侯殘鐘		
恭	龏共恭	古文隸定	古 魏三體 篆 魏三體				拾 6.4 五祀衛鼎 克鼎 曼龏父盨 郘公華鐘 秦公簋 陳侯因資錞		龏
懷	褱褱	古文隸定訛變			汗 3.44	四 1.29				
	襄襄褱	古文隸定訛變						西陲簡 51.11 漢印徵		
恤	卹	古文隸定	魏三體				追簋 曹卹父鼎	汗 4.49 卹.見石經	
愐	思愚	訛變			汗 4.59 愐.	四 2.27	六 159	偏旁冊： 般甗 頌鼎	韻會十四愀下：古愍	篆
	愍愍	傳抄古文隸定								
忌	葦	隸古定			汗 1.12			子璋盆		
漆	桼黍	古文隸定			汗 4.48	四 5.8			玉篇古文漆作桼	

今本尚書文字	隸古定本尚書		出土文獻尚書		傳抄古尚書			參　證		
	日本唐寫本文字形體	探源說明	戰國楚簡	魏石經	汗簡	古文四聲韻	訂正六書通	出土資料文字	傳抄古文	說文字形
洛	汖棄汖汖	訛變 / 隸定			汖 汗5.61	汖 四5.24				
沇	沇沇	古文隸定			沇 汗5.61	沇 四3.18				篆沇
洋	羘	隸古定			羘 汗4.48	羘 四2.13		濮.璽彙3982 / 沽.璽彙2354 / 波.璽彙2485		
濟	澄	古文隸定			濟 汗5.61	濟 四3.12 / 濟 四4.13		印磬室 / 中山王壺		
海	彖	古文隸定			彖 汗5.61	彖 四3.13			四3.13 古孝經	
滋	芧	隸定			芧 汗1.5	芧 四1.21				
津	津	隸古定			津 汗5.61	津 四1.31 / 津 四2.31	津 六59			
滄	凔淕	傳抄古文隸定			滄 汗5.61	滄 四2.17				
流	沭	隸定			沭 汗5.61	沭 四2.23	沭 六146	鋚壺 / 璽彙0212 / 璽彙3201 / 郭店.緇衣30 / 秦繹山碑 / 老子甲48		篆沭
翊	翊酬	隸定			翊 汗4.58	翊 四5.27		京津4605 / 西晉曹翊墓鉛地券		篆翊
不	弗 / 琲	隸古定 / 古文隸定		魏三體	弗 汗6.82	弗 四5.9			汗6.82 / 四5.9	弗

今本尚書文字	隸古定本尚書		出土文獻尚書		傳抄古尚書			參　證		
	日本唐寫本文字形體	探源說明	戰國楚簡	魏石經	汗簡	古文四聲韻	訂正六書通	出土資料文字	傳抄古文	說文字形
房	〔圖〕	隸古定			〔圖〕汗5.65	〔圖〕四2.14	〔圖〕六114	〔圖〕信陽2.8　〔圖〕包山149　〔圖〕校官碑		
聞	〔圖〕			〔圖〕魏三體	〔圖〕汗5.65	〔圖〕四1.34		〔圖〕前7.31.2　〔圖〕盂鼎　〔圖〕邾王子鐘　〔圖〕王孫誥鐘　〔圖〕郭店.五行15		
摯	〔圖〕	隸定							西伯戡黎大命不摯	
拊	〔圖〕	古文隸定			〔圖〕汗5.66					
撫	〔圖〕	訛變 古文隸定		〔圖〕魏品式	〔圖〕汗1.14	〔圖〕四3.10				
扞	〔圖〕	隸古定			〔圖〕捍 汗1.15	〔圖〕捍 四4.20		〔圖〕大鼎　〔圖〕五年師旋簋　〔圖〕者沪鐘		
始	〔圖〕	古文隸定			〔圖〕汗5.64	〔圖〕四3.7			〔圖〕四3.7古老子以　〔圖〕四3.7古孝經始	
好	〔圖〕	隸古定訛變			〔圖〕汗6.81	〔圖〕四3.20		〔圖〕郭店.語叢1.89　〔圖〕郭店.語叢2.21		
弗	〔圖〕	隸定			〔圖〕汗6.82	〔圖〕四5.9		〔圖〕璽彙3417　〔圖〕郭店.老甲4		
	〔圖〕	隸古定	〔圖〕上博1緇衣11	〔圖〕魏三體				〔圖〕易鼎　〔圖〕哀成弔鼎　〔圖〕新弨戈　〔圖〕䇂壺		
戮	〔圖〕	隸定				〔圖〕四5.4			玉篇〔圖〕今作戮　〔圖〕四5.4籀韻	

今本尚書文字	隸古定本尚書		出土文獻尚書		傳抄古尚書			參 證		
	日本唐寫本文字形體	探源說明	戰國楚簡	魏石經	汗簡	古文四聲韻	訂正六書通	出土資料文字	傳抄古文	說文字形
戩	戩	隸變			戩 汗5.68	戩 四2.13	戩 六156			篆 戩
弼	弼	隸定			弼 汗4.70	弼 四5.8		毛公鼎 番生簋 隨縣13 包山35		篆 弼
純	純結	古文隸定		純 魏三體	純 汗5.70					
織	織	古文隸定訛變			織 汗5.68	織 四5.25			集韻織古作戠	
纖	纖	古文隸定			纖織 汗5.68	纖織 四2.27				
紳·綦	綦	古文隸定			綦 汗5.70	綦 四1.20		戰國印徵文.類編頁244		或綦
綏	綏	古文隸定訛變			綏 汗5.66	綏 四1.18				
率	衛衛衛徽諜衛衛衛	古文隸定	衛 魏三體	衛 汗1.10	衛 四5.8		甲3777 師袁簋 庚壺 中山王鼎 郭店.尊德28 詛楚文		衛
蠹	蠹蠹	古文隸定			蠹 汗5.68	蠹 四3.14				古 蠹
基	坙坙坙	古文隸定			坙 汗6.73			漢帛老子甲7	四1.20汗簡 集韻基古作坙	
墍	坙	古文隸定			墍 汗6.73	墍 四4.6				
野	埜埜埜埜	隸定			埜 汗3.30	埜 四3.22		鄴3下38.4 克鼎 禽志鼎		
晦	晦晦	古文隸定			晦 汗6.74	晦.畎 四2.3		賢簋 師袁簋 分甲盤	四2.3誤注畎	篆 晦

今本尚書文字	隸古定本尚書		出土文獻尚書		傳鈔古尚書			參　　證		
	日本唐寫本文字形體	探源說明	戰國楚簡	魏石經	汗簡	古文四聲韻	訂正六書通	出土資料文字	傳鈔古文	說文字形
畺·疆	畺畺畺	古文隸定		畺隸魏三體				毛伯簋	魏三體君奭我受命無疆惟休	
勳	勳	古文隸定			汗1.7	四3.3		勲：毛公鼎		勳篆
斯	所所所	隸古定			汗6.76	四1.16		幺兒鐘 禹鼎		
輔	補補補 補	古文隸定 古文隸定訛變			汗1.3	四3.10	六186		集韻備古作補通作輔	
陳	敶敶敶敶 敶	古文隸定訛變			汗1.15	四1.31	六60	陳公子甗 陳侯匠 曾侯乙.匤器漆書		
辭	詞詞詞	古文隸定		魏三體	汗1.12			郭店.尊德5 郭店.老子甲19 郭店.老子丙12		詞
醇	醕	古文隸定			汗6.82	四1.33		偏旁羣： 羣于戟 十年陳侯午錞		
酗*酌	酌酌	古文隸定		魏三體					魏三體無逸酗于酒德哉玉篇酌同酗	說文無酗

（三）《說文》古籀等或體之隸定、隸古定或隸古訛變

今本尚書文字	隸古定本尚書		出土文獻尚書		傳鈔古尚書			參　　證		
	日本唐寫本文字形體	探源說明	戰國楚簡	魏石經	汗簡	古文四聲韻	訂正六書通	出土資料文字	傳鈔古文	說文字形
旁	雱	隸古定								古㫄
上	丄	隸古定						丄子犯編鐘 丄貨幣67		古上

今本尚書文字	隸古定本尚書		出土文獻尚書		傳抄古尚書			參證		
	日本唐寫本文字字形體	探源說明	戰國楚簡	魏石經	汗簡	古文四聲韻	訂正六書通	出土資料文字	傳抄古文	說文字形
下	丁	古文隸定						丁 貨幣67〔燕〕		古丁
玭	蠙	古文隸定								夏書蠙
蕾	畱	或體隸定								或畱
審	宷	古文隸定								古宷
哲	悊	或體隸定						師望鼎 / 璽彙4934		或悊
周	用	隸古定						盂爵 / 格伯簋		古周
起	起	古文隸定								古起
歸	歸	籀文隸定 / 偏旁訛誤止山								籀歸
遲	遲	籀文隸定						伯遲父鼎 / 元年師旋簋		籀遲
邇	近	古文隸定訛變						璽彙0221 / 璽彙5218		古邇
御	馭	古文隸定						盂鼎 / 執馭觥 / 馭八卣		古御
齒	齒	隸古定訛變						甲2319 / 乙7482		古齒
詩	訨	古文隸定								古詩
信	伈	古文隸定								古信
善	義	古文隸定						毛公鼎 / 善夫克鼎		古善

今本尚書文字	隸古定本尚書		出土文獻尚書		傳鈔古尚書			參　證		
	日本唐寫本文字形體	探源說明	戰國楚簡	魏石經	汗簡	古文四聲韻	訂正六書通	出土資料文字	傳鈔古文	說文字形
事	〔字形〕	隸古定		〔魏三體〕				〔叔向〕 叔卣 〔字形〕師旂鼎 〔字形〕事族簋 〔字形〕秦公鎛 〔字形〕哀成弔鼎 〔字形〕申鼎	汗3.31使亦事字 見石經	古〔字形〕
	〔克〕	誤作克								
役	〔字形〕	古文隸定						〔字形〕前6.4.1 〔字形〕後2.26.18		古〔字形〕
專	〔字形〕	隸古定訛誤								古〔字形〕
教	〔字形〕	古文隸定						〔字形〕甲206 〔字形〕粹1162 〔字形〕散盤 〔字形〕郭店.唐虞5	龍龕手鑑敊	古〔字形〕
	〔字形〕	訛變								
·兆	〔字形〕	古文隸古定						〔字形〕包山265 〔字形〕雲夢.日乙161 偏旁兆： 〔字形〕包山95		〔字形〕古〔字形〕
用	〔字形〕	古文隸古定訛變		〔魏三體〕						古〔字形〕 篆〔字形〕
雉	〔字形〕	古文隸定								古〔字形〕
棄	〔字形〕	古文隸定						〔字形〕中山王鼎 〔字形〕璽彙1485 〔字形〕包山121 〔字形〕郭店.老子甲1		古〔字形〕
	〔字形〕	訛變								
	〔字形〕	古文隸定訛變								籀〔字形〕

今本尚書文字	隸古定本尚書		出土文獻尚書		傳抄古尚書			參　證		
	日本唐寫本文字形體	探源說明	戰國楚簡	魏石經	汗簡	古文四聲韻	訂正六書通	出土資料文字	傳抄古文	說文字形
敢	敦敦	隸古定訛變		魏三體				農卣／彔伯簋／陶彙 8.1351／郭店.六德 17／包山 15		古
腆	畢鼻	古文隸定								古 農
劓	劓	古文隸定								或劓
簵·簬	簬	古文隸定						夏書曰惟箘簬楛／枯下夏書曰唯箘輅枯		古籍
盧	鑪鑪	隸古定訛變	古篆 魏三體						文侯之命盧弓一盧矢百	旅古
醤·秬	秬	或體隸定								或秬
躲·射	躲	古文隸定								篆射
亯·享	盦盦盦盦盦盦盦盦盦盦	隸古定訛變		魏三體				虢弔鐘／蔡侯盤／邾公華鐘／齊章作曾侯乙鎛／楚帛書乙		篆亯 享
嗇	嗇	古文隸變						睡虎地 29.30		古嗇
弟	才才	古文隸定						郭店.唐虞 5／郭店.六德 29／魏三體文公	集韻弟古作才	古弟
松	寀	或體隸定								或寀
邦	坒	封古文隸古定								封古

今本尚書文字	隸古定本尚書		出土文獻尚書		傳抄古尚書			參 證		
	日本唐寫本文字形體	探源說明	戰國楚簡	魏石經	汗簡	古文四聲韻	訂正六書通	出土資料文字	傳抄古文	說文字形
暱	眤眤眤 眤眤眤眤眤眤	或體隸定 / 訛變								或昵
朝	輪朝	古文隸定						𦧃利簋 / 𦩻盂鼎 / 𦩺朝訶右庫戈 / 朝郭店.成之34 / 朝陶彙5.215		古朝
旅	㐅 / 㐅㐅㐅㐅㐅㐅	古文隸定 / 訛變		㐅魏三體				㐅且辛爵 / 㐅作旅鼎 / 㐅犀伯鼎 / 㐅鬲攸比鼎 / 㐅虢弔鐘	㐅汗4.48魯見石經說文亦作旅 / 㐅隸續石經	古㐅
·星	曐	古文隸定						曐乙1877 / 曐前7.26.3 / 曐麓伯星父簋		
克	㝅㝅 / 㝅㝅㝅㝅	隸古定訛變		㝅魏三體				㝅中山王鼎 / 㝅郭店.老乙2 / 㝅璽彙3507 / 㝅陶彙3.124		古㝅
宇	㝢	籀文隸定								籀㝢
宜	宜宜	隸古定		宜魏三體	宜			宜宜陽右倉簋 / 宜盉壺		古宜
使	㟋㟋 / 㟋㟋	隸古定訛變						㟋魏三體僖公.使 / 㟋魏三體多士.事 / 㟋汗3.31使亦事字見石經		事古㟋

今本尚書文字	隸古定本尚書		出土文獻尚書		傳抄古尚書			參　　證			說文字形
	日本唐寫本文字形體	探源說明	戰國楚簡	魏石經	汗簡	古文四聲韻	訂正六書通	出土資料文字	傳抄古文		
皃・貌	皃皃皃	隸古定									皃篆 皃
	頿頿頿	古文隸定									籀 貌
髳	髳髳	或體隸定訛變									或 髳
鬼	魄魄	古文隸定									古 鬽
廟	庿庿	古文隸定						庿 中山王壺 庿 郭店.性自20			古 庿
長	兏兏兏兏	隸古定						長 長日戊鼎 長 臣諫簋 兏 楚帛書丙1.1 兏 璽彙0022 兏 郭店.老子甲8			古 兏
栽・災	灾 灾灾	或體隸定 訛變						灾 乙959			或 灾
怒	忎	古文隸定	忎 魏三體					忎 盍壺 忎 郭店.性自2 忎 郭店.老子甲34	忎 四4.11 籀韻怒 集韻怒古作忎忎 魏三體無逸不啻不敢含怒		怒古 忎
恐	忎	古文隸定						忎 中山王鼎 忎 九店.621.13			古 忎
・濬	濬濬濬濬濬濬	古文隸定訛變									古 濬 濬
	濬濬	或體隸定訛變									或 濬
濚	濚	籆或體隸定									籆或 濚

今本尚書文字	隸古定本尚書		出土文獻尚書		傳鈔古尚書			參　證		
	日本唐寫本文字形體	探源說明	戰國楚簡	魏石經	汗簡	古文四聲韻	訂正六書通	出土資料文字	傳鈔古文	說文字形
西	鹵	古籀訛變		魏三體				戌甬鼎 幾父壺 多友鼎 國差罇 畬章作曾侯乙鎛		古籀
開	開	關古文隸定訛變							古今字詁：關古今字	開古 關古
	開	訛誤								
拜	拜拜拜拜拜拜	或體隸定訛變								或拜
播	畨畨畨	隸古定	上博1緇衣15							番古
威	畏	古文隸定		魏三體				乙669 盂鼎 毛公鼎 沈兒鐘 江陵.秦家13 郭店.成之5	汗4.50畏亦威字見說文	畏古
民	民民民民	古文隸定		魏三體				何尊 盂鼎 曾子斿鼎 洹子孟姜壺 沈兒鐘 㿟壺		古段古
乂	乂刈刈	或體隸定訛變								或刈
無	无	奇字隸定								奇无
	元	訛變								

今本尚書文字	隸古定本尚書		出土文獻尚書		傳抄古尚書			參 證		
	日本唐寫本文字形體	探源說明	戰國楚簡	魏石經	汗簡	古文四聲韻	訂正六書通	出土資料文字	傳抄古文	說文字形
曲	凸	隸古定						曲父丁爵 曾子斿鼎		古
絕	𢇍𢇍𢇍𢇍𢇍𢇍𢇍	古文隸定．訛變						中山王壺 隨縣 14 郭店老子甲 1 郭店老子乙 4		古
續·賣	𧶠	古文隸定訛變								古賣
終	𠫓𠫓𠫓𠫓𠫓𠫓𠫓𠫓𠫓	隸古定訛變							汗 3.34 碧落文 四 1.12 碧落文	多古异
蠢	𢾭𢾭	古文隸定		載隸 魏三體						古
風	𠙻	古文隸定							玉篇𠙻古文風 四 1.11 王存乂切韻	古
龜	龜龜	隸古定訛變						甲 948 龜父丁爵 郭店緇衣 46		古
坐	坐	古文隸變						孫子 186 孫臏 36		篆 古
封	坒坒坒	隸古定						前 1.2.16 康侯丰鼎 （召伯簋） 璽彙 4091		古
	坒坒	訛變								
壞	𡒥	古文隸定訛變								籀
晦	𣅓	或體隸定訛變								或

今本尚書文字	隸古定本尚書		出土文獻尚書		傳鈔古尚書			參 證		
	日本唐寫本文字形體	探源說明	戰國楚簡	魏石經	汗簡	古文四聲韻	訂正六書通	出土資料文字	傳鈔古文	說文字形
功	玖玖珍形	隸古定訛變		巨 魏三體					魏三體無逸即康功田功	工古 巨
協	叶	古文隸定								古叶
斷	豳	絕古文隸定訛變						絕： 遙 郭店老子甲1 豳 郭店老子乙4 豔 孫臏167		絕古 豳
五	乂乂	古文隸定	乂 魏品式魏三體					乂 陶彙3.662 乂 古幣22		古 乂
辭	辝辭	辭籀文隸定								辭籀 辭
	辝	古文隸定								嗣古 辝

（四）字形為先秦古文之隸古定、隸古訛變

今本尚書文字	隸古定本尚書		出土文獻尚書		傳鈔古尚書			參 證		
	日本唐寫本文字形體	探源說明	戰國楚簡	魏石經	汗簡	古文四聲韻	訂正六書通	出土資料文字	傳鈔古文	說文字形
亯·享	畲金	隸古定						畲 乖伯簋 畲 楚嬴匜		亯古 畲籀
鼎	真	隸古定						鼎 穆父鼎 鼎 諶鼎 鼎 邵王鼎 鼎 中山王鼎 鼎 無叀鼎 鼎 畲志鼎		
文	夂	隸古定						夂 包山203 夂 畬 雨臺山竹律管 夂 戰國玉印		
	处处	訛變								

今本尚書文字	隸古定本尚書		出土文獻尚書		傳抄古尚書			參　證		
	日本唐寫本文字形體	探源說明	戰國楚簡	魏石經	汗簡	古文四聲韻	訂正六書通	出土資料文字	傳抄古文	說文字形
文	寧寧盔	古文隸定訛誤						甲 3490 乙 6821 反 君夫簋 師酉簋 史喜鼎		
四	田	隸古定						鄲孝子鼎 楚帛書乙		

（五）字體形構與先秦出土文字資料類同，而未見於傳鈔《尚書》古文、《說文》古籀等或體

今本尚書文字	隸古定本尚書		出土文獻尚書		傳抄古尚書			參　證		
	日本唐寫本文字形體	探源說明	戰國楚簡	魏石經	汗簡	古文四聲韻	訂正六書通	出土資料文字	傳抄古文	說文字形
古	古	隸古定						古陶 5.464 中山王壺 古幣.布空大		
識	戠	古文隸定						格伯簋 燕王職戈 包山 49		
與	与							郭店.語叢 1.107 与 郭店.語叢 3.11		與古
鼓	皷	隸定						甲 2288 前 5.1.1 師袁簋 克鼎 師袁簋 蔡矦鐘		鼓 段改鼓
稟	稟	古文隸定						寰卣 璽彙 0327 璽彙 0313		

今本尚書文字	隸古定本尚書		出土文獻尚書		傳抄古尚書			參　證		
	日本唐寫本文字形體	探源說明	戰國楚簡	魏石經	汗簡	古文四聲韻	訂正六書通	出土資料文字	傳抄古文	說文字形
晨・晨	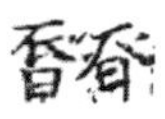	戰國古文隸定訛變						楚帛書乙 包山 178 璽彙 3188 璽彙 3170 郭店.五行 19		
裕		戰國古文隸定						郭店.六德 10 “以△六德”		
織		戰國古文隸定						鄂君啓舟節 鄂君啓車節 包山 157		

（六）字體形構見於先秦出土文字資料，與其他傳鈔古文類同，為其隸定、隸古定或隸古訛變

今本尚書文字	隸古定本尚書		出土文獻尚書		傳抄古尚書			參　證		
	日本唐寫本文字形體	探源說明	戰國楚簡	魏石經	汗簡	古文四聲韻	訂正六書通	出土資料文字	傳抄古文	說文字形
荅		戰國古文合隸古定						合： 包山 83 包山 214 包山 266 郭店.老子甲 19	汗 2.28 石經 四 5.20 石經 集韻荅通作荅.荅古作	
春		古文隸定訛變						蔡侯殘鐘 楚帛書甲 1.3 郭店.語叢 1.4 睡虎地.日乙 202	魏三體文公	
分		隸古定						甲 346 前 2.45.1	別四 5.14 古孝經 玉篇古文別	兆篆
識		古文隸定						璽彙 0338 雲夢秦律 84	四 5.26 雜古文 集韻識古作	
*剔		戰國古文隸定						璽彙 3488 璽彙 0377	汗 2.21 義雲章 集韻剔古作勢	

今本尚書文字	隸古定本尚書		出土文獻尚書		傳抄古尚書			參　證		
	日本唐寫本文字形體	探源說明	戰國楚簡	魏石經	汗簡	古文四聲韻	訂正六書通	出土資料文字	傳抄古文	說文字形
鬱	薔樹	隸古定訛變						𣏟前 6.53.4　𣏟弔趯父卣　𣏟孟歆父壺	𣏟汗 4.49 王存乂切韻　集韻鬱古作𣏟	
艮	㫷1㫷2	隸古定訛變						𠨃壬侯● 戟	釋文作㫷	
害	𡧱	古文隸定						害睡虎地 8.1　害漢帛.老子甲後 193　害孫臏 167　害淮源廟碑	𠤳四 4.12 古孝經	
网・罔	𡼐𠔿	隸古定訛變						网甲 3112　网戈网甗	网汗 3.39	
网・網	𠔿𡨚	隸古定訛變						网甲 3112　网庫 65　网戈网甗	网汗 3.39	篆网
居	屍屍	古文隸定						屋師虎簋　屋揚簋　屋農卣　屋曶鼎	屋汗 3.43 說文　屋四 1.22 說文	
忌	惡㤅	古文隸定						忌璽彙 5289　忌郭店.忠信 1　忌陶彙 3.274　忌郭店.語叢 4.13	玉篇㤅古惎	
悔	悉	古文隸定						悔侯馬	悔汗 4.59　悔四 4.17 王庶子碑　悉四 4.17 古文	
夂	夅夅	戰國古文隸定	夅上博 1緇衣 6　夅郭店緇衣 10					夅帛乙 1.16　夅包山 2	夅汗 3.34 石經　夅四 1.12 石經	古夅

今本尚書文字	隸古定本尚書		出土文獻尚書		傳抄古尚書			參　證		
	日本唐寫本文字形體	探源說明	戰國楚簡	魏石經	汗簡	古文四聲韻	訂正六書通	出土資料文字	傳抄古文	說文字形
龍	竜	隸古定						存450 / 龍母尊 / 樊夫人龍嬴匜 / 邵鐘 / 隋董美人墓誌銘	汗5.63	
	龍	隸古定訛變							四1.12汗簡	
戰	岸岸 / 岸岸	古文隸定 / 訛變						郭店.語叢3.2	四4.23古老子	旓（旆）
	戲	戰國古文隸定						郭店.老子丙10 / 郭店.窮達4 / 畬忎鼎 / 畬忎盤	四4.23籀韻	
風	凨	隸古定						帛甲1.31 / 帛甲7.24	四1.11王存乂切韻	
地	坔	戰國古文訛變						郭店.語叢4.22	集韻地或作坔	埅

（七）字體形構與其他傳鈔著錄古文類同，為其隸定、隸古定或隸古訛變，而未見於先秦出土文字資料

今本尚書文字	隸古定本尚書		出土文獻尚書		傳抄古尚書			參　證		
	日本唐寫本文字形體	探源說明	戰國楚簡	魏石經	汗簡	古文四聲韻	訂正六書通	出土資料文字	傳抄古文	說文字形
歲	屵	上為止訛作山下為省略符號							四4.14崔希裕纂古	
埶·藝	蓻蓻								集韻埶或作蓻	

今本尚書文字	隸古定本尚書		出土文獻尚書		傳抄古尚書			參 證		
	日本唐寫本文字形體	探源說明	戰國楚簡	魏石經	汗簡	古文四聲韻	訂正六書通	出土資料文字	傳抄古文	說文字形
雍	邕							雝 雍伯原鼎 雖 睡虎地 10.4 雝 雍平陽宮鼎	集韻雍通作邕雝.雝通作雝	
腜	畚畚畚 畚	偏旁位移							集韻腜或作畚	
割	剏	傳抄古文隸古定訛變	剏 魏三體	剏 汗 2.21				偏旁害： 害 師害簋 害 伯家父簋	玉篇割字古文作剏	
刑	丽	疑刑之訛變							丽 四 2.21 崔希裕纂古	
師	帅	篆文訛變							帅所 四 1.17 籀韻	
*穢	秽								丗 歲 四 4.14 崔希裕纂古	
	秽 秽	从古文丯.左下為禾之訛							集韻薉或从禾作穢古作秽	
寵	寵	从龍古文隸古定						竜 隋董美人墓誌銘	寵 金石韻府引義雲章	
形	丽	疑刑之訛變							丽刑 四 2.21 崔希裕纂古	
島	嶋	篆文偏旁位移							集韻島亦作嶋	
	鳥								集韻島古作鳥	
澮	浍	从會傳抄古文隸古定							浍 四 4.12 籀韻 集韻 巜 古作浍澮通作澮	

今本尚書文字	隸古定本尚書		出土文獻尚書		傳鈔古尚書			參　證		
	日本唐寫本文字形體	探源說明	戰國楚簡	魏石經	汗簡	古文四聲韻	訂正六書通	出土資料文字	傳鈔古文	說文字形
淵	㴟							㴟齊宋敬業造像 㴟魏比丘僧智造像 㴟隋唐世榮墓誌	剟 四 2.3 崔希裕纂古	
地	坔								集韻地：唐武后作坔. 一切經音義坔.古地字則天后所制也	坔
鐵	鐥							銕居延簡甲2165	集韻鐵古作銕	銕或銕
*隋	嶞 㟓	從古文齊 訛變							嶞四 1.28 古文	

（八）字體形構組成為《說文》古籀等或體、先秦古文字，字形未見於《說文》或先秦出土文字資料

今本尚書文字	隸古定本尚書		出土文獻尚書		傳鈔古尚書			參　證		
	日本唐寫本文字形體	探源說明	戰國楚簡	魏石經	汗簡	古文四聲韻	訂正六書通	出土資料文字	傳鈔古文	說文字形
祿	祿祿	從示古文祅								示古祅
祥	祥祥	從示古文祅		祥魏三體						示古祅
福	福福	從示古文祅								示古祅
祇	祇祇	從示古文祅								示古祅
祗	祗祗 祗祗	從示古文祅								示古祅
禋	禋	從示古文祅								示古祅
祀	祀	從示古文祅								示古祅

今本尚書文字	隸古定本尚書		出土文獻尚書		傳抄古尚書			參證		
	日本唐寫本文字形體	探源說明	戰國楚簡	魏石經	汗簡	古文四聲韻	訂正六書通	出土資料文字	傳抄古文	說文字形
祠		從示古文仄								示古仄
祝		從示古文仄								示古仄
社		從示古文仄								示古仄
禍		從示古文仄								示古仄
嚌		從齊古文𡬶			汗1.6	四1.27 四4.13		齊：齊陳曼簠 十年陳侯午錞 大𠀤鎬	玉篇𡬶古文齊	
蒼		從倉奇字訛變		魏品式						倉奇字
邦		從封古文坴								封古 坴
寶		說文古文省缶								古 [寶古文]
熙		從巸古文匝								巸古 匝
濟		從齊古文𡬶			汗5.61	四3.12 四4.13		印磬室 中山王壺		
滄		從古文蒼字			汗5.61	四2.17				
颶		從風古文凬								風古 凬
輔		從示古文仄			汗1.3	四3.10	六186	從古文示	集韻備古作補 通作輔	
*隋		從齊古文𡬶							玉篇𡬶古文齊 嶀四1.28古文	說文無隋

二、源自篆文字形之隸古定或隸變，與今日楷書形體相異

今本尚書文字	隸古定本尚書		出土文獻尚書		傳抄古尚書			參　證		
	日本唐寫本文字形體	探源說明	戰國楚簡	魏石經	汗簡	古文四聲韻	訂正六書通	出土資料文字	傳抄古文	說文字形
蕃	〔形〕	篆文隸變								番篆〔形〕
薄	〔形〕	篆文隸變隸訛						〔形〕孫臏167　〔形〕西陲簡57.14		篆〔形〕
春	〔形〕	篆文隸變						〔形〕欒書缶　〔形〕蔡侯殘鐘　〔形〕包山200　〔形〕睡虎地.日甲87		
悉	〔形〕	篆文隸變						〔形〕帝堯碑　〔形〕曹全碑		篆〔形〕
和	〔形〕	篆文隸定			〔形〕汗1.6	〔形〕四2.11		〔形〕盉壺　〔形〕陳貯簋　〔形〕史孔盉		
咊	〔形〕	篆文隸定訛變			〔形〕汗1.6	〔形〕四2.25				
喪	〔形〕	篆文隸變隸訛	〔形〕篆魏三體					〔形〕漢帛.老子乙247上　〔形〕漢帛.老子甲157　〔形〕韓仁銘　〔形〕武威簡.服傳37　〔形〕孔彪碑	〔形〕四2.17汗簡	
走	〔形〕	篆文隸變						〔形〕盂鼎　〔形〕令鼎		篆〔形〕
道	〔形〕	篆文隸古定						〔形〕散盤　〔形〕侯馬　〔形〕郭店.五行5		篆〔形〕
往	〔形〕	篆文隸古定		〔形〕魏三體				〔形〕吳王光鑑		

今本尚書文字	隸古定本尚書		出土文獻尚書		傳抄古尚書			參 證		
	日本唐寫本文字形體	探源說明	戰國楚簡	魏石經	汗簡	古文四聲韻	訂正六書通	出土資料文字	傳抄古文	說文字形
冊	冊	篆文隸定								篆 冊
革	革革	篆文隸變								篆 革
敷	専	篆文隸定		魏三體 魏二體	汗 1.14	四 1.25		毛公鼎 番生簋 包山 176 郭店.語叢 2.5 郭店.尊德 35		専
	尃尃	篆文隸變								
爽	爽爽	篆文隸變			四 3.24			班簋 散盤	汗 1.15	篆 爽
奭	奭奭	篆文隸變	上博 1緇衣 18	篆隸魏三體	汗 2.17	四 5.26		璽彙 2680 陶彙 4.26		篆 奭
剝	剝剝	篆文隸變								篆 剝
簡	柬柬栗栗	篆文隸變		魏三體				1 唐張車尔墓誌 柬2 唐張玄弼墓誌	汗 3.30 義雲章	柬
虎	虎虎虎	篆文隸變						包山木牘 包山 271 睡虎地 29.25		篆 虎
典	典	篆文隸變						召伯簋 格伯簋		篆 典
奠	奠奠	篆文隸定						舀向簋 克鐘 秦公鎛 漢石經.儀禮.既夕		篆 奠
平	平亐	篆文隸定						縱橫家書25 漢石經.易.文言 孔宙碑		篆 平

今本尚書文字	隸古定本尚書		出土文獻尚書		傳抄古尚書			參　　證		
	日本唐寫本文字形體	探源說明	戰國楚簡	魏石經	汗簡	古文四聲韻	訂正六書通	出土資料文字	傳抄古文	說文字形
平	平	篆文隸古定								篆 平
食	食	篆文隸古定						父乙觶（飤字偏旁） 食 睡虎地 10.7 食 一號墓簡 130		篆 食
養	養養	篆文隸古定訛變								篆 養
侯	侯	篆文隸定		隸 魏三體 漢石經						篆 侯
亯·享	亨	篆文隸定						享 52 病方 239 亨 馬王堆.易 3 亨 漢石經.易.困		篆 亯
弟	弟弟	篆文隸變						弟 武威簡.服傳 2 弟 春秋事語 弟 孔龢碑		
桑	桑桑	篆文隸變						桑 睡虎地 32.7 桑 孫臏 191 桑 禮器碑		篆 桑
之	出出 出出	篆文隸古定		魏三體				土 縣妃簋 業 秦公簋 业 睡虎地 23.1		篆 业业
師	師師 師	篆文隸定						師 令鼎 師 盍壺 師 齊叔夷鎛		篆 師
生	生	篆文隸古定		魏三體						篆 生
	生	訛變								

今本尚書文字	隸古定本尚書		出土文獻尚書		傳抄古尚書			參 證		
	日本唐寫本文字形體	探源說明	戰國楚簡	魏石經	汗簡	古文四聲韻	訂正六書通	出土資料文字	傳抄古文	說文字形
負	負	篆文隸變						負 睡虎地 24.34 / 負 漢帛老子甲126 / 負 張遷碑		
多	多	篆文隸變						多 毓且丁卣 / 多 觸仲多壺 / 多 多父鼎		篆 多
栗	栗	篆文隸古定訛變			栗 汗 3.30	栗 四 5.8				
粟	粟	篆文隸古定			粟 汗 3.37 / 粟 汗 3.36	粟 四 5.6		粟 璽彙 5550 / 粟 璽彙 5549 / 粟 璽彙 0276 / 粟 璽彙 0287		篆 粟
年	年	篆文隸定						年 缶鼎 / 年 弔上匜 / 年 郜公鼎		篆 年
定	定	篆文隸定訛誤						定 伯定盉 / 定 衛盉 / 定 蔡侯鐘 / 定 中山王鼎 / 定 中山王壺 / 定 侯馬 200.34		
侮	海	篆文隸古定		侮 隸釋			侮 六 187	侮 唐扶頌		篆 侮
從	從	篆文隸古定						羽 彭史●尊 / 羽 宰梳角 / 羽 陳喜壺 / 羽 漢印徵	从從今字	从篆 从
虛	虛	下从篆文丘隸定								

今本尚書文字	隸古定本尚書		出土文獻尚書		傳抄古尚書			參　證		
	日本唐寫本文字形體	探源說明	戰國楚簡	魏石經	汗簡	古文四聲韻	訂正六書通	出土資料文字	傳抄古文	說文字形
殷	殷殷殷殷殷殷殷殷殷	篆文隸定訛變		漢石經 段 隸釋				保卣 虢弔作弔殷 仲殷父簋 仲殷父鼎 禹鼎 格伯簋		
壽	壽壽壽壽	篆文隸古定						蔡大師鼎 頌簋 秦公鎛 㲈簋 邵鐘		篆
朕	朕朕朕朕朕朕朕	篆文隸定						盂鼎 彔伯簋 封孫宅盤 中山王鼎 魯伯愈父鬲		篆
	朕朕	訛變								
兒‧貌	兒兒兒	篆文隸變								兒篆
兜	兜兜兜	篆文隸定訛變			汗1.6	四2.25				
首	首首首首	篆文隸古定						農卣 令鼎 分甲盤		篆
	昔昔	訛變								
岡	罡	篆文隸變古						華芳墓誌側	六書正訛岡別爲罡	
庶	庶庶庶庶庶	篆文隸定訛變	郭店緇衣40					珠979 周甲153 矢簋 毛公鼎 伯庶父簋		

今本尚書文字	隸古定本尚書		出土文獻尚書		傳抄古尚書			參　　證		
	日本唐寫本文字形體	探源說明	戰國楚簡	魏石經	汗簡	古文四聲韻	訂正六書通	出土資料文字	傳抄古文	說文字形
斥	庐	篆文隸古定				庐 四5.17				篆庐
	仔仔	訛變								
厥	秊秊秊秊秊秊秊秊秊秊秊秊秊仟秊	篆文隸變	㇏ 郭店.緇衣37		〇 汗5.67	〇 四5.9		〇甲3249 〇甲2908 〇盂鼎 〇克鼎 〇中山侯鉞		秊篆 〇
象	寫寫寫寫	篆文隸古定訛變						〇前3.31.3 〇師湯父鼎 〇睡虎地52.17 〇精白鏡		
	豪豪	隸變								
烈	烮	篆文隸古定								篆〇
光	尭	篆文隸古定								篆〇
並	竝	篆文隸定								篆〇
志	㞢	篆文隸變								篆〇
怪	恠恠	篆文隸變								篆〇
瀕・濱	濱濱	篆文隸變								賓篆〇
仌・冰	冭	篆文隸變						〇卣文	仌：冰之本字象水凝之形	篆〇
魚	菓魚	篆文隸變						〇漢帛老子乙前169上 〇一號墓竹簡12		篆〇
播	播	篆文隸定						篆文隸定		篆〇
無	森森	篆文隸定訛變								篆〇

今本尚書文字	隸古定本尚書		出土文獻尚書		傳抄古尚書			參　證		
	日本唐寫本文字形體	探源說明	戰國楚簡	魏石經	汗簡	古文四聲韻	訂正六書通	出土資料文字	傳抄古文	說文字形
弼	[字形]	篆文隸變			[字形] 汗4.70	[字形] 四5.8		[字形]毛公鼎 [字形]番生簋 [字形]隨縣13 [字形]包山35		篆[字形]
細	[字形]	篆文隸古定								篆[字形]
恆	[字形]	篆文隸變		[字形]漢石經				[字形]恒簋 [字形]樊敏碑 [字形]郙閣碑		篆[字形]
坐	[字形]	篆文隸變						[字形]孫子186 [字形]孫臏36 [字形]武威簡.有司7		篆[字形] 古[字形]
留	[字形]	篆文隸變						劉： [字形]華山亭碑 [字形]桐柏廟碑		篆[字形]
鉛（鈆）	[字形]	篆文隸變								
銳	[字形]	篆文隸變						內野本.觀智院本.上圖本(影).上圖本（八）		
陵	[字形]	篆文隸古定								篆[字形]
五	[字形]	篆文隸定訛變	[字形]郭店緇衣27	[字形]篆魏品式魏三體				[字形]甲561 [字形]保卣 [字形]中山王鼎 [字形]包山173 [字形]郭店.尊德26		篆[字形]
獸	[字形]	篆文隸變								

三、由隸書、隸變俗寫而來

今本尚書文字	隸古定本尚書		出土文獻尚書		傳抄古尚書			參 證		
	日本唐寫本文字形體	說明	戰國楚簡	魏石經	汗簡	古文四聲韻	訂正六書通	出土資料文字	傳抄古文	說文字形
福	〔字形〕							福 春秋事語 56 / 福 居延簡甲 1220 / 福 漢印徵 / 福 禮器碑		
祇	〔字形〕							祗 史晨後碑 / 祗 桐柏廟碑		
社	〔字形〕	漢碑土加點以別於士						土 衡方碑		
瓚	〔字形〕							贊： 贊 張壽殘碑		
球·璆	〔字形〕	多形俗寫						璆 華山廟碑		
珍	〔字形〕	多形俗寫						部件參：璆： 璆 華山廟碑 / 殄： 殄 度尚碑 / 殄 孔龗碑		
荅	〔字形〕							荅 武威簡.士相見 9 / 荅 石門頌		
	〔字形〕	偏旁隸變混作艸竹							集韻答通作荅	
蘇	〔字形〕	部件位移魚禾 / 偏旁訛誤禾礻						穌 孫子 128 / 穌 漢印徵 / 蘇 徐氏紀產碑		
蓋	〔字形〕							蓋 陽泉熏盧 / 蓋 武威簡.服傳 31		

今本尚書文字	隸古定本尚書		出土文獻尚書		傳抄古尚書			參　證		
	日本唐寫本文字形體	說明	戰國楚簡	魏石經	汗簡	古文四聲韻	訂正六書通	出土資料文字	傳抄古文	說文字形
草	草							草 相馬經 1 下 草 武威醫簡.88乙		
*藏	藏							藏 孔耽神祠碑		說文無藏
葬	蓙蓙	艸之下++變作土						莝 武威簡.服傳 48	正字通莝字	
呼	嘑							嘑 樊敏碑 "歇夜△旦"		
吝	呇	偏旁隸變口厶						吝 漢石經.易.家人		
嚴	嚴嚴嚴嚴嚴	部件隸變口厶	嚴 隸釋							
止	止	隸變與心形近	止					止 居延簡.甲11 止 魯峻碑		
此	此此此什							此 孫臏 34 此 孫子 138 此 縱橫家書 8 此 樊敏碑		
正	正正							正 孫子 22 正 武威.有司10		
是	是皂是							是 景北海碑 是 曹全碑		
隨	随随							隨 陳球後碑 隨 嚴訢碑		
適	適適適							適 睡虎地 18.52 適 漢帛老子甲145 適 武威簡.服傳 18 適 居延簡甲1210		

今本尚書文字	隸古定本尚書		出土文獻尚書		傳抄古尚書			參證		
	日本唐寫本文字字形體	說明	戰國楚簡	魏石經	汗簡	古文四聲韻	訂正六書通	出土資料文字	傳抄古文	說文字形
逆	逆逆逆逆							睡虎地30.38／孫臏106／漢石經.僖公25		
遷	遷遷							華山廟碑		篆
遲	遲	籀文遲之隸變	遲					孫臏315／禮器碑／韓勑碑		籀
違	韋要要要要要達遧達		韋 隸魏三體							韋篆
遺	送送	省形						武威醫簡60		
復	復復復復復後復復後							睡虎地24.33／武威醫簡.86乙		
	復	偏旁訛變彳氵						武威簡.士相見4		
往	往		往 隸魏三體							
微	微微微薇	隸變俗寫						漢帛老子甲85／縱橫家書196／孫臏24／漢石經.詩.式微／趙寬碑	徹 四1.21籀韻	
器	器器							睡虎地25.39／居延簡.甲712		

今本尚書文字	隸古定本尚書		出土文獻尚書		傳抄古尚書			參　證		
	日本唐寫本文字形體	說明	戰國楚簡	魏石經	汗簡	古文四聲韻	訂正六書通	出土資料文字	傳抄古文	說文字形
革	[字形]			萆 隸魏三體						篆革
割	[字形]							劇 縱橫家書241　割 景北海碑陰		
罰	[字形]	俗字刂寸混用						罰 武梁祠		
旨	[字形]							百 白石神君碑	集韻上聲五 5 旨韻旨或作百	
鼓	[字形]							鼓 張景碑　鼓 禮器碑		
就	[字形]							就 孔宙碑　就 曹全碑		
來	[字形]			來 魏三體隸				甲2123　甲2658　般甗　餘尊		篆來
嗇	[字形]							睡虎地23.2　壽成室鼎		篆嗇
亶	[字形]									
*麴	[字形]							居延簡甲1303　晉辟雍碑	玉篇麦麥之俗字	說文無麴
致	[字形]	夊訛作支						致 睡虎地10.11　致 華山廟碑　致 北海相景君　致 尹宙碑　致 孔宙碑		
憂	[字形]							憂 史晨碑　憂 武榮碑　憂 衡方碑		

今本尚書文字	隸古定本尚書		出土文獻尚書		傳抄古尚書			參　　證		
	日本唐寫本文字形體	說明	戰國楚簡	魏石經	汗簡	古文四聲韻	訂正六書通	出土資料文字	傳抄古文	說文字形
愛	愛愛愛愛							㤅 張遷碑 㤅 三公山碑		
弟	萊萊							茅 武威簡.服傳2 笔 春秋事語 萊 孔龢碑		
	第							䇡 漢印徵	集韻弟或作第
乘	乘乘乘			乘 隸 魏三體				乘 魯峻碑 乘 孫根碑		篆 乘
索	索索							索 孫臏156 索 流沙簡.簡牘54.		篆 索
華	華華華							華 睡虎地5.34 華 老子甲後4.24 華 一號墓竹簡201 華 北海相景君銘陰		篆 華
因	囙							囙 尹宙碑		
貨	債			債 隸釋						
賤	賤							賤 流沙簡.簡牘3.17		
扈	扈扈扈							扈 曹全碑陰 扈 居延簡甲154.3		
朔	朔朔							朔 11年蠶鼎 朔 睡虎地12.46 朔 武威簡.秦射4 朔 漢石經.春秋		

今本尚書文字	隸古定本尚書		出土文獻尚書		傳抄古尚書			參　證		
	日本唐寫本文字字形體	說明	戰國楚簡	魏石經	汗簡	古文四聲韻	訂正六書通	出土資料文字	傳抄古文	說文字形
明	[明]			[明] 隸 魏三體						
夜	[夜]			[夜] 隸 魏品式				[夜] 孔宙碑		篆 [夜]
	[夙]	與夙訛混						[夙] 吳禪國山碑 夙： [夙] 鄭季宣碑		
秩	[秩]			[秩] 漢石經						
穀	[穀]							[穀] 璽印集粹 [穀] 漢帛.老子乙前87上 [穀] 孫臏131 [穀] 曹全碑		篆
*穭	[穭]			[穭] 漢石經				[穭] 魯峻碑 [穭] 淮源廟碑		說文無穭
兼	[兼]	下四畫變作灬从			[廉] 汗3.36			[兼] 居延簡甲2042A [兼] 武威簡.有司15 [兼] 華山廟碑		
釋	[釋]			[釋] 篆 魏三體				[釋] 費鳳別碑 [釋] 張遷碑		釋
竊	[竊]							[竊] 祝睦後碑 [竊] 孔寵碑		篆 [竊]
實	[實]	訛變：丑丗						[實] 無極山碑 [實] 孫叔敖碑		
害	[害]							[害] 睡虎地8.1 [害] 漢帛.老子甲後193 [害] 孫臏167 [害] 淮源廟碑	[害] 四4.12古孝經	

今本尚書文字	隸古定本尚書		出土文獻尚書		傳抄古尚書			參 證		
	日本唐寫本文字形體	說明	戰國楚簡	魏石經	汗簡	古文四聲韻	訂正六書通	出土資料文字	傳抄古文	說文字形
兩	兩兩							兩 武威簡.泰射 兩 武威醫簡.86甲 兩 西狹頌		
幣	幣							幣 孫叔敖碑		
僚	僚僚僚							僚 冀州從事郭君碑 僚 曹全碑 偏旁寮: 遼 楊君石門頌 遼 史晨碑遼遠	玉篇寮與僚同	
俶	俶							俶 武威簡.士相見9 村 武威簡.服傳41 村 禮器碑陰 村 漢石經春秋襄24		
備	俻俻					腕 六251		備 睡虎地23.1 備 漢帛.老子乙前18上 俻 西狹頌 備 無極山碑		篆 備
作	作狂任任		作 隸魏三體 作 漢石經 作 隸釋							
任	任	壬王混作						任 韓勑碑 任 夏承碑		
俗	俗							俗 衡方碑 俗 池陽令張君殘碑		
僭	僭僭僭潛				僭 汗2.23			偏旁暜: 潛 夏承碑.		暜篆 暜

今本尚書文字	隸古定本尚書		出土文獻尚書		傳抄古尚書			參 證		
	日本唐寫本文字形體	說明	戰國楚簡	魏石經	汗簡	古文四聲韻	訂正六書通	出土資料文字	傳抄古文	說文字形
侮	侮			隸釋			六187	唐扶頌		篆
虛	虛	偏旁訛近虍雨								
從	從			漢石經				遽從角／從鼎／老子甲58／相馬經3上／武威簡.有司2		篆
眾	眾			隸釋				楚帛書丙／陶彙3.537／中山侯鉞／郭店.成之25	汗3.43說文／魏三體殘碑	篆
冀	冀				汗3.42	四4.6		冀簋／令簋／孫子133／漢印徵／曹全碑／禮器碑陰		
屬	屬							居延簡甲763／流沙簡補遺1.19／石門頌／淮源廟碑		
新附 屢	屢							武威簡.士相見		
	婁				汗5.66	四2.25		汝陰侯墓六壬栻杯／史晨碑／婁壽碑		婁篆
觀	觀							銅華鏡		

今本尚書文字	隸古定本尚書		出土文獻尚書		傳抄古尚書			參　證		
	日本唐寫本文字形體	說明	戰國楚簡	魏石經	汗簡	古文四聲韻	訂正六書通	出土資料文字	傳抄古文	說文字形
顏	顏顏顏顏							顏 史晨碑		
願	頋							顲 縱橫家書8 頋 流沙簡.簡牘1.9 頋 武威簡.士相見1 顯 夏承碑 顲 唐公房碑	玉篇願與顚同	顚篆 顲
顧	顧顧顧顧							顧 街談碑 顧 樊敏碑	玉篇顧俗作碩	
面	靣		靣 隸釋 漢石經 靣 漢石經					靣 朱爵玄武鏡 靣 東海廟碑		篆 靣
修	循循		循 隸 魏三體							
彰	彰彰彰							彰 孔宙碑 彰 戚伯著碑		
彥	彥彥							彥 孟孝琚碑 彥 范式碑		
后	后后后							后 武威簡.泰射95		
豖	豖							豖 睡虎地42.190 豖 倉頡篇 豖 史晨碑		
嶽・岳	岳岳							岳 魯峻碑 岳 耿勳碑		古 岳
岱	岱岱							岱 孔宙碑 岱 華山廟碑		
岡	罡							罡 華芳墓誌側	六書正訛岡別為罡	

今本尚書文字	隸古定本尚書		出土文獻尚書		傳抄古尚書			參　證		
	日本唐寫本文字形體	說明	戰國楚簡	魏石經	汗簡	古文四聲韻	訂正六書通	出土資料文字	傳抄古文	說文字形
厎								偏旁氏：砥.衡方碑 祗.史晨碑	底 四3.12崔希裕纂古	
密								相馬經 67上 武威醫簡 80		
庭								武威簡.泰射 39 曹全碑		
廉		下四畫變作灬从						武威簡.有司6 曹全碑		
駿								徐氏紀產碑		
麗				魏三體				陶彙 5.193 張遷碑		
獻								滿城漢墓銅瓿銘 張公神碑 李翊碑		
								武威簡.有司8 武威簡.有司52 流沙簡.屯戍18.4		
能				魏三體 魏三體隸 隸釋						
夷				漢石經						

今本尚書文字	隸古定本尚書		出土文獻尚書		傳抄古尚書			參　證		
	日本唐寫本文字形體	說明	戰國楚簡	魏石經	汗簡	古文四聲韻	訂正六書通	出土資料文字	傳抄古文	說文字形
天	天 爻 爻							天 漢帛.老子甲後346　天 夏承碑　爻 石門頌		
規	規 規	夫失混作						規 漢帛老子甲20　規 孫子50		
憲	憲 寪	宀冖混作						憲 孔龢碑　憲 孔龗碑　憲 夏承碑		
懷	衰 衰 衰 懷 懷 懷			懷 隸釋				褱 西陲簡51.11　褱 漢印徵		
恤	邮 邮	卩混作阝　血訛作面						邮 睡虎地53.26　邮 耿勳碑		
怨	怨 怨			怨 隸釋						
惡	惡							惡 居延簡乙16.11　惡 徐美人墓志		
恐	恐 恐 恐							恐 睡虎地15.105　恐 漢帛老子甲6　恐 孫臏284　恐 相馬經24下　恐 孔龢碑		
恥	恥 恥 恥 恥							耻 尹宙碑　耳此 譙敏碑	干祿字書耻恥：上俗下正	

今本尚書文字	隸古定本尚書		出土文獻尚書		傳鈔古尚書			參　證		
	日本唐寫本文字形體	說明	戰國楚簡	魏石經	汗簡	古文四聲韻	訂正六書通	出土資料文字	傳鈔古文	說文字形
新附恑	 �16�16							尼：尼魯峻碑 尼衡方碑 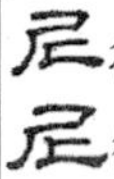		
沱	沱沱							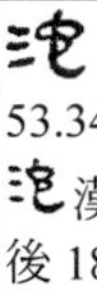 沱睡虎地 53.34 沱漢帛老子甲後185		篆㳛 
漢	漢漢 漢漢							 漢陶彙3.1106 漢廣漢郡書刀 漢衡方碑 漢流沙簡.屯戍9.4 漢韓仁銘 漢尹宙碑		篆㵄 
漆	㯥 㯥							㯥禮器碑 㯥漢印徵 㯥漢石經.春秋.襄21		
滿	 蒲滿 蒲滿							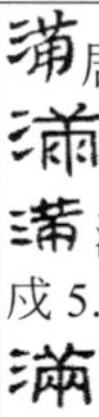 蒲居延簡甲19 滿鄭固碑 滿流沙簡.屯戍5.14 滿漢石經.春秋成王18		
潛	 潛潛 潛潛							 潛夏承碑 潛曹全碑		
浚	浚浚							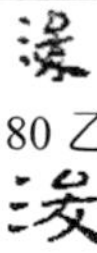 浚武威醫簡80乙 浚西狹頌		篆㵪 
流	流流							 流祀三公山碑		篆�… 
州	州州州							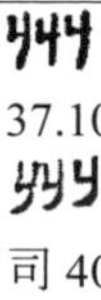 州睡虎地37.100 州武威簡.有司40		篆州
鯶	 鯶	魚訛作角						 鯶曹全碑		

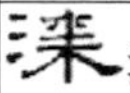

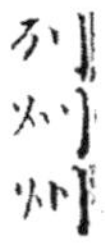

今本尚書文字	隸古定本尚書		出土文獻尚書		傳抄古尚書			參證		
	日本唐寫本文字形體	說明	戰國楚簡	魏石經	汗簡	古文四聲韻	訂正六書通	出土資料文字	傳抄古文	說文字形
龍	龍	訛作苖						漢印徵	四1.12 王存乂切韻	
飛	飛	訛變又繁化						漢石經.易.乾.文言 晉張朗碑		
鹽	鹽							一號木竹簡104 武梁祠畫像題字		篆鹽
關	關							睡虎地15.97 天文雜占4.2 武威簡.泰射64 居延簡甲2478		篆關
聰	聰	耳訛作身						譙敏碑 張遷碑		篆聰
聽	聽	耳訛作身						樊安碑 白石神君碑 靈臺碑		
	聽	省壬						三公山碑		
	聽	偏旁訛變耳耳						孔宙碑 無極山碑		
職	職	耳訛作身						衡方碑 曹全碑	集韻職或作軄	
聲	聲	偏旁位移						趙寬碑		篆聲
指	指							旨：白石神君碑4	集韻旨或作恉	
揖	揖							武威簡.士相見4 曹全碑	龍龕手鏡揖揖字匯補揖同揖	

今本尚書文字	隸古定本尚書		出土文獻尚書		傳抄古尚書			參　證		
	日本唐寫本文字形體	說明	戰國楚簡	魏石經	汗簡	古文四聲韻	訂正六書通	出土資料文字	傳抄古文	說文字形
撲	〔字形〕	右變从業						僕：〔字形〕建武泉范		
擊	〔字形〕	喜變作車						〔字形〕城壩碑		
婚	〔字形〕							〔字形〕流沙簡.簡牘3.22		
賊	〔字形〕							賤：〔字形〕縱橫家書45　〔字形〕相馬經7下		
哉	〔字形〕			〔字形〕漢石經 隸釋					〔字形〕禹鼎　〔字形〕邿公華鐘　〔字形〕好哉泉范　〔字形〕武氏石闕銘　〔字形〕曹全碑		
我	〔字形〕							〔字形〕老子甲後179　〔字形〕華山廟碑		篆〔字形〕
直	〔字形〕			〔字形〕宜 隸釋							篆〔字形〕
匹	〔字形〕	㇄訛近辶						〔字形〕流沙簡.屯戍14.16		
纘	〔字形〕							〔字形〕漢印徵　〔字形〕張遷碑		
總	〔字形〕							〔字形〕樊敏碑		
繡	〔字形〕							〔字形〕劉寬碑　〔字形〕校官碑		
徽	〔字形〕							〔字形〕晉荀岳墓志陰		

今本尚書文字	隸古定本尚書		出土文獻尚書		傳抄古尚書			參　證		
	日本唐寫本文字形體	說明	戰國楚簡	魏石經	汗簡	古文四聲韻	訂正六書通	出土資料文字	傳抄古文	說文字形
繩	繩繩繩							繩 武威簡.服傳1 繩 袁博殘碑 繩 漢石經.詩.抑		
繢	續繢							續 郙閣頌		
絺	絺緕							絡 婁壽碑		
彝	彝彝彝彝	中間變作粉						彝 前5.1.3 彝 小夫作父丁卣 彝 仲追父簋 彝 史頌簋 彝 芮伯壺		篆 彝
率	寧寧	訛變						寧 魏靈藏造像記 寧唐李惟一墓志		篆 率
土	坐坐							土 盂鼎 土 亳鼎 土 璽彙2837 土 衡方碑 *漢碑土加點以別於士		
坐	坐	隸變：人口						坐 孫子186 坐 孫臏36 坐 武威簡.有司7		篆 坐 古 坐
垂	垂垂垂垂							垂 鄭固碑 垂 華山廟碑 垂 孔龢碑 垂 校官碑 垂 夏承碑		
墮	墮							墮 陳球後碑		
勸	勸勸勸勸							勸 漢帛老子乙前17下		

今本尚書文字	隸古定本尚書		出土文獻尚書		傳抄古尚書			參　證		
	日本唐寫本文字形體	說明	戰國楚簡	魏石經	汗簡	古文四聲韻	訂正六書通	出土資料文字	傳抄古文	說文字形
勝	勝勝	力訛作刀						勝景北海碑陰　勝周憬碑陰		篆[勝]
勞	勞勞勞	力訛作刀						勞居延簡甲78		
勤	勤勤勤	力訛作刀		勤魏三體隸				勤郙閣頌　勤張遷碑　勤魏上尊號奏		篆勤
陵	陵陵陵							陵睡虎地8.8　陵禮器碑		篆陵
陰	陰陰陰陰							陰睡虎地46.21　陰縱橫家書6　陰漢石經.易.坤.文言		篆陰
陸	陸	省訛						陸謁者景君墓表		
隱	隱隱隱隱							隱定縣竹簡37　隱武梁祠畫像題字		
禽	禽							禽張遷碑		
亂	亂			亂隸釋						
孺	孺	隸變：需　嶲子訛作歹						偏旁需：漊堯廟碑　縛景北海碑陰　隸變：需嶲	集韻儒或作傷	
孟	孟孟	省訛						孟漢帛老子甲後237　孟馬王堆.易8		
羞	羞羞羞羞			羞隸釋				羞睡虎地8.11　羞漢石經儀禮既夕		

四、字形爲俗別字

今本尚書文字	隸古定本尚書 日本唐寫本文字形體	說明	出土文獻尚書 戰國楚簡	魏石經	傳抄古尚書 汗簡	古文四聲韻	訂正六書通	參證 出土資料文字	傳抄古文	說文字形
祿	祿	偏旁訛誤 礻示								
祇	祗	偏旁訛誤 礻示								
	𧘂祇	誤作祇						祇陳球碑孝友△穆		
	俊									
祀	祀	偏旁訛誤 礻示								
祈	祈	偏旁訛誤 礻禾								
瓚	隤	偏旁訛誤 阝玉								
琳	玲	偏旁訛混 今令							鄭注尙書作玲. 古文尙書當作玲	
班	斑斑	偏旁刀訛誤								
璧	壁	誤作壁								
琬	琬	部件訛變 夗死								
瑁	瑁瑁	偏旁訛混 目-日月 冃田								
玗	玕	偏旁訛混 干于								
靈	靈	偏旁訛變 巫並								
	灵灵									

今本尚書文字	隸古定本尚書		出土文獻尚書		傳鈔古尚書			參　證		
	日本唐寫本文字形體	說明	戰國楚簡	魏石經	汗簡	古文四聲韻	訂正六書通	出土資料文字	傳鈔古文	說文字形
蔽	薮	偏旁訛誤敝敢						漢石經論語殘碑		
蠢	蠢蠢				汗6.72	四1.10		亡： 中山王鼎 中山王兆域圖 璽彙2506 璽彙4528		蚰
	蚰	蚰誤作蟲								
芻	智	下作＝重文符號								
	蔦	蒭之俗字							集韻芻或作蒭.俗作丑菐非是	
藥	葉葉									
藻・藻	藻	品字二口共筆								
曾	曾	下作＝省略符號								
牲	性	偏旁訛混牛忄								
犁	犁	部件訛誤禾礻								
犧	犧犧	偏旁訛混義義牛－礻忄								
命	彔命令令命金金貪		上博1緇衣18	魏三體	汗2.26			命簋 孫子42 韓仁銘		
咨	恣	涉前文怨字誤作从心〔註7〕								

〔註7〕足利本、上圖本（影）〈君牙〉「夏暑雨小民惟曰怨咨」。

今本尚書文字	隸古定本尚書		出土文獻尚書		傳抄古尚書			參證		
	日本唐寫本文字形體	說明	戰國楚簡	魏石經	汗簡	古文四聲韻	訂正六書通	出土資料文字	傳抄古文	說文字形
呱		偏旁訛誤瓜孤瓜爪						偏旁瓜：李翊夫人碑 校官碑		
含		偏旁訛誤今令								
嗜		偏旁訛誤日目								
*嗟		部件訛變工七								說文無嗟
品		二口共筆								
歸		偏旁省形								
步		偏旁訛誤止山								
歲		上為止訛作山 =為省略符號							山 四4.14崔希裕纂古	
巡		偏旁混用辵辶								
迪		偏旁混用辵辶		古魏三體 篆魏三體						
遜		偏旁訛變子歹吊								
遒		偏旁訛變酉								

今本尚書文字	隸古定本尚書		出土文獻尚書		傳抄古尚書			參　證		
	日本唐寫本文字形體	說明	戰國楚簡	魏石經	汗簡	古文四聲韻	訂正六書通	出土資料文字	傳抄古文	說文字形
趨	（字形）	偏旁芻俗訛作多與芻字相混						趐 武威簡.泰射48　彭 西狹頌	廣韻趨俗作趍	
德	（字形）（字形）志	悪字訛誤								
往	（字形）（字形）	偏旁訛誤　偏旁訛誤イ						往 馬王堆　往 老子甲165　往 睡虎地32.4		
循	（字形）（字形）	與脩隸變訛从彳作混同誤循為脩而作脩						循 景北海碑陰　循 楊君石門頌　循 景北海碑陰　脩：循 北海相景君碑		
微	（字形）	寫誤為徵字								
儌	（字形）（字形）（字形）	偏旁變奚爰　偏旁訛變彳イ								
後	（字形）	偏旁訛變彳氵								
很	（字形）	偏旁訛變イ								

今本尚書文字	隸古定本尚書		出土文獻尚書		傳抄古尚書			參　證		
	日本唐寫本文字形體	說明	戰國楚簡	魏石經	汗簡	古文四聲韻	訂正六書通	出土資料文字	傳抄古文	說文字形
得	得淳 得	偏旁訛變 彳氵								
御	卸卸	偏旁辵作止又訛作山						御禹		
延	延延 延延									
*徇	徇	偏旁訛混 彳亻							集韻徇或作徇	說文無徇
齒	齒	省略符號 米								
嗣 商	嗣嗣 嗣嗣 商商									
糾	糺 紏	俗字 偏旁訛誤								
古	古古 古古									
謂	胃胃 胃胃 謂謂	偏旁訛混 月-日-目 =省略符號								
訓	督	誤作首	訓 魏三體		訓 汗1.12	訓 四4.19				
謨	暮暮 漠	暮之寫誤 下作省略符號						暮楊統碑		
與	与与	俗寫一變作灬						与郭店.語叢1.107 与郭店.語叢3.11		与
興	興興 興							興千甓亭.建興磚		

今本尚書文字	隸古定本尚書		出土文獻尚書		傳抄古尚書			參　證		
	日本唐寫本文字字形體	說明	戰國楚簡	魏石經	汗簡	古文四聲韻	訂正六書通	出土資料文字	傳抄古文	說文字形
剛		部件訛變山止								
虐								石門頌／魯峻碑		篆
盧										
矯								喬：陳球碑／漢印徵		
侯								華山廟碑		
奈								漢帛老子甲30／春秋事語90／鮮于磺碑	玉篇奈正作柰	篆
樂								日有熹鏡／尚方鏡6／三羊鏡3		
目		與因字作曰混同								
瞑		偏旁訛誤 目-耳貝	瞑2							
度					宅 汗4.51 亦度字	度 四4.11.亦宅字		中山王鼎	庀四4.11籀韻	宅古文
牧		偏旁訛誤 土↑		魏三體	汗6.73	四5.5			玉篇㙂同坶 集韻坶或从每 通作牧	
奭		偏旁訛誤 大火	上博1緇衣18	魏三體 篆隸	汗2.17	四5.26		璽彙2680／陶彙4.26		篆

今本尚書文字	隸古定本尚書		出土文獻尚書		傳抄古尚書			參　證		
	日本唐寫本文字形體	說明	戰國楚簡	魏石經	汗簡	古文四聲韻	訂正六書通	出土資料文字	傳抄古文	說文字形
羿羿	羿羿									
雍	邕							雍伯原鼎 睡虎地10.4 雍平陽宮鼎	集韻雍通作邕雖.雝通作雝	
美	媺				汗5.66	四3.5		郭店.老子甲15 郭店.緇衣1 郭店.老子丙7	媺 四3.5 籀韻	媺
棄	弃弃							中山王鼎 璽彙1485 包山121 郭店.老子甲1		古
	棄棄									籀
幾	亢亢茲	=為重文符號.幾字省戈						沇伯簋 幾父壺	集韻幾古作夰	
惠	惠					汗4.59		何尊 無叀鼎 毛公鼎 諫簋 虢弔鐘		古
前	前	部件訛混月日								
割	剆剆	傳抄古文隸古定訛變	魏三體		汗2.21			偏旁害：師害簋 伯家父簋	玉篇割字古文作剆	
罰	罰	部件訛誤力刀	上博1緇衣15	魏三體				盂鼎 散盤 孫子8		篆
	罰									
衡	衡	訛誤字								

今本尚書文字	隸古定本尚書		出土文獻尚書		傳抄古尚書			參　證		
	日本唐寫本文字形體	說明	戰國楚簡	魏石經	汗簡	古文四聲韻	訂正六書通	出土資料文字	傳抄古文	說文字形
簽	篸							巫： 壬 漢印徵		
邊	邊邊邊遷									
籧	蓬	偏旁匚作匸								
箴	葴葳	竹艸混作								
*簋	匶匶	偏旁訛誤匚辶								說文無簋
箕·其	亓亓亓亓亓亓亓亓亓开开	亓訛作开	亓 上博1 緇衣11 亓 郭店緇衣19							
箕	笄笄	亓訛作开			筭 汗2.21	笄 四1.20		笄 □箕鼎 笄 貨系1604 笄 信陽2.21		
畀	畁									
左	左右左左	偏旁工變作乚								
差	差	偏旁工變作乚		魏三體				王子午鼎 攻吳王夫差監 攻敔王夫差劍 者汈鼎		
式	弍弍戎弍戎	誤作弍 多二飾點與戎同								

今本尚書文字	隸古定本尚書		出土文獻尚書		傳抄古尚書			參　證		
	日本唐寫本文字形體	說明	戰國楚簡	魏石經	汗簡	古文四聲韻	訂正六書通	出土資料文字	傳抄古文	說文字形
巨	（字形）	偏旁訛誤止山距								
甘	（字形）	誤作其								
曆	（字形）	偏旁訛誤禾木								
曷	（字形）	誤作易								
乃	（字形）				汗 6.82	四 3.13		毛公鼎 黿方彝		遒篆 迺篆
寧	（字形）			魏三體				盂爵 寧簋 卣 中山王鼎 毛公鼎 國差繪 蔡侯鐘 盃壺 侯馬 石鼓文	汗 3.44 石經	
號	（字形）									
于	（字形）									
平	（字形）	誤作夸								
彭	（字形）									
盡	（字形）	草書楷化俗字								
彤	（字形）	偏旁訛誤丹舟								
朦	（字形）	偏旁訛誤丹舟								

今本尚書文字	隸古定本尚書		出土文獻尚書		傳鈔古尚書			參　證		
	日本唐寫本文字形體	說明	戰國楚簡	魏石經	汗簡	古文四聲韻	訂正六書通	出土資料文字	傳鈔古文	說文字形
即	卽	偏旁訛混卩阝		魏三體				甲868　前6.5.5　頌簋　中山王壺		
既	旡先旡	省作旡								
餞	餞餞									
僉	僉僉僉僉僉	與命變作命同								
會	會	=為省略符號								
弞	欬	偏旁相涉誤作								
冋‧坰	泂坰	冋訛作向．同								
就	就就							孔宙碑　曹全碑		
稟	稟稟	偏旁訛誤禾示								
牆	墻墻									
‧麴	麹麹							居延簡甲1303　晉辟雍碑	玉篇麦麥之俗字	
致	致致致	夊訛作攴						睡虎地10.11　華山廟碑　北海相景君　尹宙碑　孔宙碑		

今本尚書文字	隸古定本尚書		出土文獻尚書		傳抄古尚書			參證		
	日本唐寫本文字形體	說明	戰國楚簡	魏石經	汗簡	古文四聲韻	訂正六書通	出土資料文字	傳抄古文	說文字形
憂								史晨碑 / 武榮碑 / 衡方碑		
夏										
舜										
弟		變从艸						武威簡.服傳2 / 春秋事語 / 孔龢碑		
梅		偏旁訛誤木水								
		偏旁訛誤木水誤增義符								
奈								漢帛老子甲30 / 春秋事語90 / 鮮于璜碑	玉篇奈正作柰	篆柰
縶					汗6.82	四4.40 畬		乙8710 / 粹1316 / 辛巳簋 / 伯作姬畬壺 / 畬章作曾侯乙鎛		畬
		偏旁位移								
樹										
條		偏旁訛誤彳彳								

今本尚書文字	隸古定本尚書		出土文獻尚書		傳鈔古尚書			參　　證		
	日本唐寫本文字形體	說明	戰國楚簡	魏石經	汗簡	古文四聲韻	訂正六書通	出土資料文字	傳鈔古文	說文字形
模	㯉攃									
材	㧅	偏旁訛誤才戈								
築	築築築築築鵟							菓 睡虎地45.16　菜 武威簡.服傳24　菜 魏受禪碑		篆 鵺
	㐀									
構	搆	偏旁訛誤木扌								
柱	䄂									
機	桄								集韻幾古作夰	
梟	梟梟	偏旁訛誤木水								
柷	积									
檢	撿檢檢									
楹	㮣	偏旁訛誤耳月								
椓	椓									
析	㭊㭊				枖 汗6.76					
	㧾	偏旁訛誤木扌								
杭	宄									
出	生	誤作生								
華	華	隸變形訛								
稽	䪫䪫	偏旁相涉誤作			𥡮 汗4.48	𥡮 四3.12				
	諳	偏旁旨誤作言								

今本尚書文字	隸古定本尚書		出土文獻尚書		傳抄古尚書			參　　證		
	日本唐寫本文字形體	說明	戰國楚簡	魏石經	汗簡	古文四聲韻	訂正六書通	出土資料文字	傳抄古文	說文字形
圖	圖圖圖			圗魏三體				圖子● 圖卣 圖散盤 圖善夫山鼎		
	啚								畵韓勑後碑	廣韻圖俗作圕集韻圖俗作畗非是
國	國國囯									
贊	替	偏旁訛誤貝曰								
資	費	偏旁訛誤貝耳								
郊	岐岐	岐之訛								
昏	昏	多飾點						昏粹715 昏郭店.老乙9 昏郭店.老甲30		
	昏							昏雲夢.日乙156 昏漢帛老子甲41 昏武威醫簡64		
暴	暴暴暴暴暴									
且	且且	誤作且								
暨	暨暨暨暨暨									
旌	旌於	从今訛作令								
旅	旅旐									
參	參參參參							參蕭參父乙盉 參衛盉 參毛公鼎 參召伯簋二		或參

今本尚書文字	隸古定本尚書		出土文獻尚書		傳鈔古尚書			參　證		
	日本唐寫本文字形體	說明	戰國楚簡	魏石經	汗簡	古文四聲韻	訂正六書通	出土資料文字	傳鈔古文	說文字形
有	乂									
夢	号									
多	号号号							DD 毓且丁卣 多 觴仲多壺 多 多父鼎 多 秦公簋 多 郭店.語叢1.89		篆多
栗	慄									
齊	夻育							齊 睡虎地.封診66		
穆	敫敄敫	偏旁禾誤作攵								
稷	襪裰褋	偏旁訛誤禾礻								
移	杉							偏旁多： DD 毓且丁卣 DD 召尊		
積	襀	偏旁訛誤禾礻						積 商鞅方升 積 雲夢.效律27		
秩	袟	偏旁訛誤禾礻								
年	季	篆文隸定訛誤						年 缶鼎 年 弔上匜 年 都公鼎		篆秊
秦	秦	偏旁訛誤禾示								
稱	耤禪称稱									
秸	秸秸	偏旁訛誤吉告								
秸	祮	偏旁訛誤禾礻								

今本尚書文字	隸古定本尚書		出土文獻尚書		傳抄古尚書			參證		
	日本唐寫本文字形體	說明	戰國楚簡	魏石經	汗簡	古文四聲韻	訂正六書通	出土資料文字	傳抄古文	說文字形
*穢	穢			穢 漢石經				穢 魯峻碑 穢 淮源廟碑	山 歲 四4.14崔希裕纂古	
凶	凶凶凶									
宅	宅	誤作古文冈								冈古 冈
宣	宣宣宣									
嚮	嚮嚮嚮									
宰	宰宰	多一畫								
宄	宄宄								四4.37列上聲宥韻第49下注宄字讀爲宄	篆 宄
	宄	偏旁混作宀穴誤作究							與汗.四注古尚書宄字作究同	究
宗	宋宋	誤作宋								
窮	窮									
瘳	瘳瘳瘳瘳									
	廖廖	誤作廖								
冒	冒冒冒冒	偏旁訛誤目日罒								
	冒冒冒	偏旁訛誤罒田								
·罹	羅	誤作羅								
席	席席席									
	帶帶	广下變作帶								

今本尚書文字	隸古定本尚書		出土文獻尚書		傳抄古尚書			參 證		
	日本唐寫本文字形體	說明	戰國楚簡	魏石經	汗簡	古文四聲韻	訂正六書通	出土資料文字	傳抄古文	說文字形
俊	〔畋〕	畯誤作畋								
僚	〔僚諸形〕							僚 冀州從事郭君碑　僚 曹全碑　偏旁寮：遼 楊君石門頌　遼 史晨碑遼遠	玉篇寮與僚同	
俦*俦	〔俦俦〕	＝重文符號								說文無俦
俟	〔俟俊侯俊諸形〕	訛與侯俊俗寫混同								
傲	〔夐夏〕	夐誤作夐夏			〔古文〕汗4.47	〔古文〕四4.30	〔古文〕六303		說文：益稷無若丹朱傲	〔夐〕
俶	〔俶〕							俶 武威簡.士相見9　朮寸 武威簡.服傳41　流寸 禮器碑陰　菽 漢石經春秋襄24		
側	〔亥爻爻亥〕	夾之訛變								
代	〔伐代伐〕	偏旁混作弋戈								
任	〔狂〕	誤作狂								
偃	〔遷〕	匽之訛 匚訛作辶								
伐	〔代弋〕	偏旁混作戈弋								
倦	〔倦〕	＝省略符號								

今本尚書文字	隸古定本尚書		出土文獻尚書		傳抄古尚書			參　證		
	日本唐寫本文字形體	說明	戰國楚簡	魏石經	汗簡	古文四聲韻	訂正六書通	出土資料文字	傳抄古文	說文字形
弔	帀			弔 魏三體				弔 甲 1870 弔 後 2.13.2 弔 弔父丁簋 弔 弔鼎 弔 陳公子甗 弔 毛弔盤		
	野	誤作予								
	弗	誤作弗								
眾	众	乑省作从								
監	藍	誤作藍								
被	被	偏旁混作衤礻								
衰	哀	誤作哀								
裕	裕	偏旁混作衤礻								
旄	旄旄旄	旄字部件混作方木禾							集韻旄通作旄	
耇	苟	誤作苟								
考	孝	誤作孝								
允	兊	誤作兌								
亮	高	誤作高								
欽	鈙	偏旁金篆文隸古定訛變．攵誤作殳								
兜	哭哭哭	篆文隸定訛變			哭 汗1.6	哭 四2.25				哭

今本尚書文字	隸古定本尚書		出土文獻尚書		傳抄古尚書			參　證		
	日本唐寫本文字形體	說明	戰國楚簡	魏石經	汗簡	古文四聲韻	訂正六書通	出土資料文字	傳抄古文	說文字形
顛	顛 顛	偏旁相涉誤作								
頑	頙頙頙									
顧	顧顧顧							頋 街談碑 顧 樊敏碑	玉篇顧俗作碩	
順	川									
顯	顯顯顯顯									
須	湏									
修	從從猭	偏旁混作彳								
弱	弱									
彥	彥彥彥彥彥							彥 孟孝琚碑 彥 范式碑 偏旁彥： 顏 漢帛老子甲後315 顏 漢帛老子甲後190 顏 扶風出土漢印		
	産	誤作産								
·肜	肜肜									
司	冐冐									
卿	鄉卿									
冢	冡							冢 睡虎地42.190 冢 倉頡篇 冢 史晨碑		
岡	岡岡	訛近罔								
密	窜宻	誤作蜜								
崇	崇	宗誤作宋								

今本尚書文字	日本唐寫本文字形體	說明	戰國楚簡	魏石經	汗簡	古文四聲韻	訂正六書通	出土資料文字	傳抄古文	說文字形
·崐	崐	部件上下倒置								
·崘	崘									崘
·岷	岷岷／崏[岷]／峨	偏旁位移／誤作峨								
廣	厥	誤作廟古文厴								
廢	廢廢廢廢廢									
廟	庿庿庿							庿 中山王壺／郭店.性自20		古庿
底	底底底底底							偏旁氐：砥.衡方碑／祇.史晨碑	厎底 四3.12崔希裕纂古	
砥	砥砥									
厲·厲	厲									或厲
厥	叕叐	叐之誤								
厖	厖厖									篆厖
危	危厄厄							危 相馬經 23 上		
新附礪	砺								集韻矿礪厲通用	
豕·豬	豬豬									
貉·貊	貊								集韻貉或作貊	
易	易易	與易混		易 魏三體				易 中山王鼎		
鷺	隌									

今本尚書文字	隸古定本尚書		出土文獻尚書		傳鈔古尚書			參　證		
	日本唐寫本文字形體	說明	戰國楚簡	魏石經	汗簡	古文四聲韻	訂正六書通	出土資料文字	傳鈔古文	說文字形
駿	駿駿駿							駿 徐氏紀產碑		
驪	鳴	鵑之訛								
㶚·法	㶚									
鹿	鹿	偏旁比訛作从						鹿 武威簡.泰射36　鹿 漢石經.春秋.僖21		
麗	麗麗麗麗麗麗			麗 魏三體				麗 隨縣193　麗 陶彙5.193　麗 張遷碑　麗 張納功德敘		
逸	隋俗	佾之訛偏旁混作月日							集韻佾古作俗	
	循循循	佾之訛偏旁混作月日目								
	循循	佾之訛								
獒	獒	偏旁混作犬火								
獨	独独									
類	臂臂臂臂臂臂				臂 汗2.20	臂 四4.5				臂 篆 臂
狐	狐	偏旁混作瓜爪						偏旁瓜：爪 李翊夫人碑　狐 校官碑		
獲	獲獲									
能	㠯	省形								

今本尚書文字	隷古定本尚書		出土文獻尚書		傳抄古尚書			參 證		
	日本唐寫本文字形體	說明	戰國楚簡	魏石經	汗簡	古文四聲韻	訂正六書通	出土資料文字	傳抄古文	說文字形
奄	奄									
夷	尸	尼之訛		魏三體	汗 3.43	四 1.17		仁：前 2.19.1 中山王鼎 包山 180 尼：衡方碑		
	尸尼									
亦	亦忝	下四畫作灬	郭店緇衣 10					華山廟碑 郙閣頌		
夭	友夭友							夏承碑 石門頌		
奚	夔									
	夫	誤作夫								
思	奧恩	誤作恩								篆
惷・悋	惷	各訛作吝			汗 4.59			古璽.字表 10.18 漢印徵	一切經音義悋古文惷	
應	応									
愼	悕収									
恭	龔	龔之訛								
懋	懋懋懋懋徳									
恤	卹			魏三體				追簋 郱公華鐘 曹卹父鼎	汗 4.49 卹.見石經	
儉	患恩愿				儉.汗 4.59	四 2.27	六 159	偏旁冊：般甗 頌鼎 師虎簋	韻會十四儉下：古患	篆
憎・愭	悄	偏旁混作忄火								

今本尚書文字	隸古定本尚書		出土文獻尚書		傳抄古尚書			參　證		
	日本唐寫本文字字形體	說明	戰國楚簡	魏石經	汗簡	古文四聲韻	訂正六書通	出土資料文字	傳抄古文	說文字形
怨	[怨]	宛訛作死		怨 隸釋						
慤	[慤]	敦訛作敢								篆[慤]
惡	[惡]								干祿字書惡 惡 上俗下正	
	[惡]							蕜 居延簡乙16.11 蕜 徐美人墓志	岩崎本	
恥	[恥]							耻 尹宙碑	干祿字書耻 恥：上俗下正	
	[恥]	心止隸變形混.偏旁混作止正山						耴 譙敏碑		
忝	[忝]	偏旁混作●（心）水						忝 流沙簡.簡牘5.23	2	
新附懍	[歎]	戁之訛.偏旁混作攵欠								
·懷	[懷]	偏旁混作禾示								
	[懷]	與懷懔混同								
·悅	[悅]									
河	[河]	偏旁混作氵亻								
沱	[沱]								玉篇沱俗作池	
涇	[涇]									

今本尚書文字	隸古定本尚書		出土文獻尚書		傳抄古尚書			參 證		
	日本唐寫本文字形體	說明	戰國楚簡	魏石經	汗簡	古文四聲韻	訂正六書通	出土資料文字	傳抄古文	說文字形
渭	渭	偏旁混作月日								
	渭	=省略符號								
漢	浅							漢 流沙簡.屯戌9.4 漢 韓仁銘 漢 尹宙碑		篆 漢
沔	沔汅									
漆	淶	訛作淶						淶 禮器碑 淋 漢印徵		
	漆							淶 漢石經.春秋.襄21		
漳	障	偏旁混作阝								
澧	澧									
濮	濮濮濮濮	偏旁訛變美業								
海	汵	偏旁位移								
滔	陷	偏旁混作阝								
沖	沖中	偏旁訛變氵冫							玉篇沖俗沖字	
淵	渊							渊 齊宋敬業造像 渊 魏比丘僧智造像 渊 隋唐世榮墓誌	刜 四2.3崔希裕纂古	
澤	澤澤									
	沢	日本俗體								
淫	淫淫汪		涇 魏三體 淫 漢石經							篆 淫

今本尚書文字	隸古定本尚書		出土文獻尚書		傳抄古尚書			參　證		
	日本唐寫本文字形體	說明	戰國楚簡	魏石經	汗簡	古文四聲韻	訂正六書通	出土資料文字	傳抄古文	說文字形
淺	淺									
澁	澁達	偏旁訛混竹艹								
湯	湯							湯 武威醫簡87乙		
	陽	偏旁混作氵阝								
泰	泰苶	偏旁訛變水●								
涉	涉㳠	部件混作止山								
州	州州州							州 睡虎地37.100 州 武威簡.有司40		篆州
鰥	鰥鰥鰥鰥鰥鰥鰥	偏旁訛變：罘睘							四1.39古孝經鰥	鰥
	鰥	偏旁訛誤魚角						角鰥 曹全碑		
龍	龍龍	訛作晉						龍 漢印徵	龍 四1.12王存乂切韻	
飛	飛	訛變又繁化						飛 漢石經.易.乾.文言 飛 晉張朗碑		
	飛	省形								
翼	翼	从羽弋聲弋訛作戈								
榮	榮	省門								
西	兩	誤作兩								

今本尚書文字	隸古定本尚書		出土文獻尚書		傳抄古尚書			參　證		
	日本唐寫本文字形體	說明	戰國楚簡	魏石經	汗簡	古文四聲韻	訂正六書通	出土資料文字	傳抄古文	說文字形
開	關								古今字詁：關關古今字	開古〔關〕開古〔關〕
閉	閇	偏旁訛混才下								
關	關閇							關睡虎地15.97 關天文雜占4.2 閧武威簡.泰射64 開鮮于璜碑		篆〔關〕
耿	耿	偏旁訛混火大								
聖	坙坒							聖滿城漢墓宮中行樂錢 聖池陽宮行鐙 聖曹全碑 坙鮮于璜碑		
聰	聰聰聰 聰聰耴 聴	（涉前文聽字訛混）						聰譙敏碑 聰張遷碑		篆〔聰〕
聽	聽聽 聽聽 聽聴 聽聴聴聴	省壬 偏旁訛變：耳耳						聽白石神君碑 聽靈臺碑 聽三公山碑 耴聽孔宙碑 耴聽無極山碑		

今本尚書文字	隸古定本尚書		出土文獻尚書		傳抄古尚書			參　證		
	日本唐寫本文字形體	說明	戰國楚簡	魏石經	汗簡	古文四聲韻	訂正六書通	出土資料文字	傳抄古文	說文字形
職	(字形)	偏旁訛誤耳身						職 衡方碑 / 軄 曹全碑	集韻職或作軄	
聲	(字形)									
聞	(字形)									
摯	(字形)								西伯戡黎大命不摯	
	(字形)	偏旁位移								
拊	(字形)	訛與折混同			(字形) 汗5.66					
	(字形)	偏旁訛混 扌木								
承	(字形)									
撫	(字形)	偏旁訛誤亡己	(字形) 魏品式		(字形) 汗1.14	(字形) 四3.10				
	(字形)	偏旁無奇字无訛變								抚
	(字形)	偏旁訛誤亡正								
	(字形)	偏旁訛誤亡								
擾	(字形)	偏旁訛誤 扌木								
括	(字形)	偏旁訛變 扌木								篆 (字形)
技	(字形)	偏旁訛混 攴支						2		伎
	(字形)	偏旁訛混 扌木								

今本尚書文字	隸古定本尚書		出土文獻尚書		傳抄古尚書			參 證		
	日本唐寫本文字形體	說明	戰國楚簡	魏石經	汗簡	古文四聲韻	訂正六書通	出土資料文字	傳抄古文	說文字形
撲	撲樸樸	偏旁訛變業業						僕：〔僕〕建武泉范		
	樸	偏旁訛混扌木								
擊	擊擊									
婚	婚婚婚							〔婚〕流沙簡.簡牘3.22		
	娓	偏旁昏省作民								
母	毋									
姑	姑									
威	威	誤作戚								
姦	姧	从二女从干								
	蚁	＝重文符號								
乂	乄乆乂乂乂乂									或刈
	刄刃	誤作刃								
弋	戈	誤作戈								
肇	肇肇							〔肇〕衡方碑	玉篇攴部肇俗肇字	
	肇肁	偏旁訛誤戶石								
賊	賊							賤：〔賤〕縱橫家書45 〔賤〕相馬經 7下		
或	弍或戓							〔或〕白石神君碑	干祿字書弍或.上通下正	
	或或	下一畫變作灬								

今本尚書文字	隸古定本尚書		出土文獻尚書		傳鈔古尚書			參　證		
	日本唐寫本文字形體	說明	戰國楚簡	魏石經	汗簡	古文四聲韻	訂正六書通	出土資料文字	傳鈔古文	說文字形
哉	㦰㦰	變作戈								
義	羛	从羊省.我省						羛包山249 羛漢帛老子甲後300 義武威簡屯戌18.4		
	羛							羛漢帛老子甲後189 義禮器碑		
無	志	誤作忘								忘
	旡	無奇字无之訛								旡
匹	远迲	偏旁訛變匚之						匹流沙簡.屯戌14.16		
匡	匡匡匡	王匚共筆						匡璽彙4061 匡陶彙4.96 匡山東002		或筐
	迬迬	偏旁訛變匚之								
匪	進匪	偏旁訛變匚之								
匱	匱	偏旁訛變匚之								
匯	進	偏旁訛變匚之								
曲	典	誤作典								
張	張張	偏旁訛變弓方								
彊	殭	偏旁訛變弓方								疆

今本尚書文字	隸古定本尚書		出土文獻尚書		傳抄古尚書			參　　證		
	日本唐寫本文字形體	說明	戰國楚簡	魏石經	汗簡	古文四聲韻	訂正六書通	出土資料文字	傳抄古文	說文字形
引	引	偏旁訛變弓方								
孫	孫孫孫	偏旁訛變子夕								
絲	縣	偏旁訛混系糸								
繼	繼繼									
續	續									
續	績	誤作績								績
	續									
總	總總總總總絲							絲 樊敏碑		
	摠摠								廣韻摠與總同	摠
徽	微	微之俗字								
綏	緩	誤作緩								緩
	媛	誤作媛								媛
絲	絲絲丝	偏旁糸省筆						88 商尊　88 辛伯鼎		
	糸糸	偏旁訛變糸系								
率	寧寧							寧 魏靈藏造像記 寧 唐李惟一墓志		篆 率
雖	雖雖	偏旁訛變虫衣								
	虽	省隹								
蠲	蠲蠲蠲							蓋：　盍 陽泉熏盧　盖 武威簡.服傳31		
蚩	蚩									

今本尚書文字	隸古定本尚書		出土文獻尚書		傳抄古尚書			參　證		
	日本唐寫本文字形體	說明	戰國楚簡	魏石經	汗簡	古文四聲韻	訂正六書通	出土資料文字	傳抄古文	說文字形
蠻										
*蟻		偏旁義省訛								說文無蟻
蠹		偏旁訛省								
蟲		=重文符號		魏品式				郭店老子甲21　包山191		
蠶										
貳		與式形混								
均		土作圡偏旁訛變勻勾								
壞		偏旁訛混襄裹								
基		𡉈之訛變								
堂		偏旁訛誤土玉								
墨		土作圡								
圮		誤作地								
垂										
墮										
晦		偏旁訛變夂人								或
功										工古
		偏旁訛誤力刀								
勘										

今本尚書文字	隸古定本尚書		出土文獻尚書		傳抄古尚書			參證		
	日本唐寫本文字形體	說明	戰國楚簡	魏石經	汗簡	古文四聲韻	訂正六書通	出土資料文字	傳抄古文	說文字形
勖	勗勗	偏旁訛混目耳								
	勗	偏旁訛誤月田目日								
	勗	偏旁訛混月罒								
勇	勇勇勇									
協	協	部件訛誤力刀								
	恊恊恊	偏旁訛誤十↑部件訛誤力刀								恊
新附勢	勢勢勢									
錫	錫									古金
鈞	鈞	誤作鈎								
	釣	誤作釣								
凭*憑	馮									馮
	憑									說文無憑
斷	斷斷斷斷									
	斷								玉篇斷同斷	
斷	斷斷	叙之訛								
矛	戈	與上文相涉誤作							上圖本（八）牧誓比爾干立爾矛	
矜	矜矜	偏旁訛變今令矛予								

今本尚書文字	隸古定本尚書		出土文獻尚書		傳鈔古尚書			參　證		
	日本唐寫本文字形體	說明	戰國楚簡	魏石經	汗簡	古文四聲韻	訂正六書通	出土資料文字	傳鈔古文	說文字形
輔	轉	誤作轉								
載	戎									
劉	劉劉劉	篆文隸偏旁訛誤		劉古魏三體 劉篆魏三體				劉劉君神道 劉居延簡甲1531 劉華山亭碑 劉桐柏廟碑		
陵	淩	偏旁訛混氵阝								
	陵陵陵							陵睡虎地8.8 陵禮器碑		篆陵
陽	易易易	偏旁訛混易昜								易
	陽									
隰	㬒	偏旁㬒省形作累.又訛變作累							集韻隰或作隰	
降	降降降降降降降降 隆									
隱	隱隱隱隱							隱定縣竹簡37 隱武梁祠畫像題字		
陳	敶敶敶敶	敶之訛			敶汗1.15	敶四1.31	敶六60	敶陳公子甗 敶陳侯匜 敶曾侯乙.匜器漆書		
陛	陘	偏旁訛混阝氵								

今本尚書文字	隸古定本尚書		出土文獻尚書		傳抄古尚書			參　證		
	日本唐寫本文字形體	說明	戰國楚簡	魏石經	汗簡	古文四聲韻	訂正六書通	出土資料文字	傳抄古文	說文字形
綴	綴綴綴綴	=重文符號		魏三體						篆 綴
禽	禽							禽 張遷碑		
萬	万禽									
禹	禽	古文禹禽訛變	魏品式	汗3.41 汗6.78	四3.9		鼎文 弔向簋 禹鼎 秦公簋 璽彙5124	集韻禹古作禽禽	古 禽
亂	率宰宰	隸古定訛變與率作宰相混	魏三體	汗1.13	四4.21		毛公鼎 楚帛書乙 九店56.28 包山192 郭店唐虞28 郭店成之32		古
	乱						俗字	干祿字書：乱亂上俗下正	乱
	宰	訛誤作率							
	乳	變與乳同形						雲夢.為吏27 漢帛老子甲126 孫子186	內野本伊訓時謂亂風	
成	威	誤作威							
庚	康	誤作康							
辜	辜辜辜								
孺	孺	偏旁訛變子歹						偏旁需：堯廟碑 景北海碑陰 隸變：需耑	集韻儒或作傕

今本尚書文字	隸古定本尚書		出土文獻尚書		傳鈔古尚書			參 證		
	日本唐寫本文字形體	說明	戰國楚簡	魏石經	汗簡	古文四聲韻	訂正六書通	出土資料文字	傳鈔古文	說文字形
孟	孟孟	偏旁子省訛						墨 漢帛老子甲後237 孟 馬王堆.易8		
	盟	偏旁訛誤月目							孟豬.孟津.孟侯字	盟篆
孤	孤孤孤	偏旁訛誤瓜爪子子						偏旁瓜: 呱 李翊夫人碑 孤 校官碑		
寅	寅									
卯	卯卯卯									
戌	戌戌	誤作戌戌								

第三節 隸古定《尚書》刻本文字形體之探源

一、源自古文字形之隸定、隸古定或隸古訛變

（一）為傳鈔《尚書》古文與《說文》古籀等或體字形相同者之隸定、隸古定或隸古訛變

今本尚書文字	隸古定尚書刻本		出土文獻尚書		傳鈔古尚書			參 證		
	書古文訓晁刻古文尚書	探源說明	戰國楚簡	魏石經	汗簡	古文四聲韻	訂正六書通	出土資料文字	傳鈔古文	說文字形
一	弌	古文隸定			弌 汗1.3	弌 四5.7		弍 郭店.緇衣17 弌 郭店.窮達14		弌 古
帝	帝	古文隸定	帝 魏品式	帝 汗1.3	帝 四4.13	帝 六255	帝 後上26.15 帝 粹1128		帝 古
禮	礼礼礼	隸古定			礼 汗1.3	礼 四3.12		礼 九里墩鼓座		礼 古
祀	禩禩禩	傳抄古文隸古定古文隸定			禩 汗1.3	禩 四3.7				禩 或

今本尚書文字	隸古定尚書刻本		出土文獻尚書		傳抄古尚書			參　證		
	書古文訓晁刻古文尚書	探源說明	戰國楚簡	魏石經	汗簡	古文四聲韻	訂正六書通	出土資料文字	傳抄古文	說文字形
社	壄社壄	古文隸定訛變			壄 汗6.73			社 中山王鼎		古社
三	弎	古文隸定			弎 汗1.3	弎 四2.13				古弎
璿	瓊	隸古定			瓊 汗1.4	瓊 四2.5				古璿
玗	玾	古文隸定			玾 汗1.4	玾 四1.37				古玾
中	身	傳抄古文隸古定	中中 魏三體		身 汗1.4	身 四1.11		身 前1.6.1 身 天星觀.卜 身 包山140 身 璽彙4638		籀身 古中
	中	古文隸古定								
荊	荊	古文隸定			荊 汗1.5	荊 四2.19		荊 貞簋 荊 過伯簋 荊 師虎簋		古荊
悉	恩恩	古文隸定.訛變			恩 汗4.59	恩 四5.7				古恩
噫	意	篆文隸古定				意 四1.20				意籀 篆
哲	嚞	古文隸定			嚞 汗6.82	嚞 四5.14				古嚞
君	商商	傳抄古文隸古定	君 郭店緇衣9	君 魏三體	君 汗1.6	君 四1.34		君 天君鼎 君 哀成弔鼎 君 侯馬 君 鄂君啓舟節 君 璽彙0273 君 璽彙0004		古君
嚴	嚴	隸古定			嚴 汗1.10	嚴 四2.28		嚴 井人編鐘 嚴 中山王壺		古嚴
遷	鼍鼍鼍鼍鼍	隸古定訛變			鼍 汗4.49	鼍 四2.4		鼍 侯馬 鼍 郭店.窮達5 鼍 雲夢.秦律154		鼍或 鼍

今本尚書文字	隸古定尚書刻本		出土文獻尚書		傳抄古尚書			參　證		
	書古文訓 晁刻古文尚書	探源說明	戰國楚簡	魏石經	汗簡	古文四聲韻	訂正六書通	出土資料文字	傳抄古文	說文字形
遷	糒	傳抄古文隸古定訛變			糒 汗5.64	鞴 四2.4		折：斯 洹子孟姜壺 靳 說文籀文折		古 㮯
遲	遅	古文隸定			遅 汗1.8	𨖌 四1.18		㢩 包198 遟 天星觀.卜 遅 三公山碑	集韻迡：人名.迡任古賢人.書"迡任有言"	或 𨖌
違	𦱃𦱅𦱇𦱉𦱂𦱄𦱆𦱈𦱁	隸古定訛變	𦱀 魏三體					𡥀 甲2258 㫌 黃韋俞父盤 㫥 韋鼎 㫋 包山259 㪅 包山273 㫐 曾侯乙66		韋古 㫥
遂	𨔳𨔲	隸古定			𨕇 四4.5	𨕄 六275		借述爲遂：逑 盂鼎 逑 史遂簋 遂 中山王壺 逑 魏三體君奭 逑 魏三體僖公		古 𨕄
遏	速	古文隸定			迷 汗1.8					迹籀 𨓚
	速	訛誤								
近	斤	古文隸定			岅 汗1.7			假旂爲近：㫃 邾旂士鐘 㫄 命瓜君壺 㫀 齊侯敦		古 岊
遠	遠遠	隸古定	遠 魏三體			逺 四3.15 古老子 古尚書		㳂 克鼎 㲾 郭店.成之37		古 逺
	遠	隸古定訛變								
逖	逷	古文隸定			逷 汗1.8	逷 四5.15				古 逷

今本尚書文字	隸古定尚書刻本		出土文獻尚書		傳抄古尚書			參 證		
	書古文訓晁刻古文尚書	探源說明	戰國楚簡	魏石經	汗簡	古文四聲韻	訂正六書通	出土資料文字	傳抄古文	說文字形
德	悳 悳 悳	古文隸定	上博1緇衣3	魏品式魏三體	汗4.59			嬴霝悳壺 / 陳侯因資錞 / 侯馬3.7 / 侯馬98.6 / 中山王鼎		悳古
往	徃 徃 徃 徃	訛變			汗1.8	四3.24	六222			古 徃
復·退	遑	隸古定訛變			汗1.8	四4.17		行氣玉銘 / 楚帛書乙8.6 / 郭店魯穆2 / 校官碑 / 張遷碑 / 鄭固碑		古
後	逡	古文隸定	魏三體		汗1.8	四3.27 / 四4.38		沇兒鐘 / 曾姬無卹壺 / 包山2		古
得	㝵 / 㝵	傳抄古文隸古定 / 古文隸定			汗1.14			前7.42.2 / 克鼎 / 子禾子釜 / 中山王鼎 / 魏三體僖公		古
冊	笧 笧 笧	古文訛變隸定			汗1.10	四5.18		師虎簋 / 師酉簋		古
嗣	孠	古文隸定			汗6.80	四4.7		戍嗣鼎 / 令瓜君壺 / 曾侯乙鐘		古
罍	墾	隸古定訛變			汗1.10	四1.32				古
商	啇 啇 啇 啇	隸古定訛變	魏三體		汗1.11	四2.14	六116	商叔簋 / 庚壺 / ●函尊 / 秦公鎛 / 蔡侯盤		古 / 籀

今本尚書文字	隸古定尚書刻本 書古文訓晁刻古文尚書	探源說明	出土文獻尚書 戰國楚簡	魏石經	傳抄古尚書 汗簡	古文四聲韻	訂正六書通	參證 出土資料文字	傳抄古文	說文字形
謨	〔字形〕	古文隸定			〔字形〕汗1.6	〔字形〕四1.25				古〔字形〕
誥	〔字形〕	古文隸定	〔字形〕上博1緇衣15　〔字形〕郭店緇衣5	〔字形〕魏三體	〔字形〕	〔字形〕四4.29		〔字形〕何尊　〔字形〕史頵簋　〔字形〕王孫誥鐘	〔字形〕汗1.12王庶子碑　〔字形〕汗1.6王存乂切韻　集韻誥古作〔字形〕　集韻誥古作〔字形〕	古〔字形〕
	〔字形〕	隸古定								
	〔字形〕	古文隸定訛變								
誓	〔字形〕〔字形〕〔字形〕〔字形〕〔字形〕〔字形〕〔字形〕	傳抄古文隸古定訛變			〔字形〕汗1.7　〔字形〕汗6.76	〔字形〕四.15		折：〔字形〕洹子孟姜壺	集韻誓古〔字形〕　匡謬正俗引古文尚書湯誓作〔字形〕	折籀〔字形〕
業	〔字形〕	古文隸定			〔字形〕汗4.55書經	〔字形〕四5.29		〔字形〕昶伯業鼎偏旁　業：〔字形〕秦公簋　〔字形〕九年衛鼎　〔字形〕癲鐘		古〔字形〕小徐〔字形〕
要	〔字形〕	隸古定	〔字形〕篆魏三體	〔字形〕汗5.66	〔字形〕四2.7			〔字形〕是要簋　〔字形〕散盤　〔字形〕漢帛老子甲147　〔字形〕孫子53		古〔字形〕
	〔字形〕〔字形〕	隸古定訛變								
農	〔字形〕〔字形〕〔字形〕〔字形〕〔字形〕〔字形〕	隸古定訛變			〔字形〕汗1.5	〔字形〕四1.12		〔字形〕乙282　〔字形〕後2.13.2　〔字形〕後2.39.17		古〔字形〕小徐〔字形〕
革	〔字形〕〔字形〕〔字形〕	隸古定訛變	〔字形〕魏三體					〔字形〕鄂君啟車節　〔字形〕康鼎		古〔字形〕
鞭	〔字形〕	古文隸定			〔字形〕汗1.14	〔字形〕四2.5		〔字形〕望山2.8　〔字形〕郭店.老丙8　〔字形〕璽彙0399　〔字形〕陶彙4.62		古〔字形〕
尹	〔字形〕	隸古定訛變			〔字形〕汗1.13	〔字形〕四3.14	〔字形〕六194			古〔字形〕

今本尚書文字	隸古定尚書刻本		出土文獻尚書		傳抄古尚書			參 證		
	書古文訓晁刻古文尚書	探源說明	戰國楚簡	魏石經	汗簡	古文四聲韻	訂正六書通	出土資料文字	傳抄古文	說文字形
度	庀	古文隸定			庀宅汗4.51亦度字	庚度四4.11.亦宅字		庚中山王鼎	庀四4.11籀韻	宅古庚
	尾	訛變								
事	叀叀叀叀叀叀	隸古定.訛變	叀魏三體					叀叔卣 叀師旂鼎 叀毛公鼎 叀秦公鎛 叀哀成弔鼎 叀公子土斧壺	叀汗3.31使亦事字見石經	古叀
	叀叀叀叀叀叀叀	古文字形隸古訛變								
殺	散	古文隸定訛變	殺魏三體	殺汗1.15	殺四5.12		殺殺侯馬 殺楚帛書丙 殺江陵370.1 殺包山135 殺包山120 殺郭店.魯穆5 殺郭店.尊德3	殺魏三體僖公	古殺
	㪻	戰國古文隸古定								
皮	筤筤	古文訛變隸定			筤汗2.21	筤四1.15		筤弔皮父簋 筤盞壺 筤包2.33		古筤
敗	𣀦	籀文隸定			𣀦汗1.14			𣀦五年師旂簋 𣀦南疆鉦 𣀦鄂君啓舟節 𣀦郭店緇衣22		籀𣀦
用	甬甬甬甬甬甬	隸古定訛變	甬甬魏三體							古甬
卜	卜卜卜卜卜	隸古定	卜魏三體							古卜
睦	萮卷	隸古定			萮汗3.35	萮四5.5				古萮
難	難難難	古文隸定訛變	難魏三體	難汗2.18	難四1.37	難六80	難包山236 難郭店.老子甲14		古難

今本尚書文字	隸古定尚書刻本		出土文獻尚書		傳抄古尚書			參　證		
	書古文訓 晁刻古文尚書	探源說明	戰國楚簡	魏石經	汗簡	古文四聲韻	訂正六書通	出土資料文字	傳抄古文	說文字形
烏·於		古文字形／隸古定		魏三體				何尊／毛公鼎／禹鼎／繇鎛／中山王鼎／鄂君啓舟節		古
惠		隸古定			汗4.59			何尊／無叀鼎／諫簋		古
敢		隸古定		魏三體				令簋／農卣／彔伯簋／陶彙8.1351／郭店.六德17		古
殄		隸古定			汗6.82					古
冎·肯		隸古定			汗2.20	四3.29	六227	梁鼎／璽彙3963		篆／古
前		隸古定	魏三體					兮仲鐘／追簋／郭店.尊德2／包山122		耑篆／肯
則		隸古定			汗2.21			段簋		古
剛		傳抄古文隸定			汗3.41	四2.17		禹鼎／侯馬1.41／侯馬16.9／畬忎盤		古
剗		說文或體隸定訛變				四5.7				或

今本尚書文字	隸古定尚書刻本		出土文獻尚書		傳抄古尚書			參　　證		
	書古文訓晁刻古文尚書	探源說明	戰國楚簡	魏石經	汗簡	古文四聲韻	訂正六書通	出土資料文字	傳抄古文	說文字形
衡	奧奧	說文古文隸古定.訛變			汗4.58	四2.19	六127			古
簋	匦	隸古定訛變			簋.汗5.69	簋.四3.6				古
典	筭筿	古文訛變隸定		魏品式／魏三體	汗2.21	四3.17		陳侯因育錞／包山3／包山11／包山16／包山7		古
平	秂秂秂	隸古定		魏三體	汗6.82			幵鐘／平阿右戈		古
盧	秌	隸古定訛變		古篆魏三體					文侯之命盧弓一盧矢百	旅古
益	蒜蒜蒜	隸古定.隸古定訛變		魏品式皋陶謨	汗4.52	四5.16		侯馬／璽彙1551／包山83／郭店.尊德21／郭店.老子乙3		嗌籀
養	羖	古文隸定			汗1.14	四3.23				古
飲	棄	古文異體字隸古定			汗5.61	四3.28		菁4.1／善夫山鼎／沈兒鐘／魯元匜／中山王壺／曾孟嬭諫盆		古
侯	庆庆	隸古定		魏三體		四2.25		甲183／盂鼎／鄂侯簋／曾侯乙鐘／薛侯壺	汗2.27石經	古

今本尚書文字	隸古定尚書刻本		出土文獻尚書		傳抄古尚書			參　證		
	書古文訓晁刻古文尚書	探源說明	戰國楚簡	魏石經	汗簡	古文四聲韻	訂正六書通	出土資料文字	傳抄古文	說文字形
厚	〔屋〕	隸古定			〔屋〕汗4.49	〔屋〕四3.27　〔屋〕四4.39		〔郭店.老子甲4〕　〔郭店.成之5〕　〔郭店.語叢1.82〕		古〔屋〕
	〔全〕	隸古定訛變								
夏	〔霋霋〕	隸古定訛變				〔霋〕四3.22		〔邳伯罍〕　〔郭店.緇衣〕　〔上博1.詩2〕　〔璽彙3643〕　〔璽彙15〕		古〔霋〕
舞	〔琞〕	古文隸定			〔琞〕汗2.17	〔琞〕四3.10	〔琞〕六186			古〔琞〕
	〔琞〕	隸古定								
乘	〔烎烎〕	隸古定		〔烎〕魏石經	〔烎〕汗6.76	〔烎〕四2.28	〔烎〕六136	〔粹1109〕　〔虢季子白盤〕　〔克鐘〕　〔匽公匜〕　〔公乘壺〕　〔鄂君啓車節〕		古〔烎〕
杶	〔杻〕	古文隸定			〔杻〕汗3.30					古〔杻〕
樹	〔尌尌〕	古文隸定.訛變			〔尌〕汗3.30	〔尌〕四4.10		〔石鼓文〕		籀〔尌〕
本	〔楍〕	傳抄古文隸古定			〔楍〕汗3.30	〔楍〕四3.15	〔楍〕六197	〔本鼎〕　〔行氣玉銘〕　〔郭店.成之12〕　〔郭店.六德41〕	〔楍〕四3.15　古孝經　〔楍〕四3.15　古老子	古〔楍〕
欟	〔朮〕	7			〔朮〕櫱汗3.30	〔朮〕四5.11				古〔朮〕
麓	〔蓁〕	隸古定訛變			〔蓁〕汗3.30	〔蓁〕四5.3		〔麓伯簋〕		古〔蓁〕

今本尚書文字	隸古定尚書刻本		出土文獻尚書		傳抄古尚書			參 證		
	書古文訓晁刻古文尚書	探源說明	戰國楚簡	魏石經	汗簡	古文四聲韻	訂正六書通	出土資料文字	傳抄古文	說文字形
師	帀帀帀	其他傳抄古文字形			帗 汗 1.7	帗 四 1.17		𠂤 令鼎 𠂤 師遽方彝 𠂤 盞壺 𠂤 齊叔夷鎛	帗 汗 3.31 義雲章 帗 汗 3.31 石經 帗 四 1.17 古孝經又石經 帗 魏三體僖公	古 帗
南	𣎵𣎵𣎵 𣎵𣎵𣎵 𣎵𣎵𣎵	隸古定訛變	𣎵 魏三體	𣎵 汗 1.4	𣎵 四 2.12			𣎵 盂鼎 𣎵 啟卣 𣎵 鬲攸比鼎		古 𣎵
國	戜戜	傳抄古文隸定	戜 魏三體						戜 汗 6.74 義雲章	或或 域
困	朱	古文隸定			朱 汗 3.30	朱 四 4.20		朱 珠 25 朱 乙 6723 反		古 朱
賓	圎圎 圎	隸古定 / 隸古定訛變			寳 汗 3.40	寳 四 1.32		寳 保卣 寳 伯賓父簋 寳 齊鞄氏鐘 寳 曾侯乙鐘 寳 嘉賓鐘		古 寳
貧	穷	古文隸定			穷 汗 3.39	穷 四 1.32				古 穷
邦	峀峀 峀	隸古定			峀 汗 6.74	峀 四 1.14				古 峀
郊	樛	古文隸定			樛 汗 4.51	樛歧 四 1.15				古 樛
㞐	屽屽	隸古定訛變	屽 魏三體						玉篇殘卷 22 㞐 說文古文㞐	古 㞐
時	旹	隸古定	旹 魏品式魏三體	旹 汗 3.33	旹 四 1.19		旹 中山王壺		古 旹
昧	昒昒 昒	隸古定			昒 汗 3.33	昒 四 4.16			眛眛 四 4.16 崔希裕纂古	

今本尚書文字	隸古定尚書刻本		出土文獻尚書	傳抄古尚書				參　證		
	書古文訓晁刻古文尚書	探源說明	戰國楚簡	魏石經	汗簡	古文四聲韻	訂正六書通	出土資料文字	傳抄古文	說文字形
昔	𣈇	隸古定		〔魏三體〕	〔汗 3.33〕			何尊／卯簋／克鼎／史昔鼎／𧊒壺	四 5.16 又古孝經	古
遊	遴遟	隸古定		〔魏石經〕	〔汗 1.8〕	〔四 2.23〕		蔡侯盤／中山王鼎／鄂君啓舟節／齹平鐘	四 2.23 崔希裕纂古	游古
旅	炪茒	隸古定		〔魏三體〕				且辛爵／作旅鼎／犀伯鼎／鬲攸比鼎／虢弔鐘	汗 4.48 魯見石經說文亦作旅／隸續石經	古
期·基	吞	隸古定			亓 汗 3.34	亓 四 1.20		沈兒鐘／夆弔匜		古
栗	𦸇	傳抄古文隸古定訛變		〔魏品式〕	〔汗 3.30〕	〔四 5.8〕		前 2.19.3／林 1.28.12／石鼓文／包山竹簽／璽彙 0233		古
	𦸮	省形								
稷	稞	訛變			〔汗 3.36〕	〔四 5.27〕		中山王鼎／子禾子釜／郭店.尊德 7／璽彙 4442		古
	�	古文隸定								
秋	𩵋	籀文隸定			〔汗 3.36〕	〔四 2.23〕		掇 1.43.5／京都 2529		籀
秦	𥠻	古文隸定訛變			〔汗 3.37〕	〔四 1.32〕		史秦鬲／秦公簋／秦公鎛／䮂羌鐘		籀

今本尚書文字	隸古定尚書刻本		出土文獻尚書		傳抄古尚書			參 證		
	書古文訓晁刻古文尚書	探源說明	戰國楚簡	魏石經	汗簡	古文四聲韻	訂正六書通	出土資料文字	傳抄古文	說文字形
粒	竷	古文隸定			竷 汗2.26	竷 四5.22	竷 六382			古 竷
家	冢冢冢冢冢冢冢冢冢冢冢	隸古定訛變		冢冢 魏三體				宋 令鼎 宋 寡子卣 宋 塑簋 宋 命瓜君壺 宋 中山王鼎		古 宋
宅	宅厇	古文隸定			宋 汗3.39					古 宋
容	宏	訛變			宋 汗3.3			宋 邾公華鐘 宋 十一年●车鼎		古 宋
宜	宐宐	隸古定訛變		宋 魏石經				宋 宜陽右倉簋 宋 𩚖壺		古 宋
尤	㞢 㞢	古文隸定 訛變			宋 汗6.78	宋究 四4.37		宋 兮甲盤	宋 四4.37 列上聲宥韻第49 下注究字讀爲尤	古 宋
网‧罔	宅宅	古文隸定		宋 魏三體	宋 汗3.39					古 宋
常	裳裳	古文隸定.訛變			裳 汗4.59	裳 四2.15	裳 六127		玉篇裳古常字	或 裳
侮	侮	古文隸定			侮 汗3.41	侮 四3.10		侮 粹1318 侮 中山王鼎		古 侮
伊	㐹㐹㐹㐹㐹㐹㐹㐹	隸古定訛變		㐹 魏三體						古 㐹
徵	散	說文古文隸古定			散微. 汗1.14	散微. 四1.21		散 乙4658 散 乙4335反 散 隨縣石磬 散 隨縣鐘架 散 曾侯乙鐘 散 壐彙3530		古 散

今本尚書文字	隸古定尚書刻本		出土文獻尚書		傳抄古尚書			參　證		
	書古文訓晁刻古文尚書	探源說明	戰國楚簡	魏石經	汗簡	古文四聲韻	訂正六書通	出土資料文字	傳抄古文	說文字形
表	廄	古文偏旁位移隸古定			汗 3.44	四 3.19				古
方	㠯㠯㠯	隸古定訛變			汗 6.82	四 2.15	六 114			匚籀
兢	競	隸古定			汗 4.46	四 2.28		鬲比盨		
視	眂	隸古定			四 4.5			前 2.7.2		古
	眡	古文隸定								
	䀝	古文隸定偏旁訛誤								
	眠	古文隸定		魏三體				員鼎 侯馬 中山王兆域圖	汗 2.16 石經	古
旬	旬旬	古文隸定			汗 4.50			王孫鐘	汗 4.34 石經	古
嶽·岳	嶽嶽嶽嶽	隸古定訛變			汗 4.51	四 5.6		魯峻碑 耿勳碑		古
長	夫兂兂	隸古定			汗 4.52	四 2.14		長子鼎 璽彙 0798 璽彙 0740		古
灋·法	金金	古文隸定	上博 1 緇衣 14		汗 2.26				汗 1.8 四 5.29 樊先生碑	古
狂	忹	隸古定		魏三體	汗 4.55 書經	四 2.16		天星觀 包山 22 郭店.語叢 2.3		古

今本尚書文字	隸古定尚書刻本		出土文獻尚書		傳抄古尚書			參　證		
	書古文訓晁刻古文尚書	探源說明	戰國楚簡	魏石經	汗簡	古文四聲韻	訂正六書通	出土資料文字	傳抄古文	說文字形
光	茨茨茨	隸古定			茨 汗4.55 書經	茨 四2.17		明藏258 甲391 啓尊 召尊 虢季子白盤 攻敔王光戈		古茨
赤	坴	古文隸定			坴 汗6.73	坴 四5.17				古坴
奄	弇	弇篆文隸定			弇 汗3.39	弇 四3.29		望山2.38 郭店.成之16 中山王鼎		弇古
奏	敊敊敊敊	隸古定訛變			敊 汗1.14	敊 四4.39				古敊
	燊	古文隸定			燊 汗1.13	燊 四4.39				古燊
慎	眷眷	隸古定.訛變	魏三體		眷 汗3.34	眷 四4.18		邾公華鐘 郭店.語叢1.46		古眷
	峇	傳抄古文隸定					峇 六281			
懼	愳	傳抄古文隸古定			愳 汗4.59	愳 四4.10		中山王鼎 璽彙3413 璽彙2813 陶彙3.234 玉印26	集韻懼古作思愳	古愳
	愳	說文古文隸古定								
悟	悉	隸古定			悉 汗4.59	悉 四4.11		偏旁吾：璽彙3083 中山王鼎 璽彙3193		古悉
鐚	聲	隸古定			聲 汗5.65	聲 四5.11	聲 六342			古鐚
愆	僭僭僭	隸古定	僭隸魏三體		僭 汗1.12	僭 四2.6		侯馬 侯馬		籀僭

今本尚書文字	隸古定尚書刻本		出土文獻尚書		傳抄古尚書			參　證		
	書古文訓 晁刻古文尚書	探源說明	戰國楚簡	魏石經	汗簡	古文四聲韻	訂正六書通	出土資料文字	傳抄古文	說文字形
怨	㤪㤪 㤪㤪 㤪	隸古定訛變		魏三體	汗3.40	四4.19				古
怒	忞	古文隸定		魏三體				夆壺 郭店.性自2 郭店.老子甲34	忞 四4.11 籀韻怒集韻怒古作悠忞	恕古
漾	瀁	古文隸定			瀁.汗5.61	四4.34				古
漢	灡	古文隸定			汗5.61	四4.21				古
沇	沿	古文隸定			沿.汗5.61	四3.18				古
淵	囦	古文隸定			汗5.61	四2.3		後1.15.2 郭店.性自62 中山王鼎		古
滄	滄	傳抄古文隸古定			汗5.61	四2.17				倉奇字
州	州	古文字形			汗1.11 汗5.62	四2.24		前4.13.4 戈文 井侯簋		古
雷	畾	傳抄古文隸定			汗6.74 汗6.82	四1.29		師旋鼎 洺罍 對罍	集韻畾或作	古
電	霝	隸古定訛變				四4.22		番生簋		古
至	坒坒 坒坒 坒	古文字形隸古定訛變		魏三體				郑公牼鐘 中山王鼎 郭店唐虞28		古
西	卤	隸古定		魏三體				戍甬鼎 幾父壺 多友鼎 國差罉		古 籀

今本尚書文字	隸古定尚書刻本		出土文獻尚書		傳抄古尚書			參 證		
	書古文訓晁刻古文尚書	探源說明	戰國楚簡	魏石經	汗簡	古文四聲韻	訂正六書通	出土資料文字	傳抄古文	說文字形
關	關 州	隸古定 / 古文字形				關 四 5.17 夏書		孟鼎 關罟 伯關簋 中山王鼎	汗 5.65 說文關	古 關
閔	慇慇	隸古定	魏三體						汗 4.48 / 四 3.14 石經 / 汗 5.66 史書 / 四 3.14 古史記	古
聑	聑	隸古定			聑 汗 5.65	聑 四 5.11	聑 六 342			鉆古鉆
揚	敭敭	古文隸定			敭 汗 1.14	敭楊 四 2.13		郲公钘鐘	四 2.13 誤注楊	古敭
掩	寋	古文隸古定訛變			奄 汗 3.39	奄 四 3.29				弅古
威	畏畏 畏畏畏	說文古文隸古定 / 戰國古文隸古定訛變	魏三體					乙 669 / 孟鼎 / 沇兒鐘 / 王孫鐘 / 江陵.秦家13.4 / 郭店.成之 5	汗 4.50 畏亦威字見說文	畏古畏
奴	仗	古文隸定			仗 汗 5.66	仗 四 1.26		陶彙 6.195 / 包山 122		古
望	朢朢	古文隸定			朢 汗 3.43	朢 四 4.35		甲 3122 / 保卣 / 臣辰盉 / 朢爵 / 師朢壺		朢古朢
弼	弼弼佛 弗	古文隸定 / 古文隸定	魏品式	弼 汗 4.70 / 弗 汗 4.70	弼 四 5.8 / 弗 四 5.8	弼 四 5.8			古 / 古

今本尚書文字	隸古定尚書刻本		出土文獻尚書		傳鈔古尚書			參　證		
	書古文訓晁刻古文尚書	探源說明	戰國楚簡	魏石經	汗簡	古文四聲韻	訂正六書通	出土資料文字	傳抄古文	說文字形
民	㞷	古文字形訛變	上博1緇衣6 郭店緇衣10	魏三體				何尊 孟鼎 曾子斿鼎 中山王壺 洹子孟姜壺 沈兒鐘 䜭壺		古
我	晁刻 㦰㦰㦰㦰㦰㦰㦰㦰	隸古定訛變	郭店緇衣19	魏三體				我鼎 兮甲盤 齊鞄氏鐘 弔我鼎 命瓜君壺		古
紹	繅	古文隸定		魏三體綽					魏三體無逸不寬綽厥心.綽三體皆作紹	古
終	兴 兴	古文字形 / 隸古定			汗6.82	四1.12		乙368 乙3340 此鼎 頌簋	四1.12崔希裕纂古	古
紳·募	㣊	傳抄古文隸定			汗5.70	四1.20		戰國印徵文.類編頁244		或募
蠱	䵳 / 戠	隸古定 / 傳抄古文隸定	隸魏三體		汗5.68	四3.14		：戈戈		古 / 古
二	弎	古文隸定			汗6.73					古
堂	坣	古文隸定			汗6.73	四2.16		中山王兆域圖 璽彙3442 璽彙5422		古
堯	垚	古文隸定			汗6.73			璽彙0262 郭店.六德7		古

今本尚書文字	隸古定尚書刻本		出土文獻尚書		傳抄古尚書			參 證		
	書古文訓晁刻古文尚書	探源說明	戰國楚簡	魏石經	汗簡	古文四聲韻	訂正六書通	出土資料文字	傳抄古文	說文字形
野	埜 / 埜	傳抄古文隸定 / 訛變			埜 汗6.73	埜 四3.22		埜 睡虎地.6.45 / 埜 天文雜占1.5		古 埜
疇	𤲬 / 𤲬	傳抄古文隸古定 / 古文字形			𤲬 汗6.82	𤲬 四2.24	𤲬 六145			古 𤲬
勳	勛勳	古文隸定			勛 汗3.33	勛 四1.34				古勛
功	𢀜	隸古定	𢀜 魏三體							工古 𢀜
動	逪	隸定			逪 汗1.8	逪 四3.3		逪 楚帛書甲5.20 / 逪 嶧山碑 / 逪 孫子37 / 逪 漢帛老子甲後231		古逪
勇	恿	古文隸定			恿 汗4.59			恿 睡虎地53.34 / 恿 孫子36	恿 四3.3古老子勇 / 恿 四3.3古孝經踊	古 恿
金	金金金	隸古定	金 魏三體					金 趙孟壺 / 金 陳貾簋	金 四2.26說文	古金
鈞	銎銎	說文古文隸古定			銎 汗6.75	銎 四1.33		銎 守簋 / 銎 幾父壺 / 銎 子禾子釜		古銎
斷	𣃔	古文隸定			𣃔 汗6.82	𣃔 四4.21		𣃔 量侯簋		古𣃔
	𠭿𠭿𠭿	隸古定訛變			𠭿 汗6.76	𠭿 四4.21		𠭿 郭店.語叢2.35 / 𠭿 包山134 / 𠭿 信陽2.1		古𠭿
阜	𨸏	隸古定			𨸏 汗6.77	𨸏 四3.27				古𨸏

今本尚書文字	隸古定尚書刻本		出土文獻尚書		傳鈔古尚書			參　證		
	書古文訓晁刻古文尚書	探源說明	戰國楚簡	魏石經	汗簡	古文四聲韻	訂正六書通	出土資料文字	傳鈔古文	說文字形
陸	饐／饙	傳抄古文隸古定／訛變			饐隋. 汗6.77	饙 四5.4		陸冊父庚卣／陸 郋公劻鐘	汗簡誤注隋	古饐
陝	傿	古文隸定			傿 汗3.41	傿 四5.26		陶彙3.1291／陶彙3.1293		古傿
四	三	古文隸定	魏三體	三 汗6.73				保卣／毛公鼎		古籀 三
禹	命／命命	傳抄古文隸古定訛變	帝 魏品式	帝 汗3.41／帝 汗6.78	帝帝 四3.9		鼎文／弔向簋／禹鼎／秦公簋／璽彙5124	集韻禹古作命命	古命
甲	命命／命命／命	隸古定訛變			命 汗6.79	甲 四5.20				古甲
亂	䜌	隸古定	魏三體	汗1.13	四4.21		毛公鼎／楚帛書乙／九店56.28／郭店唐虞28／郭店成之32		繺古
成	成成／成成／成	隸古定訛變	成 魏三體	成 汗6.79			沈兒鐘／蔡侯鐘／中山王鼎		古成
辜	辜辜／辜辜／辜辜／辜辜	隸古定訛變	辜 魏三體	辜 汗1.11	辜 四1.26		蚉壺		古辜
子	孚	隸古定			孚 汗6.80	孚 四3.8		乙1107／後2.42.5		古孚
字	孿	古文隸定			孿 汗6.80	孿 四4.8		孿：钬鐘／叨孿簋		孿籀

今本尚書文字	隸古定尚書刻本		出土文獻尚書		傳抄古尚書			參證		
	書古文訓晁刻古文尚書	探源說明	戰國楚簡	魏石經	汗簡	古文四聲韻	訂正六書通	出土資料文字	傳抄古文	說文字形
*砮	伖	古文隸定			奴 汗 5.66	奴 四 1.26				說文無砮奴古
寅		隸古定			汗 6.81			林 1.16.8 戊寅鼎 坓角 靜簋 史懋壺 陳猷釜 陳侯因資錞		古
辰		隸古定		魏品式				後 1.13.4 甲 424 佚 414 臣辰先父乙卣 臣辰父乙爵		古

（二）字形見於傳鈔《尚書》古文，為其隸定、隸古定或隸古訛變

今本尚書文字	隸古定尚書刻本		出土文獻尚書		傳抄古尚書			參證		
	書古文訓晁刻古文尚書	探源說明	戰國楚簡	魏石經	汗簡	古文四聲韻	訂正六書通	出土資料文字	傳抄古文	說文字形
天	兲	隸古定	郭店唐虞 28	魏三體	汗 1.3	四 2.2		郭店.成之 4 曾侯乙墓匫器 無極山碑		
祥		隸古定		魏三體						示古
神		隸古定		魏三體	汗 1.3	四 1.31		伯𢧀簋 行氣銘		示古
神		隸古定訛變			汗 1.3	四 1.31				示古 旬古
齋	亝	隸古定			齊 汗 6.73	齊四 1.27		齊陳曼簠 十年陳侯午錞 大府鎬	玉篇亝古文齊	

今本尚書文字	隸古定尚書刻本		出土文獻尚書		傳抄古尚書			參　證		
	書古文訓晁刻古文尚書	探源說明	戰國楚簡	魏石經	汗簡	古文四聲韻	訂正六書通	出土資料文字	傳抄古文	說文字形
祖	祖祖祖	隸古定		魏三體				輪鎛		示古
皇	皇皇	隸古定訛變		魏三體	汗 2.16	四 2.17		作冊大鼎／士父鐘／仲師父鼎	玉篇皇古文皇	王古
·靈	霝霝霝	隸古定訛變				四 2.22／四 2.22		齊宋顯伯造塔銘	汗 5.63／四 2.22 崔希裕纂古	靈
蒼	荅	隸古定		魏品式						倉奇字
荒	宊	古文隸定		魏三體	汗 5.62	四 2.17		宊伯簋		宊
	宐	隸古定								
若	𣑞𣑞𣑞𣑞𣑞𣑞𣑞𣑞𣑞	隸古定訛變		魏三體	汗 5.66	四 5.23		璽彙 1294／曾箱漆書／信陽 1.5／郭店.尊德義 23／上博二.子羔 8		
嘴	嗞	隸古定			汗 1.6	四 1.27／四 4.13				
呼	虖	古文隸定		魏三體呼				何尊／沈子它簋／寡子卣		虖
吾	奠奠	傳抄古文魚隸古定訛變				四 1.22			汗 5.63	
和	味	古文隸定			汗 1.6	四 2.11		㝬壺／陳肪簋／史孔盉		
嗜	餂	古文隸定				四 4.5			玉篇餂與嗜同	

今本尚書文字	隸古定尚書刻本		出土文獻尚書		傳抄古尚書			參證		
	書古文訓晁刻古文尚書	探源說明	戰國楚簡	魏石經	汗簡	古文四聲韻	訂正六書通	出土資料文字	傳抄古文	說文字形
吒·咤	〔glyph〕	隸古定							說文託下周書曰王三宿三祭三託	
吁	号	古文隸定			〔glyph〕汗1.6	〔glyph〕四1.24		〔glyph〕郭店語叢2.15 〔glyph〕璽彙0269	玉篇号古文吁	
喪	〔glyphs〕	隸古定	〔glyph〕魏三體					〔glyph〕易鼎	〔glyph〕四2.17汗簡	
歲	〔glyph〕	隸古定			〔glyph〕汗5.68	〔glyph〕四4.14	〔glyph〕六275	〔glyph〕毛公鼎 〔glyph〕爲甫人盨		
逆	〔glyph〕	古文隸定			〔glyph〕汗1.11 〔glyph〕汗6.82	〔glyph〕四5.7		〔glyph〕甲2707 〔glyph〕目父癸爵 〔glyph〕父丁爵	〔glyph〕四5.7義雲章 〔glyph〕王惟恭黃庭經	〔glyph〕篆
遜	〔glyph〕							〔glyph〕郭店緇衣26	唐書曰五品不愻	
道	〔glyph〕	隸古定			〔glyph〕汗1.10	〔glyph〕四3.20		〔glyph〕貉子卣		
蹌	〔glyph〕								牆下虞書曰鳥獸牆牆.益稷鳥獸蹌蹌	
言	〔glyph〕	古文字形			〔glyph〕汗1.12	〔glyph〕四1.35	〔glyph〕六98	〔glyph〕拾8.1 〔glyph〕拾14.10 〔glyph〕古幣143		
諸	〔glyphs〕	隸古定訛變			〔glyph〕汗4.48	〔glyph〕四1.23			〔glyph〕諸.魏三體僖公 〔glyph〕諸.四1.23古孝經 〔glyph〕者.四3.21古孝經 〔glyph〕者.四3.21古老子	
訓	誩	隸古定	〔glyph〕魏三體		〔glyph〕汗1.12	〔glyph〕四4.19				
誨	〔glyph〕	古文隸定			〔glyph〕汗1.6	〔glyph〕四4.17		〔glyph〕珠523		
謀	〔glyph〕	古文隸定			〔glyph〕汗4.59	〔glyph〕四2.24	〔glyph〕六149		集韻謀或作忞	

今本尚書文字	隸古定尚書刻本 書古文訓晁刻古文尚書	探源說明	出土文獻尚書 戰國楚簡	魏石經	傳抄古尚書 汗簡	古文四聲韻	訂正六書通	參證 出土資料文字	傳抄古文	說文字形
謙	（古文字形）	古文隸定			汗 1.6	四 2.27		漢印徵／嘉祥畫像石題記		
諂	（古文字形）	古文隸定			汗 1.12	四 4.21		古璽.字形表 3.6／隨縣石磬	集韻古嗿字	
讟	（古文字形）	隸古定訛變			嘻.汗 1.6	四 2.24	六 145		集韻平聲四18 尤韻讟或作嘻	
詛	（古文字形）	隸古定			汗 1.3			祖：包山 241／望山.卜／司空宗俱碑△父司隸校尉／孔遷碣△述家業	集韻詛古作禑 一切經音義:說文詛古文禮同	
誅	（古文字形）	古文隸定			汗 5.68	四 1.24		中山王鼎"以△不"		
響	（古文字形）	隸古定訛變			嚮.汗 3.39	嚮.四 3.24				
戒	（古文字形）	隸古定訛變			汗 5.68	四 4.16	六 271	粹 1162／戒鬲／戒弔尊		篆
啓	（古文字形）	古文隸定			汗 5.65	四 3.12	六 176	前 5.21.3／亞●匿父乙鼎／啓作文父辛尊／召卣		启
敷	（古文字形 尃）	古文隸定		魏三體 魏二體	汗 1.14	四 1.25		毛公鼎／番生簋／包山 176／郭店.語叢 2.5／郭店.尊德 35		尃
	（古文字形 旉）	古文隸變								
變	（古文字形）	隸古定			汗 4.48	四 4.24		侯馬 1.36／侯馬 1.30／曾侯乙鐘／曾侯乙鐘／曾侯乙鐘	四 4.24 籀韻	

今本尚書文字	隸古定尚書刻本		出土文獻尚書		傳抄古尚書			參 證		
	書古文訓晁刻古文尚書	探源說明	戰國楚簡	魏石經	汗簡	古文四聲韻	訂正六書通	出土資料文字	傳抄古文	說文字形
斁	殬	古文隸定			殬 汗2.20	殬 四4.11			殬下商書曰彝倫攸斁	殬
攸	卣卣卣卣卣卣	隸古定訛變			卣 汗1.9	卣卣 四2.23		卣： 卣 毛公鼎錫汝卣一△ 卣 臣辰卣 卣卣 虢弔鐘 卣 毛公鼎 卣 鬲攸比鼎		逌篆卣 迺篆卣
敗	退退	隸古定							退下周書曰我興受其退	退篆退
牧	坶	古文隸定		坶 魏三體	坶 汗6.73	坶 四5.5			玉篇坶同坶 集韻坶或从每通作牧	
庸	晁刻 啇啇啇啇啇啇啇啇啇	隸古定訛變		庸 魏三體	庸 汗2.16	庸庸 四1.13		庸 臣諫簋 庸 帥鼎 庸 召伯簋二 庸 拍敦蓋 庸 國差罏 庸 廊伯㱿簋		庸啇
爾	尒	隸定	尒 上博1緇衣20	尒 魏三體						
爽	爽爽	隸古定				爽爽 四3.24		爽 班簋 爽 散盤 爽 縱橫家書18	爽 汗1.15	爽篆爽
瞑	眄	隸定							㝱下讀若周書若藥不瞑眩	
奭	奭	隸古定	奭 上博1緇衣18	奭篆 奭隸 魏三體	奭 汗2.17	奭 四5.26		奭 璽彙2680 奭奭 陶彙4.26		奭篆
拜羿	拜	隸古定			拜 汗5.70	拜 四4.13				

今本尚書文字	隸古定尚書刻本		出土文獻尚書		傳抄古尚書			參　證		
	書古文訓晁刻古文尚書	探源說明	戰國楚簡	魏石經	汗簡	古文四聲韻	訂正六書通	出土資料文字	傳抄古文	說文字形
美	〔嫩〕	古文隸定			汗5.66	四3.5		郭店.老子甲15 / 郭店.緇衣1 / 郭店.老子丙7	四3.5籀韻	嫩
·鳴	〔字形〕 / 〔寃〕	古文字形 / 隸古定訛變		魏三體 於 漢石經						
幻	〔字形〕	古文字形			汗2.19	四4.22		孟涛父簋 / 璽彙2925 / 璽彙1969 / 璽彙0748		篆〔字形〕
受	〔字形〕	隸古定訛變	魏三體		汗2.19	四3.27	六229	後1.18.3 / 佚653 / 拾3.14 / 盂鼎 / 免簋 / 秦公鎛 / 中山王壺		
腆	〔堄〕	古文隸定			汗6.73	四3.17			集韻典或从土通作腆	
列	〔剡〕	隸古定			汗2.21	四5.13		夏承碑 / 楊叔恭殘碑		篆〔字形〕
割	〔刽刽〕	隸古定		魏三體	汗2.21			偏旁害：師害簋 / 伯家父簋		
刑	〔型〕	隸古定	上博1緇衣8	魏三體	汗2.21	四2.21		盠壺 / 楚帛書.丙11.3		
夏	〔是〕	隸古定		魏三體				楚帛書丙6.1 / 天星觀.卜 / 夏官鼎 / 璽彙3988		

今本尚書文字	隸古定尚書刻本 書古文訓晁刻古文尚書	探源說明	出土文獻尚書 戰國楚簡	魏石經	傳抄古尚書 汗簡	古文四聲韻	訂正六書通	參證 出土資料文字	傳抄古文	說文字形
簬	篦	古文隸定訛變			汗2.21	四3.14				簬下夏書曰惟箘簬楛
筱·篠	篠	古文隸定			筱 汗2.21	筱. 四3.18				簜下夏書曰瑤琨筱簜
簜	簜	古文隸定			汗2.21	四3.24				簜下夏書曰瑤琨筱簜
簡	柬	隸定		魏三體				柬1 唐張車尔墓誌 / 柬2 唐張玄弼墓誌	汗3.30 義雲章	柬
簫	簫									簫下虞舜樂曰簫韶 / 韶下書曰簫韶九成鳳皇來儀
箕	箕箕	古文隸定			汗2.21	四1.20		□箕鼎 / 貨系1604 / 信陽2.21 / 璽彙3108		
畁	畁畁	隸定		魏三體						
乃	圖圖圖圖圖圖	隸古定訛變			汗6.82	四3.13		毛公鼎 / 盠方彝		迺篆 / 卤篆
于	亏亏亏	隸定	上博1緇衣19	亏 魏三體						
虞	厽	隸古定			汗2.26	四1.24	六32			左氏隱元年傳疏"石經古文虞作厽"
靜	彭	古文隸定		魏三體		淨 四4.36	六226			彭
䇞·秬	鼓	古文隸定				四3.9	六179			篆
餉	飤	古文隸定			汗2.26	四4.34				

今本尚書文字	隸古定尚書刻本		出土文獻尚書		傳抄古尚書			參　證		
	書古文訓晁刻古文尚書	探源說明	戰國楚簡	魏石經	汗簡	古文四聲韻	訂正六書通	出土資料文字	傳抄古文	說文字形
飢	饑	隸古定訛變			饑 汗2.26	飢 四1.17				
會	岁	隸古定			汗4.51	四4.12	六276		市 汗4.51 / 岁岁 四4.12 石經 / 炭 四4.12 崔希裕纂古 / 集韻會古作 市岁㣺	
亯·享	亯	隸古定		魏三體				盂鼎 / 伯盂 / 虢弔鐘 / 蔡侯盤 / 邾公華鐘 / 畬章作曾侯乙鎛 / 楚帛書乙		
愛	炁炁	隸古定		魏三體	汗4.59	四4.17		中山王壺 / 釜壺 / 郭店緇衣25 / 郭店老子甲26 / 璽彙4655		炁篆
夏	昰	隸古定		魏三體				楚帛書丙6.1 / 天星觀.卜 / 夏官鼎 / 璽彙3988		
夏	憂憂憂	隸古定			汗4.47	四3.22				
桀	坐	古文隸定			汗6.73					
梅	枼	古文隸定			汗3.30	四1.29				篆
梓	杍	古文隸定			汗3.30 亦李字	四3.8 亦李字		李：說文古文 / 戰國印.吉金 / 戰國.陳簠		

今本尚書文字	隸古定尚書刻本		出土文獻尚書		傳抄古尚書			參證		
	書古文訓晁刻古文尚書	探源說明	戰國楚簡	魏石經	汗簡	古文四聲韻	訂正六書通	出土資料文字	傳抄古文	說文字形
楛	枯							枯下夏書曰唯箘輅枯		
緊	畲	古文隸定訛變			畲 汗6.82	畲 四4.40 畲		畲 乙8710 / 畲 粹1316 / 畲 辛巳簋 / 畲 伯作姬畲壺 / 畲 畲章作曾侯乙鎛		畲
桐	梟	古文隸定			梟 汗3.30			廖生盨 / 宜桐盂 / 蔡侯殘鐘 / 曾侯乙簡212		
松	窠 晁刻 窠	古文隸定			窠 汗3.30	窠 四1.1		信陽2.08 / 鄂君啓舟節 / 璽彙2402		从容古文
朱	絑								絑下"虞書丹朱如此"	
格	栽 / 戓	古文隸定 / 訛變			汗5.68	四5.19		勝侯昃戟 / 蔡□□戟		各戈
桓	狟							狟下周書曰尚狟狟		
椓	斀							斀下周書曰刖劓斀黥		
析	斯	古文隸定			斯 汗6.76					
稽	暜	古文隸定			暜 汗2.23	暜 四1.27			(占問.考察義)	
稽	暜	古文隸定			暜 汗4.48	暜 四3.12			(稽首義.上聲)	
圖	圖圖 圕	隸古定			圖 汗3.33	圖 四1.26				
固	志	古文隸定			志 汗4.59	志 四4.11			集韻去聲11莫韻固古作志	
賢	臤	古文隸定		臤 魏三體				袁良碑校官碑賢字作臤	玉篇賢臤古文	臤

今本尚書文字	隸古定尚書刻本		出土文獻尚書		傳鈔古尚書			參　證		
	書古文訓　晁刻古文尚書	探源說明	戰國楚簡	魏石經	汗簡	古文四聲韻	訂正六書通	出土資料文字	傳鈔古文	說文字形
貴	臾	隸古定					六 278	賣璽彙 4709 郭店.老子甲 29 郭店.緇衣 20		篆
*贄	執	隸古定							贄下一曰虞書雉贄	
都	熚 熚 熚	隸古定訛變	魏品式 魏三體					獣鐘 輪鎛 仲都戈 叔夷鎛	汗 3.33 石經	
鄰	厸 厸	隸古定			汗 6.82	四 1.31	六 60	孫根碑 中山王鼎 郭店.性自 18 郭店.老子甲 9 郭店.窮達 12	玉篇集韻厸古鄰字	
昧	眀 眀	隸古定			汗 3.33	四 4.16			盰胆 四 4.16 崔希裕纂古	
昏	旦	隸古定			汗 3.34				集韻昏古作旦	
暨	泉 泉 泉 泉	隸古定訛變	泉 魏品式					甲 436 菁 10.18 小臣● 簋 令鼎 師晨鼎 叔鐘 廖生貟		
朝	晶 晶	古文隸定訛變			汗 3.34					
施	仓 仓	隸古定			柂.汗 4.48			它.也：子仲匜 沈子它簋 師遽方彝 取它人鼎 施：老子乙前 141 上	集韻柂字古作仓	

今本尚書文字	隸古定尚書刻本		出土文獻尚書		傳抄古尚書			參　證		
	書古文訓晁刻古文尚書	探源說明	戰國楚簡	魏石經	汗簡	古文四聲韻	訂正六書通	出土資料文字	傳抄古文	說文字形
族	矣	古文隸定			炗 汗1.7	炗炗 四5.3	矣 六325	甲984 師酉簋 不易戈 侯85.23 郭店.語三1.		
	矣	訛變								
朔	肸	古文隸定			肸 汗3.35	肸 四5.7		11年蠹鼎 睡虎地12.46 上林鼎 武威簡.秦射4 漢石經.春秋		
期	玥祠	古文隸定			祠 汗3.35	肌 四1.19				
罔	睪睪	隸古定訛變			睪 汗4.58	睪 四3.25		珠564 珠565		
齊	㚒㚒龠	隸古定			㚒 汗6.73	㚒㚒 四1.27		齊陳曼簠 十年陳侯午錞 大貝鎬		
穆	敫敫敫敫數	隸古定訛變			敄 汗3.36	敄 四5.5		遹簋 井人鐘 蔡侯盤 中山王壺 秦公簋 郐公華鐘		
	敻	隸古定			敻 汗4.48	敻 四5.5				
	育	隸古定訛變			育 汗5.62				集韻育通作穆	
私	厶	隸古定			厶 汗6.82			包山196 郭店老子甲2 璽彙4792		

今本尚書文字	隸古定尚書刻本		出土文獻尚書		傳抄古尚書			參　　證		
	書古文訓晁刻古文尚書	探源說明	戰國楚簡	魏石經	汗簡	古文四聲韻	訂正六書通	出土資料文字	傳抄古文	說文字形
秋	〔古文〕	隸古定			〔古文〕汗3.36			〔古文〕侯馬3.3		
稱	〔古文〕	古文隸定	〔古文〕魏三體		〔古文〕汗1.13	〔古文〕四2.28	〔古文〕六136	〔古文〕鐵102.2　〔古文〕前5.23.2　〔古文〕佚139　〔古文〕仲●簋　〔古文〕猷簋		
兼	秝	隸古定				〔古文〕四2.27		廉：〔古文〕袁良碑	集韻兼秝古从二秉	
黎	〔古文〕								邑下商書西伯戡邑	
米	〔古文〕	古文隸定			〔古文〕汗3.41	〔古文〕四3.12			韻會8齊韻糸米：說文糸米或作糫益稷藻火黹糫	
糗	〔古文〕	隸古定							餱下周書曰峙乃餱糧	
粉	〔古文〕	古文隸定			〔古文〕汗3.41	〔古文〕四3.15				
繇	〔古文〕	隸古定訛變			〔古文〕汗3.39	〔古文〕四3.24			〔古文〕四3.24古孝經享　〔古文〕四3.24崔希裕纂古	
寶	珤	古文隸定			〔古文〕汗1.4	〔古文〕四3.21				
宵	哨	古文隸定			〔古文〕汗3.33	〔古文〕四2.6				
竄	窽	隸古定				〔古文〕汗3.39			集韻竄古作窽　窽下讀若虞書曰窽三苗之窽　說文誤爲窽	
罪	辠	隸定		〔古文〕魏三體	〔古文〕汗6.80					
傲	〔古文〕	古文隸定			〔古文〕汗4.47	〔古文〕四4.30	〔古文〕六303		說文：益稷無若丹朱傲	〔古文〕

今本尚書文字	隸古定尚書刻本		出土文獻尚書		傳抄古尚書			參　證		
	書古文訓晁刻古文尚書	探源說明	戰國楚簡	魏石經	汗簡	古文四聲韻	訂正六書通	出土資料文字	傳抄古文	說文字形
僭	替	隸定			替 汗2.23			偏旁朁：潛 夏承碑.		朁篆
倦	券	隸定			券 汗6.75	券 四4.24		券 孫臏116		券篆
作	𠊱	隸定	𠈌 郭店.緇衣26	𠈌 魏三體				𠈌 乃孫作祖己鼎 / 𠈌 頌簋 / 𠈌 郑公華鐘 / 𠈌 曾侯乙鐘 / 𠈌 王子申盞盂		
表	襃	篆文隸古定	魏三體		襃 汗3.44	襃 四3.19	襃 六211			篆
襄	襄襄	隸古定			襄 汗3.44	襄 四2.1		𥜌 穌甫人匜 / 𥜌 穌甫人盤		襄篆
裕	裦	戰國古文隸古定	魏三體 / 魏三體隸					裕 十六年戟 / 裕 啟簋 / 裦 郭店.六德10 "以△六德"		篆
	袞	隸古定省形								
毳	藞	隸古定				藞 四4.30				篆
尾	尾	隸古定			尾 汗3.44			尾 乙4293 / 尾 隨縣34		
新附屢	屢屢	隸定訛變			屢 汗5.66	屢 四2.25		屢 汝陰侯墓六壬栻杯 / 屢 史晨碑 / 屢 屢壽碑		屢篆
屬	嫋								嫋下周書曰至于嫋婦	
兒·貌	緢	古文隸定			緢 汗5.70	緢 貓 四5.18			四5.18 誤注貓	
兜	哭	古文隸定			哭 汗1.6	哭 四2.25				

今本尚書文字	隸古定尚書刻本		出土文獻尚書		傳抄古尚書			參　　證		
	書古文訓晁刻古文尚書	探源說明	戰國楚簡	魏石經	汗簡	古文四聲韻	訂正六書通	出土資料文字	傳抄古文	說文字形
親	寴	隸定			𡧩 汗3.39	𡧲 四1.32		克鐘　史懋壺　△令史懋	集韻親古作親 累增義符宀	
顯	㬎	古文隸定			㬎 汗5.71	㬎 四3.17		侯馬67.6　侯馬67.3		㬎
須	頿	古文隸定			頿 汗4.47	頿 四1.24	六36			
崇	宗	古文隸定			宗 汗4.51	宗 四1.11		袁良碑崇作崈		
廝	庄	古文隸定			庄 汗4.51	庄 四3.10				
斥	庠 晁刻 庠	隸古定				庠 四5.17				篆 庠
厥	乎 晁刻 乎屰	隸古定	乀 郭店.緇衣37		乎 汗5.67	乎 四5.9		甲3249　甲2908　孟鼎　克鼎　攻吳王監　中山侯鉞		乎篆
	屰	隸古定訛變								
危	召	隸古定			召 汗4.51	召 四1.17		郭店.六德17　璽彙0122　璽彙3171　璽彙3335	玉篇名岙人在山上.今作危	
貍	猍	古文隸定			猍 汗4.55	猍 四1.20				狹
豫	念	古文隸定			念 汗4.59	念 四4.10		季念鼎　鄭虢仲念鼎　曹公媵孟姬念母盤		念
驪	鵬鵬鵬	古文隸定訛變			鵬 汗2.18	鵬 四1.38				
類	頪	隸定			頪 汗2.20	頪 四4.5				頪篆

今本尚書文字	隸古定尚書刻本		出土文獻尚書		傳抄古尚書			參　證		
	書古文訓晁刻古文尚書	探源說明	戰國楚簡	魏石經	汗簡	古文四聲韻	訂正六書通	出土資料文字	傳抄古文	說文字形
栽・災	烖	隸定			烖 汗4.55 書經	烖 四1.30				烖 炋 聲符更替	篆 烖
灼	焯	隸定			焯 汗4.55 書經	焯 四5.23		偏旁卓： 徍 粹1160 𦧵 蔡姞簋 𦧵 善夫山鼎		焯
燠	炪	古文隸定			炪 汗4.55 書經	炪 炪 四5.5 炪 四5.5				
契	卨	隸古定			卨 汗6.78	卨 四5.13				
夷	尸	隸古定	尸 魏三體	尸 汗3.43	尸 四1.17		仁： 𠤎 前2.19.1 𠤎 中山王鼎 𠤎 包山180		
喬	𥷚	傳抄古文隸定			𥷚 汗2.21	𥷚 四2.8	𥷚 六98			
愆・恪	惥	古文隸定			惥 汗4.59			𡭴 古璽.字表10.18 𡭴 漢印徵	一切經音義恪古文惥	
慎	峇	隸古定					峇 六281			古 峇
念	念	隸古定	念 魏三體念隸釋	念 汗4.59	念 四4.40 古孝經古尚書		念 段簋 念 者沪鐘 念 蔡侯殘鐘		
	意悥悥	訛變			悥 汗4.59					篆 念
惇	惇惇	隸古定			惇 汗4.59					篆 惇
恭	龔	隸定	龔 古魏三體 龔 篆魏三體				龔 拾6.4 龔 五祀衛鼎 龔 克鼎 龔 曼龔父盨 龔 邾公華鐘 龔 秦公簋 龔 陳侯因資錞		龔

今本尚書文字	隸古定尚書刻本		出土文獻尚書		傳鈔古尚書			參　　證		
	書古文訓晁刻古文尚書	探源說明	戰國楚簡	魏石經	汗簡	古文四聲韻	訂正六書通	出土資料文字	傳鈔古文	說文字形
慶	慶慶慶慶慶	隸古定訛變	上博 1 緇衣 8　郭店緇衣 13		汗 4.59	四 4.35		秦公簋　伯其父　五祀衛鼎　弔慶父鬲　璽彙 2557　包山 136　璽彙 3071		
懷	襄	古文隸定			汗 3.44	四 1.29				
恤	卹	古文隸定	魏三體					追簋　邾公華鐘　曹卹父鼎	汗 4.49 卹.見石經	
愆	悪悪	古文隸定			儉. 汗 4.59	四 2.27	六 159	偏旁冊：般甗　頌鼎	韻會十四愆下：古悪	愆篆
忌	菩	古文隸定			汗 1.12			子𦟼盆		
新附怩	㞑	古文隸定			汗 4.59	四 1.18			集韻怩古書作㞑	
漆	㣇	隸古定			汗 4.48	四 5.8			玉篇古文漆作㣇	
	剢	隸古定訛變								
洛	𤁵	古文隸定			汗 5.61	四 5.24				
洋	羕	古文隸定			汗 4.48	四 2.13		濮.璽彙 3982　沽.璽彙 2354　波.璽彙 2485		
濟	泲泲泲	隸古定			汗 5.61	四 3.12　四 4.13		印磬室　中山王壺		
	晁刻 泲	古文隸定			泲. 汗 5.61	四 3.12　四 4.13		魏三體僖公	泲爲濟水本字.汗簡誤注泲爲泲之誤	

今本尚書文字	隸古定尚書刻本		出土文獻尚書		傳抄古尚書			參　　證		
	書古文訓晁刻古文尚書	探源說明	戰國楚簡	魏石經	汗簡	古文四聲韻	訂正六書通	出土資料文字	傳抄古文	說文字形
泥	屋	古文隸定			汗6.73	四1.28 / 四4.14			六書統坭同泥	
海	晁刻 棗溒	古文隸定			汗5.61	四3.13			泰 四3.13 古孝經	
淫	晁刻 至 坒	古文隸定 / 訛變			汗3.43	四2.26				望篆
滋	芓	古文隸定			汗1.5	四1.21				
渡	泍	古文隸定			汗5.61	四4.11				
沿·沇	沿	隸定			汗5.61					
滄	滄	隸古定			汗5.61	四2.17				
滅	威廠 威	隸古定訛變		魏三體					汗6.79 石經 / 汗6.79 義雲章	
新附 涯	崖	古文隸定			汗5.61			聲符更替		
流	沝	傳抄古文隸定			汗5.61	四2.23	六146	畚壺 / 璽彙0212 / 璽彙3201 / 郭店.緇衣30 / 秦繹山碑 / 老子甲48		篆
原	邍邎 逺	隸定訛變			汗1.8	四1.35		陳公子甗 / 史敖簋 / 魯●父簋		邍篆
雨	雨	隸古定			汗5.63			續4.24.13 / 後2.1.12 / 子雨己鼎 / 畚壺		

今本尚書文字	隸古定尚書刻本		出土文獻尚書		傳抄古尚書			參　證		
	書古文訓晁刻古文尚書	探源說明	戰國楚簡	魏石經	汗簡	古文四聲韻	訂正六書通	出土資料文字	傳抄古文	說文字形
鮮	[鱻]	古文隸定			[字] 汗5.63	[字] 四2.4 [字] 四3.17		[字] 公貿鼎		
翊	[翌]	古文隸定			[字] 汗4.58	[字]翊 四5.27		[字]京津4605 [字]京津4969 [字]西晉曹翊墓鉛地券	1移立於下假借字	[字]篆
不	[丕]	隸古定		[字]魏三體	[字]弗 汗6.82	[字]弗 四5.9		弗不音義皆同2.3 古文弗隸古定.訛變	[字]汗6.82 [字]四5.9	弗
房	[防]	隸古定			[字] 汗5.65	[字] 四2.14	[字] 六114	[字]信陽2.8 [字]包山149 [字]校官碑	移戶於左	
聞	[晁刻][昏]	隸古定		[字]魏三體	[字] 汗5.65	[字] 四1.34		[字]前7.31.2 [字]盂鼎 [字]利簋 [字]王孫誥鐘 [字]郭店.五行15		
拜	[拜(六形)]	隸古定		[字]篆魏品式	[字] 汗5.66			[字]井侯簋 [字]靜簋 [字]師酉簋 [字]臣諫簋 [字]柞鐘 [字]幾父壺		[字]篆
摯	[埶]								埶下周書曰大命不摯	
拊	[攽]	古文隸定		[字]魏品式撫	[字]撫 汗1.14	[字]撫 四3.10		[字]包山164 攽撫義符聲符更替.拊撫音義同	玉篇攽或作撫	
撫	[攽] [訧]	古文隸定 亡訛作言		[字]魏品式撫	[字] 汗1.14	[字] 四3.10				

今本尚書文字	隸古定尚書刻本		出土文獻尚書		傳抄古尚書			參 證		
	書古文訓晁刻古文尚書	探源說明	戰國楚簡	魏石經	汗簡	古文四聲韻	訂正六書通	出土資料文字	傳抄古文	說文字形
拙	灿								灿下商書曰予亦灿謀讀若巧拙之拙	
	㞎	灿之訛			㞎 汗3.31	㞎 四5.14				
掩	㝔	隸古定訛變			㝔 奄 汗3.39	㝔 奄 四3.29				弇古 㝔
扞	牧	古文隸定			羚 扞 汗1.15	羚 扞 四4.20		羚 大鼎 㸚 者沪鐘 㪿 安 五年師旋簋		
*扑	㧌	古文隸定			㧌 扑 汗1.5	㧌 朴 四5.3				說文無扑
始	乩	隸古定			乩 汗5.64	乩 四3.7			乩 四3.7古老子以 乩 四3.7古孝經始	
好	妞	古文隸定				妞 四3.20			玉篇妞亦作丑女	丑女篆 㺼
	玨	古文隸定			玨 汗6.81	玨 四3.20		玨 郭店.語叢1.89 玨 郭店.語叢2.21		
嬪	嫅	隸古定			嫅 汗5.66	嫅 四1.32	嫅 六59			
民	㞸	古文字形	㞸 上博1緇衣6 㞸 郭店緇衣10	㞸㞸 魏三體				㞸 何尊 㞸 盂鼎 㞸 曾子斿鼎 㞸 中山王壺 㞸 洹子孟姜壺 㞸 沈兒鐘 㞸 㹕壺		古 㞸
	民	隸古定								段古 㞸
乂	㠱	隸定		㠱 魏三體				㠱 毛公鼎 㠱 克鼎		

今本尚書文字	隸古定尚書刻本		出土文獻尚書		傳抄古尚書			參　證		
	書古文訓晁刻古文尚書	探源說明	戰國楚簡	魏石經	汗簡	古文四聲韻	訂正六書通	出土資料文字	傳抄古文	說文字形
弗	〔弜〕	隸古定			〔汗6.82〕	〔四5.9〕		〔璽彙3417〕〔郭店.老甲4〕		
燮	〔㸚㸚〕	隸古定				〔四5.4〕			玉篇㸚今作燮 〔四5.4〕籀韻	〔𤏉〕
戡	〔戡〕	隸定			〔汗5.68〕	〔四2.13〕	〔六156〕		今戈下商書曰西伯既今戈黎	篆〔戡〕
	〔戚戚〕	隸定訛變			〔汗5.68〕龕	〔四2.12〕龕				今戈篆〔戡〕
無	〔亾〕	隸古定	〔魏三體〕							
弼	〔弻〕	古文隸定			〔汗4.70〕	〔四5.8〕		〔毛公鼎〕〔番生簋〕〔隨縣13〕〔包山35〕		篆〔弻〕
織	〔𢧵〕	古文隸定			〔汗5.68〕	〔四5.25〕			集韻織古作𢧵	
納	〔內〕	古文隸定	〔魏品式〕					〔井侯簋〕〔子禾子釜〕〔中山王壺〕	魏品式益稷工以納言	
纖	〔鐵〕	古文隸定			〔汗5.68〕纖	〔四2.27〕鐵		假鐵爲纖韭非		
綏	〔娞〕	古文隸定			〔汗5.66〕	〔四1.18〕				〔娞〕
率	〔衛衛衛衛〕	古文隸定訛變	〔魏三體〕		〔汗1.10〕	〔四5.8〕		〔甲3777〕〔師袁簋〕〔庚壺〕〔中山王鼎〕〔郭店.尊德28〕〔詛楚文〕		衛
蠢	〔𢽌〕	隸古定			〔汗5.68〕	〔四3.14〕				古〔𢽌〕
基	〔𡊅〕	古文隸定			〔汗6.73〕			〔漢帛老子甲7〕聲符更替	〔四1.20〕汗簡集韻基古作𡊅	

今本尚書文字	隸古定尚書刻本		出土文獻尚書		傳抄古尚書			參　證		
	書古文訓晁刻古文尚書	探源說明	戰國楚簡	魏石經	汗簡	古文四聲韻	訂正六書通	出土資料文字	傳抄古文	說文字形
墜	坠	古文隸定			暨 汗6.73	四4.6				
新附塗	塗	古文隸定			盦. 汗4.51	塗 四1.26				
晦	晦	古文隸定			汗6.74	畋. 四2.3		賢簋 師袁簋 兮甲盤	四2.3誤注畋	篆
畺・疆	畺	古文隸定	魏石經隸					毛伯簋	魏三體君奭 我受命無疆 惟休	
斯	所	古文隸定			汗6.76	四1.16		幺兒鐘 禹鼎		
輔	補補	隸古定			汗1.3	四3.10	六186	从古文示	集韻俌古作 補通作輔	
陳	敶	古文隸定			汗1.15	四1.31	六60	陳公子甗 陳侯匜 曾侯乙.匜器漆書		
陶	縣縣縣縣縣縣縣縣	訛變							謨下虞書曰 咎繇謨	
	匋	古文隸定			汗4.50	四2.9		能匋尊 麓伯簋 腓公劍 邛君壺	玉篇匋今作陶	
五	丞	隸古定	上博1緇衣14	篆魏品式魏三體漢石經丞隸釋				甲561 保卣 舍章作曾侯乙鎛 中山王鼎 包山173 郭店.尊德26		篆

今本尚書文字	隸古定尚書刻本		出土文獻尚書		傳鈔古尚書			參　證		
	書古文訓晁刻古文尚書	探源說明	戰國楚簡	魏石經	汗簡	古文四聲韻	訂正六書通	出土資料文字	傳鈔古文	說文字形
亂	𤔔	古文隸定			汗 1.13	四 4.21		番生簋 召伯簋 郭店老子甲 26	亂亂古今字	篆
辭	晁刻 嗣 詞	隸古定		魏三體	汗 1.12			郭店.尊德 5 郭店.老子甲 19 郭店.老子丙 12		
孕	㑗	古文隸定			汗 2.20			張家山.脈書 3	四 4.40 汗簡 一切經音義孕古文从月黽 集韻㑗或作孕	
醇	醇	隸古定			汗 6.82	四 1.33		偏旁章： 章于戟 十年陳侯午錞		
酣	佄	隸古定			汗 2.23	四 2.13			玉篇佄與酣同集韻酣亦作佄	

（三）字形見於《說文》古籀等或體，為其隸定、隸古定或隸古訛變

今本尚書文字	隸古定尚書刻本		出土文獻尚書		傳鈔古尚書			參　證		
	書古文訓晁刻古文尚書	探源說明	戰國楚簡	魏石經	汗簡	古文四聲韻	訂正六書通	出土資料文字	傳鈔古文	說文字形
旁	𣃟	隸古定								古 𣃟
	𣃟	隸古訛變								
上	丄	隸古定						子犯編鐘 貨幣 67		古丄
下	丅	隸古定						貨幣 67〔燕〕		古丅
祿	祿 祿 祿 祿	隸古定								麓古 𧟵
琨	瑻									或瑻

今本尚書文字	隸古定尚書刻本		出土文獻尚書		傳抄古尚書			參　　證		
	書古文訓晁刻古文尚書	探源說明	戰國楚簡	魏石經	汗簡	古文四聲韻	訂正六書通	出土資料文字	傳抄古文	說文字形
毒	副	古文隸定						楚帛書丙2.2 "可呂出師△邑"	汗2.21演說文 四5.5說文	古
審	宋	古文隸定								古
	㝠	訛變								
哲	惁	或體隸定						師望鼎 璽彙4934		或
歸	嵃	籀文隸定								籀
正	正足	隸古定						陳子子匜 王子午鼎		古 古
迹	蹟	或體隸定								或蹟
退・徂	於	隸古定訛變								殂古
造	艁艁艁	隸古定						羊子戈 淳于戟 郱大司馬戟		古
速	警	古文隸定								古
	遬	隸古定						睡虎地4.3 漢印徵		籀
通	遒	籀文隸定								篆 遂古
邇	迩迩	古文隸定隸古定						璽彙0221 璽彙5218		古
御	馭	古文隸定						盂鼎 執馭舵 馭八卣		古
齒	凷凷	古文字形						甲2319 乙7482		古

今本尚書文字	隸古定尚書刻本		出土文獻尚書		傳抄古尚書			參證		
	書古文訓晁刻古文尚書	探源說明	戰國楚簡	魏石經	汗簡	古文四聲韻	訂正六書通	出土資料文字	傳抄古文	說文字形
詩	訨訨	隸古定								古
信	㐰	隸古定								古
誖・悖	[illegible]	籀文隸定								籀
讓	[illegible]	隸古定訛變							襄 四 2.15 崔希裕纂古 集韻讓古作	襄古
善	譱譱譱	古文隸定						毛公鼎 善夫克鼎		古
詔	[illegible]	籀文隸定								鞀籀
僕	䑑	隸古定								古
兵	[illegible]	隸古定 偏旁古文字形								古
戴	[illegible]	籀文隸定								籀
與	[illegible]	隸古定						信陽 1.03 郭店.老子甲 5		古
鞀	鼗	或體隸定						包山 95		或鼗
羹	[illegible]	隸古定訛變								(篆羹)或
肅	[illegible]	隸古定訛變						王孫鐘 王孫丞鐘 𪎫鎛 包山 174		古
畫	[illegible]	隸古定								古
役	伇	古文隸定						前 6.4.1 後 2.26.18		古
	役	偏旁隸古								

今本尚書文字	隸古定尚書刻本		出土文獻尚書		傳抄古尚書			參　證		
	書古文訓晁刻古文尚書	探源說明	戰國楚簡	魏石經	汗簡	古文四聲韻	訂正六書通	出土資料文字	傳抄古文	說文字形
殺	〔古文字形〕	隸古定訛變								古〔字形〕
專	〔字形〕	隸古定								古〔字形〕
導	〔字形〕	隸古定						〔字形〕貉子卣　〔字形〕曾伯簠　〔字形〕散盤		道古〔字形〕
㲋·兆	〔字形〕	隸古定						〔字形〕包山265　〔字形〕雲夢.日乙161　〔字形〕雲夢.日乙163偏旁　兆：〔字形〕包山95		古〔字形〕
省	〔字形〕	隸古定						〔字形〕甲5　〔字形〕省瓢　〔字形〕中山王鼎　〔字形〕郭店.語叢2.1　〔字形〕郭店.成之28		古〔字形〕
魯	〔字形〕	隸古定						旅：〔字形〕且辛爵　〔字形〕作旅鼎　〔字形〕鬲攸比鼎　〔字形〕伯正父匜　〔字形〕薛子仲安匜	〔字形〕汗4.48魯見石經說文亦作旅　〔字形〕隸續石經旅	旅古〔字形〕
雉	〔字形〕	古文隸定								古〔字形〕
羌	〔字形〕	隸古定								古〔字形〕
鳳	〔字形〕	隸古定								古〔字形〕
棄	〔字形〕	隸古定						〔字形〕中山王鼎　〔字形〕璽彙1485　〔字形〕包山121　〔字形〕郭店.老子甲1		古〔字形〕
	〔字形〕	隸古定訛變								籀〔字形〕

今本尚書文字	隸古定尚書刻本		出土文獻尚書		傳抄古尚書			參　　證		
	書古文訓晁刻古文尚書	探源說明	戰國楚簡	魏石經	汗簡	古文四聲韻	訂正六書通	出土資料文字	傳抄古文	說文字形
玄	古宇宇弁	古文字形						⑧邾公牼鐘 ⑧曾侯乙 79 ⑧包山 66 ⑧郭店.老甲 28 ⑧貨系 711		古⑧
敢	敢	隸古定						井侯簋 盂鼎 毛公鼎 中山王壺 夆壺		籀
胤	胄	隸古定								古
利	秒	隸古定								古
剛	信�	隸古定						禹鼎 侯馬 1.41 侯馬 16.9		古信
制	剤剝剝剝剝剝剝剝	隸古定訛變						王子午鼎	汗 2.21 說文 四 4.15 古孝經 義雲章	古
簵·簬	簬	古文隸定						夏書日惟箘簵楛 枯下夏書日唯箘簬枯		古
巫	霖霖	隸古定訛變								古
喜	歖	古文隸定						增義符		古
豆	豆	隸古定訛變						散盤 郭店.老子甲 2	集韻去聲八50 候韻豆古作㤅	古
豐	㚎㚎	隸古定						豐兮簋		古
虐	甭	隸古定部分古文字形								古

今本尚書文字	隸古定尚書刻本		出土文獻尚書		傳抄古尚書			參　證		
	書古文訓晁刻古文尚書	探源說明	戰國楚簡	魏石經	汗簡	古文四聲韻	訂正六書通	出土資料文字	傳抄古文	說文字形
虎	虝虝	隸古定部分古文字形						九年衛鼎　毛公鼎		古
	虝虝	隸古定								古
阰·窉	犇	古文隸定								古
飽	餘	隸古定							汗2.26說文　四3.19裴光遠集綴	古
會	佮	古文隸定						合675　粹1037　保卣　牆盤		古
嗇	崙	隸古定訛變						睡虎地29.30		古
盤	盤	古文隸定						伯侯父盤		古
檣	襄	或體隸定訛變								或
貴	肖	隸古定						璽彙4709　郭店.老子甲29　郭店.老子乙5　郭店.緇衣20	汗1.5義雲章	
朝	翰翰	隸古定訛變						利簋　盂鼎　朝訶右庫戈　郭店.成之34　包山145　陶彙5.215		古
·星	曐	古文隸定						乙1877　前7.26.3　麓伯星父簋		古

今本尚書文字	隸古定尚書刻本		出土文獻尚書		傳抄古尚書			參　證		
	書古文訓 晁刻古文尚書	探源說明	戰國楚簡	魏石經	汗簡	古文四聲韻	訂正六書通	出土資料文字	傳抄古文	說文字形
稽	嗇	隸古定								嗇古
宇	寓	籀文隸定								籀
疾	𤵸 𤵺 𤵻 等	隸古定						陶彙 3.566 / 璽彙 1433 / 包山 220 / 包山 207 / 郭店.語叢 1.110		古
疾	𤸁	隸古定								籀
冕	絻	或體隸定								或
网·網	冈	籀文隸定						乙 5329		籀
席	厒 / 厒	隸古定 / 訛變								古
白	𦣞	隸古定						京津 4832 / 撫續 64 / 叔卣 / 楚帛書甲 / 郭店.老子乙		古
保	㑺 等	古文保省形隸古定						中山王鼎		古
仁	忎	古文隸定						郭店.忠信 8		古
使	叓 嗇 / 㞢	隸古定 / 隸古定訛變						魏三體僖公.使 / 魏三體多士.事	汗 3.31 使亦事字見石經	事古
量	嘼	隸古定								古
監	壂 / 壂	古文隸定 / 訛變								古

今本尚書文字	隸古定尚書刻本 書古文訓晁刻古文尚書	探源說明	出土文獻尚書 戰國楚簡	魏石經	傳抄古尚書 汗簡	古文四聲韻	訂正六書通	參證 出土資料文字	傳抄古文	說文字形
服	舟ㄅ 舟ㄆ舟ㄌ 舟ㄇ舟ㄋ 舟ㄐ舟ㄗ	隸古定訛變部分古文字形								古[舟凡]
顧	[雩鳥]	或體隸定							集韻顧古作雩鳥	雇或[雩鳥]
髻	[髻]	或體隸定								或[髻]
后	[后]	隸古定								姐古[后]
鬼	[鬼]	隸古定								古[鬼]
畏	[畏][畏]	隸古定							[畏]乙669 / [畏]盂鼎 / [畏]沈兒鐘 / [畏]王孫鐘 / [畏]江陵.秦家13.4 / [畏]郭店.成之5		古[畏]
廟	[庿]	隸古定							[庿]中山王壺 / [庿]郭店.性自20		古[庿]
碣	[礘][礘]	隸古定								[礘]汗4.52 義雲章	古[礘]
長	[長]	隸古定							[長]長日戊鼎 / [長]臣諫簋 / [長]楚帛書丙1.1 / [長]璽彙0022 / [長]郭店.老子甲8		古[長]
長	[長]	訛變									
麗	[麗][麗]	古文字形							[麗]陳麗子戈		籀[麗]
麗	[麗]	隸古定							[麗]陳麗子戈		古[麗]
麗	[麗]	古文字形									繫傳古[麗]
羆	[羆][羆][羆][羆]	隸古定訛變								[羆]四1.15說文	古[羆]

今本尚書文字	隸古定尚書刻本		出土文獻尚書		傳抄古尚書			參　證		
	書古文訓晁刻古文尚書	探源說明	戰國楚簡	魏石經	汗簡	古文四聲韻	訂正六書通	出土資料文字	傳抄古文	說文字形
烈	前	隸古定						夏承碑 楊叔恭殘碑		列
	劉	訛變								
栽·災	巛炗	或體隸訛							集韻烖（災）或作炗火字古作炗	或灾
炎	崟	隸古定								赤古
忽	曶	籀文隸定						曶尊 師害簋		曶籀
患	悬	隸古定								古
恐	忎	古文隸定						中山王鼎 九店.621.13		古
津	舩	古文隸定								古
泰	太	古文隸定						張休涯涘銘 "△（泰）山"		古
く·甽	畎	隸古定								古
·濬	濬	古文隸定								或
雷	靁	古文隸定						粹1570 乙529 後2.1.12		古
·云	云	古文隸定								雲古
滎	悍	或體隸定								或
聞	聟	戰國古文隸定						中山王鼎 郭店.緇衣38	集韻:聞古作聟.聟脊	古聟.
播	蹞	隸古定	上博1緇衣15							番古
撻	達虘	古文隸定								古
民	民	隸古定								段古

今本尚書文字	隸古定尚書刻本		出土文獻尚書		傳抄古尚書			參　證		
	書古文訓晁刻古文尚書	探源說明	戰國楚簡	魏石經	汗簡	古文四聲韻	訂正六書通	出土資料文字	傳抄古文	說文字形
琴	〔字形〕	隸古定						〔字形〕郭店.性自24	〔字形〕汗5.68 〔字形〕四2.26說文	古〔字形〕
瑟	〔字形〕	隸古定部分古文字形						〔字形〕隨縣.漆書 〔字形〕璽彙0279 〔字形〕郭店.性自24 〔字形〕信陽2.3	〔字形〕〔字形〕汗5.68 〔字形〕〔字形〕四5.9說文	古〔字形〕
直	〔字形〕	隸古定						〔字形〕郭店.緇衣3 〔字形〕郭店.老子乙14 直： 〔字形〕侯馬3.1 〔字形〕侯馬79.3		古〔字形〕
曲	〔字形〕	隸古定						〔字形〕曲父丁爵 〔字形〕曾子斿鼎		古〔字形〕
彊	〔字形〕	古文隸定						〔字形〕郭店五行41 〔字形〕璽彙2204		弜古〔字形〕
	〔字形〕	古文隸定增繁訛誤								
純	〔字形〕	絕之古文隸定						〔字形〕中山王壺 〔字形〕隨縣14 〔字形〕郭店老子甲1 〔字形〕郭店老子乙4		絕古〔字形〕
絕	〔字形〕	隸古定						〔字形〕中山王壺 〔字形〕隨縣14 〔字形〕郭店老子甲1 〔字形〕郭店老子乙4		古〔字形〕
繼	〔字形〕	隸古定						絕： 〔字形〕郭店老子甲1 〔字形〕郭店老子乙4 繼： 〔字形〕帝堯碑"△擬前緒"		絕古〔字形〕

| 今本尚書文字 | 隸古定尚書刻本 | | 出土文獻尚書 | | 傳抄古尚書 | | | 參　證 | | |
	書古文訓晁刻古文尚書	探源說明	戰國楚簡	魏石經	汗簡	古文四聲韻	訂正六書通	出土資料文字	傳抄古文	說文字形
續	蕒	隸古定訛變						後 2.21.15 陶彙 3.981 陶彙 3.1175	汗 6.80 續尚書說文 四 5.6 續說文	古賡
綱	朻	隸古定								古
它·他	宜	隸古定								或蛇
龜	鼀鼀鼀	隸古定						甲 948 龜父丁爵 郭店緇衣 46		古
	鼀	古文字形								
恆	死	隸古定						六年格氏令戈 楚帛書乙 郭店.成之 1 包山 220		古死
	亞亞亞	訛變								
壞	鼹鼹鼹	隸古定訛變						襄：魏三體僖公 郭店語叢四23 假毁（襄）為壞	汗 5.66 四 2.15 古尚書襄	襄古
封	坒	隸古定						前 1.2.16 康侯丰鼎 （召伯簋） 璽彙 4091		古坒
壞	毃	古文隸定								籀
圭	珪	古文隸定						郭店.緇衣 35		古珪
艱	囏	古文隸定						甲 2125 前 5.40.6 不娶簋		籀囏
	囏囏囏囏囏囏囏	隸古定訛變								
略	畧晁刻 畧	古文隸定						玉篇畧今作略.古今字詁略古作畧	罰籀 畧	
黃	灻灻灻	隸古定								古

今本尚書文字	隸古定尚書刻本		出土文獻尚書		傳抄古尚書			參 證		
	書古文訓晁刻古文尚書	探源說明	戰國楚簡	魏石經	汗簡	古文四聲韻	訂正六書通	出土資料文字	傳抄古文	說文字形
勞	燆燆燆燆燆燆	隸古定訛變						燆 鑰鎛 中山王鼎		古 燆
協	叶	古文隸定								古叶
矛	戜	誤作我古文叕隸古定						我: 戜 魏三體	費誓鍛乃戈矛	古 戜
隤	霝	隸古定訛變								賈古 霝
陻	垔	隸古定							洪範鯀陻洪水	垔古 垔
己	正	隸古定						正 陳璋鐘 正 璽彙2191		古 正
辭	辤	古文隸定						大禹謨奉辭罰罪.		嗣古 辤
卯	非非	隸古定						非 包山120 非 包山134 非 陳卯戈 非 魏三體.僖公	非 汗6.81 石經	古 非

（四）字形為先秦古文之隸定、隸古定、隸古訛變

今本尚書文字	隸古定尚書刻本		出土文獻尚書		傳抄古尚書			參 證		
	書古文訓晁刻古文尚書	探源說明	戰國楚簡	魏石經	汗簡	古文四聲韻	訂正六書通	出土資料文字	傳抄古文	說文字形
若	叒	若之初文叒篆文隸定						叒 甲.頁205 叒 亞若癸匜		叒篆 叒
叔	弔弔	隸古定部分古文字形		弔 魏三體				弔 作且乙簋 弔 頌鼎 弔 邾弔鐘		

鼎	鼎	古文隸定						鼎穆父鼎 鼎諶鼎 鼎邵王鼎 鼎中山王鼎 鼎無叀鼎 鼎酓忎鼎		
文	亥文	戰國古文隸古定						安包山 203 谷盦雨臺山竹律管 戰國玉印		
	霽	古文隸定訛誤						文甲 3490 盦君夫簋 盦師酉簋		
畏	畏	戰國古文隸古定						卑江陵.秦家 13.4 郭店.成之 5	古 卑	
浮	泙	隸古定訛變						璽彙 1006		
釐	釐	隸古定						釐芮伯壺 釐鼎 釐郭店.太一 8 釐郭店.尊德 3		
禽	禽	隸古定訛變						禽簋 大祝禽鼎 多友鼎		

（五）字體形構與先秦出土文字資料類同，而未見於傳鈔《尚書》古文、《說文》古籀等或體

| 今本尚書文字 | 隸古定尚書刻本 | | 出土文獻尚書 | | 傳抄古尚書 | | | 參 證 | | |
	書古文訓晁刻古文尚書	探源說明	戰國楚簡	魏石經	汗簡	古文四聲韻	訂正六書通	出土資料文字	傳抄古文	說文字形
歸	逮	隸古定						包山 205 包山 207 郭店.六德 11		
貨	賜	古文隸定						郭店.語叢 3.60		
	賸	偏旁訛誤貝月								

今本尚書文字	隸古定尚書刻本		出土文獻尚書		傳抄古尚書			參　證		
	書古文訓晁刻古文尚書	探源說明	戰國楚簡	魏石經	汗簡	古文四聲韻	訂正六書通	出土資料文字	傳抄古文	說文字形
被	襒襒襒	隸古定						厳 包山214 嶸 包山199		皮古㿹
奔	犇	古文隸定						犇 包山6 犇 犇 天星觀.策		
均	垔	古文隸定						皇 蔡侯鐘		

（六）字形見於先秦出土文字資料，或與其他傳鈔古文類同，為其隸定、隸古定或隸古訛變

今本尚書文字	隸古定尚書刻本		出土文獻尚書		傳抄古尚書			參　證		
	書古文訓晁刻古文尚書	探源說明	戰國楚簡	魏石經	汗簡	古文四聲韻	訂正六書通	出土資料文字	傳抄古文	說文字形
荅	㝧侖畗	戰國古文合隸古定						合： 侖 包山83 侖 包山214 畗 包山266 侖 郭店.老子甲19	侖 汗2.28石經 畗 四5.20石經 集韻荅通作荅.荅古作侖畗	
春	旾	古文隸定訛變						旾 蔡侯殘鐘 旾 楚帛書甲1.3 旾 郭店.語叢1.4 旾 睡虎地.日乙202	旾 魏三體文公	
識	戠戠	古文隸定						戠 璽彙0338 戠 雲夢秦律84	戠 四5.26雜古文 集韻識古作戠	
孰 *熟	錞錞	隸古定						孰： 孰 京津2676 孰 伯�簋 孰 伯height簋	錞 孰四5.4古老子 錞 熟四5.4古孝經 集韻孰隸作熟古作錞	
*剔	㣋	戰國古文隸定						㣋 璽彙3488 㣋 璽彙0377	㣋 汗2.21義雲章 集韻剔古作㣋	

今本尚書文字	隸古定尚書刻本		出土文獻尚書		傳抄古尚書			參　證		
	書古文訓晁刻古文尚書	探源說明	戰國楚簡	魏石經	汗簡	古文四聲韻	訂正六書通	出土資料文字	傳抄古文	說文字形
刅*創	刱	从蒼古文峑戰國古文隸古定						陶彙3.867 陶彙3.866	集韻創古作刱	刅*或創
鬱	欝	隸古定訛變						前6.53.4 弔趩父卣 孟載父壺	汗4.49 王存乂切韻 集韻鬱古作欝	
暴	虣虣	古文隸定						乙2661 脩華嶽碑"誅強△" 詛楚文"內之則△虐不辜"	集韻虣下虣或从戈卄通作暴	
遊	迋迋	古文隸定						包山277	四2.23雲臺碑	
參	曑	戰國古文隸古定						魚鼎匕 璽彙1106 陶彙3.6 陶彙3.2	集韻參古作曑	
朏	岀	古文隸定						九年衛鼎 吳方彝	集韻朏古作出月	
居	层	古文隸定						師虎簋 揚簋 農卣 舀鼎	汗3.43說文 四1.22說文	
石	晁刻古文隸古定	戰國古文隸古定						包山203 包山150 郭店.性自5	汗4.52	
忌	忞	古文隸定						璽彙5289 郭店.忠信1 陶彙3.274 郭店.語叢4.13	玉篇忞古惎	惎

今本尚書文字	隸古定尚書刻本		出土文獻尚書		傳抄古尚書			參　證		
	書古文訓晁刻古文尚書	探源說明	戰國楚簡	魏石經	汗簡	古文四聲韻	訂正六書通	出土資料文字	傳抄古文	說文字形
悔	悪	古文隸定						悪 侯馬	悪 汗 4.59 / 悪 四 4.17 王庶子碑 / 悪 四 4.17 古文	
*懍	鼻粼	隸古定						粼 璽彙 0319 / 粼 陶彙 3.829	鼻 四 3.28 石經廩	向或廩
涉	步	戰國古文隸古定						步 楚帛書甲 3.17 / 步 郭店.老子甲 8	步 汗 5.61 義雲章	篆 涉
冬	舁	古文字形	舁 上博1緇衣6 / 舁 郭店緇衣10					舁 陳章壺	舁 汗 3.34 石經 / 舁 四 1.12 石經	古 舁
霽	淒	隸古定						淒 中山王壺	淒 汗 5.61 / 淒 四 3.12 / 淒 四 4.13 古尚書濟	
鰥	奰奰奰	隸古定訛變						奰 父辛卣 / 奰 毛公鼎	奰 汗 5.63 石經 集韻或罴	
龍	竜龕龕	隸古定訛變						竜 存 450 / 竜 龍母尊 / 竜 樊夫人龍嬴匜 / 竜 邵鐘 / 竜 隋董美人墓誌銘	竜 汗 5.63	
聞	聞	古文隸定						聞 中山王鼎 / 聞 郭店.緇衣38	集韻:聞古作聞.聞昏	古聞
戰	斿	隸古定						斿 郭店.語叢3.2	斿 四 4.23 古老子	旆(斿)

今本尚書文字	隸古定尚書刻本		出土文獻尚書		傳鈔古尚書			參　證		
	書古文訓晁刻古文尚書	探源說明	戰國楚簡	魏石經	汗簡	古文四聲韻	訂正六書通	出土資料文字	傳鈔古文	說文字形
琴	鑑	隸古定						郭店.性自24	汗5.68 四2.26說文	古
瑟	爽	隸古定部分古文字形						隨縣.漆書 璽彙0279 郭店.性自24 信陽2.3	汗5.68 四5.9說文	古

（七）字體形構與其他傳鈔古文類同，為其隸定、隸古定或隸古訛變，而未見於先秦出土文字資料

今本尚書文字	隸古定尚書刻本		出土文獻尚書		傳鈔古尚書			參　證		
	書古文訓晁刻古文尚書	探源說明	戰國楚簡	魏石經	汗簡	古文四聲韻	訂正六書通	出土資料文字	傳鈔古文	說文字形
祇	示								四1.15汗簡 集韻祇古作示	
話	䛡								四4.16籀韻	
叢	藂							魏安豐王妃墓誌	四1.10王存乂切韻	
埶·藝	藝								集韻埶或作藝	
	蓺								集韻埶古作秇	
相	眛	傳抄古文隸定							汗2.15古孝經	
雍	邕							雍伯原鼎 睡虎地10.4 雍平陽宮鼎	集韻雍通作邕雝.雝通作雍	
難	雖	傳抄古文隸古定						中山王鼎 麷鐘 上博印選39 漢印徵 漢簡.孫臏4	汗2.17孫強古文 四1.37王庶子碑 王存乂切韻	古

今本尚書文字	隸古定尚書刻本		出土文獻尚書		傳抄古尚書			參　　證		
	書古文訓晁刻古文尚書	探源說明	戰國楚簡	魏石經	汗簡	古文四聲韻	訂正六書通	出土資料文字	傳抄古文	說文字形
幾	絲絲 翁	省戈之隸古定 訛變						䋣 芇伯簋 䋤 幾父壺	集韻幾古作 㧬	
來	徠	古文隸定	魏三體					來 來觶 來 散盤 來 郭店.成之36	㚄 四1.30 古孝經 徠 四1.30 義雲章	
賄	賵	古文隸定							賵 汗3.33 王存义切韻 玉篇貝每與賄同一切經音義貝每古文賄	
*穖	戴	從歲古文𡥽左下為禾之訛						歲： 𢁧 毛公鼎 𡥽 為甫人盨	集韻蔵或從禾作穖古作戴	
寵	寵竜 寛	從龍古文隸古定						龍： 竜 隋董美人墓誌銘 竜 汗5.63	竉 金石韻府引義雲章	
佚	佾								集韻佾古作 佾	佾
襲	䙗	從戈習聲之異體古文隸定							䙗 汗5.68 義雲章 䙗 四5.22 古老子 䙗 四5.22 義雲章 玉篇襲古作䙗 一切經音義襲古文䙗褶二形	
顧	鴣								集韻顧古作 雩鳥	雇或 鴣
廉	廉							廉 袁良碑	集韻廉古作 廉	

今本尚書文字	隸古定尚書刻本		出土文獻尚書		傳抄古尚書			參　證		
	書古文訓晁刻古文尚書	探源說明	戰國楚簡	魏石經	汗簡	古文四聲韻	訂正六書通	出土資料文字	傳抄古文	說文字形
馳	（晁刻）	隸古定訛變							汗4.54石經　四5.4石經	
逸	俗（晁刻）								集韻份古作佾	
戾	獻								玉篇集韻戾古作雁犬	
治	乿乿	隸古定							四4.6古孝經　汗5.70王存乂切韻　四4.6義雲章	
滋	滋								偏旁茲：中山王壺	集韻滋古作𣂪	
·淄	甾（晁刻）								廣韻淄古通用甾	說文無淄.淄為甾（菑或體）俗字
冬	昃	隸古定訛變							汗3.34碧落文　四1.12碧落文	𡖐
龍	龍	隸古定訛變							龍 蘢 四1.12汗簡	
孔	𢀰	訛變							孔衡立碑	四3.3籀韻 集韻孔古作𢀰	
開	開开兩	隸古定部分古文字形							古今字詁：開闢古今字	開古闢 闢古闢 闢古闢

今本尚書文字	隸古定尚書刻本		出土文獻尚書		傳抄古尚書			參　證		
	書古文訓晁刻古文尚書	探源說明	戰國楚簡	魏石經	汗簡	古文四聲韻	訂正六書通	出土資料文字	傳抄古文	說文字形
閔	愍愍	隸古定		魏三體					汗4.48 四3.14 石經 汗5.66 史書 四3.14 古史記	古
搜	鼓	偏旁扌作屮隸古定訛變							玉篇搜古文鼓	折籀
織	絘								集韻織古作絘	
縱	紉緃	隸古定							集韻縱古作紉	
隰	餡	隸古定							四5.22 義雲章 集韻隰古作餡	
燠	炴	古文隸定							炴四5.5 燠	
	埓	隸古定							埓汗6.73 墺	
·隋	陸	隸古定							齊：坐汗6.73 坐坐四1.27 亦古史記	說文無隋
	嵞	隸古定							嵞四1.28 古文	

（八）字體形構組成為《說文》古籀等或體、先秦古文字，字形未見於《說文》或先秦出土文字資料

今本尚書文字	隸古定尚書刻本		出土文獻尚書		傳抄古尚書			參　證		
	書古文訓晁刻古文尚書	探源說明	戰國楚簡	魏石經	汗簡	古文四聲韻	訂正六書通	出土資料文字	傳抄古文	說文字形
祥	祥	从示古文爪		魏三體						
福	福	从示古文爪								示古爪

今本尚書文字	隸古定尚書刻本		出土文獻尚書		傳抄古尚書			參　證		
	書古文訓晁刻古文尚書	探源說明	戰國楚簡	魏石經	汗簡	古文四聲韻	訂正六書通	出土資料文字	傳抄古文	說文字形
祇	祇祇	从示古文示								示古示
神	礶礶礶	从示古文示			礶汗1.3	礶四1.31				示古示旬古旬
禋	禋禋	从示古文示								示古示
祀	禩禩禩	从示古文示			禩汗1.3	禩四3.7				或禩
祝	祝	从示古文示								示古示
璣	璣	从幾省戈						蟣：蟣鳳翔秦公大墓石磬 幾：幾芮伯簋	集韻幾古作尮	偏旁幾省戈
蒼	萅	从倉奇字	萅魏品式							倉奇字金
咈	咈	从傳抄古文弗隸古定						弗：弗璽彙3417 弗郭店.老甲4	弗弗汗6.82古尚書 弗弗四5.9古尚書	
巡	徇	从旬古文								旬古旬
役	役							役前6.4.1 役後2.26.18		古役
腆	簊	从古文典之隸定							集韻腆或作簊	典古簊
釗	釗	从金古文隸古定								金古金

今本尚書文字	隸古定尚書刻本		出土文獻尚書		傳抄古尚書			參 證		
	書古文訓晁刻古文尚書	探源說明	戰國楚簡	魏石經	汗簡	古文四聲韻	訂正六書通	出土資料文字	傳抄古文	說文字形
飲	㱃	從金古文金隸古定			鑫 汗5.61	鑫 四3.28		菁4.1 辛伯鼎 善夫山鼎 沈兒鐘 魯元匜 中山王壺		古
機	㡭	從幾省戈						幾：鳳翔秦公大墓石磬 幾：𣪊伯簋	集韻幾古作㡭	
松	㮀晁刻案	從容古文宀			案 汗3.30	案 四1.1		信陽2.08 鄂君啓舟節 璽彙2402		容古宀
昴	畢	從卯古文非隸古定								卯古非
栗	㮚	古文省形隸古定	魏品式	㮚 汗3.30	㮚 四5.8		前2.19.3 林1.28.12 石鼓文 包山竹簽 璽彙0233		古
被	禤禤禤	從示古文隸古定						包山214 包山199		
比	炋	隸古定偏旁訛誤火大						比簋 高攸比鼎 侯馬 璽彙3057 璽彙5377 璽彙3066 貨系4179	汗3.42 裴光遠集綴 四3.6 四4.7古老子 玉篇比古文作𣬉	古𣬉

今本尚書文字	隸古定尚書刻本		出土文獻尚書		傳抄古尚書			參 證		
	書古文訓晁刻古文尚書	探源說明	戰國楚簡	魏石經	汗簡	古文四聲韻	訂正六書通	出土資料文字	傳抄古文	說文字形
欽	欽 欽 欽	从金古文隸古定								
	欽 欽	訛變								
敬	斆 斆 斆 斆	从苟古文隸古定	上博1緇衣15	魏三體				吳王光鑑 楚帛書乙		苟古
嚴	巖	从嚴古文隸古定								嚴古
馳	曩	隸古定訛變从馬古籀							汗4.54石經 四5.4石經	馬古 籀
夵	忝	从傳抄古文天隸古定			汗1.3	四2.2		天: 郭店.成之4 曾侯乙墓匫器 無極山碑	天: 汗1.3 四2.2	
洪	㳦 㳦 㳦	从共古文部分古文字形						共: 侯馬303.1 包山239 楚帛書甲7.5		共古
	㳦 㳦	隸古定訛變								
渡	洷	从古文宅字			汗5.61	四4.11			宅.汗4.51亦度字	宅古
滄	滄	从古文蒼隸古定訛變			汗5.61	四2.17				
搜	㩜	偏旁才作岀隸古定訛變							玉篇搜古文㩜	折籀

今本尚書文字	隸古定尚書刻本		出土文獻尚書		傳抄古尚書			參　　證		
	書古文訓晁刻古文尚書	探源說明	戰國楚簡	魏石經	汗簡	古文四聲韻	訂正六書通	出土資料文字	傳抄古文	說文字形
嬪	妼	从賓之初文 𡦹			𡦹 汗 5.66	𡦹 四 1.32	𡦹 六 59			
義	誼誼誼誼誼	从古文宜隸古定誼變								宜古𡩀
縱	緪緪	从从隸古定							集韻縱古作緪	
蠢	䖵	从戰國古文春隸古定			𧌒 汗 5.68	䖵 四 3.14		𣥄 蔡侯殘鐘 𣥄 楚帛書甲 1.3 𣥄 郭店.語叢 1.4 𣥄 睡虎地.日乙 202		
墾	坴				𩇓暨 汗 6.73	𩇓 四 4.6				
錫	錫錫	从金古文金隸古定								
錯	鐴鐴鐴鐴	从金古文.昔古文隸古定								昔古𦥑
斮	鐴	从昔古文隸古定							集韻斮或作昔戈	昔古𦥑
輔	補補	从示古文𥜽			補 汗 1.3	補 四 3.10	補 六 186		集韻俌古作補通作輔	
陟	徲				徲 汗 3.41	徲 四 5.26		陶 陶彙 3.1291 陶 陶彙 3.1293		古徲

二、源自篆文字形之隸古定或隸變，與今日楷書形體相異

今本尚書文字	隸古定尚書刻本		出土文獻尚書		傳鈔古尚書			參　證		
	書古文訓晁刻古文尚書	探源說明	戰國楚簡	魏石經	汗簡	古文四聲韻	訂正六書通	出土資料文字	傳鈔古文	說文字形
旁	㫄	篆文隸古定								篆㫄
卉	芔	篆文字形								篆芔
噫	意	篆文隸古定				四 1.20				意篆
和	咊	篆文隸定			汗 1.6	四 2.11		龏壺 陳肪簋 史孔盉		
嚴	嚴	篆文隸古定						虢弔鐘 秦公簋		
喪	喪	篆文隸變	篆魏三體					漢帛.老子乙 247 上 漢帛.老子甲 157 韓仁銘 武威簡.服傳 37		
走	走	篆文隸古定						盂鼎 令鼎		篆走
	㞦炎	訛變								
是	昰昰	篆文隸古定								篆昰
徒	辻	篆文隸古定						揚簋 鄂君啓車節		篆辻
延・征	延延征	篆文隸古定			延 汗 1.8	延 四 2.21		延異伯盨	延隸續石經古文 延汗 1.9 石經	篆延
退・徂	徂徂	篆文隸古定								篆徂
迪	迪迪	偏旁混用辵辶	古魏三體 篆魏三體							

今本尚書文字	隸古定尚書刻本		出土文獻尚書		傳抄古尚書			參　證		
	書古文訓晁刻古文尚書	探源說明	戰國楚簡	魏石經	汗簡	古文四聲韻	訂正六書通	出土資料文字	傳抄古文	說文字形
遯	遶	篆文隸古定訛變			遷 汗1.8	遷 四3.16　遷 四4.20		豚：臣辰卣　豚鼎　豚卣		篆
遺	遺遺	篆文隸古定						秦山刻石　漢帛.老子甲107		篆
邇	邇　邇邇邇	邇篆文隸古定　訛變								邇篆
道	道	篆文隸古定						散盤　侯馬　郭店.五行5		篆
復	復復	篆文隸古定						復尊　戔方鼎　馬王堆.易9		篆
御	御	篆文隸定偏旁位移								篆
冊	冊	篆文隸古定								篆
話	話	篆文隸古定								篆
戒	姦姦姦姦	隸古定訛變			汗5.68	四4.16	六271	粹1162　戒鬲　戒弔尊		篆
尹	尹尹	篆文隸古定	郭店緇衣5					作冊大鼎　尹尊		篆
導	道	篆文隸古定								道篆

今本尚書文字	隸古定尚書刻本		出土文獻尚書		傳抄古尚書			參　證		
	書古文訓晁刻古文尚書	探源說明	戰國楚簡	魏石經	汗簡	古文四聲韻	訂正六書通	出土資料文字	傳抄古文	說文字形
攸	〔隸古定諸形〕	篆文隸古定訛變			汗1.9	四2.23		卣：毛公鼎錫汝 / 臣辰卣 / 虢弔鐘 / 毛公鼎 / 鬲攸比鼎		逌篆 酒篆
敗	〔隸古定形〕	篆文隸古定							退下周書曰我興受其退	退篆
用	〔隸古定形〕	篆文隸古定								篆
庸	晁刻〔隸古定諸形〕	篆文隸古定訛變		魏三體	汗2.16	四1.13		臣諫簋 / 帥鼎 / 召伯簋二 / 拍敦蓋 / 國差繪 / 鄘伯㝅簋		篆
爽	〔隸古定形〕	篆文隸古定				四3.24		班簋 / 散盤	汗1.15	爽篆
眚	〔隸古定形〕	篆文隸古定								篆
瞽	〔隸古定形〕	篆文隸古定								篆段改
瞍	〔隸古定形〕	篆文隸古定								篆
奭	〔隸古定形〕	篆文隸古定	上博1緇衣18	篆/隸 魏三體	汗2.17	四5.26		璽彙2680 / 陶彙4.26		篆
雀	〔隸古定形〕	篆文字形								爵篆
奪	〔隸古定諸形〕	篆文隸變								敚

今本尚書文字	隸古定尚書刻本		出土文獻尚書		傳抄古尚書			參 證		
	書古文訓晁刻古文尚書	探源說明	戰國楚簡	魏石經	汗簡	古文四聲韻	訂正六書通	出土資料文字	傳抄古文	說文字形
·集	雧	篆文隸定						𪅓 小集母乙觶		雥篆
兹	丝	篆文隸古定						88 何尊　88 毛公鼎　88 陳猷釜	集韻兹古作丝	丝篆 88
幻	ᅀ	篆文隸古定			汗2.19	四4.22		孟涛父簋　璽彙2925　璽彙1969　璽彙0748		篆
敢	𢼩	篆文隸古定						沈子它簋　農卣　彔伯簋　陶彙8.1351　郭店.六德17		篆
死	𣥡	篆文隸古定						甲1169　盂鼎　郭店.窮達9　龍崗木牘		篆
丂·肯	冐	篆文隸古定			汗2.20	四3.29	六227	梁鼎　璽彙3963		篆
利	秒	篆文隸古定								篆
列	㓝	篆文隸古定訛變			汗2.21	四5.13		夏承碑　楊叔恭殘碑		篆
罰	罰䍞	篆文隸古定	上博1緇衣15	魏三體				盂鼎　散盤　㝬壺　孫子8		篆
角	角	篆文隸古定								篆

今本尚書文字	隸古定尚書刻本		出土文獻尚書		傳鈔古尚書			參　證		
	書古文訓晁刻古文尚書	探源說明	戰國楚簡	魏石經	汗簡	古文四聲韻	訂正六書通	出土資料文字	傳鈔古文	說文字形
甘	甘甘	篆文字形		日魏三體						
	日白	篆文隸古定								
乃	圖圖圖圖	篆文隸古定			圖汗6.82	圖四3.13		毛公鼎 盠方彝		迺篆
	迺迺	篆文隸定								迺篆
寧	寍寍	篆文隸古定訛變						毛公鼎 蔡侯鐘 盍壺 侯馬 石鼓文 包山72		
于	亐亐亐	篆文隸古定	于郭店緇衣37	于魏三體						
虐	虐虐	篆文隸古定								篆
盡	盦	篆文隸古定訛變								
爵	爵	篆文隸古定						伯公父勺作金爵		篆
酱・粗	鬯	篆文隸定			四3.9	六179				篆
食	食食食食食食	篆文隸古定						父乙觶（飤字偏旁） 睡虎地10.7 一號墓簡130 武威簡.士相見12		篆
市	市	篆文字形								篆

今本尚書文字	隸古定尚書刻本		出土文獻尚書		傳抄古尚書			參　證		
	書古文訓晁刻古文尚書	探源說明	戰國楚簡	魏石經	汗簡	古文四聲韻	訂正六書通	出土資料文字	傳抄古文	說文字形
亯·享	㝷	篆文隸古定訛變								篆 亯
覃	覃	篆文隸古定								篆 覃
良	㠯㠯㠯	篆文隸古定		良 漢石經				季良父盉 司寇良父壺 吏良父簋 齊侯匜 中山王壺		篆 㠯
	㠯㠯㠯	訛變								
愛	恖恖	篆文隸古定	魏三體	汗4.59	四4.17		中山王壺 盄壺 郭店緇衣25 郭店老子甲26 璽彙4655		恖篆 㤅
舜	舞	篆文隸古定								篆 舜
乘	椉	篆文隸古定	乘隸 魏石經				乘魯峻碑 乘孫根碑		篆 乘
栝	桰	篆文隸古定							玉篇栝與桰同集韻檜古作桰	
之	㞢㞢	篆文隸古定	㞢 魏三體				縣妃簋 秦公簋 睡虎地23.1 26年詔權 漢帛.老子甲後179		篆 㞢
華	蕚蕚	篆文隸古定						命簋 邾公華鐘 陶彙6.184 睡虎地5.34 老子甲後4.24 一號墓竹簡201 北海相景君銘陰		篆 蕚

今本尚書文字	隸古定尚書刻本		出土文獻尚書		傳抄古尚書			參　證		
	書古文訓晁刻古文尚書	探源說明	戰國楚簡	魏石經	汗簡	古文四聲韻	訂正六書通	出土資料文字	傳抄古文	說文字形
都		篆文隸古定		魏品式　魏三體				訧鐘　鰊鎛　仲都戈　叔夷鎛	汗 3.33 石經	
郭		篆文隸古定								篆
明		篆文隸古定		篆魏品式						篆
		訛變								
夜		篆文隸古定		隸魏品式				效尊　師酉鼎　克鼎　孔宙碑		篆
夢		篆文隸古定								篆
夙		篆文隸古定			汗 3.35	四 5.5		前 6.16.3　盂鼎　毛公鼎　鄭季宣碑		篆
粟		篆文隸古定			汗 3.37　汗 3.36	四 5.6		璽彙 5550　璽彙 5549　璽彙 0276　璽彙 0287		篆
克		篆文隸古定		魏三體				甲 1249　大保簋　秦公鎛		篆
積		篆文隸古定						商鞅方升　雲夢.效律 27		
		訛變								
年		篆文隸古定						缶鼎　弔上匜　郘公鼎		篆

今本尚書文字	隸古定尚書刻本		出土文獻尚書		傳抄古尚書			參　證		
	書古文訓晁刻古文尚書	探源說明	戰國楚簡	魏石經	汗簡	古文四聲韻	訂正六書通	出土資料文字	傳抄古文	說文字形
秋	烁	篆文隸古定			烁 汗3.36			秌 侯馬3.3		
室	窒	篆文隸古定								
定	定	篆文隸古定						宜 伯定盉／定 衛盉／定 中山王鼎		
尢	宊	篆文隸古定訛變								篆 宊
窮	窮	篆文隸定								篆 窮
疾	疾	篆文隸古定								
兩	兩／兩	篆文隸古定	魏三體					兩 宅簋／兩 盤駒尊	兩 汗3.40 石經兩	篆 兩
備	蒱	篆文隸定						鐵2.4／前5.9.6／丙申角／毛公鼎／番生簋		葡篆 葡
	葡	篆文隸古定								
作	乍	篆文隸古定	郭店.緇衣26	魏三體				乃孫作祖己鼎／頌簋／邾公華鐘／曾侯乙鐘／王子申盞盂		
便	偄	篆文隸古定								篆 偄
從	刕竹	篆文隸古定						彭史●尊／宰椃角／陳喜壺／漢印徵		从篆 从

今本尚書文字	隸古定尚書刻本		出土文獻尚書		傳抄古尚書			參　證		
	書古文訓 晁刻古文尚書	探源說明	戰國楚簡	魏石經	汗簡	古文四聲韻	訂正六書通	出土資料文字	傳抄古文	說文字形
丘	〔坣〕	篆文隸古定								篆〔坣〕
眾	〔屬〕	篆文隸古定		衆 隸釋				甲2291；師旂鼎；中山王鼎；楚帛書丙；陶彙3.537；燕下都215.6；中山侯鉞；郭店.成之25	汗3.43 說文；魏三體殘碑	篆〔眾〕
殷	〔殷殷殷〕	篆文隸古定訛變		漢石經 殷 隸釋				保卣；虢弔作弔殷；仲殷父簋；仲殷父鼎；禹鼎；格伯簋		
衣	〔亦〕〔企企企〕	篆文隸古定／篆文字形						甲337；粹85		篆〔衣〕
表	〔裏〕	篆文隸古定		魏三體	汗3.44	四3.19	六211			篆〔表〕
襄	〔襄襄〕	篆文隸古定			汗3.44	四2.1		穌甫人匜；穌甫人盤		篆〔襄〕
耄	〔耄〕	篆文隸古定				四4.30				篆〔耄〕
耆	〔耆耆耆〕	篆文隸定訛變								
壽	〔壽壽壽壽〕	篆文隸古定訛變		魏三體				豆閉簋；陳伯元匜；襄鼎；曾伯陭壺；王子申盞盂		篆〔壽〕

今本尚書文字	隸古定尚書刻本		出土文獻尚書		傳抄古尚書			參 證		
	書古文訓晁刻古文尚書	探源說明	戰國楚簡	魏石經	汗簡	古文四聲韻	訂正六書通	出土資料文字	傳抄古文	說文字形
尾	尾	篆文隸古定			汗 3.44			乙 4293 隨縣 34		
朕	朕	篆文隸定						盂鼎 彔伯簋 封孫宅盤 中山王鼎 魯伯愈父鬲 陳侯壺		篆
欽	欽欽	篆文隸古定								
願	願	篆文隸古定						楊統碑 夏承碑	玉篇願與顡同	顡篆
顛	顛	篆文隸定						漢石經論語殘碑顛字 鄭固碑		篆
首	𦣻	篆文隸古定						農卣 令鼎 兮甲盤		篆
島	島	篆文隸古定								篆
庶	庶庶	篆文隸定	郭店緇衣 40					珠 979 周甲 153 矢簋 毛公鼎 伯庶父簋		
庍	庍晁刻席	篆文隸古定				四 5.17				篆庍
厥	厥晁刻氒身	篆文隸古定	郭店.緇衣37		汗 5.67	四 5.9		甲 3249 甲 2908 盂鼎 克鼎 攻吳王監 中山侯鉞		氒篆
	身	訛變								

今本尚書文字	隸古定尚書刻本		出土文獻尚書		傳抄古尚書			參　證		
	書古文訓晁刻古文尚書	探源說明	戰國楚簡	魏石經	汗簡	古文四聲韻	訂正六書通	出土資料文字	傳抄古文	說文字形
厖	厖	篆文隸古定訛變								篆
肆	肆	篆文隸古定 / 訛變						天亡簋, 茚簋, 召卣		篆
象	象	篆文隸古定						前 3.31.3, 師湯父鼎, 睡虎地 52.17, 精白鏡		篆
瀌·法	瀌瀌	篆文隸定		魏石經				孟鼎, 克鼎, 師袁簋, 中山王壺, 郭店.老子甲 31, 包山 18		篆
狂	狂	篆文隸古定						後 1.14.8, 璽彙 0829, 璽彙 0827		篆
烈	烈	篆文隸古定								篆
栽·災	栽	篆文隸古定			汗 4.55 書經	四 1.30				篆
壺	壺	篆文隸古定						乙 2924, 佳壺爵, 史懋壺, 睡虎地 10.13, 武威簡.泰射 4		篆
並	並	篆文隸定								篆

今本尚書文字	隸古定尚書刻本		出土文獻尚書		傳抄古尚書			參證		
	書古文訓 晁刻古文尚書	探源說明	戰國楚簡	魏石經	汗簡	古文四聲韻	訂正六書通	出土資料文字	傳抄古文	說文字形
思	恖	篆文隸古定								篆[glyph]
志	[glyph][glyph] 志	篆文隸古定								篆[glyph]
愙·恪	愙	篆文隸古定						[glyph]孔羨碑		愙篆 [glyph]
念	[glyph][glyph]	篆文隸古定訛變			[glyph] 汗 4.59					篆[glyph]
惇	[glyph][glyph]	篆文隸古定			[glyph] 汗 4.59					篆[glyph]
忽	曶	篆文隸古定		[glyph]隸 魏品式				[glyph] 克鐘		曶篆 [glyph]
愍	[glyph]	篆文隸古定								篆[glyph]
忝	[glyph]	篆文隸定								篆[glyph]
·悅	[glyph]	篆文隸定								說文無悅
澤	[glyph][glyph]	篆文隸古定						[glyph] 郭店．語叢 1.87	說文睪古文以爲澤字	睪篆 [glyph]
淫	[glyph]晁刻 [glyph]	篆文隸定			[glyph] 汗 3.43	[glyph] 四 2.26				[glyph]篆 [glyph]
	[glyph][glyph]	訛變								
瀕·濱	[glyph]晁刻 [glyph]	篆文隸定								篆[glyph]
原	[glyph][glyph] [glyph]	篆文隸定			[glyph] 汗 1.8	[glyph] 四 1.35		[glyph]陳公子甗 [glyph] 史敖簋 [glyph] 魯● 父簋		邍篆 [glyph]
永	[glyph][glyph][glyph] [glyph][glyph] [glyph]	篆文隸古定訛變		[glyph] 魏三體						
·濬	[glyph][glyph]	篆文隸古定訛變								篆[glyph]

今本尚書文字	隸古定尚書刻本		出土文獻尚書		傳抄古尚書			參　證		
	書古文訓晁刻古文尚書	探源說明	戰國楚簡	魏石經	汗簡	古文四聲韻	訂正六書通	出土資料文字	傳抄古文	說文字形
仌·冰	仌	篆文隸古定						⟨字形⟩卣文		篆⟨字形⟩
孔	孔	篆文隸古定						⟨字形⟩虢季子白盤 ⟨字形⟩定縣竹簡3 ⟨字形⟩衡立碑		篆⟨字形⟩
西	卥	篆文隸古定								篆⟨字形⟩
拜	撵撵撵撵撵撵撵撵	篆文隸古定訛變		⟨字形⟩篆魏品式	⟨字形⟩汗5.66			⟨字形⟩井侯簋 ⟨字形⟩靜簋 ⟨字形⟩師西簋 ⟨字形⟩臣諫簋 ⟨字形⟩柞鐘 ⟨字形⟩幾父壺		篆⟨字形⟩
損	損	篆文隸變						⟨字形⟩華山廟碑 ⟨字形⟩漢石經.易.損		篆
探	撢	篆文隸古定								篆⟨字形⟩
括	扗	篆文隸古定								篆⟨字形⟩
截	戳	篆文隸古定								篆⟨字形⟩
弭	弱	篆文隸古定			⟨字形⟩汗4.70	⟨字形⟩四5.8		⟨字形⟩毛公鼎 ⟨字形⟩番生簋 ⟨字形⟩隨縣13 ⟨字形⟩包山35		篆⟨字形⟩
細	絤	篆文隸古定								篆⟨字形⟩
績	纗纗纗纗纗纗纗	篆文隸古定						⟨字形⟩度尚碑 ⟨字形⟩楊統碑		
縢	縢	篆文隸古定								篆⟨字形⟩
塞	塞	篆文隸古定								篆⟨字形⟩

今本尚書文字	隸古定尚書刻本		出土文獻尚書		傳抄古尚書			參　證		
	書古文訓晃刻古文尚書	探源說明	戰國楚簡	魏石經	汗簡	古文四聲韻	訂正六書通	出土資料文字	傳抄古文	說文字形
垂	𠂹	篆文隸古定								篆𠂹
	坐	篆文隸古定								篆坐
艱	艱	偏旁篆文隸古定訛變								篆艱
勳	勛	篆文隸變			𣪠 汗3.33	𣪠 四1.34			堯典帝堯日放勳.舜典帝乃殂落	古勛
勝	勝	篆文隸定						勝景北海碑陰　勝周憬碑陰		篆勝
金	金	篆文隸古定						金毛公鼎　金史頌簋		篆金
鉛（鈆）	鈆	篆文隸變								
錫	錫錫	偏旁篆文隸古定								
鏽	镐	篆文隸古定						镐魏三體尚書.庸		
載	𩎟𩎟𩎟𩎟	篆文隸古定訛變						𩎟卯簋　𩎟沈子它簋		篆𩎟
陵	陵	篆文隸古定								篆陵
絫・累	絫	篆文隸古定								篆絫
癸	癸	篆文字形						癸存2742　癸向作父癸簋　癸仲辛父簋　癸格伯簋　癸包山23		篆癸

今本尚書文字	隸古定尚書刻本		出土文獻尚書		傳抄古尚書			參　證		
	書古文訓晁刻古文尚書	探源說明	戰國楚簡	魏石經	汗簡	古文四聲韻	訂正六書通	出土資料文字	傳抄古文	說文字形
孟	盟	篆文隸古定							孟豬.孟津.孟侯字	盟篆
辰	辰辰辰	篆文隸古定訛變		辰 魏品式						篆
申	申	篆文隸古定						佚32／此𣪘／璽彙3137／璽彙1295		篆
醇	醕	篆文隸古定			醕 汗6.82	醕 四1.33		偏旁䣋：䣋于戟／䣋十年陳侯午錞		
亥	豕	篆文隸古定						前7.33.1／乙亥鼎／申鼎		

三、由隸書書寫、隸變俗寫而來

今本尚書文字	隸古定尚書刻本		出土文獻尚書		傳抄古尚書			參　證		
	書古文訓晁刻古文尚書	探源說明	戰國楚簡	魏石經	汗簡	古文四聲韻	訂正六書通	出土資料文字	傳抄古文	說文字形
瓚	瓚							贊：贊張壽殘碑		
璧	辟							辟堯廟碑／辟史晨奏銘		
吝	㚑							吝漢石經.易.家人		
哲	喆	古文省形						喆池陽令張君殘碑／喆張遷碑	㤀汗6.83林罕集字／㤀四5.14王庶子碑	古㤀

今本尚書文字	隸古定尚書刻本		出土文獻尚書		傳抄古尚書			參證		
	書古文訓晁刻古文尚書	探源說明	戰國楚簡	魏石經	汗簡	古文四聲韻	訂正六書通	出土資料文字	傳抄古文	說文字形
復.退	逞				逞 汗1.8	逞 四4.17		行氣玉銘／楚帛書乙8.6／郭店魯穆2／校官碑／張遷碑／鄭固碑		古逞
旨	盲							盲 白石神君碑	集韻上聲五5 旨韻旨或作盲	
短	挭	疑扌為矢之訛						挭 流沙簡.屯戍14.9／挭 韓仁銘	集韻短或作挭	
贊	贄賮							贊 縱橫家書20／贊 漢印徵／贊 張壽殘碑		篆贊
暱	尼尼							尼：尼 衡方碑		
兩	兩	入與人混作						兩 武威簡.泰射／兩 武威醫簡.86／甲 兩 西狹頌		
布	帟							帟 江陵十號墓木牘6／帟 一號墓木牌5／帟 居延簡甲789／帟 校官碑		篆帛
殷	戠			戠 漢石經 段 隸釋				殷 保卣／殷 虢弔作弔殷／殷 仲殷父簋／殷 仲殷父鼎／殷 格伯簋		
侮	侮			侮 隸釋			六187	侮 唐扶頌		篆侮

今本尚書文字	隸古定尚書刻本		出土文獻尚書		傳抄古尚書			參　證		
	書古文訓晁刻古文尚書	探源說明	戰國楚簡	魏石經	汗簡	古文四聲韻	訂正六書通	出土資料文字	傳抄古文	說文字形
屬	屬							居延簡甲763／流沙簡補遺1.19／石門頌／淮源廟碑		篆屬
新附屢	婁婁				婁 汗5.66	婁 四2.25		汝陰侯墓六壬栻杯／史晨碑 婁／婁 壽碑		婁篆
嶽·岳	岳岳／岳岳				汗4.51	四5.6		魯峻碑／耿勳碑		古
黨	漀郡							婁壽碑 "鄉△州鄰"	玉篇郮今作黨	
憲	憲	宀冖混作						孔龢碑／夏承碑		
惇	惇							孔彪碑		
恤	邺	卩混作阝						睡虎地53.26／耿勳碑		
憾*感	憾憾	戚之隸訛						楊統碑		說文無感
浚	浚							武威醫簡80乙／西狹頌		篆
孔	孔							衡立碑	四3.3籀韻 集韻孔古作孔	
聰	聰							譙敏碑		篆
指	指							白石神君碑	集韻旨或作旨	
損	損	部件隸變 口厶						華山廟碑／漢石經.易.損		
婚	婚							流沙簡.簡牘3.22		

今本尚書文字	隸古定尚書刻本		出土文獻尚書		傳抄古尚書			參　　證		
	書古文訓晁刻古文尚書	探源說明	戰國楚簡	魏石經	汗簡	古文四聲韻	訂正六書通	出土資料文字	傳抄古文	說文字形
戚	慼	隸變作从人						戚： 戚姬簋 郭店.尊德7 詛楚文 漢帛老子甲後188 春秋事語94 漢印徵 禮器碑陰 楊統碑		篆戚
引	弘							陳球碑 西晉三國志寫本	廣韻上聲 16 軫韻弘引	
弘	弘	篆文隸訛與引隸變混同						引： 陳球碑		篆弘
纘	纘							漢印徵 張遷碑		
劉	劉劉							劉君神道 居延簡甲1531 華山亭碑 桐柏廟碑		說文無劉
升	升							雒陽武庫鐘 武威醫簡89甲		篆升

四、字形為俗別字

今本尚書文字	隸古定尚書刻本		出土文獻尚書		傳抄古尚書			參　　證		
	書古文訓晁刻古文尚書	探源說明	戰國楚簡	魏石經	汗簡	古文四聲韻	訂正六書通	出土資料文字	傳抄古文	說文字形
一	弌	以聲符為字			汗1.3	四5.7		郭店.緇衣17 郭店.窮達14		古弌

今本尚書文字	隸古定尚書刻本		出土文獻尚書		傳鈔古尚書			參　證		
	書古文訓晁刻古文尚書	探源說明	戰國楚簡	魏石經	汗簡	古文四聲韻	訂正六書通	出土資料文字	傳鈔古文	說文字形
祝	倪	偏旁亻疑爲示古文爪之訛								
琳	玲	偏旁訛混今令								
含	舍	偏旁訛混今令								
蔽	敔	部件訛誤岜豆						蒜 漢石經論語殘碑		
命	斋斋									
通	遒	訛作遂古文隸古定								篆遒 古遒
遂	速	迹籀文隸訛			迷 汗1.8					迹籀遂
與	点	与之俗字						与 郭店·語叢1.107 与 郭店·語叢3.11		
度	尾	广訛作尸			庄宅 汗4.51 亦度字	庚度 四4.11. 亦宅字		庄 中山王鼎	庄 四 4.11 籀韻	宅古庄
材	扸	偏旁訛誤木才								
晢	断	偏旁訛誤日月								
精	精	偏旁訛誤米采								
竊	歃							竊 祝睦後碑 竊 孔寵碑		篆竊
凶	函									
寡	奠	涉上文而誤作鰥							鰥 汗5.63 石經鰥 康誥不敢侮鰥寡	

今本尚書文字	隸古定尚書刻本		出土文獻尚書		傳抄古尚書			參　證		
	書古文訓晁刻古文尚書	探源說明	戰國楚簡	魏石經	汗簡	古文四聲韻	訂正六書通	出土資料文字	傳抄古文	說文字形
宄	穼									篆 肉
布	夅	布隸變訛混作夅						市 江陵十號墓木牘6　布 一號墓木牌5　布 居延簡甲789　夅 校官碑		
俟	㕰	立巳之寫誤							集韻俟或立巳	
俾	昇									
顛	顛	偏旁相涉訛誤								
嶽・岳	嶽	偏旁訛誤犬友								
峙	峙									
厖	庬									篆 厖
能	耐	耐之俗字.寸刂相混								
	刷									
炎	鋅	誤作赤古文								赤古 奄
・澧	澧	澧字之誤								
職	戜	省形							胤征羲和廢厥職	
聽	聽	偏旁草書楷化						聽 樊安碑 聽 白石神君碑		
撫	敄	攴之偏旁訛誤亡言	中 魏品式		發 汗1.14	悅 四3.10			皋陶謨撫於五辰	
揚	敭	偏旁訛混易易								古 敭

今本尚書文字	隸古定尚書刻本		出土文獻尚書		傳抄古尚書			參　證		
	書古文訓晁刻古文尚書	探源說明	戰國楚簡	魏石經	汗簡	古文四聲韻	訂正六書通	出土資料文字	傳抄古文	說文字形
姦		偏旁旱訛誤								悍
戡		今戈之訛誤與成咸混同							君奭惟時二人弗戡	今戈篆
義		與下文相涉而誤							畢命惟德惟義時乃大訓	
無		毋之訛								毋
彊		偏旁增繁訛誤力历								彊古
弘		篆文隸訛與引隸變混同						引：陳球碑		篆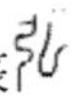
弼		字之誤							玉篇輔信也.今作弼	
純		純絕形近訛誤爲絕之古文						中山王壺 隨縣 14 郭店老子甲 1 郭店老子乙 4		絕古
蚩		偏旁訛誤之山								
勖	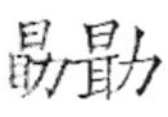	偏旁訛混冃日目耳.目日								

第四節　小　結

經比對及分類探源，傳鈔古文《尚書》中隸古定各寫本、刻本《書古文訓》

等文字形體來自古文字形、篆體、隸書、俗別字等等各類，以下分別列項總結說明。

一、源自古文字形之隸定、隸古定、隸古訛變

傳鈔古文《尚書》隸古定各寫本、刻本《書古文訓》與今本《尚書》文字形構相異之形體，數量最多是源自古文字形之隸定、隸古定、或隸古訛變〔註8〕者，又依其與傳鈔《尚書》古文、《說文》古籀等或體、出土資料古文、傳鈔古文字形相比對，可做下列七項分類：

（一）傳鈔《尚書》古文與《說文》古籀等或體字形相同者之隸定、隸古定、隸古訛變

如「遂」字《古文四聲韻》、《訂正六書通》錄古尚書作 四4.5 六275，與《說文》古文作 類同，《書古文訓》「遂」字或作 ，為 說文古文遂之隸古定，後者右上多一點，敦煌本 P2643 或隸訛作 ，其上「山」形變作「止」；敦煌本 P2516、S2074、P3871 岩崎本、九條本、上圖本（元）、上圖本（八）或作 ，足利本、上圖本（影）或訛作 ，皆源自 四4.5 六275 說文古文遂之隸定或訛變。

（二）傳鈔《尚書》古文之隸定、隸古定、隸古訛變

如「天」字魏三體石經〈多士〉、〈無逸〉、〈君奭〉、〈多方〉「天」字古文作 ，《汗簡》、《古文四聲韻》錄古尚書「天」字作： 汗1.3 四2.2，《玉篇》「 古文天」，《書古文訓》「天」字作 ，內野本、足利本、上圖本（影）、上圖本（八）或作 ，敦煌本 P2516 作 ，筆畫方向略異，皆 魏三體 汗1.3 四2.2 等形隸古定。內野本「天」字或中間多一點作 ，岩崎本或變作 ，足利本、上圖本（影）「天」字或訛變作 ，敦煌本 P5557 或變作 ；皆為 魏三體 汗1.3 四2.2 隸古定訛變。

〔註8〕 本文隸古定《尚書》各本文字形體探源各表「探源說明」之「隸定」係指該字形筆劃乃依今日楷書所寫定者，「隸古定」係指依古文、篆文等古文字形以楷書筆勢書寫但未必同於今日楷書筆劃，「隸古訛變」或「隸古定訛變」係指隸定古文字形中保留古文字形筆劃而訛變者。如「堯」字作 ，為《說文》古文 隸定，「旁」字作 、「徒」字作 ，屬「篆文隸古定」；「旁」字作 ，為《說文》古文 隸古定，作 則為隸古訛變。

（三）《說文》古籀等或體之隸定、隸古定、隸古訛變

如「歸」字《說文》籀文作🔲，敦煌本《經典釋文‧舜典》P3315、S799、P2533 或作🔲，內野本、足利本、上圖本（影）、上圖本（八）或作🔲，《書古文訓》或作🔲，為🔲**說文籀文歸**之隸定。

（四）先秦古文字形之隸定、隸古定、隸古訛變

如「鼎」字，敦煌本 P2643 作🔲，《書古文訓》作鼎，《說文》「鼎」字下云：「籀文以『鼎』為『貞』字」，「鼎」字金文或作 🔲**穆父鼎** 🔲**諆鼎** 🔲**卲王鼎** 🔲**無叀鼎** 🔲**僉志鼎** 🔲**沖子鼎**，皆假「貞」為「鼎」字，🔲🔲與 🔲**諆鼎** 🔲**卲王鼎**同形，為此形之隸定。敦煌本 P2516、岩崎本「鼎」字作🔲🔲，與 🔲**僉志鼎**類同，為其形隸古定。

（五）字體形構與先秦出土文字資料類同，而未見於傳鈔《尚書》古文、《說文》古籀等或體

如「稟」字，敦煌本 P2516 作🔲，岩崎本、上圖本（元）「稟」作🔲，其下從「米」，米、禾義類相通，「稟」字金文即從禾或從米，如🔲 **召伯簋** 🔲 **睘卣**，古璽或從米作🔲**璽彙 0327**🔲**璽彙 0313**。

（六）字體形構見於先秦出土文字資料，與其他傳鈔古文類同，為其隸定、隸古定、隸古訛變

「荅」字敦煌本 S6017 作🔲，《書古文訓》〈洛誥〉二例作🔲，皆為戰國古文「合」字作🔲之隸古定隸變，「合」字楚簡作🔲**包山 83**🔲**包山 214**🔲**信陽 1.3**🔲**郭店.老子甲 19**，戰國又或下從口作🔲**璽彙 3343**🔲**長合鼎**，偏旁「合」字或作🔲形，如「弇」字中山王鼎作🔲 **中山王鼎**，「𥥍」字《說文》古文作🔲，石鼓文作🔲 **石鼓文**，🔲為「合」字異體〔註9〕，「合」為「荅」（答）字之初文，如陳侯因𪙚錞「🔲敤𣄰悳」即「荅（答）揚厥德」〔註10〕。又《汗簡》錄牧子文「荅」字作：🔲**汗 2.26**，《古文四聲韻》錄此為「合」字作🔲**合.四 5.20**，又錄石經作🔲**汗 2.28**🔲**四 5.20**。內野本、觀智院本、上圖本（八）、《書古文訓》「荅」字或作🔲🔲，敦

〔註 9〕 參見黃錫全，《汗簡注釋》，武漢：武漢大學出版社，1993，頁 212、李家浩，〈包山 226 號竹簡所記木器研究〉，《國學研究》第二卷，頁 544。

〔註10〕 參見黃錫全，《汗簡注釋》，武漢：武漢大學出版社，1993，頁 212。

煌本 P2748、內野本或變作 ，《書古文訓》或變作 ，皆爲《汗簡》、《古文四聲韻》所錄古文之隸古定，《集韻》「答」字古作「」「」。

（七）字體形構與其他傳鈔古文類同，而未見於先秦出土文字資料

如「師」字敦煌本《經典釋文・堯典》P3315 云「或作」，岩崎本「師」字或作（〈說命中〉承以大夫師長、〈說命下〉事不師古），與《古文四聲韻》所錄傳鈔古文四 1.17 籀韻四 1.17 籀韻類同，而未見於先秦出土文字資料。所从之「尸」、「口」疑是「𠂤」（）之省訛〔註 11〕，「巾」、「斤」應爲「帀」之訛變。

（八）字體形構組成為《說文》古籀等或體、先秦古文字，未見於《說文》或先秦出土文字資料

如「祝」字〈無逸〉「否則厥口詛祝」敦煌本 P3767 作、內野本作、《書古文訓》作，其左皆从古文「示」字。

這類源自古文字形的傳鈔古文《尚書》隸古定各本字形，其中可溯源而見於戰國古文者最多，或者源於先秦古文字形演變，且字形多數與傳鈔《尚書》古文相類同，或與《說文》古籀等或體類同——其中多數與《說文》古文同形——，而未見於上述二者的此類寫本字形，也多能在先秦出土文字資料或其他傳鈔古文找到相應的字形；再者皆未見於上述四類古文字形者，字體形構或由《說文》古文構成，當亦屬於戰國古文。

須注意的是，上列「**（七）字體形構與其他傳鈔古文類同，而未見於先秦出土文字資料**」者，未必然皆爲源自古文的字體形構，因傳鈔古文中亦雜有文字隸變、楷變未定型或抄寫者的俗作，如「刑」字作 P3315 內野本.足利本.上圖本（影）.上圖本（八），雖與傳抄古文「形」字作四 2.21 崔希裕纂古類同，但其「刑」字之書寫訛變，並非源自古文的隸古定字，而是寫者俗書，吳承仕〈唐寫本尚書舜典釋文箋〉謂 P331「字引長首畫，即變爲『刑』，故訛作。本非古文，寫者偶誤作此形……」〔註 12〕，「形」字岩崎本作，與 P3315

〔註11〕 徐在國謂此形「所从的尸可能是聲符，也可能是之壞文造成」，《隸定古文疏證》，合肥：安徽大學出版社，2002，頁 134。

〔註12〕 吳承仕〈唐寫本尚書舜典釋文箋〉謂P3315「字引長首畫，即變爲『刑』，故訛作。本非古文，寫者偶誤作此形……」。吳承仕〈唐寫本尚書舜典釋文箋〉，

刑、**开**四 **2.21** 崔希裕纂古.形相類，而可見由「刑」俗寫訛變之跡。

二、源自篆文字形之隸古定或隸變，與今日楷書形體相異

　　傳鈔古文《尚書》隸古定各本與今本《尚書》文字相異之形體，有一部份是源自篆文字形之隸古定、隸變，或隸定與今日楷書形體相異者，依其相異特點可分下列二類：

（一）由篆文形體作隸古定字形

　　如「爵」字敦煌本 P2643 作**爵**，爲篆文**爵**之隸古定字形。

（二）由篆文形體另作隸定、隸變，與今日楷書形體相異，或形體再訛變

　　如「罰」字敦煌本 P2533、P2643、《書古文訓》或作**罰**，所從「刀」與今日楷書作「刂」形相異。

　　這類源自篆文字形的傳鈔古文《尚書》隸古定各本字形，大多可溯源見於先秦古文字形，或可由秦簡、漢簡見其字形演變。這些因隸古定、隸定、隸變等寫法不同而與今日楷書形體相異，形成看似古文字形之隸古而實際是篆文隸變不同、或爲隸寫篆文的隸古定字形，並非眞正的隸定古文。

三、由隸書書寫、隸變俗寫而來

　　傳鈔古文《尚書》隸古定各本與今本《尚書》文字相異之形體，有些源自隸書書寫、隸變俗寫而來，可從漢簡或漢碑中見到相類同的字形。其中部分是依漢碑書寫特點，如漢碑「土」字及作偏旁時皆加點作**土**衡方碑以別於「士」；有的則是漢碑書寫的不同隸變方式，如「口」隸變或作「厶」；有些是漢簡或漢碑常見的偏旁混作，如偏旁「竹」常混作「艸」等等。這些因隸變、隸書書寫形體相混訛的現象，將於下一章**隸古定古本《尚書》文字形體之探析**中列舉，並分析討論文字形體混同現象。

四、字形爲俗別字

　　傳鈔古文《尚書》隸古定各本字形，存有不少的俗別字，就文字時代而言，

《國華月刊》第 2 期第 3.4 冊，1925，1.2 月。

有些屬於古文字、篆文之訛變或訛誤——已列入前三類隸古定本《尚書》文字
形體類別者於此類不再重複列出——，有些源自漢隸書寫訛變，乃自隸書即有
的俗寫，有些則爲六朝或唐人的俗字；就文字書寫而言，有些俗別字來自文字
內部結構的變化，或形體與他字相近而訛誤，或因上下文相涉而錯訛。這些俗
別字的成因與現象，有些屬於傳鈔古文《尚書》隸古定本文字形體混同的討論，
亦爲隸古定字形體變化的一部份。